Eva muss nach Taiwan

… kommen Sie doch mit!

AF284750

BooK on DEMAND

Besser auf neuen Wegen etwas stolpern
als in alten Pfaden auf der Stelle zu treten

Chinesisches Sprichwort

Evelyn Brennhausen

Eva muss nach Taiwan

… kommen Sie doch mit!

*Bibliografische Information der Deutschen Nationalbibliothek:
Die Deutsche Nationalbibliothek verzeichnet diese Publikation
in der Deutschen Nationalbibliografie; detaillierte
bibliografische Daten sind im Internet über http://dnb.dnb.de
abrufbar.*

Herstellung und Verlag: BoD – Books on Demand, Norderstedt

ISBN: 978-3-753435336

Inhaltsverzeichnis

1. Deutschland Ade!

Als wir im Herbst 1994 von unserem ersten Auslandsaufenthalt Iran, wo wir fast drei Jahre als Expatriierte gelebt hatten, von der Firma meines Mannes wegen der schlechten Wirtschaftslage des Landes abgezogen wurden, kam der Weggang für mich viel zu früh. Wie gerne wäre ich noch ein paar Jahre in diesem schönen Land geblieben.

Doch das neue Einsatzland ‚Taiwan' wartete bereits auf uns, wo Peter ab Januar als zukünftiger Geschäftsführer für die Vertriebsgesellschaft Taiwan eine Stufe höher auf der Erfolgsleiter klettern würde.

Bevor es losging, ‚parkten' wir drei Monate in unserer Wohnung in Deutschland, und während Peter sich auf unseren nächsten Auslandseinsatz vorbereitete, kümmerte ich mich um die Dinge drumherum. Angebote von Umzugsunternehmen einholen, Prospekte und Reiseführer besorgen usw.; auch machte ich mich kundig über Kultur, Traditionen, Land und Leute. Darüber hinaus musste unsere Wohnung gekündigt werden, denn Taiwan gilt als sicheres Land und es war kein Standbein in Deutschland mehr notwendig, wie es für unsere Zeit im Iran erforderlich gewesen war.

Nach einem Auslandsaufenthalt steht für Expatriierte eine Abschlussuntersuchung im Tropeninstitut auf dem Programm. Glücklicherweise waren wir ohne Befund. Was weniger erfreulich war, für Taiwan pumpte man uns mit den erforderlichen Impfstoffen voll: Polio, Tetanus, Diphtherie, Typhus, Hepatitis und Japanische Enzephalitis. Nach der überstandenen Prozedur liefen wir als wandelnde Apotheke umher und verweigerten vehement noch weitere Vakzine. In die abgeschiedenen Ecken eines taiwanischen Dschungels wollten wir auf keinen Fall vordringen.

Anfang November flog Peter zum ersten Mal nach Taipeh und als er von seiner zweiwöchigen Geschäftsreise zurückkam, war er begeistert. Den Stapel Fotos, auf den ich besonders neugierig war, riss ich ihm fast aus der Hand. Fotos aus dem Leben, das uns erwartete, damit konnte ich mehr anfangen als mit den schön präsentierten Aufnahmen der Reiseprospekte. Auch seine Erzählungen stimmten mich optimistisch und der taiwanische Ananaskuchen versüßte mir die Aussicht.

Zahlreiche Bilder gab's nicht nur von Taipeh, sondern auch vom Haus, das wir vom jetzigen Geschäftsführer übernehmen könnten. Der Vermieter sei bereits informiert und einverstanden.

Das Haus gefiel mir gut mit seinen großzügigen Zimmern, eingebauter Küche und dem Swimmingpool im Gartenbereich. Viel Grün war zu sehen und es befand sich in ruhiger Lage. Es zu übernehmen hieße, eine Wohnungssuche mit irgendwelchen Immobilienmaklern fiele aus, ebenso die Übergangsphase in einem Hotel! Welch große Erleichterung! Doch meine Freude wurde im gleichen Moment getrübt, da Peter auch eine bittere Pille im Gepäck hatte. Das Haus konnten wir bekommen, aber nicht im Januar!

„Wieso das denn?", brauste ich auf.

„Die Tochter muss erst in Taipeh das Sommerschuljahr beenden, ansonsten nimmt man sie nicht in der internationalen Schule in China auf. Deswegen bleibt die Frau mit den beiden Kindern weiterhin im Haus in Taipeh und Wilfried wird wie gehabt für die Firma nach China entsandt!"

Die Tragweite dieser Fehlplanung sickerte mir mehr und mehr in mein Bewusstsein und ich wurde unruhig.

„Und wann endet dort das Sommerschuljahr?", fragte ich, und hoffte auf April.

„Ende Juni!", löschte er meinen aufgekommenen Lichtblick.

„Aber was machen wir denn jetzt?"

„Das ist die Frage!", antwortete mein besonnener Mann, „Wir können etwas anderes suchen oder sechs Monate auf das schöne Haus warten!"

„Ein halbes Jahr im Hotel? Ich weiß nicht ...!" Dabei dachte ich an unser Umzugsgut. Schließlich erwarteten wir zwei Ladungen, eine aus Deutschland und eine aus Teheran.

„Dann wären wir ein halbes Jahr ohne unsere Sachen!", gab ich zu bedenken, „In Taiwan ist dann Sommer und die gesamte Sommerkleidung steckt in dem Iran-Umzug fest!" Wenn Peter doch nur früher davon erfahren hätte, …

„Das ist doch kein Problem! Nachdem unsere beiden Umzüge durch den Zoll sind, holen wir das heraus, was wir brauchen und lagern es dann ein.", war Peters Lösung.

„Das sind zwei Hausstände! Wie willst du von über vierhundert Kartons den richtigen finden? Außerdem wird bei dieser hohen Luftfeuchtigkeit alles verschimmeln und voller Stockflecke sein! Peter, unser gesamter Hausstand wird vermodern!" Mir schwante ein heilloses Chaos!

„Das muss natürlich ordentlich gelagert werden, am besten in einer Halle mit Klimaanlage."

„Du hast wohl auf alles eine Antwort!", gab ich zurück.

„Eva, wir können jetzt endlos reden und reden, es bleiben doch nur diese zwei Möglichkeiten."

„Ja, ich weiß."

„Pass auf, wenn wir in Taipei sind, zeige ich dir sofort das Haus und du wirst sehen, es lohnt sich, darauf zu warten! Wenn du mal in Ruhe darüber nachdenkst, hat das auch eine praktische Seite. Du brauchst in der ganzen Zeit keine Betten machen, nicht kochen und nicht putzen, während ich im Büro sitze und hart arbeite!", meinte er grinsend, „Und wenn dir das Hotelleben auf Dauer nicht gefällt, stöbern wir im Immobilienmarkt! Versprochen!"

Das versöhnte mich und ich willigte ein.

Wie vor der Iraneinreise, hatte ich auch jetzt eine lange Einkaufsliste mit unseren Wohlfühlprodukten erstellt. Neben Kaffee, Lakritze und Gummibärchen wanderten Saure Gurken-Gläser, Dosen mit Rotkohl und Sauerkraut in meine Taschen. Besser ich bin gerüstet, sagte ich mir, zumal ausländische Produkte dort teuer sein sollen.

Alkoholeinfuhr ist für dieses Land kein Problem, wenn es sich um die erlaubte Menge von je einem Liter pro Person handelt. Frisches Obst und Gemüse einzuführen ist allerdings verboten; und besonders empfindlich reagieren die Beamten, wenn sie Waffen und Drogen im Gepäck finden! Auf Drogen jeglicher Art steht die Todesstrafe! Und wo ordne ich da die

Backmischung für Mohnkuchen ein? Fällt die auch unter Drogenschmuggel? Sicherheitshalber strich ich sie von meiner Liste. Unverfänglich hingegen erschien uns der Rat eines Freundes, der seit einiger Zeit unter Kreuzschmerzen litt.
„Kauft euch doch ein Wasserbett! Das ist super für den Rücken!", schwärmte er uns vor, „Und erwärmen lässt es sich auch!"
Genau das war der entscheidende Punkt, uns solch ein Bett anzuschaffen. Damit konnte uns die feucht-kühle Jahreszeit in Taiwan nichts mehr anhaben. Allerdings brachte uns das Wort ‚Wasserbett' von unseren Freunden Geschmunzel und freche Bemerkungen ein. Eigene Erfahrungen hatte keiner von ihnen, doch wir versprachen zu berichten, wie es dann wirklich so zugehe auf einer Wassermatratze. Im Moment stand unsere neue Errungenschaft noch originalverpackt zum Abtransport für Taipeh in der Ecke. Wasser einfüllen, so hofften wir, wird bestimmt kein Problem sein.
Als wir dem Umzugsunternehmen grünes Licht gaben, verließ im Dezember unser Hab und Gut die Wohnung und der endgültige Schritt ‚Auswanderung' in unserem Leben war getan! Wir schlossen zum letzten Mal die Haustür unserer Wohnung ab, übergaben den Schlüssel dem Vermieter und mit vielen Koffern machten wir uns auf nach Taiwan.

2. Reif für die Insel

Aus politischen Gründen ist die Insel Taiwan mit einem Direktflug deutscher Airlines nicht zu erreichen, auch nicht mit vielen der anderen europäischen Fluggesellschaften. Für die Volksrepublik China gilt der Inselstaat, der sich nicht zum mächtigen Mutterland bekennt, als ‚abtrünnige Provinz', und Staaten, die diplomatische Beziehungen mit der Volksrepublik China unterhalten, bekommen keine Landeerlaubnis für Taiwan! ‚Republik China' ist der offizielle Name Taiwans, sie ist zwar unabhängig, doch der Status der Insel ist seit 1949 nicht geklärt.
Auf unserem Ziel nach Taipei hatten wir den Flug über Hongkong gebucht und nach fast 12 Stunden Flugzeit näherten

wir uns endlich dem Hongkonger Flughafen Kai Tak. Der komplizierte Anflug und das Landemanöver gehörten zu den dramatischsten der Welt und wurde wegen der meistens vorherrschenden schweren Winde noch kniffliger.
Während mir das durch den Kopf ging, sank der Flieger plötzlich rapide ab und legte sich in eine scharfe Kurve. Vor Angst krallte ich mich an den Sitzlehnen fest, witterte schon einen Crash an den Bergen, die plötzlich an meiner Seite vorbeizogen!
„Eva, entspann dich!", beruhigte mich Peter und streichelte meine Hand, „Die Piloten haben eine spezielle Ausbildung für diesen Flughafen! Schau doch mal, ist das nicht spektakulär?"
Mit Herzklopfen verfolgte ich aus den Augenwinkeln das weitere Landemanöver! Die Berge hatten wir hinter uns gelassen, flache Dächer zogen vorbei, und dann tauchten Hochhäuser neben mir auf. Und … in meinem starren Schreck bemerkte ich, wenn auch nur flüchtig, diesen Adonis! Er stand direkt vor einem Fenster und war splitterfasernackt! Bevor ich mir wie ein Spanner vorkam, schwenkte der Flieger wieder in die Horizontale und der Nackte verschwand aus meinem Blickfeld.
Als der Pilot die Maschine sicher aufsetzte und mit voller Kraft auf der recht kurzen Landebahn abbremste und auslief, atmete ich tief durch. Das Spektakel war vorbei und ich war froh, wieder Boden unter mir zu spüren. Boden des Kai Tak Flughafens in Hongkong.
(Kai Tak, der innerstädtische Flughafen, wurde am 6. Juli 1998 geschlossen und durch den neu erbauten Flughafen Chek Lap Kok ersetzt.)

Nach einer Stunde Wartezeit im Transitbereich gingen wir an Bord einer taiwanesischen Airline. In vollem Tempo jagte der Pilot die Maschine über die kurze Startbahn und ich betete, dass er die Nase der Maschine rechtzeitig in die Luft bekäme. Doch sie hob früh genug ab, landete nicht im Hongkonger Hafenbecken und meine Anspannung ließ nach.
Nach etwa einer Stunde Flugzeit durchströmte ein Kribbeln meinen Körper. Unter mir war bereits Taiwan, unser nächstes ‚Heimatland'! Gerade überflogen wir die Gebirgskette, die sich

wie eine Blattmittelrippe durch die Insel zieht. Viele Berge erreichen hier mehr als 3000 Meter Höhe und der höchste Berg mit fast 4000 Metern ist der Yu Shan, der Jade-Berg. Von Januar bis März soll in den oberen Höhenlagen sogar Schnee liegen. Den konnte ich aus meiner Vogelperspektive nicht entdecken, dafür aber jede Menge sattes Grün.

Vor etwa 10 000 Jahren sollen die ersten Menschen auf die Insel gekommen sein, Proto-Malaien, eine Ethnie in Südostasien. Als später die Insel besiedelt wurde, gab es wilde Stämme mit Kopfjägern, die sich in den Bergen blutige Kämpfe lieferten und bis weit ins 20. Jahrhundert ihr Unwesen trieben. Nicht auszudenken, so jemanden heute noch gegenüberzustehen! Da bevorzugte ich doch die andere Gruppe, die sesshaft wurde und Landwirtschaft in den fruchtbaren zentralen und südwestlichen Ebenen der Insel betrieb, wie die Hakka, eine verfolgte Ethnie aus China. Sie hatte sich um 1000 n. Chr. im Süden Taiwans angesiedelt.

1517 erspähten portugiesische Seefahrer dieses Fleckchen Erde und sie nannten es ‚Ilha Formosa' - ‚Schöne Insel'. Sie wussten sicher nicht, dass ihr gerade entdecktes Land die Form eines Tabakblattes hat. Was ich allerdings von hier oben aus auch nicht erkennen konnte, aber ein Blick in meinen Atlas hatte genügt.

Nicht nur die Portugiesen zeigten Interesse an ‚Ilha Formosa'! Chinesen, Japaner, Niederländer und Spanier, unter ihnen auch Piraten und Gauner, stellten fest, dass hier ‚Milch und Honig' floss. Einmal ließ es sich hier gut leben, andererseits konnte man für eine Weiterfahrt die Lagerräume der Schiffe mit reichlich Lebensmittel auffüllen.

Die Niederländer, die 1624 an der Südküste Taiwans drei Befestigungsanlagen bauten, saugten die Inselbewohner allerdings bis aufs Blut aus. Mit dem Handelsmonopol der niederländischen ostindischen Kompanie für Taiwan, importierte man unter anderem Opium, was sich von Taiwan aus gut nach China weiterverbreiten konnte.

Ich las weiter in meinen Reiseführer, dass in jener Zeit der ehemalige chinesische Kaiser Koxinga vor Chinas neuen Machthabern nach Taiwan geflüchtet war. Kaum angekommen, verjagte er die niederländischen Blutsauger aus dem Land und übernahm die Macht. Ungewöhnlich war, dass er es mit dem Inselvolk gut zu meinen schien; denn in seiner Regierungszeit sorgte er für den Bau von Transportwegen, förderte die Landwirtschaft und das Ausbildungssystem. Ebenso lebten die chinesischen Traditionen, Bräuche und Lebensgewohnheiten wieder auf, die durch die Niederländer und auch durch christliche Missionare unterdrückt worden waren. Später wurde Koxinga für Taiwan zum Nationalhelden erklärt! Er war für die Taiwaner ‚Chun Tzu' – der ‚Perfekte Mann'!

Im 17. Jahrhundert begann jedoch der Leidensweg, als die großen Mächte an der Insel zerrten. Der Handel blühte, doch britische und amerikanische Firmen profitierten am meisten durch den Export von Reis, Zucker, Holz, Kohle und Tee, wobei Opium noch immer die größte Einnahmequelle ausmachte.

Ob sich heute noch jemand wagen würde, Opium auf Taiwan zu verticken? Wer weiß! Für mich waren Drogen sowieso tabu, die hatten mich selbst in jungen Jahren nicht interessiert, obwohl manche von dem ‚Kick' geschwärmt hatten.

Einen Kick bringen sicher die Erdbeben, die hier an der Tagesordnung sind. Die meisten bleiben unbemerkt, doch ab und zu sollen sie spürbar sein. Davor hatte ich größten Respekt, nicht zu vergessen die Taifune, diese mächtigen tropischen Wirbelstürme, die nach dem Sommer über die Insel fegen. Beides hatte ich bisher noch nicht erlebt und ich wäre dankbar, wenn es so bliebe. Ein weiteres Problem stellen die unzähligen giftigen Schlangen dar, die auf der Insel beheimatet sind. Eine Spezies, die ich nur im Terrarium akzeptieren kann.

Doch gespannt war ich auf die zwei Jahreszeiten, die Taiwan kennt. Bei unserer Ankunft werden wir die kalte erleben, die von Dezember bis März dauert, mit Temperaturen von 6°C bis 15°C. Erst ab Mai wird es wärmer und im Sommer steigen die Höchsttemperaturen bis zu 35°C, die ab Oktober wieder stetig sinken.

Wir lernen den subtropischen Norden kennen, während das tropische Klima im Süden der Insel liegt, doch beide wetteifern um die ergiebigsten Niederschläge; eine Luftfeuchtigkeit um die 80% ist fast immer präsent.

Taiwan hat mehr als zwanzig Millionen Einwohner und davon leben fast drei Millionen in Taipeh. Mit einer Länge von

400 Kilometer und einer Breite von etwa 140 Kilometer plus die vorgelagerten Inseln, ist Taiwan etwas größer als Baden-Württemberg. Aber statt schwäbisch oder badisch spricht man Chinesisch-Mandarin, das ist die Amtssprache. Doch vor nicht allzu langer Zeit war das anders!

50 Jahre lang war Taiwan unter japanischer Herrschaft und die neuen Kolonialherren zwangen die Bevölkerung zu einer ,ordnungsgemäßen' Lebensweise. Was natürlich hieß: die japanische Lebensweise! In allen Lebenszweigen wurde modernisiert und damit wollte man Taiwan zu einer beispielhaften ,Musterkolonie' machen!

Selbst chinesisch-sprachige Schulen wurden geschlossen, auch einheimische Dialekte, Sitten und Gebräuche nicht mehr gefördert. Per Gesetz wurde die Bevölkerung verpflichtet, die japanische Sprache zu erlernen und sie auch im öffentlichen Leben zu sprechen! Man lehrte die taiwanische Bevölkerung sogar, sich als Japaner zu betrachten, animierte sie, japanische Namen anzunehmen, japanische Kleidung zu tragen, japanische Kost zu essen und religiöse Rituale aus Japan zu übernehmen. Damit wollte man Taiwan für die Integration in das japanische Kaiserreich gleichmachen.

Obwohl die Lebensqualität der Einwohner unter der japanischen Herrschaft enorm gestiegen war, hatte das strenge System aus den Taiwanern trotzdem keine Japaner machen können. Zum Glück fand nach dem Zweiten Weltkrieg 1945 die japanische Besetzung auf Taiwan ihr Ende.

Gottlob lag das 50 Jahre zurück und für uns blieb das Chinesisch! Eine Sprache mit sieben Siegel; und dazu diese Schriftzeichen! Peter und ich werden auf jeden Fall wieder Analphabeten sein und können nichts, aber auch gar nichts davon lesen, geschweige denn verstehen! Vielleicht nehmen wir diese Sprache in Angriff, wenn wir vor Ort sind. Vielleicht.

Vor Ort sein hieß Taipeh, die Hauptstadt Taiwans. Noch eine viertel Stunde bis zur Landung, sagten die Flugdaten auf dem Bildschirm und ich konnte bereits Häuser unter mir erkennen. Am liebsten wäre ich noch ein bisschen weitergeflogen, die kommenden Monate lagen mir im Magen. Als hätte Peter meine Gedanken gelesen, meinte er tröstend: „Wird schon werden!"

3. Der Drachen-Palast

Endlich war der Flieger auf dem Chiang Kai-Shek International Airport gelandet und rollte aus. Mit gemischten Gefühlen sah ich aus dem Fenster. Das graue Wetter, das uns empfing, passte zu meiner Stimmung. Mir graute vor einem halben Jahr Hotelleben.

„Die internationalen Flüge werden nur hier in Taoyuan, im Nordwesten der Insel, abgewickelt!", kommentierte Peter sachlich in meine grauen Gedanken hinein, „Deswegen können wir nicht auf dem Stadtflughafen von Taipeh landen. Schade, dann wären wir schneller im Hotel!"

„Wie bitte?", ich hatte gar nicht zugehört.

„Eva! Ich habe gesagt, …", wiederholte Peter und versuchte, mich aufzuheitern, „Taoyuan bedeutet Pfirsichgarten. Ist das nicht ein schöner Name? Früher gab es hier zig Pfirsichbäume, aber mittlerweile sind die meisten davon verschwunden. Dafür blüht jetzt die Industrie in dieser dichtbesiedelten …!"

Plötzlich ließ eine Durchsage Peter verstummen. Ungehalten forderte eine Stewardess die Fluggäste auf, sich umgehend wieder zu setzen und sich anzuschnallen, da das Flugzeug die Parkposition noch nicht erreicht habe. Die Aufforderung verhallte ungehört. Gepäckstücke und jede Menge Plastiktüten waren bereits von einigen Fluggästen aus der Ablage gezerrt worden.

Als plötzlich der Flieger mit einem heftigen Ruck zum Stehen kam, gerieten die Übereiligen bedrohlich ins Schlingern. Ich musste grinsen und fragte mich, ob der Pilot etwa absichtlich so ruckartig gebremst hatte …

Als die Anschnallzeichen auf Grün sprangen, nahm das Chaos so richtig Fahrt auf. Jetzt wollten die Fluggäste der Fenster- und Mittelplätze ebenfalls an ihr Handgepäck, doch die Gänge blieben von den Übereiligen verstopft. Daraus entwickelte sich unter den Asiaten ein heftiger Wortwechsel, der bei mir als lauter Singsang ankam und mich zum Hinhören zwang. Was für eine Sprache dieses Chinesisch doch ist, dachte ich, zischelnde Laute und bellende Vokale.

Ich hatte gelesen, dass Mandarin das Hochchinesisch unter den vielen weiteren Dialekten ist und vier verschiedene Tonhöhen hat. Je nach Betonung sogar ein gleiches Wort unterschiedliche Bedeutungen haben kann.

‚Ma, Ma, Ma, Ma!‘, hatte mir Peter vorgesprochen, und dabei seine Stimme unterschiedlich geschwungen. ‚Mutter, Hanf, Pferd, schimpfen.‘ Damit nicht genug, es gibt sogar gleiche Worte in gleicher Tonlage, wo die Lösung nur im Schriftzeichen zu erkennen ist. Da soll noch einer durchblicken!

Als die Fluggastbrücke endlich angeschoben war, öffneten sich die Türen und der Pulk im Gang löste sich auf. Mit unseren vier Handgepäckstücken schlossen wir uns den anderen an, die Richtung Passkontrolle hechteten.

Der Beamte unserer Schlange war emsig. Als wir an der Reihe waren, guckte er nur kurz hoch, haute flugs den Stempel in den Pass und schon waren wir durch. Am Kofferband angekommen, drehten bereits einige Gepäckstücke aus unserem Flieger die Runde! Die sind hier aber von der flotten Truppe, staunte ich.

„Wenn ich an unsere Iran-Einreisen zurückdenke, war das bis jetzt ein Spaziergang!", stupste ich Peter in die Seite.

„Sogar neben dir, ohne Geschlechtertrennung!", stupste er zurück, „Das ist wieder Reisenormalität!"

Ich nickte und war doppelfroh, als uns dann der Beamte vom ‚Nothing to Declare-Bereich‘ mit unseren ungewöhnlich vielen Koffern durchwinkte. Schmuggelware hatten wir ohnehin nicht dabei, trotzdem waren wir gut gewappnet für die nächsten Wochen. Noch schipperte unser deutscher Hausstand irgendwo auf dem Meer und der Hausstand ‚Iran‘ ebenso. Niemand wusste so genau, wann unsere Sachen eintrudelten. Von vier bis sechs Wochen war die Rede.

„Wir müssen uns rechts halten, Eva, im Bereich Abholer erwartet uns Axel."

Axel, das war der Fahrer für den Chef und er arbeitete fast sieben Jahre für die Vertriebsgesellschaft. Peter hatte ihn mir auf einem Foto gezeigt, aber ich hätte ihn niemals unter den Abholern wiedererkannt. Für mich sahen die Asiaten alle gleich aus. Und wie klein sie doch sind, Ausländer wirken daneben oftmals wie Riesen.

Axel entdeckte uns sofort. Auch er war nicht groß, da konnten sich seine Stoppelhaare noch so in die Höhe recken. Nach seiner äußeren Erscheinung schätzte ich ihn auf dreißig Jahre, aber ich wusste, er hatte die Vierzig bereits überschritten. Nach der Begrüßung und Vorstellung, glücklicherweise auf Englisch, begaben wir uns zum Parkdeck. Es fegte ein frischer Wind durch die offene Etage und ich war froh über meine Jacke. Am Firmenwagen angekommen, hielt Axel mir sofort die hintere Autotür auf. Ich bedankte mich und ließ mich in die weichen Polster fallen. Als Peter sich neben mich setzte, fand ich das etwas ungewöhnlich.

„Sitzt du nicht vorne?", fragte ich ihn.

„Nein, wo denkst du hin. Der Boss sitzt immer hinten! Und hat freien Blick!", schmunzelte er.

Die Kopfstütze vom Beifahrersitz war tatsächlich entfernt worden.

Ich hörte Axel stöhnen. „Willst du ihm nicht …"

„Das darf ich nicht. Er will das allein machen.", meinte Peter gelassen.

Obwohl Axel nicht wie ein Hüne aussah, schien er Kraft zu haben. Ich war beeindruckt, dass er ‚problemlos' unser schweres Gepäck in den Kofferraum hievte. Unser Handgepäck legte er auf den Beifahrersitz.

„Was hat er vorhin zu dir gesagt? ‚Lau…' was?"

„Lauban! Ich bin der lauban, der Chef und du bist ab jetzt die lauban niang, die Frau des Chefs!", erklärte mir Peter. „Daran wirst du dich gewöhnen, ist taiwanische Art!"

Aha, ich war also die lauban niang. Das hörte sich viel klangvoller an als das Chinesisch im Flieger. Vielleicht hatte ich auch Kantonesisch vernommen, den Dialekt, den man in Hongkong spricht.

Als Axel sich hinters Steuer setzte, hieß er uns nochmals Willkommen und meinte, dass wir in einer knappen Stunde im Hotel ankämen. Eigentlich hätte Axel mit seiner Größe kaum übers Lenkrad gucken können, aber ich schmunzelte, als ich ein dickes Sitzkissen unter seinem Po bemerkte. Nach einigen Kilometern fasste ich Vertrauen in seinen Fahrstil, entspannte mich und beobachtete grüne Hügel, die an mir vorbeirauschten.

Peter nickte ein, aber ich war hellwach, wollte nichts verpassen von meinem Einzug in die Stadt Taipeh. Nach etwa einer halben Stunde veränderte sich die Landschaft. Die saftig grünen

Berge verzogen sich und Wohngebiete kamen in Sicht. Die Autobahn fraß sich mitten durch die Hochhäuser, die wie eine dicht gedrängte Truppe von Zinnsoldaten in hellbrauner Uniform strammstanden, in denen sich dazwischen Wohnhäuser als ‚Zivilisten', planlos aneinanderreihten. Die Baustile ließen mich schlucken. Sichtlich hatten hier Architekten mit unterschiedlichsten Geschmäckern gewirkt, so zusammengewürfelt wie es aussah. Zartrosa, hellgrün oder lichtblau in Kachellook war die Vorliebe der Fassaden und fast auf jedem der Flachdächer wuchsen wilde Konstruktionen der Marke Eigenbau. Kleine Hütten, zusammengeschusterte Holzverschläge, die für mehr Stauraum oder manchmal sogar für mehr Wohnraum herhalten mussten.

Noch kein einziges Haus im chinesischen Baustil hatte ich entdeckt! Stattdessen hatte man diesen Landstrich der ‚Ilha Formosa' mit einer hässlichen Bauweise verschandelt. Ob es wohl überall so aussieht, fragte ich mich enttäuscht. Jedenfalls dehnten sich hier die eigentümlichen Wohngebilde weiter aus, doch das Grün der Natur hatte sich zum Glück nicht ganz verdrängen lassen. Als dann der Verkehr dichter wurde, war ich sicher, wir hatten die Hauptstadt erreicht.

In welchem Hotel wir wohl landen? Peter hatte mir nichts verraten. Mein Favorit war das im chinesischen Baustil errichtete Grand Hotel, von dem ich Bilder im Reiseprospekt gesehen hatte. Dieses Hotel hatte mich schwer beeindruckt.

Und plötzlich sah ich es von weitem. Das Wahrzeichen Taipehs! Wie ein Palast thronte es erhaben hoch oben auf dem grünbewachsenen Hügel, ganz in Rot, nur das geschwungene Doppeldach trug goldfarbene Ziegeln. Was für eine Augenweide! Bald, ganz bald, sehe ich mir dieses Hotel von innen an, versprach ich mir.

Doch dieses ‚Bald' kam für mich schneller als gedacht. Axel bog doch wahrhaftig in die Straße ein, die zum Hügel führte. Irrtum ausgeschlossen, eine Hinweistafel bestätigte mir, dass wir auf dem direkten Weg zu meinem Wunschhotel fuhren. Ich war völlig aus dem Häuschen vor Freude. Mein Peter!!! Hat er mich doch tatsächlich überrascht.

„Peter, Peter!", weckte ich ihn leise.

„Was ist los?"

„Wir sind da. Du bist mir ja einer! Hast du uns ins Grand Hotel eingebucht?"

„Na klar, was denn sonst? Wenn schon kein Zuhause, dann der beste Einstieg für uns! Hier bleiben wir erstmal und entscheiden dann, was wir tun!"

Ich drückte Peter schnell einen dicken Kuss auf die Wange und genoss dann jede Sekunde meines Ankommens. Gerade passierten wir ein chinesisches Portal, ebenfalls mit geschwungenen Dächern; und entlang einer gepflegten Gartenanlage ging's hoch bis vor den überdachten Hoteleingang. Ehe ich mich versah, öffneten Pagen in traditioneller chinesischer Kleidung mit dem freundlichsten Lächeln der Welt die Autotüren.

Als ich ausstieg, blickte ich auf die Stadt Taipei, auch wenn sie im Moment mit einem Grauschleier zu kämpfen hatte. Doch ich konnte den bleifarbenen Keelung-Fluss erkennen, über dem sich gerade ein Flieger im Landeanflug befand. Das muss der Stadtflughafen sein, den Peter erwähnt hatte, er lag gefährlich nahe.

Während sich ein Page um das Gepäck kümmerte, betraten wir die Hotellobby und das Einzige, was ich in meiner Überraschung stammeln konnte, war: „Peter, ist alles hier so überdimensional groß?"

Er nickte und führte mich weiter zum Check-in-Counter.

Nur langsam folgte ich ihm und sog dabei das mich umgebende China in mich ein. Ich konnte mich gar nicht sattsehen. Auch hier in der Lobby war traditionelle chinesische Kleidung für die Angestellten Usus. Die Frauen allerdings trugen ein rotes Kleid, den Qipao. Der Stoff schillerte, es war bestimmt Seide, dachte ich; und sah mich selbst schon in diesem körperbetonten Dress mit dem hoch geschlossenen Stehkragen, Schlaufenverschlüsse und einem Schlitz an einer Seite.

In dieser riesigen Empfangshalle dominierte Rot überall. Stattliche, auf Glanz polierte rote Säulen trugen eine goldverzierte Holzdecke, an der rote Lampions zart im Wind der Klimaanlage baumelten. Es war, als schwebten sie und auch ich schwebte auf diesem roten Teppich dahin, der sich auf dem Marmorboden ausbreitete. Direkt vor mir erblühte ein riesiges Blumenarrangement mit feinsten Orchideen in Weiß und Gelb, und zwischendrin sprießten rote Blütenschnäbel. Weiter hinten lockte eine breite Prachttreppe, auf der sich ebenfalls ein roter Teppich schmiegte und sie noch erhabener wirken ließ.

Links von mir saßen Besucher in einem Restaurant beim Mittagessen oder bei einer Erfrischung. Leises Stimmengewirr und zarte Klaviermusik drangen an mein Ohr und verführerische Essensdüfte in meine Nase. Kein Wunder, Hunger meldete sich an, aber ich musste weiter zur Rezeption, jetzt gefolgt von Axel und dem Pagen, der einen goldfarbenen Leiterwagen mit unserem Gepäck schob. Nach etwa zehn Minuten hatte Peter, unter Beobachtung von Axel, eingecheckt und erhielt zwei Zimmerschlüssel.

Axel verabschiedete sich und wir machten uns auf den Weg zu einem der 490 Zimmer, die in dem 14-stöckigen Gebäude untergebracht sind. Der Page mit unseren Koffern schlug einen anderen Weg ein.

Ein Aufzug brachte uns in die sechste Etage, jedenfalls hatte Peter die sechs gedrückt. Doch dann fiel mir auf, dass es auf dem Display gar keine Vier gab! Ich machte Peter darauf aufmerksam.

„Hier ist die Vier eine Unglückszahl, sie klingt in der chinesischen Sprache wie ‚tot‘!", wusste Peter, „Nirgends wirst du eine vierte Etage finden. Ähnlich wie bei uns die Dreizehn, die fehlt ja auch bei den Sitzreihen in Flugzeugen oder auf Zimmertüren in Krankenhäusern."

Ah, die Taiwaner sind auch abergläubisch, dachte ich, als sich in dem Moment die Aufzugtür öffnete und Peter lachend verkündete: „Willkommen in der sechsten Etage, die eigentlich die fünfte ist!"

Das Zimmer war schnell gefunden und als er mir die Tür zu unserem ‚Gemach‘ aufhielt, blieb ich wie angewurzelt im Eingang stehen. „Wow!", war alles, was ich sagen konnte. Vor mir breitete sich ein chinesischer Wohn-Schlafraum aus!

Ich trat vollends ein und begann nun neugierig, unser momentanes Zuhause zu erkunden. An der linken Wand zog sich nach einem Einbauschrank eine XXL-Kommode entlang, die Platz für eine Art Schreibtisch mit einem Stuhl bot und für einen großen Fernseherapparat, der wie ein Riesenauge ins Zimmer glotzte. Einen Blick in die Minibar direkt darunter genügte! Ja, hier war sie mit alkoholischen Getränken, Softdrinks und Wasser bestückt und gähnte nicht vor Leere wie in einem iranischen Hotel!

An der Fensterfront luden zwei mächtige Holzstühle im chinesischen Stil mit kleinem Tisch zum Verweilen ein. Peter zog die Gardine beiseite. Das Zimmer hatte zu meiner Freude sogar einen Balkon und wie konnte es anders sein, mit roter Brüstung. Wir traten hinaus und sahen auf einen grünbewachsenen Berg. Leider lag das Zimmer nach hinten hinaus, ohne Blick auf die Stadt. Doch wir trösteten uns, dass es dafür ruhiger sein würde als eines über dem Hoteleingang.

Das Bett jedoch war der Kracher! Übergroße Kissen lehnten an dem Kopfteil, das von einer zart geblümten Tapete à la Chinoise umrahmt wurde. Und im Stil dazu passten die zwei Nachttischchen. Eine riesige Bettdecke ummantelte die Liegefläche der Matratze, die bestimmt 2,40 x 2,40 Meter maß.

„Meine Güte, Peter! Hier drin müssen wir uns nachts ja suchen!", neckte ich ihn.

Gerade wollte er mir einen Schubs geben, damit ich auf der Matratze lande, da klopfte es. Der Page hatte uns gefunden und ich verschwand derweil im Bad.

Was für ein Kontrast! Ich stand in einem kleinen Raum, in dem nicht viel mehr Platz war als für die Toilette, das Waschbecken, die Wanne mit Duschvorhang und mich. Mein erster Eindruck, dieses Hotel war in die Jahre gekommen, doch es war sehr sauber und das Handtuch flauschig weich, an dem ich mir meine gerade gewaschenen Hände abtrocknete.

Der Page war weg und ich machte Peter Platz, der sich auch schnell erfrischte, denn unser plötzlicher Hunger mahnte zu Aufbruch, unsere leeren Mägen doch im Lobby- Restaurant zu füllen.

Der Aufzug brachte uns bis in den zweiten Stock, von hier aus wollten wir über die Prachttreppe mit dem roten Teppich zur Eingangshalle ‚hinunterschreiten'.

„Was für eine Treppenbrüstung?", schwärmte ich und strich dabei über den hellgrauen Handlauf aus Marmor. Aber das war erst der Beginn dieses Marmorprachtwerkes. In den Steintafeln darunter wälzten sich fantasievoll eingemeißelte Drachen und an jeder Seite hielten Pfosten diese Kunstwerke.

„Die Marmorknospe auf den Pfosten ist eine Lotusblüte!",
bemerkte Peter, „Sie steht für Reinheit, und der Drache ist ein
kaiserliches Symbol, der Stärke und Macht verleiht! Das Hotel
heißt deshalb ‚Der Drachen-Palast'; und Drachenornamente
findest du hier überall!"
„Wie dieses Rot. Das hat doch bestimmt auch eine Bedeutung!"
„Ja, Rot ist die Farbe des Lebens und bringt Glück!"
„Dann sind wir ja im richtigen Hotel!"
Mittlerweile standen wir auf dem Podest, von dem aus wir die
exquisite Lobby überblicken konnten. Unter uns herrschte ein
ständiges Kommen und Gehen. Hier und da standen Grüppchen
von Touristen, das verrieten ihre blitzenden Kameras. Erstaunt
war ich über die verhaltene Geräuschkulisse, sicher wurde der
Lärm vom Teppich verschluckt. Ich ließ das alles auf mich
wirken und mutierte kurz zu einer chinesischen Prinzessin. Kein
Wunder, diese hohe Halle ist wahrlich kaiserlich, imponiert mit
ihrem chinesischen Stil und mit der Farbe des Glücks.

4. Der Drache isst mit!

Nach der Prachttreppe steuerten wir zielstrebig das Restaurant
an. Eine freundliche Bedienung führte uns zu einem freien
Tisch und reichte uns die Speisenkarte. Köstlichkeiten mit
exotischen Namen, soweit mein Auge reichte. Wie soll ich mich
da entscheiden? Am liebsten hätte ich alles probiert.
Peter kannte bereits einige Gerichte und bestellte für uns Kung
Bau Chicken, Pak Choi Gemüse, gedämpften Reis und Jasmin-
Tee. Ich war gespannt. Als Peter aus einer fahrbaren Theke, die
ein Ober immer wieder durch die Reihen schob, noch zwei
dampfende   Bambuskörbchen   aussuchte,   wuchs   meine
Spannung aufs Unermessliche!
Kaum waren die Gerichte auf dem Tisch platziert, verströmten
sie eine wunderbare Duftpalette, dass mir das Wasser im Mund
zusammenlief. Und wie farbenfroh alles aussah. Das Gemüse
war so grün wie irisches Gras, der Reis so weiß wie frisch
gefallener Schnee und das Hähnchengericht gab die braune
Farbe der Erde wieder, in denen sich dunkelrote Chilischoten
tummelten. Feuer!

„Ist das nicht zu scharf?", äußerte ich sofort meine Bedenken.
„Nur ein bisschen, aber es wird dir schmecken. Doch lass' uns zuerst mit Dim Sum beginnen!", empfahl Peter, „Diese gedämpfte Köstlichkeit ist ein kantonesisches Mittagsgericht, aber sie schmecken auch hier. Probiere mal das Ha Gau, Garnelen in Reismehlteig."
Interessiert schaute ich in das Bambuskörbchen und es lachten mich kleine Maultäschchen an.
„Warum gibt es nur drei Stück davon? Es wäre doch …!"
„Ja, wäre es, aber du weißt ja, die Vier!"
Aha, sogar beim Essen legt man Wert darauf, wunderte ich mich, während Peter sich mit den Essstäbchen eines der kleinen Wunderwerke schnappte. Obwohl die Bedienung Gabeln und Löffel hingelegt hatte, wappnete ich mich auch mit Essstäbchen, deren Handhabung ich in Deutschland tüchtig geübt hatte. Behände fischte ich mir ein Täschchen aus dem Geflecht und betrachtete es genauer. Wie ein Hauch umhüllte der glasige Teig die Füllung und ließ die Garnele rosig hindurchscheinen. Oben schloss sich der Teig mit einer Reihe von millimeterschmalen Biesen. Das war feinste Handarbeit! Ich war beeindruckt.
Wie auch Peter benetzte ich die kleine Garnelentasche mit der Soja-Essig-Soße. Kurz bevor ich etwas davon abbiss, streifte ein nussiger Duft meine Nase und dann spürte ich den feinen Geschmack, der so zart war, wie das kleine Ding aussah.
„Hm, himmlisch!" Die andere Hälfte verschwand wie der Blitz in meinem Mund.
„Ja, das sind sie. Dim Sum heißt übersetzt: ‚Es berührt und wärmt das Herz'!"
Wie schön das klingt, kein anderer Name hätte passender sein können. Aber woher kam der mir so unbekannte Duft?
„In dem Soja-Gemisch ist Sesamöl!", wusste Peter.
Was für eine Abrundung! Das musste ich mir unbedingt merken.
Die andere Variante der Dim Sum hieß Shumai, kleine geöffnete Nudelteigsäckchen, aus denen eine Paste aus Schweinehack und eine kleine Garnele hervorlugten. Eine erstaunliche Mischung. Neugierig probierte ich eine davon. Auch die war köstlich, allerdings etwas rustikaler im

Geschmack als die Garnelentäschchen, die jetzt schon mein Favorit waren.

„Zu Shumai passt Ingwer, das gibt Würze und regt die Verdauung an!"

Was Peter schon alles wusste! Aber er wusste auch, Ingwer war so gar nicht mein Geschmack. Trotzdem schob ich mir drei von den hauchfein geschnittenen Streifen hinterher und kaute. Eine scharf aromatische Substanz vermischte sich mit meinem Mundinhalt und wirklich, alles zusammen war es eine äußerst delikate Mischung.

Über die zwei restlichen Täschchen wurden wir uns einig und wendeten uns daraufhin dem Hauptgericht zu. Ganz nach chinesischer Art häufte Peter in eine feine Porzellanschale Reis, legte darauf etwas von dem Hähnchengericht und reichte es mir. Auch das nahm ich genau in Augenschein. Zwischen Lauch, Ingwerscheiben und Knoblauch lagen in Würfel geschnittenes Hähnchenfleisch, Cashewkerne verteilten sich in der braunen Soße, doch vor der Schar getrockneter Chilischoten hatte ich Respekt.

Vorsichtig, um nicht eine zu erwischen, klemmte ich nur ein Stück Fleisch zwischen meine zwei Stäbchen und kostete. Hui, der Drache war geweckt und spie Feuer, doch der Reis milderte die Flammen. Trotz der Schärfe schmeckte ich noch eine salzige und eine süße Note, die sich hier in absoluter Harmonie paarten. Die Cashewkerne malten das Tüpfelchen auf dem i!

„Zuviel versprochen?", kam von Peter, der sich schon zum zweiten Mal die Schale füllte.

„Das ist richtig gut!", bestätigte ich und verputzte meine erste Portion, von der nur die Chilischoten und die Ingwerscheiben zurückblieben.

Danach nahm ich das exotische Gemüse in Augenschein, das mich vage an eine Babysorte des Mangolds erinnerte. Die Pak Chois mit ihren langen dunkelgrünen Blättern, deren helle Blattrippen sich rosettenartig zu einer walnussgroßen Knolle vereinen, lagen etwas entfernt von mir auf einer Platte. Stäbchen sind doch eine geniale Erfindung, dachte ich, und fasste mir damit einen Gemüsestrauß.

Erwartungsvoll biss ich oberhalb der Knolle hinein, wollte beherzt durchbeißen, doch meine Zähne blieben in den noch knackigen Krautstielen stecken. Obwohl ich hin und her malmte, war es unmöglich, diese faserigen Teile zu entzweien. Das hätte man auch vorher klein schneiden können, empörte ich mich und mit einer leisen Hoffnung auf ein Messer ließ ich meine Augen über den Tisch gleiten. Ich sah nur Löffel und Gabel, mit denen ich jedoch nichts ausrichten konnte. Ernüchternd senkte ich meinen Kopf wieder ab. Was soll ich denn nun machen? Ich konnte doch das angebissene Teil nicht mehr aus meinem Mund ziehen! Leicht drehte ich meinen Kopf zu Peter und quetschte zwischen Lippen und Gemüseblätter „Gibt es keine Schere?" hervor.

Peter lachte, als er meinen Kampf mit dem Pak Choi sah, das halb im Schälchen und halb in meinem Mund hing.

„Ich glaub', das musst du ganz schlucken.", riet er mir und hörte nicht auf zu grinsen.

Haha, mich so auflaufen zu lassen! Na warte! Aber die stille Drohung befreite mich nicht aus meiner Misere. Ich traute mich auch nicht, hochzugucken. Ein Ausländer mit einem Strauß Blätter im Mund. Auf keinen Fall wollte ich mich in diesem edlen Hotel blamieren!

Von Peter konnte ich keine Hilfe mehr erwarten, wie denn auch, ohne Schneidwerkzeug! Und so kaute ich kräftig, stopfte nach, kaute, bis das gesamte Ding nach und nach in meinem Mund verschwunden war. Damit niemand meine Hamsterbacken sehen konnte, hielt ich meinen Kopf weiterhin gebeugt und mühte mich mit Beißen, Schlucken und Atmen ab. Nach einer gefühlten Ewigkeit rutschte endlich die letzte Faser durch meinen gekrümmten Schlund und erst dann kam ich wieder aus der Versenkung hervor.

Mit einem „Gut gemacht!" bestellte Peter daraufhin ein Messer und er schnitt das restliche Gemüse in mundgerechte Happen. Das versöhnte mich. Und jetzt erst konnte ich den nussigen, leicht bitteren Geschmack auskosten, der bei meinem Gefecht völlig untergegangen war.

Plötzlich drehte Peter den Deckel der Teekanne herum.

„Meinst du, dadurch füllt sie sich wieder auf?", fragte ich verwundert.

„Na, klar, du wirst schon sehen!"

Mein Kopfschütteln blieb auf halber Strecke stecken, als jemand die Teekanne wegnahm und sie nach ein paar Minuten wieder auf den Tisch stellte. Schwer, heiß, dampfend.

„Der herumgedrehte Deckel ist das Zeichen, dass wir gerne noch mehr Tee trinken möchten! Die Teeblätter, die in der Kanne verbleiben, werden mehrmals aufgebrüht. Der dritte Aufguss soll sogar der Beste sein.", lüftete er das Geheimnis der chinesischen ‚Tee-Trinkgewohnheit'.

Und ich lüftete den Deckel der Kanne. Kleine weiße Blüten schwammen mit Teeblättern im heißen Wasser und ein kräftiger Jasmin-Duft stieg mir in die Nase. Kaum zu glauben, aber der Tee nahm wieder eine dunkle Farbe an. Dann muss in ‚unseren' Teebeuteln nur Ausschussware sein, dachte ich, denn die geben beim zweiten Mal kaum mehr Farbe ab, geschweige denn solch ein volles Aroma!

Wir genossen unseren zweiten Aufguss, ließen uns den dritten auch nicht entgehen, der für mich dann doch ein wenig wässrig schmeckte. Das Deckelspiel war beendet und nach einem Spaziergang um das Hotel herum waren wir mit unseren Kräften am Ende. Ein anstrengender Tag lag hinter uns und der Jetlag tat sein Übriges. Übermüdet fielen wir in das King Size-Bett und niemand kam auf die Idee, den andern zu suchen. Die chinesische Prinzessin schlief tief und fest, und der Prinz ebenso!

5. Kleine Entdeckungstour

Am nächsten Morgen ließ Peter mich schlafen, während er sich ins Büro aufmachte. Gegen elf wurde ich wach. Nun aber raus aus dem Bett; und bevor ich wieder vom Schlaf übermannt wurde, ließ ich schnell Tageslicht in den Raum. Das Wetter schien freundlicher zu sein als gestern. Zwischen weißen Wolken entdeckte ich blaue Flecken am Himmel, die mir zuwinkten.

Fürs Frühstück war es längst zu spät. Stattdessen ließ ich mir mitgebrachte Plätzchen aus Deutschland schmecken, und als Wachmacher kam mir der Instantkaffee des Hotels gerade recht. Danach erwachten vollends meine Lebensgeister für alle möglichen Taten. Viel blieb nicht übrig, nur die Hotelanlage erkunden, vor allem den Pool, dessen Blau ich vom Balkon sehen konnte.

Mit dem Aufzug fuhr ich in die zweite Etage; dort führte ein langer Flur zum hinteren Ausgang des Hotels. Verkaufsstände lockten blinkend und farbenfroh mit Schmuck und chinesischer Keramik, doch ich hatte anderes vor. Als ich das klimatisierte Hotel verließ, umgab mich eine feuchte Wärme, die mich kurz nach Luft schnappen ließ. Von Frische keine Spur, es war viel wärmer als gestern bei unserer Ankunft. Die Sonne stand bereits hoch am Himmel. Nur gut, dass ich an meine Sonnenbrille gedacht hatte.

Ein Schild wies mir den Weg zum Pool und als es nach einer Kurve serpentinenartig bergab ging, grünten auf einmal Buschwerk und Farne üppig neben mir. Hu, … gerade huschte eine Eidechse oder ähnliches über den Weg. Oder war es gar eine Schlange? Besser ich gehe nur noch in der Mitte des Weges und trete auch fester auf, denn Schlangen sollen bei Erschütterungen das Weite suchen. Hoffentlich!

Nach etwa fünfzehn Minuten erreichte ich mein Ziel. Donnerwetter, der Pool hat ja olympische Größe! Hier scheint wirklich alles ‚Grand‘ zu sein.

Eine Schwimmerin zog tapfer ihre Bahn durch das 50 Meter lange Schwimmbecken. Am liebsten wäre ich auch hineingesprungen, so verlockend war das helle Blau, aber die angegebenen 17°C ist nicht meine Temperatur. Interessant war, dass das Restaurantgebäude neben dem Pool eine kleine Kopie des Grand Hotels war, das mir oberhalb vom Pool entgegentrutzte. Leider hatte es wegen der ‚kalten Jahreszeit‘ geschlossen.

Ich trat den steilen Rückweg an und als ich das Hotel wieder erreichte, war ich verschwitzt und lechzte nach einem Getränk. Nie wieder ohne eine Wasserflasche, merkte ich mir, und vorbei an der chinesischen Keramik lief ich schnurstracks in Richtung Lobby-Restaurant. Ein großes Wasser und ein Glas Fruchtsaft waren meine Rettung, ebenso der kühlende Wind der Klimaanlage, der mich ebenfalls erfrischte. Bald schaltete mein Körper wieder auf normal. Dann schaute ich mich um in dem bereits gut besuchten Restaurant.

Als ich die vielen Leute beobachtete, wurde mir bewusst, dass ich momentan ganz allein auf mich gestellt war. Außer Peter und der Familie, die noch in ‚unserem' Haus hockte, kannte ich niemanden. Auf einmal kam ich mir in diesem großen Hotel verloren vor, dachte an meine Familie, an meine Freunde und an …

Eva, nun wird nicht sentimental, das sind die Anfänge im Ausland, das geht vorbei, sprach ich mir gut zu. Dabei fiel mein Blick auf Süßes! Verführerisch lachte mich der Kuchen in der Auslage an, wo sich mehrere Torten mit Sahneüberzug und Schokoladenglasur aufreihten. Die Trostpflaster!

Ich schmunzelte, als ich sogar die berühmte Torte entdeckte, deren Namen auf dem Kärtchen als ‚Schwarzwalder Kirschtorte' angepriesen wurde.

Ein Cheese Cake wurde meiner mit dem leckeren Jasmin-Tee. Im Gegensatz zu dem ‚Grand' des Hotels servierte man mir jedoch ein übersichtliches Stückchen Kuchen auf einem Tellerchen klein und zart, und so war auch die Kuchengabel. Damit trennte ich vorsichtig ein Kucheneckchen ab, probierte und …, oh, schade, das war nicht der saftige Geschmack eines deutschen Käsekuchens. Dieser Cheese Cake war fest und kompakt und blieb mir fast im Halse stecken. Gut, dass ich den Tee bestellt hatte! Und nach dem letzten Krümel wusste ich auch, warum er so klein war. Ich war pappsatt.

6. Einladung bei den ‚Hausbesetzern'

Samstag! Wochenende! Heute hatten wir die Frühstückszeit des Hotels verschlafen, denn Wilfried, der nicht mehr amtierende Geschäftsführer, und seine Frau Bettina hatten uns zum Brunch in ‚unser' Haus eingeladen. Bevor der Wechsel für Wilfried nach China anstand, wollte er uns das Haus zeigen, in das wir nicht einziehen konnten. Danach würde die endgültige Entscheidung fallen, Hotel oder Haussuche!

Bevor ich in Peters Firmenwagen einstieg, bemerkte ich, dass der Wagen blitzte.

„Wird der jeden Tag gesäubert?", fragte ich und strich zart über den Lack.

„Im Kofferraum liegt ein Staubwedel", klärte Peter mich auf, „damit wedelt Axel ständig auf dem Auto herum!"

Axel scheint großen Wert auf Sauberkeit zu legen, schätzte ich.

„Außerdem ist er ist Autoliebhaber, er kennt alle Schlitten aus dem Effeff.", wusste Peter.

„Dann steht bei ihm sicher eine rasante Kiste zu Hause?"

„Nee, er fährt nur einen Motorroller!"

„Oh!"

Nachdem Peter die Kopfstütze für mich eingesetzt, Fahrersitz und Spiegel auf seine Größe eingestellt hatte, fuhren wir den Hotelberg hinunter. Ohne Probleme fädelte er sich in den Verkehr ein.

Als wir auf eine breite Straße gelangten, wies mich Peter auf ein Schild hin: „Siehst du, das ist die Chung-Shan-Bei-Lou, die Mittlere-Berg-Nord-Straße, sie führt immer geradeaus bis in den Norden von Taipei."

Ich fand es sehr hilfreich, dass die Straßennamen auf den Hinweisschildern nicht nur in chinesischen Schriftzeichen, sondern auch in lateinischen Buchstaben angeschrieben waren. Und Peter hatte recht, diese Hauptstraße zog sich breit durch den Stadtplan, den ich zur Sicherheit auf meinem Schoß parat hielt. Um mich einigermaßen zu orientieren, musste ich wissen, wo ich war.

Die Straßeneinteilung Taipehs ist schachbrettartig angelegt und Abzweigungen mit Ampeln kreuzten unseren Weg. Der Verkehr war dicht an diesem Samstagmorgen und wir kamen nur langsam voran. In Zeitlupe zogen Hochhäuser, Wohnhäuser, Banken und Geschäfte vorbei. Cafés, Restaurants und Imbissstände gesellten sich dazwischen und neben all dem Beton versuchten schattenspendende Bäume das Sonnenlicht zu ergattern. Menschen hetzten auf den Gehsteigen hin und her und oft mussten sie den Motorrollerfahrern ausweichen, die dort frech ihre Zweiräder hinstellten. Doch niemand erboste sich darüber, man machte ihnen sogar noch Platz.

Nach einiger Zeit bog Peter ab, Geschäftigkeit und Verkehr nahmen ab. Als er daraufhin in eine schmale Straße ohne Gehweg hineinfuhr, ging's steil bergan; und plötzlich waren wir von Büschen und Bäumen umgeben.

„Sag bloß, die wohnen hier?"

„Ja, mitten in der Natur! Man guckt nur auf Grün!"
Peter schien begeistert zu sein.

Ich dachte an all die Schlangen, die sich in solch einem Dschungel ungestört vermehren können, von den Spinnen ganz zu schweigen. Und wir sollen hier ein Haus übernehmen?

Nach einer Kurve kamen wir auf einen großen Platz. Obwohl die Straße noch weiter hoch führte, parkte Peter am Straßenrand. Wir waren angekommen. Jetzt erkannte ich das Haus mit der Steinmauer von den Fotos wieder.

Meine Güte, ist das einsam hier! Zwei weitere Häuser gab es noch in einer Gasse, die von dem Platz wegführte, aber sonst sah ich nur Bäume, Sträucher und Bambus.

Scheinbar hatte man unser Auto schon gehört, die vierzehnjährige Tochter öffnete bereits das Eingangstor. Nach einem fröhlichen Hallo gingen wir durch den gepflegten Vorgarten zur Haustür, traten ein und standen gleich im Wohnbereich. Eine Spiegelkommode mit Blumenstrauß lenkte von einem Garderobenständer ab, auf den der Hausherr unsere Jacken hing. Wissbegierig sah ich mich um. Das offene Wohnzimmer und der seitliche Essbereich wurden von zwei sich gegenüberliegende Fensterfronten erhellt. Eine großzügige Sitzecke mit einem Kamin lud zum Sitzen ein.

„Ein Kamin? Braucht man den hier?" Ich hatte meine Zweifel.

„Ja, in den ersten Monaten des Jahres ist das Wetter manchmal empfindlich kühl und auch nass.", wusste der Hausherr, „Und weil nichts ausreichend isoliert ist, zieht die feuchte Kälte in die Räume hinein. Zwar hat jedes Zimmer im Haus eine Klimaanlage, die sich von kalt auf warm einstellen lässt, aber ein prasselndes Kaminfeuer hat doch was, oder?"

Das konnte ich nur bestätigen.

Am Essbereich ging's zum hinteren Teil des Hauses hinaus, wo sich ein nierenförmiger Pool entlang der Terrasse räkelte. Zu kalt zum Reinhüpfen, doch mein Herz machte einen Hüpfer, als ich links von der Terrasse einen Persimonen-Baum entdeckte! Dieser blattlose Baum war mir bekannt, denn oben im Geäst hingen noch ein paar angetrocknete Persimonen- bzw. Khakifrüchte. Sicher hatte der Baum noch nie Schnee gesehen; dabei dachte ich versonnen an die Persimonen mit den Schneehäubchen in unserem Teheraner Garten.

An der Längsseite des Pools schloss eine hohe Mauer mit einer lila blühenden Bougainvillea-Hecke das Grundstück ab.

Dahinter fiel mir ein rotes Dach auf, das oberhalb der Hecke hervorlugte. Doch Nachbarn.

Wilfried hatte meinen Blick bemerkt. „Das Haus gehört auch unserem Vermieter! Leider wird es bald frei. Ob es neue Mieter gibt, weiß ich nicht. Doch glaubt mir, unser Haus ist viel schöner!", bügelte er schnell seinen Fehler aus, „Es hat auch eine bessere Aufteilung! Nicht wahr Bettina?"

Bettina, seine Frau, bestätigte es, aber ich grinste leise in mich hinein. Von Peter wusste ich, dass Wilfried uns unbedingt als Nachmieter sehen wollte.

„Aber nun kommt und lasst uns erst etwas essen!", lud er ein, „Danach zeigen wir euch unser Reich!"

Der liebevoll gedeckte Tisch machte Kaffeedurst und Appetit. Ich war überrascht, dass uns Leberwurst und auch ein Roggenlaib anlachten. Bettina lobte das Brot des deutschen Bäckers, die Wurstsorten seien vom deutschen Metzger und beide Läden befänden sich in der Chung-Shan-Bei-Lou. Wieder dieser Straßenname, den ich mir scheinbar gut merken sollte.

Am Tisch verführten uns Rührei, geräucherter Lachs, verschiedene Käsesorten, die Wurst und Marmeladen in Rot und in Gelb. Das Brot ‚Made in Taiwan' war richtig lecker und wir langten kräftig zu.

Zwischen Kaffee und Orangensaft pries Wilfried immer wieder ‚sein' Haus an, in das wir bedauerlicherweise noch nicht einziehen können. Doch auf das es sich auf jeden Fall zu warten rentiere, wegen der zentralen Lage und der soliden Bauweise. Das Haus sei bestens in Schuss, da sich der Vermieter umgehend um Mängel kümmere.

„So etwas findet ihr momentan nicht auf dem Markt!", legte er sich weiter ins Zeug, „Es ist alles da und funktioniert. Gästebett, Luftentfeuchter, Transformatoren und elektronische Geräte könnt ihr von uns abkaufen, das erspart euch teure Einkäufe! Und den Gärtner Albert übernehmt ihr gleich mit! Er kennt sich im Garten aus und um den Pool kümmert er sich ebenfalls. Oder wollt ihr einen teuren Pool-Service bezahlen, Unkraut zupfen, Hecke schneiden oder in den Büschen herumkriechen? Bei dem ganzen Krabbelzeug hier? Schlangen hatten wir auch schon!"

„Ja, eine ziemlich große sogar!", meldete sich die Tochter zu Wort und der dreijährige Sohn plapperte: „Slange, Slange!" Wusste ich's doch! Hier waren wir in der Wildnis! Ich schaute zu Peter, aber der fragte nach anderen Wohngebieten.

„In Tian Mu, wo wir sind, ist es schwierig mit Wohnraum. Wellington wäre eine Alternative, dort leben viele Expats, aber da ist immer Partyleben. Dann gibt's noch den Yangming-Shan, ein Berg, der weiter nördlich liegt und ziemlich feucht durch die Wälder ist, speziell in der Regenzeit. Freunde von uns klagen jedes Mal über Schimmel in ihren Häusern. Und im Winter kann euch auch mal eine leichte Schneedecke überraschen, schließlich ist der Berg über 1000 Meter hoch. Beide Orte sind abgelegen, aber hier wohnt ihr im Grünen und seid doch nah am Geschehen! Überlegt es euch gut! Aber jetzt wollen wir euch nicht länger auf die Folter spannen, vor allem dich nicht, Eva! Machen wir einen Rundgang!"

Ich ließ mir das Gesagte immer wieder durch den Kopf gehen und gedankenversunken folgte ich Bettina, die uns ‚ihren' Bereich, die große Küche gleich neben dem Essbereich zeigte. Dahinter war die ‚Laundry' mit Waschmaschine und Trockner, von der eine Tür mit einer Klappe ins Freie führte. Ich wusste, dass die Familie eine Katze hat.

Danach übernahm der Hausherr wieder das Zepter und wies beim Eingangsbereich zuerst auf die Gästetoilette und dann auf den ‚Study', das Arbeitszimmer hin, in dem jedoch ein TV, seine neuste HiFi-Anlage und eine Vorrichtung fürs Karaoke-Singen prangte. Auf dieses Equipment war er richtig stolz, merkte ich!

„Das geht alles mit nach China!", stellte er auch gleich klar.

Über eine Treppe mit blauer Teppichware geleitete er uns in den zweiten Stock. Rechts neben dem Aufgang schlossen sich zwei Zimmer an, das Gästezimmer und das momentane Reich der Tochter, dazwischen lag ein Bad. Der kleine Sohn schlief in einem Raum auf der gegenüberliegenden Seite, verriet das Kinderbett.

„Das Gästebett könnt ihr gerne übernehmen, wenn ihr wollt. Ich mache euch auch einen guten Preis!", feilschte Wilfried, „Aus einem Zimmer könnt ihr einen Lagerraum machen, denn einen Keller werdet ihr vergebens suchen."

Der breite Flur mit Fensterfront führte uns zum lichtdurchfluteten Schlafzimmer.

Dort kam Wilfried richtig in Schwung.

„Der große Vorteil von diesem Haus ist, dass jedes Zimmer einen Einbauschrank hat, sogar mit einer Glühbirne!"

„Mit einer Glühbirne?", wiederholte ich, „Im Schrank?"

Umgehend zog er die Türen des Einbauschranks auf und aus jeder Ecke leuchteten uns die Beweise entgegen.

„Die habe ich eingebaut! Wenn sie an sind, verdunstet durch ihre Wärme die Feuchtigkeit! Damit verschimmelt euch nix, darauf könnt ihr euch verlassen! Und es spart Strom! Ihr braucht keine teure Klimaanlage zum Entfeuchten. Eine günstige Lösung, und einfach genial, oder?", holte er sich Lob ab.

Peter und ich murmelten anerkennende Worte und ich sah zu Bettina rüber. Huschte da ein Unbehagen über ihr Gesicht? Das verstand ich gut, mir wäre es auch nicht recht gewesen, wenn Peter alle Innereien meines Schrankes dargeboten hätte. Aber Wilfried merkte nichts davon, er war bereits im angeschlossenen Bad verschwunden. Ein kleiner Raum mit Waschbecken und einem Schrank, daran schloss sich eine separate Nasszelle an mit der Toilette und einer Badewanne. Eine Tür sorgte für Privatsphäre.

Nicht die modernste Ausstattung, dunkelbraun gefliester Boden, maisgelbe Wandkacheln. Diese Zeitreise in die 70er Jahre kannte ich bereits von unserem ersten Auslandsaufenthalt. Doch Hauptsache funktionstüchtig!

„Das muss ich euch noch unbedingt zeigen!", meinte Wilfried aufgekratzt und schritt durchs Schlafzimmer zurück in den breiten Flur. Von dort aus führte er uns auf den schmalen Balkon, der sich vor dem Flurbereich und dem Schlafzimmer hinzog. Sofort zeigte er auf Holzverschläge.

„Das hier sind Shutter oder Fensterläden, damit lässt sich die gesamte Fensterfront verschließen!", erklärte Wilfried stolz und zerrte eines der riesigen Holzbretter aus der Verschalung heraus. „Auch an der Fensterfront beim Wohnzimmer gibt's welche. Bei den anderen Fenstern ist das nicht erforderlich, da schützen die Mauern das Haus. Die Shutter braucht ihr für die Taifun-Saison, damit der Sturm die Scheiben nicht einschlägt!"

„Wie, so eine Wucht hat der Wind?" Unvorstellbar für mich.

„Und ob! Die Glasscheiben können sich sogar nach innen wölben! Ohne diese Shutter müsste man die Scheiben mit Klebeband versehen, damit die Scherben nicht überall herumfliegen, falls das Glas kaputtgeht! Ein Taifun ist im letzten Jahr mit 200 Sachen über uns her gefegt und hat uns die Satellitenschüssel oben auf dem Dach herausgerissen. Und wagt bloß nicht, hinauszugehen! Da fliegen euch Äste und Zeug um die Ohren, der Regen kommt sogar waagerecht! Wir waren froh, dass wir uns mit diesen Dingern verbarrikadieren konnten!" Um uns die Stabilität zu zeigen, rüttelte er kräftig daran.

Ob das nicht alles übertrieben war? Trotzdem machte es mich nachdenklich. Wenn dieses Gebäude einen so heftigen Taifun überstanden hatte, ist die Wahl für dieses Haus vielleicht nicht die schlechteste.

Unseren Rundgang beendeten wir draußen. Neben dem Pool führten Stufen eines Steingartens hoch auf eine kleine Rasenfläche, wo ein prächtiger roter Weihnachtsstern blühte. Das war neu für mich, dass diese Topfpflanze zu einem so großen und üppigen Strauch heranwachsen konnte.

Wieder unten angekommen, durchquerten wir an der schmalen Seite des Hauses die überdachte Stellfläche für ein Auto und fanden uns in dem gepflegten Vorgarten des Eingangsbereichs wieder. Hier war die Mauer niedriger und gab einen guten Ausblick auf die entfernten Hügel von Tian Mu frei. Wie grün und üppig alles wuchs, keiner der Bäume war kahl, wie in unserer Winterjahreszeit.

Gerne hätte ich das Haus umrundet, um wieder auf die Terrasse zu kommen, doch dichte Bananenstauden und alte Blumentöpfe verengten den schmalen Durchgang.

Und Wilfried warnte uns bereits. „Das ist Alberts Bereich. Besser ist, wir gehen da nicht durch!"

Ob vielleicht eine Schlange hier ihr Zuhause hat? Wild genug sah es aus.

Aber Wilfried lenkte unsere Aufmerksamkeit auf das Haus unterhalb von uns. „Dort wohnt unser Vermieter, ein alter Taiwaner! Ich glaube, die Mutter und noch ein Bruder leben ebenfalls unter seinem Dach!"

Wow, in diesem Moment erblickte ich mein erstes Wohnhaus im traditionellen chinesischen Stil! Ein in U-Form gebautes Ziegelgebäude mit einem leicht geschwungenen Dach. Es gefiel mir sofort und wirkte auf mich romantisch, ... wenn ich den herumliegenden Kruscht ausblendete.

Zurück im Haus, half ich Bettina beim Tisch abräumen. In der Küche gab sie mir noch einige Ratschläge von Frau-zu-Frau und bekräftigte die Aussagen ihres Mannes. Obendrein wies sie nochmals auf den günstigen Standort dieses Hauses hin. Ich könne einfach den Berg hinunter gehen und schon gäbe es ein paar Geschäfte, sogar ein Kaufhaus und Taxis für den Großeinkauf. In der Not käme man auch zurück, vor allem, wenn man in den Stoßzeiten und bei strömendem Regen kein Taxi bekäme!

„Aber beizeiten wirst du doch ein eigenes Auto bekommen?!"

„Ich und in Taipei Auto fahren?", rief ich erschrocken, „Bei diesem Verkehr? Niemals!"

„Halb so schlimm! Daran gewöhnst du dich schnell!", besänftigte sie mich, „Und auf ein Taxi zu warten, ist auf die Dauer lästig. Leider habe ich mein Auto schon einer Freundin versprochen, sonst hättest du es kaufen können."

Über ein Auto hatte ich mir noch die wenigsten Gedanken gemacht. Wenn ich an die aberhunderten von Motorrollern dachte, ...! Mal sehen, was Peter dazu sagt. Aber das hatte noch Zeit, viel wichtiger war die Entscheidung für oder gegen das Haus.

„Mama, kann ich Eva jetzt den Friedhof zeigen?", drängelte die Tochter, die plötzlich in der Küchentür stand.

„Welchen Friedhof denn?", stutzte ich, denn davon hatte Wilfried nichts gesagt Oder hatte er es absichtlich verschwiegen? Ob Peter davon wusste?

„Unsere Tochter führt jeden Besucher dorthin!", lachte Bettina. „Die Gräber sind gleich um die Ecke, deswegen kann dieses Haus und das neben uns auch nur an Ausländer vermietet werden. Kein Taiwaner würde je neben einem Friedhof wohnen wollen! Niemals! Dafür sind sie viel zu abergläubisch!"

Und wir sollen neben einem Friedhof einziehen!? Ein bisschen gruselte es mich, doch ansehen wollte ich mir die taiwanische Ruhestätte auf jeden Fall, war es doch Neuland für mich.

Entlang eines Bambushains gingen wir die schmale Straße hinauf und erreichten den Friedhof. Zum Glück lag er nicht direkt neben unserem Haus.

„Pass auf, wo du hintrittst!" riet mir die junge Dame, „hier gibt es Schlangen!"

Ohne Zögern hüpfte sie behände auf dem ausgetretenen Pfad entlang und schien sich in diesem Gräbergewirr gut auszukennen.

Langsam und vorsichtig folgte ich ihr, nur auf dem Pfad, der sich wie eine riesige Natter zwischen den Gräbern entlangwand. Ich trat fest auf, so wie ich es gelesen hatte. Ein Tête-à-Tête mit einem giftigen Reptil suchte ich nicht, die vielen Toten genügten!

Bei der jungen Dame angekommen, wähnte ich mich sicher und sah mich um. Die taiwanische Ruhestätte nahm den gesamten Hang ein und die Toten genossen wirklich eine großartige Aussicht auf Tian Mu, der nördliche Stadtteil Taipehs. Auch fiel mir die Andersartigkeit der hiesigen Gräber auf, die wie Anwesen für Zwerge aussahen. Zu jeder Ruhestätte gehörte ein graues Steinhäuschen, auf deren Außenmauern manchmal pastellfarbene Mosaikkacheln glänzten. Ich schaute genauer hin und entdeckte an einer Seite eine Tür. Gerne hätte ich gewusst, was sich dahinter verbirgt.

Die kleine ‚Terrasse' vor dem Häuschen wurde von zwei niedrigen Mauern hufeisenförmig umschlossen. Zum Schutz wachten an deren Ende je ein Steindrache. Jeder Besucher wurde von ihnen ins Visier genommen. Die chinesischen Schriftzeichen an der Wand konnte ich nicht deuten, sicher war es der Name des Verblichenen. Davor trauerten ein Gefäß mit abgebrannten Räucherstäbchen und eine Vase mit verblassten Plastikblumen neben Unkraut, das wild aus den Steinfliesen wuchs. Vor langer Zeit schon hatte der Wind Blätter zusammengeweht, die vertrocknet in den Ecken lagen. Wie verwaist dieses Grab doch aussah. Vielen andere Gräber litten noch mehr, sie gaben einen noch jämmerlicheren Zustand ab.

„Wieso sieht das hier so ungepflegt aus? Kümmert sich niemand um die Gräber?", fragte ich meine Begleiterin.

„Nein, hier ist das ganze Jahr nichts los. Die Taiwaner glauben, dass sich hier nicht nur ihre eigenen Ahnen herumtreiben, sondern auch feindselige Geister ihr Unwesen treiben. Deshalb bleiben sie daheim und zünden lieber am eigenen Hausaltar Räucherstäbchen für ihre Verstorbenen an."

„Sie glauben wirklich an Geister?"

„Ja, deshalb kommen die Angehörigen auch nur einmal im Jahr her. Am 4. oder 5. April ist ‚Qing Ming Festival', Totengedenkfest, ein traditioneller Feiertag in Taiwan, aber auch in China und Hongkong. Er wird auch Tomb Sweeping Day, Gräberputztag, genannt. In Scharen strömen die Angehörigen der Toten auf die Friedhöfe und säubern die Grabstätten, beten für ihre Verstorbenen und bringen ihnen Essen und Wein. Sie zünden Räucherstäbchen an und verbrennen Papiergeld. Natürlich knallen auch Chinaböller, dann verschwindet die gesamte Grabstätte unter Rauchschwaden. Ein paar Tage lang ist hier richtiges Remmidemmi, nur um die Vorfahren zu verwöhnen und freundlich zu stimmen."

Remmidemmi? So etwas wäre undenkbar in unserem Kulturkreis und ich schaute sie verunsichert an. Doch sie bekräftigte ihre Geschichte: „Ehrlich, ich lüge nicht! Und es kommt noch schlimmer. Dieser Tag wird unter uns auch Knochenputztag genannt. Man sagt, die Gebeine der Verstorbenen werden um diese Zeit ausgegraben und dann neu bestattet."

Wer macht denn so etwas? Ich fühlte mich veräppelt, sagte aber nichts dazu.

Auf dem Rückweg besuchten wir ihr Lieblingsgrab. Es hatte nicht nur die eckige Form, die mich an ein westliches Grab erinnerte, es war auch außergewöhnlich gut gepflegt. Auf dem Grabstein war ein Schwarz-Weiß-Foto einer Frau hinter Glas eingelassen, die gütig in die Ferne blickte. Darunter stand ihr Name. Er war deutsch. Wer dieses Grab wohl so vorbildlich in Ordnung hielt?

Nach diesem ungewöhnlichen Ausflug verabschiedeten wir uns bald darauf von der Familie und wünschten dem Hausherrn viel Glück und einen guten Beginn in China.

Wilfried konnte sich nicht zurückhalten und rief uns noch lachend hinterher: „Und ihr zwei, entscheidet euch bloß für das Haus!"

Wieder im Auto, sah ich zu Peter. „Für dich ist die Sache klar, du willst in dieses Haus einziehen, nicht wahr?"
Er nickte vielsagend.
„Meinst du, wir können den Lobesreden von Wilfried Glauben schenken?"
„Du weißt doch, was man über ihn sagt. Wenn er sich für etwas begeistert, haut er gerne auf den Putz! Aber ich glaube, er hat des Pudels Kern getroffen!"
Das sah ich ähnlich. Wilfried ist halt Wilfried und wenn er sich wie eine Dogge in seine Beute verbissen hatte, ließ er nicht mehr locker. Mich hatte das Gebäude auch begeistert, es sah sehr gepflegt aus und der schöne Pool lud beim Hingucken schon zum Schwimmen ein. Und um eine anstrengende und zeitaufwändige Häusersuche bräuchten wir uns nicht mehr zu kümmern. Schnell klopfte ich die Begebenheiten ab, mitsamt dem Friedhof; und danach musste ich Peter beipflichten.
„Also gut, dann lass uns in den sauren Warteapfel beißen und uns das halbe Jahr mit dem Hotelleben versüßen!"
Peter strahlte und drückte mich fest an sich. „Wunderbar, dann gebe ich morgen grünes Licht!"
„Na, dann lass uns mal zurückfahren in unseren großen Drachenpalast!"

7. Zum ersten Mal im Büro

Als neuer ‚Lauban' hatte Peter zu einem Mittagessen im Büro eingeladen! Heute würden die Angestellten endlich die ‚lauban niang', die Frau des Chefs, kennenlernen, also mich. Gegen elf Uhr wurde ich im Hotel von Axel, dem Fahrer, abgeholt.
Nach ein paar Minuten fädelte er sich auf den zweispurigen ‚Expressway to Downtown' ein und ich ‚betrat' unbekanntes Terrain. Die ampellose Hochstraße, die schnurgerade in den südlichen Teil Taipehs führt, verläuft oberhalb des normalen Straßensystems. Unter mir quälten sich die Autos über den Asphalt und stauten sich an den Kreuzungen, während es auf unserer Trasse zügig voran ging. Manchmal war mir, als flöge ich über dem pulsierenden Leben dahin.
In der Ferne umschmeichelten grüne Hügel und Berge die graue

Betonwüste, die enger und verwinkelter wurde. Gärten suchte ich vergebens, auch Bäume waren Mangelware, nur ein buntoranges Dach eines eingeklemmten Tempels stach als Farbklecks heraus. Da Wohnraum in Taipeh nicht nur teuer, sondern auch begrenzt ist, wird jeder Platz genutzt. Seitlich von mir schossen Häuser in die Höhe, nur eine Gehsteigbreite von der Hochstraße entfernt. Fast zum Greifen nahe hingen an den Fassaden unzählige Schilder mit chinesischen Schriftzeichen, die auf das im Parterre gelegene Ladengeschäft hinwiesen, nahm ich an. Bündel schwarzer Stromleitungen hangelten sich wie Girlanden von einem Haus zum nächsten. Stromversorgung, nicht nur für den Haushaltsbedarf, sicher auch für die Leuchtreklamekästen, die an manchen Häusern hingen.

Die meisten Gebäude übertrumpften sich beinahe an Hässlichkeit, aber das hatte ich ja bei meiner Ankunft bereits festgestellt. Auch hier schien Fliesenmosaik ‚in' zu sein. Was sich die Architekten nur dabei gedacht hatten? Sicher schützen Kacheln gegen Feuchtigkeit, das weiß man ja von einem Badezimmer. Doch gegen die tägliche Abgasverschmutzung halfen auch Kacheln nichts, außer einer Putzaktion. Doch niemand schien sich an den breiten Rußnasen zu stören, die an den Fassaden herunterliefen und die Verunstaltung der Häuser noch förderten.

Wenn ich hier wohnen müsste ..., es schauderte mich. Der ständige Verkehr vor meiner Nase, der damit verbundene Gestank und obendrein noch der Krach! Selbst durch das geschlossene Autofenster hörte ich es hupen und rauschen. Ob das die Anwohner nicht störte? Scheinbar schirmten die verschlossenen Fenster genügend ab, deren Glasscheiben, wie bei einem Bad, undurchsichtig und obendrein mit ‚schwedischen Gardinen' versehen waren! Die vergitterten Balkons, auf denen sich Kompressoren der Klimaanlagen, Satellitenschüsseln, Wäsche zum Trocknen und allerlei Krempel tummelten, erzählten von Platzmangel.

Doch plötzlich, als wenn jemand eine Buchseite umgeschlagen hätte, änderte sich das Stadtbild. Axel verließ die Hochstraße und wir hatten das Geschäftsviertel der Stadt Taipeh erreicht. Gläserne Bürogebäude, Bankhäuser und schicke Bauten schossen aus dem Boden, Männer in Anzügen und Frauen in Kostümen prägten das Bild.

Nach einigen Minuten hielt Axel vor einem Hochhaus mit bläulichem Glas an. Er bat mich, im Eingangsbereich auf ihn zu warten, während er das Auto in der Tiefgarage parken wolle.

Als ich die Lobby des Hauses betrat, zog gerade ein Taiwaner einen Stoß Geldscheine aus einem der Geldausgabeautomaten. Die ATM-Maschine, von der es unzählige in dieser Stadt geben soll.

Weiter geradeaus kamen die Türen von zwei Aufzügen kaum zur Ruhe. Die Orientierungstafel daneben wies auf die im Gebäude befindlichen Firmen mit den jeweiligen Stockwerken hin. Peters Büro fand ich auf der 7. Etage.

Zum Glück musste ich nicht mehr lange warten, da kam Axel schwitzend aus einer Tür heraus und hechelte: „Mein alltäglicher Treppensport!" Immer wieder wischte er sich mit einem Tuch übers Gesicht.

Als wir in die 7. Etage fuhren, suchte ich auch hier auf dem Display des Aufzugs die 4 vergebens. An dieser Stelle stand eine 3A, wo jetzt der Lift anhielt. Ein älterer Mann im Bürodress stieg zu und bevor sich die Kabinentür schloss, entfuhr dem Mann ein lauter Rülpser.

Fassungslos wartete ich auf eine Entschuldigung, aber stattdessen drückte der Mann seine Etage. Gefangen in der Kabine, waberte auch schon ein knoblauchähnlicher Geruch durch die Luft. Mein empörter Blick erreichte nur seinen Rücken und flog dann zu Axel rüber. Aber der starrte nur geradeaus und schien diesen Fauxpas nicht bemerkt zu haben. Oder wollte er ihn nicht bemerken? War es etwa eine taiwanische Sitte?

Ich traute mich kaum einzuatmen und schnüffelte vorsichtig. Die Luft war dank der Klimaanlage wieder rein. In der 6. Etage hielt der Aufzug für den Mann, doch bevor er die Kabine verließ, entwich ihm nochmals ein genüssliches Luftgemisch! Und wieder blieb Axel unberührt; doch ich war jetzt fest überzeugt: das ist hier Sitte!

Na dann, Prost Mahlzeit, dachte ich, und zog schnell noch unverdorbene Luft ein! Nur noch eine Etage, … aus der ich dann mit puterrotem Kopf stürzte.

Axel bemerkte von alledem nichts. Er ging zur Eingangstür des Büros, öffnete mit einer Karte die Tür und wir betraten das Großraumbüro. Meine Augen schweiften über zahlreiche Arbeitskojen, in denen schwarzhaarige Köpfe in Akten oder Desktop-Computern vertieft waren. Peter suchte ich vergebens, stattdessen vernahm ich Rascheln von Papier, Tippen auf Tasten und das Klingeln eines Telefons. Niemand nahm Notiz von uns.

„Lauban ist dort hinten!" Axel zeigte auf einen Raum geradeaus, wo ein seitlicher Spiegel mit Yuccapalme Peters Bürotür dekorierte.

Nun hatte man uns auch wahrgenommen und ein Raunen ging durchs Büro. Sofort kam eine junge Dame auf mich zu, stellte sich als Peters Sekretärin Jenny vor und begrüßte mich, die neue lauban niang, so herzlich, als würden wir uns schon lange kennen. Plötzlich war ich umringt von all den anderen Angestellten, die aus ihren Boxen herausgeschwirrt kamen. Auch Peter war dieses Tohuwabohu nicht entgangen und er stand auf einmal mitten unter uns.

„Meine Frau Eva!", übernahm er gleich die Vorstellung und ein Wortgemisch aus nihau, welcome, nice und sogar guten Tag erreichte meine Ohren. Nihau gab ich die Begrüßung in Mandarin zurück, worauf einige anerkennend klatschten und lachten.

Wegen Peters Einladung waren heute alle im Büro anwesend und ich musste 22 Hände schütteln. Zu jeder Hand nannte man mir einen Namen. Die Männercrew mit dem Vizepräsident T.Y. kam zuerst, dann Kevin, Henri, Richard, Martin, Robert usw. Obwohl für den Arbeitsbereich ausländische Namen Usus sind, die besser im Gedächtnis bleiben als chinesische, kam doch leichte Panik in mir auf. Wie sollte ich mir jemals diese vielen Namen einprägen? Und die Gesichter noch dazu? Irgendwie sahen sie alle gleich aus und irgendwie doch nicht. Dazu kam jetzt noch die Riege der Damen mit Pauline, Daphne, Jean, Lilly und, und, und … Vielleicht etwas einfacher zu speichern, denn bei ihnen konnte ich mich an den Frisuren orientierten, die außer schwarz-lang, auch schwarz-kurz oder gelockt waren, manchmal mit und ohne einem Rot-Ton. Hoffentlich ändern die ihren Look nicht ständig, dachte ich. Mir schwirrte der Kopf.

Jenny überblickte die Situation sofort und bot mir einen Kaffee an, den sie mir in Peters Büro bringen wolle. Damit löste sie mich aus dem Gedränge und jeder begab sich wieder an seinen Arbeitsplatz.

Ich atmete auf und neugierig betrat ich Peters Arbeitsbereich. Als Lauban hatte er ein eigenes Bürozimmer, das ein großes Fenster erhellte. Davor standen sein Schreibtisch und ein Besprechungstisch, an dem ich Platz nahm und mich des Kaffees erfreute, den mir Jenny gebracht hatte.

Voller Erwartung auf das Mittagessen leerte ich meine Tasse und bald darauf klopfte es an der geöffneten Tür. Axel rief zum Lunch! Er hatte bereits den Besprechungsraum vorbereitet. Der riesige Konferenztisch war zu einer gedeckten Tafel geworden. Ich traute meinen Augen nicht, wie viele Gerichte darauf standen! Sie verbreiteten einen wunderbaren fremdländischen Duft. Erst jetzt bemerkte ich, dass der Tisch zum Schutz mit Zeitungspapier bedeckt war. Das hatte sicher auch Axel gemacht, der wie ein Hausmann hier das Regiment inne hatte und immer noch kleine Schälchen mit verschiedenfarbigen Soßen auf dem Tisch verteilte. Wir nahmen Platz.

„Greifen Sie zu!", forderte Jenny mich auf und Peter murmelte mir zu: „Wenn wir nicht zuerst nehmen, dann fangen sie nicht an! Schließlich sind wir die Gastgeber!"

Den Löffel neben meinem Einwegteller übersah ich und befreite sofort meine Holzstäbchen aus dem Plastik. Peter und ich nahmen vom gekochten Huhn, was zerkleinert vor uns lag. Mit Appetit schob ich mir das blasse Stück Fleisch in den Mund, es war kalt, aber gut.

In dem Augenblick war ich mir vollkommen bewusst, dass mir zweiundzwanzig asiatische Augenpaare gefolgt waren, und so nickte ich wohlwollend, kaute, schluckte und grinste. Alle schienen zufrieden, grinsten zurück und machten sich dann auch über die Speisen her. Niemand beanspruchte ein Gericht für sich selbst, alles war für alle gedacht, deswegen wanderten immer wieder die benutzten Stäbchen von jedem ins Essen. Anfangs fand ich das eklig, dass keine Vorlegelöffel in den Gerichten steckten, aber ich musste mich wohl oder übel an die neuen Sitten gewöhnen, wie scheinbar auch an den Rülpser im Aufzug.

Unbedingt wollte ich die gebratenen Nudeln probieren, die Peter so mag, aber Jenny kam mir zuvor. Ehe ich protestieren konnte, lagen bereits in Senf eingelegter Staudensellerie, ein Stück Austernomelette, eine Frühlingsrolle und frittierte Kügelchen auf meinem Teller. All das hatte sie jedoch mit den Endstücken ihrer Stäbchen transportiert. Aha, dachte ich, so geht hygienisch!

Zuerst testete ich den Sellerie. Knackig gekocht war er und scharf vom Senf, eine ideale Mischung! Auch die zwei anderen Sachen verputzte ich mit Genuss. Nur die in zartem Teig eingehüllten Kügelchen blieben mir suspekt und ich schob sie auf meinem Teller hin und her.

Ich stieß Peter an. „Was ist das?"

Er nahm eines zwischen seine Stäbchen und meinte: „Das sind Dragon Balls, Tintenfischmünder!"

Uhhh, dass man so etwas überhaupt essen kann? Mir waren nur Tintenfischringe geläufig.

„Nimm ruhig! Sie sind frittiert und schmecken echt lecker!"

Denk an die Ringe, ermutigte ich mich und langsam verschwand ein Mund in meinem Mund. Wie auf einem gewürzten Kaugummi biss ich darauf herum, musste aber zugeben, dass die kleinen Dinger nach mehr schmeckten. Schnell verschwanden alle in meinem Bauch.

Lob kam zu mir herüber, wie gut ich doch mit Stäbchen umgehen könne. Sogar die kleinen ‚balls' hätte ich gemeistert!

„Wer die greifen kann, der kann wirklich mit Stäbchen essen!", forderte mich der Vizepräsident T.Y. nun heraus, griff mit seinen Stäbchen eine Erdnuss von einem Teller und hielt sie mir stolz hin.

Alle schauten wieder zu mir herüber. Peter hatte das Spiel auch schon über sich ergehen lassen müssen, deshalb hatte ich kräftig mit ‚unseren' Erdnüssen geübt.

Doch diese hier waren viel kleiner. Man röstet sie ebenfalls mit Salz, doch die rote Haut, die ölig glänzt und rutschig ist, bleibt erhalten.

Ha, das sind doch ‚Peanuts' für mich, dachte ich im Stillen und fischte mit meinen Stäbchen eine kleine Nuss heraus.

Frech hielt ich sie ihm unter die Nase und aß sie dann auf.

T.Y. lachte anerkennend und alle klatschten Beifall! Aufgabe erfolgreich bestanden! Und ich war froh, dass mir die Nuss nicht entwischt war!

Die Teller waren fast leergeputzt und wir wurden mit Dank überhäuft. Welch ein Festessen und die Gerichte hatten nichts, aber auch gar nichts mit dem Essen beim ‚deutschen' Chinesen zu tun. Das hier hatte wahrlich authentisch geschmeckt mit den vielen Gewürzen, Knoblauch, Soja und all den verschiedenen Saucen! Ich fragte mich, ob es mir je wieder in einem China Restaurant in Deutschland so gut schmecken wird.

Die Mittagspause war vorbei und bevor jeder wieder an seinen Arbeitsplatz verschwand, wanderten Stäbchen, Plastikteller und -becher, die geleerten Saft- und Eisteeflaschen, in riesige schwarze Müllsäcke. Als ich meinen Part in einen hineinwarf, war der Sack bereits zur Hälfte gefüllt mit den Styroporboxen, in denen Axel das Essen geholt hatte. Meine Güte, so viel Abfall!

Doch viel Gedanken konnte ich mir nicht machen, von Axel wurde ich höflich hinauskomplementiert. Das Großreinemachen war sein Job, niemand durfte ihm dabei helfen, ich schon gar nicht!

Stattdessen trank ich mit Peter einen Jasmin-Tee aus der Büroküche und dabei eröffnete er mir, dass Axel mich wegen eines Kundenbesuches nicht ins Hotel zurückfahren könne.

„Ist doch nicht schlimm!", beschwichtigte ich, „Es gibt doch genügend Taxis!"

„Aber lass dir von Jenny unbedingt die Adresse vom Grand Hotel aufschreiben!", ermahnte er mich, „Die Taxifahrer kennen die englischen Namen nicht, in Chinesisch heißen die Hotels immer anders! Hast du noch genug Geld dabei?"

Ich nickte. Eine Kusshand von ihm und schon war er zur Tür hinaus.

Geld zum ‚etwas Nettes kaufen' hatte ich schon vor Tagen von Peter bekommen und es steckte noch unbenutzt in meinem Portemonnaie. Wo sollte ich auch etwas ausgeben? Meinen Verzehr ließ ich aufs Hotelzimmer schreiben und sonst war ich mit Peter unterwegs.

NTD oder New Taiwan Dollar, das ist die Währung in Taiwan. Peter hatte mir mehrere Scheine von den 100 NTD und drei von den 1000 NTD Noten gegeben.

Umgerechnet hatte ich einen Wert von ungefähr 160.- DM in der Tasche. Das sollte reichen.

Bald verabschiedete ich mich, aber nicht ohne den Zettel mit den chinesischen Schriftzeichen für das Grand Hotel. Und ich bekam noch einem zusätzlichen Tipp von Jenny, die mir einen Bummel in der Nachbarschaftsstraße empfahl. Dort könne ich sicher einige interessante Geschäfte finden, falls ich noch Zeit hätte. Ja, Zeit hatte ich genügend. Also machte ich mich auf, neue Ecken in Downtown zu erkunden. Vielleicht konnte ich ja ein paar Dollar auf den Kopf hauen!

Ein bisschen Muffensausen vor dem unbekannten Großstadtdschungel hatte ich schon, aber ich beruhigte mich gleich wieder. Was sollte mir passieren mit dem sicheren Zettel in meiner Tasche? Außerdem gab es die helfende Jenny im Büro, zu der ich mich jederzeit retten könnte.

Kaum war ich um die Straßenecke gebogen, wuselte es auf dem Gehsteig um mich herum. Hier Bummeln? Unmöglich! Alle schritten zügig voran und ich musste aufpassen, dass mich keine Office-Damen mit Kaffeebechern oder Männer mit Aktentaschen umrannten. Auch Eilige mit Einkaufstüten hetzten an mir vorbei, denen ich lieber auswich.

Wie ich bereits in Tian Mu beobachtet hatte, war es wohl auch in Downtown Usus, dass Motorroller auf dem Gehweg einen Parkplatz beanspruchten. Außerdem musste ich Acht geben, wohin ich trat, nicht nur wegen der herausgebrochenen oder gar fehlenden Platten im Gehsteig, sondern auch wegen fehlendem Platz. Auf den noch möglichen kleinsten Ecken hatten sich ältere Frauen mit Decken auf dem Boden ausgebreitet und hielten Handtaschen, Geldbörsen, Modeschmuck und sonstigen Kram feil, der mir genauso alt vorkam wie die Verkäuferinnen selbst. Kleine fahrbare Verkaufsgestelle quetschen sich dazwischen, die Obst, Fleischspieße, frittierte Teigwaren und Was-weiß-ich-nicht-alles anboten. Manches sah lecker aus, gerne hätte ich hier und da mal gekostet, doch ich war so satt, da half auch kein verkaufstüchtiges Anlächeln.

In diesem Verkaufsidyll war ich auf jeden Fall ein begehrter Exot, mit dem man ein Geschäft witterte. Manchmal ergoss sich sogar ein Schwall Chinesisch über mich, dann bedankte ich mich freundlich mit einem „Shye Shye!", und ‚arbeitete' mich langsam weiter, um in dem Chaos keine der Auslagen in den Geschäften zu verpassen.

Aber die von Jenny angekündigten Boutiquen und Schuhläden konnten keine Begeisterung in mir auslösen. Alles sah für mich nach Alt-Fashion aus, als hätte man die Zeit hier einige Jahre zurückgedreht. Auch gab es nur Small-Size-Kleidung, deren größte Größe selbst für mich zu eng war. Und so legte ich schneller als geplant den Weg zum Bürogebäude zurück und ließ mich auch nicht mehr von den Straßenverkäufern aufhalten. Ich wollte zurück ins Hotel.

8. Hallo, Taxi!

An der Kreuzung von Peters Bürogebäude überquerte ich die Straße und befand mich in der richtigen Fahrtrichtung zum Hotel, so wie es mir Jenny empfohlen hatte. Auf dem Gehsteig angekommen, hielt ich Ausschau nach einem Taxi, die zuhauf unterwegs waren. Eines heranzuwinken war kein Problem und kaum hatte ich die Hand erhoben, hielt ein gelbes Gefährt vor mir an. Etwas nervös war ich schon, schließlich war es meine erste Taxifahrt allein in Taipeh. Doch es wird schon alles gut gehen, sagte ich mir, und hielt mich an dem Zettel mit dem chinesischen Hotelnamen fest.

Im Fond des Taxis eingestiegen, reichte ich dem Fahrer die Adresse nach vorne. Ganz nah hielt er sich den Zettel vor seine Augen, nickte und gab ihn mir brummend zurück. Hoffentlich hatte er die Schriftzeichen lesen können und wusste, wo es lang ging. Argwöhnisch lehnte ich mich im Sitz zurück.

Nach einiger Zeit fiel mir plötzlich der höchst suspekte Fahrstil des Mannes auf! Meist steuerte er sein Gefährt nahe an der Straßenbegrenzung entlang und ich hatte den Eindruck, dass er damit die Richtung halten wollte. Verkehrsschilder empfahlen zwar 50km/h, doch seine Tachonadel erreichte nicht einmal die 40km/h! Ob mit dem Gefährt alles in Ordnung war? Oder ging es dem Fahrer nicht gut, überlegte ich sorgenvoll. Als er mir den Adressenzettel zurückgegeben hatte, hatte seine Hand stark gezittert. Parkinson kam mir in den Sinn … oder steckte gar ein Alkoholproblem dahinter? Nicht dass er sturzbetrunken fährt!

Ich schnüffelte, doch eine Alkoholfahne war nicht zu riechen. Von meinem Sitz aus versuchte ich, die Sachlage unauffällig zu klären und beugte mich leicht nach vorne. Zerknüllte Zeitungen und leere Saftflaschen vermüllten den Fußraum des Beifahrersitzes, doch Schnapsflaschen waren keine darunter. Schmuddelig sah es in der Fahrerkabine aus und wenn ich ehrlich war, auch im gesamten Innenraum! Na ‚großartig'! Da hatte ich ja wirklich die letzte Bakterienschleuder erwischt! Ich fragte mich, wie ich hier überhaupt einsteigen konnte. Die Aufregung hatte mir wohl meinen Blick vernebelt.

Nun nahm ich den hageren Typen ins Visier, der wie ein Klammeraffe am Lenkrad hing. Im Rückspiegel sah ich seine glasigen Augen, die ständig einen Punkt der Straße fixierten.

‚Wie's Gescher, so der Herr', reimte ich, denn sein schmieriges Hemd schrie nach Waschen und die Hose kam auch nicht besser rüber. Und unter seiner Kappe lugten fettige Haare hervor, die auf der gräulichen, mit roten Äderchen durchzogenen Haut, klebten. Er schwitzte stark. So krampfhaft wie er das Lenkrad festhielt, so krampfhaft kaute er auf irgendetwas herum, sodass der mir zugewandte Kiefermuskel wie eine Beule hervortrat. Von meiner intensiven Beschau hatte der Fahrer jedoch nichts mitbekommen, er war wie in Trance. Meine Sinne schnellten auf ‚Hab acht'!

Plötzlich suchte er etwas in der Türablage. ‚Guck auf die Straße!', schrie es in mir, doch den Schlenker des Autos parierte er noch rechtzeitig. Trotz Klimaanlage brach mir der Schweiß aus!

Nach weiteren Fahrfehlern reichte es mir! Mit einem „Stop please!", forderte ich zum Anhalten auf. Doch der Typ war so beschäftigt, den gefundenen Becher an seinen Mund zu führen, dass er meine Bitte gar nicht registrierte. Aber ich registrierte, dass er einen roten Schwall Flüssigkeit in den Becher hineinspuckte. Igitt, war das ekelhaft! Nur mit Mühe würgte ich meinen aufkommenden Brechreiz hinunter.

Seine Kaumuskeln waren bereits wieder beschäftigt, als er das Gefäß in einer Halterung am Armaturenbrett verstaute. Nun lag es genau in meinem Blickfeld und ich konnte beobachten, wie die blutrote Brühe in dem durchsichtigen Becher bei jedem Ruckler hin- und herschwappte, während seine Spuckattacken den Becher zusehends füllte. Wie unappetitlich das doch alles war!

Was macht er denn jetzt? Mein Mund öffnete sich bereits zu einem „Äh, turn left!", doch die Worte blieben mir im Halse stecken. Ich hatte zu spät reagiert! Er fuhr bereits geradeaus weiter und hatte nicht den ‚Express-Way' genommen, der direkt zu meinem Hotel führt.

„Sorry, excuse me …, stop, please! It's a wrong way, let me out!", versuchte ich in Englisch mein Schicksal zu wenden. Doch keine Reaktion kam von ihm. Hatte er überhaupt verstanden, dass ich aussteigen wollte? Ich versuchte es noch einmal und sprach lauter.

„Okay, okay!", reagierte er endlich durch schwarze Zahnstummel hindurch, die kurz hervorlugten, als er sich herumdrehte. Doch er stoppte nicht, fuhr unbeirrt weiter auf der ‚falschen' Straße. Ich befürchtete das Schlimmste! Aus dem Auto zu springen, kam mir kurz in den Sinn, doch selbst bei dieser dahinschleichenden Fahrt war mir das zu riskant. Für eine eventuelle Verteidigung kramte ich sicherheitshalber mein kleines Taschenmesser, das ich immer bei mir hatte, aus meiner Handtasche hervor. Dann lehnte ich mich resigniert zurück.

Während sich der Fahrer auf die Straße konzentrierte, überlegte ich, worauf er wohl herumkaut. Ständig schob er sich neues Zeug in seinen Mund, kaute, spuckte, kaute, spuckte, sein Becher war fast voll. Das fiel sogar ihm auf! Kurzerhand kurbelte er das Fenster herunter und kippte den roten Sabber auf die Straße.

Dabei fiel es mir wie Schuppen von den Augen. Peter hatte mir zahlreiche dunkelrote Flecken auf dem Straßenbelag gezeigt, die dort hingespuckt worden waren. Jetzt wusste ich, was der Typ im Mund hatte! Betelnuss! Und so wie er aussah, war er bis obenhin high und sogar abhängig von diesem Zeug. Nun war ich doch froh, dass der Taxifahrer den roten Sabber nicht aus dem Fenster gespien hatte. Durch den Fahrtwind wäre das Zeug womöglich auf dem Rücksitz neben mir gelandet, denn für treffsicher hielt ich den Typen keinesfalls.

Meine Güte, da hab' ich ja wirklich danebengegriffen, machte ich mir Vorwürfe! Angle mir das abgewrackteste Taxi unter hunderten heraus und noch mit einem zugedröhnten Fahrer!

Ich hatte gehört, dass viele Bauarbeiter, LKW- und Busfahrer die anregende Betelnuss kauen, um wach zu bleiben. Die begehrte Ware konnte man außerhalb der Stadt oder auf Ausfallstraßen kaufen. Einige Male waren wir abends an dieser Art von Ständen vorbeigefahren, die als Lockmittel nicht nur bunte Neonröhren blinken ließen. Um das Geschäft anzukurbeln, machten hübsche und vor allem sehr junge Frauen auf sich aufmerksam: die Binlang-Syausyes, die Betelnuss-Mädchen! In verführerischer Reizwäsche posierten sie kokett auf Highheels hinter der Glasscheibe ihres Kiosks und lösten bei den Männern sicherlich wilde Fantasien aus. Manchmal hing sogar ein Riesenposter mit der fast nackten Verkäuferin neben dem Laden. Man munkelte, nicht nur Betelnüsse könne man hier kaufen!

Betelnusskauen wird seit Jahrhunderten in Asien praktiziert. Im Westen und Osten Taiwans gibt es riesige Plantagen von Betelnusspalmen, die für Nachschub sorgen und den Betreibern großen Profit garantieren. Die unreifen Betelnüsse, auch als Arekanüsse bekannt, sehen ähnlich wie Eicheln aus. Nachdem man sie mit gelöschtem Kalk bestrichen hat, löst sich beim Genuss das stimulierende Arecolin aus den Nüssen heraus und wandelt sich in das euphorisierende Arecaidin um, das den Speichel rot einfärbt, was auch letztlich Zähne und Zahnfleisch zerstört. Viele leiden sogar unter Mundkrebs.

Damit die Bitterkeit der Betelnuss gemildert wird, rollt man sie in Blätter eines Pfeffergewächses ein und wer mag, kann zwischen verschiedenen Geschmacksrichtungen, wie Pfefferminz, Kautabak oder Lakritze, wählen. Da beim Kauen die Wirkstoffe sofort über die Mundschleimhaut ins Blut gelangen, sind Ermüdungserscheinungen schnellstens verschwunden.

Allerdings machen die grünen Glücksnüsse bei stetigem Verzehr abhängig, wie ich bei dem sichtlich süchtigen Taxifahrer feststellen konnte, der nun an den Straßenrand fuhr und parkte.

Bevor ich panisch wurde, sprang mir ein großes Werbeplakat für Betelnüsse ins Auge. Aha, da liegt der Hase also im Pfeffer!

Schnell nuschelte mir der Typ - „Please, wait, wait!" - zu, stieg aus, ließ aber den Motor wegen der Klimaanlage für mich laufen. Schwankend schaffte er es an dem Plakat vorbei und verschwand in der Verkaufsbude. Ich guckte genauer hin, aber das sonst so aufreizende Betelnuss-Mädchen war hier gesittet gekleidet. Vielleicht war der Kiosk zu stadtnah.

Während der sich neuen Stoff holt, könnte ich mich leicht aus dem Staub machen, überlegte ich. Natürlich nicht, ohne ihm das Fahrgeld hinzulegen. Doch keine gute Idee, das Taxi, in dem ich saß, war das einzige auf weiter Flur, auch sonst war kein anderes Auto zu sehen. Zu Fuß gehen wäre noch eine Möglichkeit, doch den Weg ohne Stadtplan zu meinem Hotel zu finden, kam mir unrealistisch vor. Womöglich verirrte ich mich. Ein Himmelfahrtskommando reichte mir völlig, in dem ich ja immer noch steckte! Die Luftlinie konnte ich auch nicht nehmen, wie das Flugzeug, das sich gerade gen Himmel erhob und mir sagte, dass ich mich in der Nähe des Stadtflughafens befand; und damit unweit meines Hotels. Mir fiel ein Stein vom Herzen!

Fluchtgedanken ade, der Schwankende kam zurück. Mein berauschter Taxifahrer war neu berauscht und heftig beißend kauerte er sich wieder hinters Lenkrad. Aufs Gas gedrückt, steuerte er sein Taxi zu meinem Ziel, das nur vier Spuckaktionen in den Becher entfernt war.

Endlich standen wir vor der Eingangshalle des Grand Hotels und ich war heilfroh, dass ich diese Episode unbeschadet überstanden hatte. Um eine Berührung mit diesem schmuddeligen Mann zu vermeiden, legte ich die Summe vom Taximeter passend auf die Mittelkonsole. Trinkgeld wurde nicht erwartet, was ich in dem Fall vollkommen in Ordnung fand. Das wäre sowieso in seinem Becher gelandet.

Als mir ein Hotelpage grüßend die Autotür öffnete und ich ausstieg, wanderte sein Blick ins Taxi und zum Fahrer. Verwundert zog er eine Augenbraue in die Höhe. „Everything okay?", fragte er mich. Ich nickte. Er hatte, im Gegensatz zu mir, gleich gecheckt, was los war!

Kaum war ich ausgestiegen, knallte der Page angewidert die Autotür zu. Obwohl einige Gäste auf ein Taxi warteten, scheuchte er den Fahrer mit einer unmissverständlichen Handbewegung weg und vermasselte ihm damit eine neue Fuhre!

9. Chinese New Year

Bereits Mitte Januar wurde es geschäftig in Taipeh. Das alte Jahr neigte sich dem Ende zu und das traditionelle chinesische Frühlingsfest, Chinese New Year, stand vor der Tür.
Der Termin dieses Festes richtet sich nach dem traditionellen Mondkalender und mit dem ersten Neumond eines neuen Jahres fällt der chinesische Neujahrstag zwischen 21. Januar und 19. Februar. Wie ich auf meinem Kalender sah, fiel er in diesem Jahr auf Dienstag, den 31. Januar. Und um Mitternacht macht der diesjährige Hund Platz für das Schwein, das uns die nächsten zwölf Monate begleiten wird. Im Gegensatz zur westlichen Astrologie herrscht immer eines der Tiere das gesamte Mondkalenderjahr, also zwölf Monate.
Eine schöne Legende beschreibt, dass Buddha einst alle Tiere zu einem Neujahrsfest einlud. Allerdings folgten nur zwölf Tiere seinem Aufruf und in folgender Reihenfolge kamen sie bei Buddha an: Ratte, Büffel, Tiger, Hase, Drache, Schlange, Pferd, Schaf, Affe, Hahn, Hund und im letzten Moment erschien noch das Schwein. Es hatte sich unterwegs vollgefressen und war eingeschlafen. Nach dem Nickerchen setzte es seinen Weg fort, verspätete sich und wurde somit das zwölfte und letzte Tier im chinesischen Tierkreiszeichen. Obwohl nur zwölf Tiere kamen, war Buddha erfreut über seine treuen Kumpane und machte ihnen ein Geschenk. Sie durften jeweils über ein ganzes Jahr herrschen und auch bestimmen, welche Ereignisse und Schicksale in ihrem Jahr passieren sollten. Zusätzlich bekam jedes Tier die Elemente Holz, Feuer, Erde, Metall und Wasser aus der ‚Fünf-Elemente-Lehre' zugewiesen.
Genaugenommen begann 1995 nicht das Jahr des Schweines, sondern das Jahr des Holz-Schweines. Zwölf Jahre weiter, 2007, folgt das Jahr des Feuer-Schweins, 2019 das des Erd-Schweins, 2031 das des Metall-Schweins, 2043 das des Wasser-Schweins. Bei allen anderen elf Tierzeichen verläuft es genauso. Wenn z. B. ein Tierzeichen alle Elemente durchlaufen hat, sind 60 Jahre vergangen; fünf Elemente x 12 Tierzeichen = 60 Jahre! Damit schließt sich der ‚große Zeitkreis'.
Ist eine Person im Jahr 1995 als Holz-Schwein zur Welt gekommen, wird sie im Jahr 2055, im Jahr des Holz-Schweines,

ihren 60. Geburtstag feiern! Und zwar gebührend! Jedenfalls in Asien.

Der Zeitpunkt der Geburt eines Menschen entscheidet, zu welchem Tierkreiszeichen und Element er gehört. Damit bekommt er die Energien des Tierzeichens mit auf den Weg und das des Elements, das laut der chinesischen Astrologie den Charakter eines Menschen prägt.

Chinese New Year ist für Asiaten ein wichtiges Ereignis! Kein Wunder, dass auch in Taiwan die Wahrsager der Tempel Hochkonjunktur haben. Viele lassen sich die Zukunft voraussagen, wobei das Tierzeichen selbst und das Element des Geburtsjahres hinzugezogen werden. Und das wird sehr ernst genommen, wie ich erfahren hatte. Die überfüllten Tempel bewiesen es.

Auch waren seit einigen Wochen Rot und Gold die vorherrschenden Farben und das Schwein war überall präsent. Selbst die Geschäfte hatten sich mit rot-goldenem Outfit in Schale geschmissen und die Angestellten schmückten sich mit rot-goldenen Papierkronen. All das wies Kunden auf das chinesische Neujahr hin, ebenso die freudige chinesische Musik, die den ganzen Tag in den Geschäften dudelte. Zwölf Stunden diese Klänge auszuhalten, das konnte ich nur bewundern!

Kein Weg führte vorbei an stapelweise aufgetürmten Glücksbringern für Eingangstüren und goldfarbenen Glücksschriftzeichen für Wände. Auch Anhänger und Maskottchen in Form eines Schweines, Girlanden, rote Neujahrskarten, Geschenkkörbe und T-Shirts mit Schweineaufdruck bewarben das neue Jahr. Begehrt waren auch traditionelle Kleidung für Erwachsene und Kinder, natürlich in Rot. Vieles fand den Weg in die Einkaufstaschen. Am beliebtesten war rote Unterwäsche, die als Glücksbringer wegging wie warme Semmeln. Peter und ich sahen mittlerweile auch schon rot!

Nun wusste ich auch, warum die Lobby des Grand Hotel so üppig in dieser Farbe geschmückt war. Rot bringt nicht nur Glück, sondern wirkt auch massiv gegen böse Geister. Und nicht nur das: Rot soll auch die menschenfressenden Untiere vertreiben, die zum Jahresende in den Bergen und Meeren erwachen und sich auf die Lebewesen stürzen. Angeblich reagieren die Jahresmonster sensibel auf die Farben Rot und Gold, und Radau mögen sie schon gar nicht. Deshalb werden sie am Jahresendtag mit gehörigem Lärm von Chinaböllern und Feuerwerk verjagt. Was nicht ganz stimmte, denn bereits viele Tage vorher hörte ich die Böller und das Knallen und Pfeifen der Feuerwerksraketen.

Wie ich von Peters Sekretärin erfuhr, sind die Vorbereitungen fürs chinesische Neujahr sehr umfangreich. Um Glück, Wohlstand und Reichtum für das neue Jahr einzuladen, beginnt bereits am 20. Tag des elften Monats die Reinigung des Hauses. Mit Fenster putzen und Schmutz aus der Tür hinauskehren werden alle Widrigkeiten des alten Jahres vertrieben. Um Raum zu schaffen für das Glück, landen alte Sachen, Staubfänger und unbenutzte Gegenstände im Müllsack und werden von neuen Dingen ersetzt. Keinesfalls durfte dieser ‚Frühjahrsputz' in den ersten Tagen des neuen Jahres erfolgen, versehentlich könnte das frische Glück, das mit Neujahr ins Haus gekommen ist, wieder weggefegt werden.

Nach Beendigung dieser Reinigungsaktionen schmücken zahlreiche rote Lampions und Girlanden mit und ohne Neujahrssprüche die Räumlichkeiten und goldene Glückszeichen zieren manche Wände. Neues Jahr bedeutet neue Kleidung und selbst der Friseurbesuch wird nicht ausgelassen. Am besten früh genug damit beginnen, denn am letzten Tag des Jahres bleiben viele Geschäfte geschlossen.

Zu all dem muss ‚Tsau Juen', der Küchengott, früh genug mit süßem klebrigem Reis verwöhnt werden. Der Legende nach verlässt er sieben Tage vor dem Neujahrsfest das Haus, um dem himmlischen Jadekaiser über die Vorkommnisse des letzten Jahres Bericht zu erstatten. Der süße Reis soll ihn beflügeln, nur positive Dinge zu berichten. Vier Tage nach dem Neujahrsfest kehrt er wieder ins Haus zurück, wo er mit Früchten und Tee von den Bewohnern empfangen wird.

Kurz vor dem chinesischen Neujahr beginnt dann die größte Völkerwanderung der Welt. In China, Taiwan, selbst rund um den Globus, machen sich Chinesen und Überseechinesen auf, um ihre Familie in den Heimatstädten zu besuchen. Für dieses wichtigste Familienfest kommt oft der angesparte Jahresurlaub zum Einsatz, um über Neujahr mindestens ein, möglichst zwei Wochen bei den Angehörigen zu verbringen.

Auch in Taipeh spürte ich kurz vor ‚Toresschluss‘ Aufbruchsstimmung. Im Radio berichtete man über hohes Verkehrsaufkommen auf allen Highways und Straßen. Das Fernsehen zeigte endlose Schlangen von Blechlawinen, die sich durch ganz Taiwan zogen. Tickets für eine Reise per Flug, Schiff oder Zug waren bereits lange ausverkauft; und noch ein Hotelzimmer zu ergattern, war unmöglich! Den Nachzüglern blieb nur ‚Home Sweet Home!

Wenn der letzte Tag des Jahres anbricht, schmücken Bänder in U-Form mit weisen Sprüchen für eine glückliche Fügung die Haustüren und heißen ebenso die anreisenden Familienmitglieder willkommen. Geschenke werden ausgetauscht und bei Kindern ist der ‚Hong Bao‘, der rote Umschlag mit Geld, von Eltern, Großeltern, Tanten und Onkeln sehr beliebt. Nur neue Banknoten, ohne Fehl und Tadel, stecken in dem roten Umschlag und repräsentieren das sogenannte ‚Glücksgeld‘. Wenn die Kinder erwachsen sind und eigenes Geld verdienen, werden sie zu den Gebenden. Eltern und Großeltern erhalten dann den roten Umschlag als Respekterweisung.

Die Höhe des Geldbetrages ist von großer Bedeutung. Wichtig ist die Anzahl der Banknoten, sie keineswegs ‚vier‘ zählen darf! Die Vier, die im Chinesischen ähnlich wieTod klingt.

Für das abendliche Festmahl versammelt sich die Familie um den üppig gedeckten Tisch. Oder wer es bequemer haben will, bucht einen Tisch im Restaurant. Frühzeitig!

Neben vielen verschiedenen Gerichten müssen traditionell Hühnchen und Fisch fürs Glück serviert werden. Leere Teller sind erwünscht, nur vom Fisch, der eine besondere Stellung einnimmt, muss etwas übrigbleiben!

‚Yú ‘, das Wort für Fisch ist gleichlautend mit ‚Yú‘, dem Wort für Fülle und Überfluss. Und den ‚Überfluss‘ vollständig zu ‚verzehren‘ wäre nicht klug!

‚Nian nian you yú‘, heißt deshalb ein Neujahrswunsch, was sinngemäß heißt: ‚Wir wünschen das ganz Jahr Überfluss!‘, oder ‚Geben Sie nicht alles oder sogar mehr aus, als Sie besitzen!‘

Vor Mitternacht begibt sich die Familie zum eigenen Hausaltar und opfert den Göttern und Ahnen fünf Speisen: Huhn, Schweinefleisch, Tintenfisch, Ente und Fisch werden auf einem quadratischen! Tisch unter dem Altar platziert. Der Fisch bildet den Mittelpunkt! Räucherstäbchen brennen und mit dem Rauch erreichen Gebete die Ahnen der Familie und die Götter. Die Götter und Vorfahren ‚naschen' nur von dem Mahl, die Familienmitglieder essen ‚den Rest' am nächsten Tag auf. Nach der Gebetszeremonie verlässt die Familie das Haus, nimmt symbolisch alle Spuren des alten Jahres mit nach draußen und genießt das Feuerwerk und den Krach der China-Böller.
‚Shin Nyan Kwaile' - Happy New Year, das Jahr des Holz-Schweines hatte begonnen.
Wieder zu Hause lassen die Bewohner das Glück des neuen Jahres durch die geöffneten Fenster herein. Danach bestimmen Mahjong, Würfel-, und Glücksspiele die Nacht, die oft bis zum Morgengrauen andauert. Und die rote Unterwäsche unter der Kleidung lockt Fortuna doppelt an!
Zum Neujahrstag gehört zum Tagesablauf oftmals ein Tempelbesuch mit Gebet und ein gemeinsames Essen. Natürlich versüßen dabei allerlei Speisen, Gebäck und Kuchen das neue Jahr. Wichtig ist nur, dass alles essgerecht vorbereitet sein muss! Am 1. Tag des Jahres ein Messer oder eine Schere zu benutzen, ist schlechtes Omen. Niemand möchte das Glück des neuen Jahres zerschneiden!
‚Gōngxi facai' – ‚Glückwunsch, Wohlstand und Reichtum!'

10. Der Hong Bao

Vom Grand Hotel aus verfolgten wir das wunderbare Feuerwerk; die Knallerei verfolgte uns bis in die frühen Morgenstunden hinein. Erst dann schienen Untiere und Monster vertrieben und alle bösen Geister in die Flucht gejagt.
Am nächsten Tag blieben Banken und Firmen geschlossen, dafür erwachten Kaufhäuser und viele Geschäfte wieder zu neuem Leben. Die beschränkten Öffnungszeiten schalteten wieder auf ‚normal', was hieß, 10-22 Uhr, sieben Tage die Woche. Nur die ‚7-Eleven Shops', die Convenience Stores,

hatten rund um die Uhr geöffnet und kannten auch keine Feiertage. Diese kleinen Läden boten das Nötigste fürs tägliche Leben an, was dem Namen der Geschäfte entsprach.

An den Tagen nach Neujahr war Shopping das erste Gebot! Genügend ‚Glücksgeld' aus den Hong Baos, den roten Umschlägen, wollten in Umlauf gebracht werden!

Obwohl Peter und ich keinen dieser Umschläge bekommen hatten, wollten wir uns trotzdem in einem der Kaufhäuser umsehen. Die Wahl fiel aufs ‚Sogo', was nicht allzu weit entfernt von unserem Hotel lag. Wegen der knappen Parkmöglichkeiten in Downtown schnappten wir uns ein Taxi und als wir vor dem ‚Sogo' ausstiegen, begrüßte uns ein alter Kasten aus den 70ern. Der helle Anstrich war noch auszumachen, doch Witterung und Autoabgase hatten auch hier deftige Spuren hinterlassen.

Unsere Erwartungen, beschaulich in den Abteilungen bummeln zu können, zerschlug sich bereits am Eingang. Der Ansturm der Menschen war unbeschreiblich. So etwas hatten wir beide noch nicht gesehen. Doch zurück ins Hotel wollten wir nicht, also stürzten wir uns mutig ins Getümmel hinein und dann ins Kaufhaus.

Und es war wirklich ein alter Kasten, wie mir die Deckenhöhe verriet, die viel niedriger war als die von neu erbauten Kaufhäusern. Als wir mit der Rolltreppe die Damenbekleidung im 2. Stockwerk erreichten, hatte ich den Eindruck, die Decke würde mir gleich auf den Kopf fallen. Die Kleiderständer und Auslagen, machten es nicht besser, die dicht gedrängt mit Waren auf Käufer warteten. Vielleicht lag es aber auch an den vielen Kauflustigen, die es noch enger wirken ließen.

Was mich irritierte, war, dass das kalte Licht der Leuchtstofflampen alles in eine frostige Atmosphäre eintauchte. Tageslicht stahl sich nirgends hinein. Eine bedrückende Stimmung überfiel mich, die ich jedoch schnell beiseiteschob. Aufgeben war keine Option, zumal ich Peter dabeihatte, der sich sonst gern vor einem Einkaufsbummel drückte. Außerdem war Neues Jahr! Und die Aussicht, doch fündig zu werden, hatte ich noch nicht aufgegeben, obwohl meine Versuche, ein passendes Kleidungsstück in anderen Geschäften zu ergattern, niederschmetternd verlaufen war. Von Schuhen ganz zu schweigen! Um diese Abteilung machte ich mittlerweile einen Bogen. Ich lebte für hiesige Verhältnisse auf zu großem Fuß! Zuerst versuchte ich mein Glück im Bereich für Oberteile und prüfte gerade eine Bluse. Doch ein Blick genügte, sie war zu eng für mich geschneidert. Selbst bei der größten Größe spannte meine Oberweite die Knopfleiste auseinander. Peter schüttelte den Kopf und ich war enttäuscht. Musste ich wirklich akzeptieren, dass ich in diesem Land keine Kleidung finden würde?

Bei den Hosen keimte ein wenig Hoffnung auf, als ich Größe 46 entdeckte. Diese Konfektionsgröße hatte ich noch nie getragen, aber mein prüfender Blick und das Anhalten versprachen Zuversicht. In der Umkleidekabine war ich freudig überrascht, als meine Beine bereits in der Hose steckten und ich den Rest über meine Hüften ziehen konnte. Doch danach ließ sich der Reißverschluss partout nicht schließen, er blieb auf der Hälfte seines Weges stecken. Mist!

„Und, und, passt sie?", nervte mich Peter von draußen. Ich wusste, langes Warten beim Einkauf ist nicht sein Ding.

„Du kannst dich ja mal überzeugen!", lud ich ihn ein und er steckte seinen Kopf in die Kabine.

„Das wird nichts, was auch immer du anstellst!", kommentierte er sofort und lachte.

„Mach dich nur lustig!", tat ich beleidigt, aber es stimmte. Trotzdem wagte ich einen Blick in den Spiegel vor der Kabine und betrachtete meine Kehrseite. Knackig spannte mein Po den Stoff, dem es an dieser Stelle an Rundung fehlte. Obwohl es eine 46 war, war ich keineswegs zu dick, beruhigte ich mich. Ob Asiatinnen hintenherum flacher sind? Für mich war dieses Exemplar bestenfalls eine Hose, in der ich nur stehen könnte, und dass nur in Kombination mit einem langen Oberteil, was ich nicht besaß! Keinesfalls könnte ich mich hinsetzen, dann würde mein Hinterteil die Hosennaht mit einem lauten Knall sprengen.

Fremde Länder, andere Schnittmuster, wurde mir klar, die nur für asiatische Figuren bestimmt waren. Schließlich überragte ich auch die meisten der hiesigen Frauen um mehr als eine Kopflänge. Die Hose musste hierbleiben, das hatte ich auch ohne Peters zweifelndes Gesicht im Spiegel erkannt.

„Peter, mir wird …!" Schummrig wollte ich sagen, aber ich wurde in diesem Augenblick angehoben. Huch, das war ja wie mit dem Auto über eine Bodenwelle fahren und schnell hielt ich mich an der Kabinenwand fest. Doch damit nicht genug. Plötzlich ging ein Ruck durch das mächtige Gebäude und schüttelte es.

„Erdbeben!", schrie Peter, „Bleib in der Kabine und knie dich auf den Boden!"

Aus Angst gehorchte ich und Peter kauerte sich neben mich.

„Bedecke den Kopf mit deinen Händen, falls etwas von oben herunterfällt!", zitierte er wahrscheinlich aus dem Heft für Erdbeben-Richtlinien.

„Denkst du, wir sind unter dieser Kabinendecke sicher? Lass uns lieber von hier verschwinden?", machte sich Panik bei mir breit.

„Wir bleiben, wo wir sind! Wer weiß, ob noch eins kommt!"

So blieben wir in der Hocke und lauschten. Wie zwei Muslime beim Gebet, kam mir in den Sinn, und beinahe hätte ich laut gelacht. Doch das Zwicken der engen Hose, die ich immer noch anhatte, hielt mich davon ab. Und plötzlich hörte ich es. Ein unverkennbares zartes Knacksen, das sich lauter werdend seinen Weg an meinem Hinterteil entlang stetig nach oben bahnte und … dann stoppte.

„Peter, hast du das auch gehört?", nuschelte ich durch meinen Arm hindurch. Ich konnte zwar wieder frei atmen, doch mir war klar, was dieses Geräusch hieß.

„Nein, was?"

„Meine Hose hat sich zweigeteilt!"

„Wirklich?", gluckste er.

In dem Moment fiel mir ein, dass wir den Vorhang der Kabine nicht vorgezogen hatten. Hoffentlich haben sich die anderen auch vor dem Erdbeben verkrochen, dachte ich. Nicht auszudenken, wenn jemand uns beobachtete! Das wäre mehr als peinlich!

„Ich weiß nicht, was du machst, ich jedenfalls ziehe mich um und gehe! Erdbeben hin oder her!", verkündigte ich meinen Entschluss und stand auf.

„Ja, ich glaube, wir haben es überstanden. Lass uns verschwinden!"

„Aber was machen wir damit?", fragte ich und zeigte ihm das Hinterteil der Hose.

Peter lachte schallend: „Die Naht lässt sich bestimmt wieder zunähen!"

„Das müssen wir melden!", nagte mein Gewissen, als ich mich wieder angezogen hatte.

„Müssen wir nicht! Das war eine Ausnahmesituation!", konterte er, „Die Hose buchen wir einfach unter Kollateralschaden ab!" Energisch hängte er das Beinkleid an den Kabinenhaken.

11. Laternenfest

Zwei Wochen nach Neujahr endeten die Feierlichkeiten zum Jahreswechsel mit der ersten Vollmondnacht. In dieser Zeit, so sagt eine chinesische Überlieferung, fliegen im Umkreis unseres Erdtrabanten sichtbare Himmelsgeister durch die Luft. Damals benutzten die Menschen in der Nacht Fackeln, um diese Geister aufzuspüren. Ob sie jemals entdeckt wurden, weiß niemand, doch aus diesem jahrhundertalten Brauch entwickelte sich das heutige Laternenfest und gilt als das farbenfroheste Festival des Jahres!

Dabei sein ist alles, sagten wir uns, und vielleicht begrüßten uns ja die Himmelsgeister in dieser Nacht. Mit einem Taxi gelangten wir früh genug zum Chiang Kai-shek Memorial, einer Gedenkstätte für den ehemaligen und mittlerweile verstorbenen Präsidenten. An diesem Ort würde das Fest besonders eindrucksvoll begangen, meinte die Büro-Crew.

Ein überwältigendes Lichtermeer überraschte uns bei der Ankunft. Kurz erinnerte ich mich an unsere heimatlichen Laternenumzüge, doch dieses Fest hier war gigantischer, bunter, mächtiger. Hunderte von roten Laternen baumelten ,himmelsnah' im Wind und wiesen den Weg durch die Straßen bis zur hellerstrahlten Gedenkstätte, die wir von weitem sehen konnten. Gemeinsam mit unzähligen Familien strömten wir durch eine Straße, an der rechts und links Verkaufsstände Essen, Getränke und Schnickschnack anboten. Natürlich auch Laternen, … für Nachzügler und manche Spätzünder.

Doch die meisten Besucher, vor allem Kinder, waren gut

gerüstet und trugen stolz ihre mitgebrachten farbenfrohen Lampions vor sich her. Natürlich war das beliebteste Motiv das Borstenvieh. Große, kleine oder dicke Schweine pendelten lachend an einem Stock und ihre Knopfaugen guckten keck in die Nacht. Ob auch sie mit ihren Besitzern nach den Himmelsgeistern Ausschau hielten?

Wir jedenfalls späten nach einer geeigneten Stelle, von wo aus wir die Parade gut sehen konnten. Leider war es unmöglich, auf den Platz des Memorials zu gelangen, dort war es mittlerweile überfüllt. Doch an einer Straße fanden wir zwischen all den anderen Schaulustigen noch ein geeignetes Plätzchen. Obwohl uns manche der Taiwaner einluden, weiter nach vorne zu kommen, lehnten wir dankend ab. Wir wollten ihnen mit unserer Körpergröße nicht die Sicht nehmen.

Während es um uns herum enger und voller wurde, startete der Festzug mit Gong- und Trommelgetöse!

„Gleich beginnt der Löwentanz!", flüsterte uns ein Taiwaner auf Englisch zu, nachdem er uns gefragt hatte, woher wir kommen, „Die Musik wirkt wie Löwengebrüll, was die bösen Geister vertreibt!"

Wir bedankten uns für den Hinweis. Doch die monotonen Laute, die nun auf unser Gehör einprasselten, als Musik zu bezeichnen, war heillos übertrieben und sie zerrten gehörig an meinen Nerven. Ganz anders die zwei ‚Löwen', die nun die ‚Straßenbühne' betraten. Wie XXL-Kuscheltiere sahen sie mit ihrem plüschbesetzten ‚Fell' aus, das bei dem einen gelb und bei dem anderen weiß war. Jeweils zwei Personen steckten in einem der Kostüme, in denen der Vordermann aufrecht stand und den Löwenkopf über sich trug. Der Hintermann verharrte die ganze Zeit in gebückter Haltung. Dennoch bewegten sich die ‚Löwen' harmonisch und rhythmisch zum Takt der monotonen Klänge, hüpften hoch, gingen in die Hocke oder stampften mit den Pranken auf. Ab und zu wackelte der Hintermann mit dem Löwenpopo wie ein freudiger Hund, was Lacher auslöste.

Geschickt sprangen sie über die aufgebauten Hindernisse oder blieben darauf stehen. Manchmal kamen die Löwen den Schaulustigen ‚bedrohlich' nahe, dann bebte der riesige Kopf und die langen Wimpern klimperten über den Kugelaugen.

Bevor der Löwe dann das Maul aufriss, schüttelte er seine nicht vorhandene Mähne. Doch Angst hatte niemand vor den eher knuddeligen Tieren.

Als die Löwen treppenartig aufgestellte Pfosten erklommen, wo sie ganz oben auf einer Plattform verharrten, verdoppelte sich schlagartig das Trommeln und die Lautstärke der Instrumente. Was hatten die Löwen vor auf dem etwa zwei Meter hohen Gestell?

Wie aus heiterem Himmel ruckte es in den Körpern der Tiere und ich sah, wie die hinteren Partner die Vordermänner auf ihre Schultern nahmen. Bei diesem akrobatischen Teil ging ein Raunen durch die Menge, doch als sich die Löwen kühn in voller Größe aufrichteten und ‚brüllten‘, erklang tosender Beifall.

Behände kletterten sie wieder herunter und während sie unter Jubel weiterzogen, fragte der Taiwaner neben uns, ob wir die Hintergründe des legendären Löwentanzes kannten.

Als wir verneinten, erklärte er es: „Während der Qing-Dynastie regierte der Kaiser ‚Chien lung‘. Eines Nachts träumte er von einem mystischen Wesen mit einem Horn in der Kopfmitte, das ihn mit großen funkelnden Augen anschaute. Dann verschwand das Wesen wieder. Beunruhigt rief der Kaiser am nächsten Morgen nach seinen Gelehrten, die die Bedeutung des Traumes herausfinden sollten. Sie lieferten dem Kaiser folgende Lösung: Das Wesen sei ein Löwe gewesen und dieser wolle ihm zu verstehen geben, dass er einem Kaiser rangmäßig gleichgestellt sei!

Für den Kaiser war klar, dass es ein Löwe des Glücks gewesen sein musste! Sofort wurde dieses Tier zum ‚Kaiserlichen Wächter‘ erkoren und seither repräsentiert der Löwe das kaiserliche Emblem.

Viele Jahre später entwickelten Vertreter der Kampfkunst unterschiedliche Tanzformationen für dieses mystische Wesen. So entstand die Form eines Tanzes, die noch heute als ‚Löwentanz‘ bekannt ist.“

Wir bedankten uns bei dem freundlichen Taiwaner für diese interessante Ausführung und wendeten uns wieder dem Geschehen zu. Die Löwen hatten den Weg für einen weiteren Festzug freigegeben, der mich an den Rosenmontagszug erinnerte. Sofort kam mir der Karnevalsspruch: ‚Kölle Alaaf, der Prinz kütt!', in den Sinn. Doch wir befanden uns gegenwärtig in Taipeh und der Prinz war ein überdimensionales Schwein in Rosa, das auf einem Hänger das Neue Jahr symbolisierte. Glühbirnen beleuchteten es von innen und die erhobene Vorderhaxe winkte jedem zu. Weitere geschmückte Wägen zogen vorbei mit anderen beleuchteten Figuren oder mit Fabeltieren, die mir nichts sagten. Aber das Schwein, mit und ohne Ferkel, blieb das Lieblingstier, das sich in allen möglichen Farben leuchtend hervorhob. Aufgelockert wurde diese Parade durch Akrobaten, die im Flickflack durch die Luft flogen und andere Kunststücke darboten.

„Gleich tanzt ein mystisches Tier, um den Umzug zu beenden!", meldete sich der Taiwaner wieder zu Wort. „Der Drache, der im Chinesischen ‚Long' heißt. Er ist fest in der chinesischen Kultur verwurzelt, besitzt in unserem Glauben Macht, Würde und Mut und steht für Langlebigkeit. Obwohl der Drache furchterregend aussieht, hat er eine gütige Gesinnung und bringt Glück. Wenn Sie den Drachen sehen, erkennen Sie eine Mischung aus Krokodil und Schlange mit Pferdemähne und Geweih. Große Fischschuppen bedecken den Schlangenkörper und er bewegt sich auf Pranken mit Adlerkrallen fort."

Das war unglaublich, was wir heute alles zu sehen bekamen und obendrein noch erfuhren! Ich war ganz aus dem Häuschen!

Doch der angekündete Drache, der sich in Stellung brachte, hatte keine Adlerkrallen, stattdessen halfen ihm etwa zwei Meter lange Stangen, sich fortzubewegen. Auf der ersten Stange ruhte der schwere Kopf des Drachen, der hin und wieder das Maul aufriss und gefährliche Reißzähne zeigte. Goldfarben glänzte der Stoff des wohlgenährten Schlangenkörpers und rötliche Schuppen hoben sich davon ab. Ich zählte neun Personen, die in bestimmten Abständen den flexiblen Körper mit den Stangen hochhielten. Der Leib war bestimmt über zwanzig Meter lang und schien nicht leicht zu sein.

Noch verweilte der Drache ruhig über seinem Team, das sich positioniert hatte. Als plötzlich der Drache zum Leben erwachte, begann er seinen rituellen Tanz. Zum Getöse der Schlaginstrumente hob und senkte sich das goldene Tier durch die Stangen und die Träger ließen es sein schlangengleiches Spiel spielen. Der sich windende Schlangenleib nahm dabei die gesamte Straßenbreite ein. Eilig schien der Drache es zu haben und verlangte von den tanzenden Trägern hohe Sprünge und tiefe Hockstellungen. Ich konnte mich gar nicht sattsehen an der dynamischen Darbietung. Es wirkte so wahrhaftig und lebensecht!

Fasziniert beobachtete ich das schlängelnde Fabelwesen, das nun näherkam. Sein Kopf hing dicht über uns und plötzlich spie Rauch aus seinem aufgerissenen Maul. Alle wichen zurück und mir lief ein Schauer über den Rücken! Doch der Drache hatte seinen Spaß gehabt, wendete sich ab und tanzte weiter seinen Tanz. Irgendwann sah ich nur noch seine goldene Schwanzspitze, womit die Show beendet war.

12. Die anfänglichen Herausforderungen!

Mittlerweile hatten wir dem Grand Hotel Ade gesagt und waren in ein Service-Apartment in die Innenstadt gezogen. Die kleine Wohnung mit Küchenzeile erfreute mich. Durch sie war ich nicht mehr auf ein Restaurant angewiesen und konnte mir mittags mal eine Kleinigkeit zubereiten.

Doch die Tage vergingen für mich …, nein, nicht wie im Flug. So schön das süße Nichtstun auch war, mir war manchmal langweilig. Die Briefe an meine Freunde waren längst geschrieben und abgeschickt, sie wussten bereits von meinen Erlebnissen und es gab keine neuen.

Was oft an mir nagte, war, dass ich niemanden anrufen konnte. Ich kannte hier keine Menschenseele, nun, fast keine! Nur um Gesellschaft zu haben, wollte ich nicht täglich im Büro auftauchen, Peter hatte zu tun und Jenny oder die anderen von der Arbeit abzuhalten, kam nicht in Frage. Schließlich wollte ich keinem zur Last fallen, auch nicht Bettina, die mir angeboten hatte, jederzeit zu ihr kommen zu können. Ein paar Mal war ich bereits bei ihr zum Kaffee gewesen, hatte mit den Kindern gespielt, den Kuchen und das Gespräch genossen. Trotzdem fehlte mir meine vertraute Umgebung und ich vermisste meine iranischen sowie meine deutschen Freunde. So schlich sich immer wieder ein bisschen Wehmut in meine Gedanken.

Die Filme im Fernsehen konnten mir zwar geschäftiges Leben und Gesellschaft vorgaukeln, dennoch fühlte ich mich einsam. Meist verkroch ich mich in meine Bücher und versank in eine andere Welt. Ich war froh, dass Bettinas Bücherschrank noch ein großes Repertoire an Romanen bot.

Das Wetter war in dieser Jahreszeit keinesfalls der Hit. Es war windig, regnerisch, ungemütlich und die Temperatur sauste gegen Abend auf 6°C. Der momentane Regen lockte mich schon gar nicht vor die Tür und so fielen die Besichtigungstouren in Taipeh sprichwörtlich ins Wasser. Dafür stand ich am Fenster, sah den Regentropfen zu, die wie Tränen an der Glasscheibe hinunterrollten und meine Stimmung widerspiegelten. In der Ferne verschwanden allmählich die Häuser im dichten Regen und die Dämmerung legte sich darüber.

Ein Blick auf die Uhr sagte mir, dass Peter mich gleich abholen kommt. Wie fast jeden Abend würden wir in ein Lokal gehen, um einen Happen zu essen. Das war für mich jedes Mal *der* Lichtblick!

Natürlich waren mir diese Anlaufschwierigkeiten bekannt, die man zu Beginn in einem fremden Land durchleben muss! Ich hatte sie ja bereits erfahren. Oft tröstete ich mich damit, dass die Zeit des Alleinseins bald vergehen wird, spätestens dann, wenn wir im Haus sind.

Manchmal ließ ich mich tagsüber mit dem Taxi in den American Club fahren, in dem wir seit neustem Mitglied waren. Der American Club of China, kurz ACC, wurde 1968 in Taipeh gegründet, und soll das Leben für Expatriierte im Ausland erleichtern.

Natürlich kannten sich die ‚Alteingesessenen' im ACC, doch ich war ein ‚no name'. Außer einem Gruß hier und da gab es keine weiteren Wortwechsel. Nur mit den Damen des Lobby-Komitees, bei denen man sich mit einer speziellen ID-Karte Eintritt in den Club verschaffte, hielt ich oftmals ein Schwätzchen.

Trotzdem genoss ich den Tapetenwechsel und auch das westliche Ambiente. Zu ‚unserer' Zeit waren Restaurants mit westlicher Speisenkarte rar, obwohl man in manchen Hotels auch italienische Gerichte auf der Speisenkarte fand, waren die Preise saftig.

Diese Nische füllte der ACC. Drei Restaurants versuchten mit amerikanischem Fast Food und westlichen Gerichten heimatliche Gefühle zu wecken, was scheinbar gelang, denn die Restaurants waren gut besucht. Und wie ich gehört hatte, frönten vor allem Amerikaner weniger dem chinesischen Essen, sie bevorzugten ‚ihre' Küche, dicke Steaks und Burger.

Natürlich wartete die Hauptstadt mit Hunderten von Restaurants, Buden, Kleinbetrieben und Märkten auf, die Essen anboten. Taipei ist ein Fresstempel! Hier konnte man nicht verhungern! Doch so lecker chinesisches Essen auch schmeckte und viele verschiedene Gerichte begeisterten, sehnte sich fast jeder früher oder später nach heimatlichen Speisen. Wir genauso!

Nicht nur über Restaurants verfügte dieser Club, attraktiv waren auch die weiteren Angebote: zwei Tennisplätze, Fitnessclub, Sauna und ein Swimmingpool. Das Gesamtpaket bot damit Abwechslung und Austausch unter Gleichgesinnten, die sich hier verabredeten.

Einer meiner ersten Besuche im ACC bleibt mir jedoch unvergessen. Zuerst trainierte ich mich und meine Muskeln im Fitnessclub und danach erwartete mich die heiße Sauna. Die war bei diesem Sauwetter erholsamer Balsam für meine Seele. Ganz angenehm fand ich, dass die Saunabereiche in ‚Men' und ‚Ladies' getrennt waren.

Als ich nach dem Sport die Sauna-Abteilung der Ladies betrat, löste sich meine stille Hoffnung auf Schwitzkontakt in Dampf auf. Der Umkleideraum gähnte vor Leere, auch in der Sauna schien niemand zu sein. Nach einer Dusche nahm ich ein Badetuch, das vom ACC gestellt wurde, und begab mich in die Holzhütte. Alle Bänke waren leer, nur der Ofen bollerte in der Ecke und seine wohlige Wärme umschmeichelte mich sofort.

‚Schade, dass niemand hier ist', dachte ich, platzierte das Badetuch auf der oberen Bank, machte mich lang und erfreute mich wenigstens an der angenehmen Liegeposition. Ich atmete tief durch und schloss die Augen. Die Stille, die mich umgab, tat gut, meine Muskeln kamen langsam zur Ruhe und auch ich fiel in tiefe Entspannung.

Ich musste eingenickt sein, denn plötzlich schreckte mich ein Geräusch auf. Eine Asiatin hatte den Raum betreten, grüßte und taxierte mich mit großen Augen. Obwohl ich auch grüßte, wendete sie sofort ihren Kopf ab. Also gut, kein Schwätzchen beim Schwitzen, dachte ich enttäuscht und wunderte mich über ihr ernstes Gesicht. Auch wählte sie einen Platz weiter weg von mir, … soweit es in dem abgegrenzten Raum möglich war, und starrte vor sich hin.

Doch etwas in ihrem Blick hatte mich aufmerken lassen! Ob ihr mein ‚Dresscode‘ nicht passte? Denn warum sonst trug diese Frau einen Badeanzug beim Saunieren? Wenn ihr das Nacktsein peinlich war, hätte doch ein umgeschlungenes Badetuch ausgereicht! Außerdem waren wir doch nur unter Frauen! Oder ist es auf dieser Seite der Welt nicht üblich, in einem Evakostüm in die Sauna zu gehen? Obwohl es eine Finnische war, das zeigte die Temperatur von 90°C.

Nachdenklich schaute ich auf die Sauna-Uhr, die mir sagte, dass meine Zeit bereits abgelaufen war. Nix wie raus hier! Bevor ich in die Senkrechte ging, hüllte ich mich ins Badetuch ein. Besser ist besser, nicht, dass mein weißer ‚Mond‘ die Asiatin auch noch beim Rausgehen verschreckt!

Als ich die Saunatür leise hinter mir schloss, stutzte ich. Mein Blick fiel direkt auf ein kleines Hinweisschild, das informierte, nur in Badekleidung in die Sauna zu gehen! Wie hatte ich das beim Hineingehen nur übersehen können, schimpfte ich mit mir. Doch für Vorwürfe war es zu spät, ich hatte mich ja bereits bis auf die nackte Haut blamiert. Beim nächsten Mal bringe ich einen Badeanzug mit, nahm ich mir vor, obwohl ich es eklig fand, in einem Spandex-Material zu schwitzen. Ob das ‚American Style‘ ist? Von einem zweiten Saunagang sah ich ab, wollte nicht noch zum öffentlichen Ärgernis werden. Nach einem Mittagssnack und um eine Erfahrung reicher fuhr ich ins Service-Apartment zurück.

Später erfuhr ich, dass es in Amerika andere Saunasitten gibt und kein Amerikaner auf die Idee kommt, ohne Badekleidung in die Sauna zu gehen! Selbst ein Handtuch, was die Blöße bedeckt, ist ein Missgriff. Und da dieser Club ja gewissermaßen Amerika ist, sind auch hier nackte Tatsachen unwillkommen!

13. Wirren am Zoll

Bald darauf erreichte uns die Nachricht, dass unser Umzugsgut eingetroffen sei. Leider konnte Peter sich aus beruflichen Gründen nicht um die Zollabfertigung unseres Hausstandes kümmern und so blieb der Gang zum Zoll dieses Mal an mir hängen. Axel, Peters Fahrer, brachte mich hin.

Als wir das Zollamt erreichten, kam mir der hiesige Agent unserer Umzugsfirma entgegen und nuschelte etwas von strengen Stichproben. War er nervös? Normalerweise regeln Umzugsagenten die ‚Entzollung' vorab, sodass nur sporadisch kontrolliert wird und die Zollpapiere unterschrieben werden müssen. Eine Angelegenheit von ein paar Minuten. Schien hier etwas schiefgelaufen zu sein?

Statt meine Unterschrift zu tätigen, führte man uns auf einen überdachten Platz. Seitlich davon fiel mir ein geöffneter Container auf, in dem sich noch der größte Teil eines Umzugsgutes befand. Unseres, wie ich erkannte, denn vor dem anderen Teil fand ich mich wieder. Die Aufreihung der vielen Kartons sah für mich nach ernster Sachlage aus! Wollte man hier etwas finden?

Ehe ich mich versah, ritzten die Zollbeamten die Plastiktapes einiger Kartons auf und kramten darin herum. Ihre ‚angebliche' Beute stellten sie auf den Boden. Nach gründlicher Begutachtung, bei der anscheinend nichts Auffälliges entdeckt wurde, widmeten sie sich weiteren Kartons.

Während dieser Aktion vermied der Agent den Augenkontakt zu mir. Aha, der hatte seinen Job nicht richtig erfüllen können, ging mir durch den Sinn.

Indem die Beamten systematisch nach Gesetzwidrigkeiten suchten, machte ich mir langsam Sorgen. Gedanklich begann auch ich, in unseren Kartons herumzuwühlen. Möbel, Bilder, Bettwäsche, Kleidung und vieles mehr raste an meinem inneren Auge vorbei, auch die Mohnmischung, die ich ja zum Glück nicht mitgenommen hatte. Und Verbotenes? Da war ich mir sicher, so etwas hatten wir keinesfalls eingepackt! Doch wie sollte ich mich an alle Einzelheiten unseres Haushaltes erinnern? Der Umzug aus dem Iran lag mittlerweile über fünf Monate zurück, da sah es in meiner Erinnerung düster aus. Nur den chaotischen iranischen Einpack-Stil, den werde ich nie vergessen. Unvergesslich blieb mir auch Peters turbulente Zollerfahrung im Iran, wo er beinahe in größte Schwierigkeiten geraten wäre. Und jetzt steckte ich mittendrin.

Auf einmal drang lautes Stimmengewirr zu mir durch. Hatten sie etwas entdeckt? Ja, hatten sie.

Plötzlich kam ein Zollbeamter aufgeregt auf mich zu: „Weapon! This is a Weapon!" Er hielt mir ein Schwert vor die Nase.

Ich erschrak fast zu Tode. Auf Waffenschmuggel steht Knast, schlimmstenfalls der Verlust des Lebens! Meine Güte, das Abschiedsgeschenk von Peters Fahrer im Iran hatte ich total vergessen. Für mich war es eine liebe Erinnerung und kein Mordinstrument. Der Zollbeamte schien anders zu denken.

„This is no weapon!", stammelte ich kopfschüttelnd, „Only souvenir, from Iran!"

Er stand immer noch vor mir und bohrte seine dunklen Mandelaugen fragend in mich hinein. Ich war den Tränen nahe.

Endlich mischte sich der Agent ein, wollte die Sachlage aus seiner Sicht klären. Doch der Beamte wehrte ihn ab! Seinen Beweis für Schmuggel hielt er ja demonstrativ in der Hand!

„More weapon?", flüsterte er mir gefährlich leise zu und seine Handbewegung ließ keinen Zweifel zu, dass ich ihm folgen sollte.

Gemeinsam schauten wir in die geöffneten Kartons hinein und bei jedem bellte er mir entgegen: „You have more weapon? You have more weapon?"

„No! No!", verneinte ich jedes Mal entrüstet und schüttelte heftig den Kopf. Dabei sah ich mich schon mit einem Bein in der Zelle stehen. Wie sollte ich bloß aus dieser Lage herauskommen? Axel hielt sich zurück, er konnte mir nicht helfen. Und der Agent? Den konnte ich in der Pfeife rauchen, der hatte scheinbar Schiss.

Doch dann, wie aus heiterem Himmel, sah ich die Rettung, … direkt vor mir. ‚Kitchen Ware' las ich auf dem Karton und ich hatte eine Idee. Ja, damit könnte es funktionieren, ihn von der vermeintlichen Mordwaffe abzulenken!

Bevor mich der Zollbeamte weiterführen konnte, kramte ich wie wild in meinen Küchenutensilien herum. Dann hatte ich den Gegenstand meines Einfalls in der Hand! Ob es die Lösung für das Problem sein würde, wusste ich natürlich nicht, aber ein Versuch war es auf jeden Fall wert. Meine Ängste und Bedenken wischte ich weg und siegessicher zog ich mein größtes Kochmesser aus dem Karton und hielt es hoch.

„Is this also a weapon?", fragte ich mit einem naiven Gesichtsausdruck und förderte noch weitere Messer hervor.

Erst schaute der Zollbeamte mich verwundert an, dann huschte ein zartes Schmunzeln über sein Gesicht, doch schnell wurde er wieder ernst, ging weg und beriet sich mit seinen Kollegen. Ich sah, dass diese nicht viel sagten und nur mit den Schultern zuckten. Konnte ich es als ein Remis verbuchen?

Als der Zollbeamte zu mir zurückkam, legte er mit einem „Okay, okay!" doch tatsächlich das Schwert in den Kitchen Ware-Karton. Eine schwere Last fiel mir von den Schultern. Ich war ungeheuer stolz auf meine Eingebung. Küchenmesser taugen offensichtlich zu weit mehr als nur zum Brotschneiden!

Die weitere Suche einiger Beamte erwies sich zum Glück als kurz und erfolglos. Endlich konnten die Papiere unterschrieben werden und ich atmete auf. War ich doch mit einem blauen Auge davongekommen!

Mit meiner Unterschrift war die Zollabfertigung abgeschlossen! Ich sah noch, wie einige der ‚verdächtigen' Kartons in unseren Container verladen wurden, dann verließen wir das Gelände. Eine große Hürde war geschafft und morgen wird der Container ins Lager der Spedition gebracht. Einige Tage später bekamen wir grünes Licht, die Sachen für unseren Bedarf aus dem Umzugsgut herauszuholen.

Als Peter und ich die Lagerhalle betraten, erschlug mich fast die Größe des Lagerdepots. Nicht nur wir hatten unsere Sachen hier untergebracht. An diesem Ort lagerten verschiedenste Firmen ihr Gut ein, wie die Namen an den Bretterverschlägen verrieten.

Zwei Angestellte der Umzugsfirma führten uns zu einem dieser Verschläge und öffneten die Tür. Hier stand unser Umzugsgut.

Meine Güte, hatten wir so viel Gepäck angehäuft? Ich war geschockt. Wie sollten wir bloß in diesem Tohuwabohu unsere Kleidungskartons finden? Über 400 Kartons zeigte die Auflistung, die man mir in die Hand gedrückt hatte. Hilfesuchend wendete ich mich an Peter.

„Zeig mal her!", übernahm er das Ruder und suchte anhand der

Registriernummern die Kartons. „Das, was wir suchen, müsste doch unter ‚Bedroom', zu finden sein! … Ah, da sind sie ja!", und er zeigte auf Nummern um die 200.

Wir stürzten uns in die Schlacht.

Zum Glück halfen uns die zwei Angestellten, sie räumten viele der Kartons aus dem Weg, worüber ich sehr dankbar war. ‚Unterwegs' begegneten wir unserer Couch, einigen Regalen, der Wohnzimmerausstattung und auch dem iranischen Reis. Jetzt fragte ich mich natürlich, wieso ich Reis in ein Reisland mitgenommen hatte. Musste wohl der Abschiedsschmerz gewesen sein.

Auch die Kartons mit den Küchenutensilien sichteten wir, mit denen ich ja bereits Bekanntschaft beim Zoll gemacht hatte. Und dann, nach einer gefühlten Ewigkeit wurden wir fündig und stießen auf die Bedroom-Kisten. Endlich konnten Sommerkleidung, Schuhe und Badesachen in die von der Spedition bereit gestellten Kartons verstaut werden. Als ich auch unsere Tennisschläger, Sportklamotten und Bücher zutage förderte, war ich höchst zufrieden mit der Ausbeute.

„Haben wir jetzt alles?", fragte Peter und eröffnete mir erst jetzt, dass diese Aktion unsere einzige Möglichkeit sei, denn danach würde der Verschlag wieder verschlossen. Nur gegen eine Gebühr bekämen wir Zutritt.

Noch einmal ließ ich mir unser ‚Plündergut' durch den Kopf gehen. Waren wir gut gerüstet für die kommenden Monate? Ja, entschied ich und als Peter auch keinen Wunsch mehr äußerte, wurde die Tür verriegelt. Vielmehr hätten wir auch nicht mitnehmen können, unser Platz im Service-Apartment war limitiert.

Während die Angestellten mit Peter die Kartons in unser Auto verfrachteten, sah ich mich in der Halle um. Auf der Suche nach einer Klimaanlage scannte ich alle Wände ab. Hatte ich es nicht geahnt? Hier wurde nur gelagert, nicht gekühlt! Mir schwante Übles! Bei der hohen Luftfeuchtigkeit, die in Taiwan dominiert, wird bestimmt ein großer Teil unserer Sachen verschimmeln, darauf wettete ich. Doch hatte ich eine Wahl?

14. Chiang Kai-shek

Es war Sonntag und das schöne Wetter lud zu einem Ausflug ein. Wir entschieden uns für die Chiang Kai-shek Memorial Hall in der Stadtmitte. Oft schon waren wir an diesem schlichten, aber eleganten Gebäude vorbeigefahren, doch nie war genug Zeit für einen Besichtigung. Heute war der richtige Tag dafür.

Natürlich hatte ich mich schlau gemacht über das Leben Chiang Kai-sheks, der 1887 in China geboren wurde und 1975 in Taipeh verstarb. Doch wenn ich ehrlich bin, hatte ich auch vieles davon wieder vergessen. Aber mit manchen Dingen konnte ich noch aufwarten und sicher bei Peter punkten! Sollte ihm das nicht reichen, gäbe es ja noch den Vortrag im Chiang Kai-shek-Auditorium.

Am meisten interessierte uns jedoch die stündlich stattfindende Wachablösung für den ehemaligen Staatsmann. Auch andere staatliche Einrichtungen setzen Wachposten ein, jedoch ohne eine Zeremonie abzuhalten.

Während unserer Taxi-Fahrt zur Memorial Hall erzählte ich Peter von Chiang Kai-sheks früherem Leben: „Ähnlich wie du, Peter, hat er sich mit achtzehn Jahren für einen militärischen Werdegang entschieden. Er besuchte die Militärakademie in China, doch nach einem Jahr entschloss er sich für ein Studium an der japanischen Militärakademie in Japan. Dort lernte er seinen Mentor Dr. Sun Yat-sen kennen, von dessen Lehre - *Drei Volksprinzipien: ‚Demokratie-Sozialismus-Nationalismus'* - er so begeistert war, dass er sich ihm anschloss. Wenn die Zeit reif sein würde, nahmen sich die beiden Strategen vor, wollten sie eine neue Partei gründen, um China zu einem modernen Staat zu führen."

„Das waren sicher revolutionäre Ideen zu der Zeit!", meinte Peter, „Widersetzte man sich nicht damit dem Kaiserhaus von China?"

„Und ob! Doch das Kaiserhaus war mittlerweile schwach geworden, zu lange hatte es auf Reformen verzichtet und hing den alten Zeiten nach. So konnten verschiedenartige politische Bewegungen aufkommen, die 1911 in der Xinhai-Revolution endeten. Davon wurde das ganze Land erfasst. Diese Gunst der

Stunde nutzten Chiang Kai-shek und Dr. Sun Yat-sen und kehrten für eine eventuelle Machtübernahme aus Japan nach China zurück. Die zwei Revoluzzer mischten tüchtig um die Herrschaft des riesigen Reiches mit; und der Sturz des Kaisers war nicht mehr aufzuhalten!"

„Da gab es doch den Film ‚Der letzte Kaiser‘!", erinnerte sich Peter, „War er bei seiner Krönung nicht noch ein Kind, weil die Kaiserinwitwe unbedingt im Hintergrund an der Macht bleiben wollte?"

„Richtig, aber sie verstarb plötzlich nach der Inthronisierung des Kaiserkindes. Stell dir mal vor, da war der Kaiser von China erst zwei Jahre alt! Obwohl sein Vater die Staatsgeschäfte übernahm, konnte auch er die Reformen für das Land nicht voranbringen und verlor endgültig die Kontrolle über das Reich. Den Kaiser duldete man zwar noch in seinem Palast, den er nie verließ, aber 1924 wurde er dann doch davongejagt.

Genau in jenem Jahr gründeten Dr. Sun Yat-sen und Chiang Kai-Shek ihre neue Partei, die ‚Kuomintang‘! Vorsitz hatte Dr. Sun. Aber nur durch eine Allianz mit den Kommunisten unter Mao Tse-tung konnte die Kuomintang die Mehrheit erzielen. Als ein Jahr später Dr. Sun starb, übernahm Chiang Kai-shek die Parteiführung der Kuomintang und sagte sich von den Kommunisten los. Das war der Anfang des ‚Chinesischen Bürgerkriegs‘, Mao gegen Chiang. Und dieser Krieg dauerte bis 1949 und wurde nur durch ein Stillhalteabkommen während der japanischen Invasion 1937-1945, also im Zweiten Weltkrieg, unterbrochen."

Nun wurde auch ich unterbrochen. Gerade hielt das Taxi vor dem Haupttor der Chiang Kai-shek-Anlage an und wir stiegen aus. Wie imposant sich doch das freistehende ‚Tor der Großen Zentralität‘ präsentiert mit der perfekten ‚Geradheit‘ der fünf Torbögen, die den Eingang darstellen. Dieses Prunkportal besitzt keine Türen, doch ihre Häupter krönen enzianblaue Dächer im chinesischen Stil. Dieses wunderschöne Portal landete als erstes Foto an diesem Tag in unserer Kamera.

Für den Eintritt in dieses Areal wählten wir den mittleren und größten Torbogen. Von hier aus sah man in der Ferne bereits die Chiang Kai-shek-Gedächtnishalle. Doch wir blieben zunächst auf dem großen Platz stehen und sahen uns um. Was mir besonders auffiel, war eine nahezu perfekte Symmetrie.

Auf der linken Seite begrüßt die Nationale Konzerthalle und auf der rechten das Nationaltheater, beide im traditionell chinesischen Baustil errichtet. Breite Treppen führen zu den Eingängen hoch und es schien, als hielten die roten Säulen die goldgelben Dächer der Gebäude fest. Farblich sahen die Gebäude beinahe wie Zwillinge aus, nur der Schwung der Dächer unterschied sie. Leider konnte man die Innenräume nicht besichtigen.

Vor uns streckte sich ein fünfundzwanzig Hektar großer Park aus, der durch eine Prachtstraße mittig geteilt wird, die an der Memorial Hall endet. Als wir zwischen vielen anderen Besuchern Richtung Gedächtnishalle schlenderten, stieg mir plötzlich zarter Rosenduft in die Nase. Beete mit vielerlei Rosen und farbigen Blumen zogen sich entlang dieser Prachtstraße und zwischendurch führten geschwungene Wege zu gepflegten Gärten. Schattenspendende Bäume, exakt geschnittene Buchsbaumbüsche, Sitzbänke und chinesische Pavillons luden zum Verweilen ein. Auf dem Rückweg müssen wir unbedingt dort ‚einkehren‘, nahm ich mir vor.

Bevor wir zu unserem Ziel gelangten, warf ich noch einen Blick zurück. Die helle Prachtstraße, die bunten Blumenbeete, das Grün der Gärten, eingefasst von einer weißen Außenmauer mit blauen Dachziegeln, dazu der Eingang des mächtigen weiß-blauen Torbogenportals, diese Harmonie und Schönheit beeindruckten mich sehr.

„Peter, wusstest du, dass die vielen roten Blumen und die weißblaue Farbe der Bauwerke nicht willkürlich gewählt sind?"

„Ja, jemand im Büro sagte mir, sie stehen für die Nationalfarben Taiwans. Die gleichen Farben findet man in der Taiwanflagge oder richtig gesagt, in der Flagge der Republik China."

„Richtig, knallrot und im oberen linken Viertel ein blaues Rechteck mit einer weißen zwölfstrahligen Sonne."

Ich war mir sicher, dass die zwölf auch eine Bedeutung hat, das war ja hier so Usus.

Am Ende der Prachtstraße befand sich auf jeder Seite im grünen Gartenteil ein Teich. Dicke Kois schwammen im Wasser umher und das Blau des Himmels spiegelte sich auf der

Wasseroberfläche. Wenn nicht künstliche Hügel und Brücken diese Weiher in romantische Landschaften verwandelt hätten, sähen sie aus wie zwei große blaue Augen, die voller Bewunderung zu der siebzig Meter hohen Gedächtnishalle aufschauen.

Plötzlich schnappte ich Worte eines deutschsprachigen Reiseführers auf, der einer Gruppe lautstark sein Wissen verkündete: „... quadratische Korpus aus weißem Marmor trägt ein Doppeldach aus blauglasierten Glasziegeln, das achteckig gehalten ist. Acht, eine wichtige Zahl in Asien, sie repräsentiert traditionell ‚Fülle und Reichtum'."

Neugierig geworden, stellten Peter und ich uns in gebührendem Abstand dazu und spitzten die Ohren.

„Die Handschrift für dieses Gebäude trägt die des Architekten Yang Cho-cheng!", tönten seine Worte gut hörbar über die Gruppe hinweg, „Er gewann den Architektenwettbewerb der Gedenkhalle für den Gründer der Republik China, Chiang Kai-shek, den Vorsitzenden der Kuomintang-Partei. Viele verschiedene traditionell-chinesische Architekturstile fügte er hier zusammen. Da Chiang Kai-shek ein großer Bewunderer von Dr. Sun Yat-sen war, ähnelt dieses Bauwerk auch dem Sun-Yat-sen-Mausoleum in Nanjing, China, das 1926 bis 1929 errichtetet wurde. Am 5. April 1980, dem fünften Todestag Chiang Kai-sheks, wurde diese Gedenkhalle offiziell eröffnet. Nun werden wir zur Halle hinaufsteigen. Machen Sie sich bereit für neunundachtzig Stufen! Jede einzelne steht für ein Lebensjahr des Präsidenten! Auf geht's!"

Geschlossen ging die Gruppe ihrem Ziel entgegen. Mit vielen anderen Besuchern folgten auch wir. Beim Hochsteigen der Treppenstufen zählte ich mit. Zwanzig Stufen hatte ich noch vor mir, doch Peter wartete bereits oben auf mich.

„Und, auch neunundachtzig gezählt?", fragte er mich, als ich prustend bei ihm ankam.

„Ja, der Reiseführer hatte Recht!"

„Aber ist Chiang Kai-shek nicht nur 88 Jahre alt geworden?"

Ah, Peter hatte aufgepasst.

„Stimmt, aber für Chinesen zählt doch die Zeit im Mutterleib mit! Eigentlich sind auch wir ein Jahr älter!"

„Ich meine, ich sehe bereits ein paar graue Haare bei dir!"

„Vorsichtig!", warnte ich und lachend betraten wir die große Halle.

Wieder schwappte die Stimme des Reiseführers zu uns herüber: „… zwei Tore des Haupteingangs haben ein stattliches Gewicht von fünfundsiebzig Tonnen und sind jeweils sechzehn Meter hoch. Gleich gegenüber sehen Sie die ebenfalls sechzehn Meter hohe Statue des verstorbenen Präsidenten Chiang Kai-sheks, die mit fünfundzwanzig Tonnen …"

Ich flüsterte kichernd: „Peter, hast du das gehört? Die Statue ist so schwer wie fünf Elefanten!"

„Woher weißt du das denn?"

„Das weiß man doch! Der Elefant ist das schwerste Landsäugetier der Welt und wiegt an die fünf Tonnen!", trumpfte ich auf.

„Aber du kannst doch den Präsidenten nicht mit einem Dickhäuter vergleichen!", meinte Peter leise und schüttelte den Kopf, aber ein Grinsen konnte er sich doch nicht verkneifen.

Ich schaute zu dem Koloss hoch. Auf einem hohen Podest stand ein überdimensionaler Sessel, in den man den ehemaligen Präsidenten platziert hatte. Das Lächeln in seinem Gesicht war nicht zu übersehen, und so schaute friedlich auf die Hauptstadt Taiwans. Dennoch fragte ich mich, ob seine Augen nicht sehnsüchtig in Richtung seines Heimatlands China abschweiften, dass er so gerne wiedergesehen …

Ach, der Reiseführer schon wieder. Mit Neugier hing die Gruppe an seinen Lippen und uns blieb auch nichts anderes übrig, als zuzuhören.

„… in China gekämpft hatte und 1949 endgültig gegen seinen Widersacher Mao verlor. Aus Angst vor Rache flüchtete Chiang Kai-shek im gleichen Jahr nach Taiwan und mit ihm fast zwei Million seiner Anhänger. Man nimmt an, dass der Staatsmann bereits geahnt hatte, den Machtkampf zu verlieren, denn vorab hatte er sämtliche Geldreserven, bedeutende Kunstschätze, Wertgegenstände, Gold und Museumsschätze nach Taiwan in Sicherheit gebracht. Im National Palace Museum können Sie Exponate aus der Verbotenen Stadt bewundern und wenn Sie eine Führung von mir möchten, einfach bei mir anmelden!", machte er noch schnell Werbung für sich. „Aber nun zurück zu Chiang Kai-shek. Nach Ankunft in Taipeh etablierte er seine

Regierung der Nationalen Republik China, aber in erster Linie wollte er das verlorene Festland von Taiwan aus zurückerobern. Ebenso wie die Kommunisten unter Mao, beanspruchte die Kuomintang über Gesamtchina zu herrschen! Doch diese Möglichkeit tat sich nicht auf, stattdessen begann Chiang Kai-shek mit einer ‚Entwicklungsdiktatur' in Taiwan, bei der eine allumfassende Reform Priorität hatte. Modernisierung, Industrialisierung und der wirtschaftliche Aufschwung waren nicht mehr aufzuhalten, was bis heute ..."

Auf einmal verstummte der Reiseführer. Alle Besucher wurden angewiesen, hinter das Absperrungsseil zu gehen, um mittig Platz zu schaffen. Aufpasser in schwarzen Anzügen überprüften mit Strenge die Ordnung. Ein Blick auf meine Uhr sagte mir, es war Zeit für den Wachwechsel!

Die zwei Soldaten, die rechts und links des Präsidenten in absoluter Regungslosigkeit als Wachposten standen, hatten es bald geschafft. Für mich wäre solch ein Stillstehen Strafarbeit, doch für diese Personen war es sicher eine große Ehre, auf die sie besonders stolz waren.

Plötzlich ertönte ein Ruf und erwartungsvolle Stille legte sich über die Halle. Im Gleichschritt erschienen drei Soldaten in blütenweißen Uniformen, blitzenden Goldhelmen und Präsentiergewehren.

Den speziellen Namen der Waffe wusste ich von Peter, auch dass der vorausschreitende Soldat der Kommandoführer ist, der nun die zwei Soldaten in Richtung des Präsidenten paradierte. Dort blieben sie vor der Statue stehen. Die beiden Wach-Soldaten lösten sich nun aus ihrer Starre. Peng, Peng, Peng schallte es durch die Halle und lauten Schrittes begaben sie sich zu ihren Kameraden, wo sie sich postierten. Dann nahm die Garde Haltung an.

Einen Moment später drehten sich die Soldaten um und exerzierten mit ihren Präsentiergewehren ein imposantes Schauspiel vor den Besuchern. Sie bewegten sich vollkommen synchron und als das Aufsetzen der Gewehre auf dem Boden durch den Saal schallte, wurde es mucksmäuschenstill. Jedes Mal, wenn sie die Waffen mit dem Bajonett herumwirbelten und sogar hochwarfen, hielt ich die Luft an, und war erleichtert, als alle mit Bravour ihre Waffen wieder auffingen. Nicht auszudenken, wenn sich einer vergriffen hätte! Der Gesichtsverlust wäre enorm gewesen!

Nach diesem beeindruckenden Spektakel marschierte der Kommandoführer mit den zwei Soldaten im Gleichschritt zum Ausgang und die Wachablösung übernahm nun die Ehrenwache. Als die zwei Soldaten Stellung bezogen und ihre Augen geradeaus gerichtet hatten, musste ich grinsen. Zwei Personen in Zivil überprüften nun mit ernster Miene den exakten Sitz der Uniformen. Sie zupften am Stoff und wischten sogar nicht vorhandene Staubpartikel von den Schuhen ab. Nach diesem Prozedere versanken die Soldaten in Unbeweglichkeit, für eine Stunde, in der nur ihre Augenlider ab und zu blinzelten.

Wir schossen noch ein paar Fotos und gingen ins Untergeschoss des Gebäudes zur Ausstellung über Chiang Kai-sheks Leben und Wirken. Hier wurden in weitläufigen Räumen Fotos, Orden, Erinnerungsgegenstände und seine Limousine präsentiert. Natürlich fehlte auch Chiang Kai-shek als Wachsfigur hinter seinem Schreibtisch nicht. Das Auditorium schenkten wir uns, wir hatten von Chiang Kai-shek genug gehört und gesehen. Stattdessen besuchten wir im Gartenbereich einen der Pavillons und genossen dort unter dem kühlenden Grün der Bäume das nicht enden wollende Treiben.

15. Erste Bekanntschaften

Endlich schien sich das Glück des Neuen Jahres auch für mich aufzutun. Für kommenden Samstag hatten wir eine Einladung zu einem Kaffeenachmittag erhalten. Ich freute mich riesig darüber, endlich würde ich ein paar Leute treffen und kennenlernen, die meinem täglichen Alleinsein hoffentlich ein Ende setzten.

Es ging nach Wellington, auf den Partyberg, wo die meisten Feten stattfinden sollen; und der fest in deutscher Hand ist, so hatte ich es noch von Peters Vorgänger in Erinnerung. Bereits seit einigen Jahren gehörten unsere heutigen Gastgeber dort zum Stamminventar.

Mit einer Wegbeschreibung lotste Peter das Auto durch Taipeh

Richtung Norden und bog irgendwann nach Wellington ab. Bergan führte die Straße auf einen Hügel, der auf die vielen schönen Häuser mit den Gärten stolz sein konnte. Gepflegt sah es hier aus. Wir fragten einen Mann, der seinen Hund Gassi führte, nach dem Haus der Familie Winter und er beschrieb uns die letzten Meter.

Kurz darauf hatten wir unser Ziel erreicht. Die Begrüßung von Peer und Marion war herzlich und wir wurden in das großzügige Haus gebeten. Von der Sofaecke des Wohnzimmers empfing uns Gelächter, es kam von drei weiteren Pärchen, die bereits beim Sekttrinken waren.

Das fängt ja gut an, dachte ich, nahm aber das mir angebotene Glas an und Peter sagte ebenfalls nicht nein. Beim Vorstellen erfuhren wir, dass zwei der Pärchen ‚alte Wellingtoner' waren und das dritte erst seit ein paar Monaten in Tian Mu in einem Apartment wohnte.

Sofort fühlten wir uns in diesem fröhlichen Kreis wohl, und natürlich blieb es nicht beim Sekt. Der Nachmittag wurde mit Kaffee und leckerem Kuchen versüßt. Und lustig war es obendrein, jeder hatte einige Anekdoten aus seinem Lebensfundus parat und auch wir öffneten unser iranisches Nähkästchen. Das Kopftuch, ein unendliches Thema.

Zwischendurch drangen nützliche Tipps und Wissenswertes in unsere Ohren: Verhaltensweisen bei Erdbeben, Taifunen, bei Schlangen und anderem Getier. Auch sei eine Wasserflasche bei Ausflügen unerlässlich und ein Regenschirm gegen die starke Sonneneinstrahlung, die man keinesfalls unterschätzen dürfe und, und, und. Manches wusste ich bereits, aber trotzdem war Neues dabei.

Ich erfuhr an diesem Nachmittag, dass die Deutsche Kaffeemorgen-Gruppe im ACC, dem American Club of China, Ende März den monatlichen Frauentreff wieder aufnehme und alle Deutschen und Deutschsprachigen dort willkommen seien. Ebenfalls organisierte der ‚International Women's Club' solche morgendlichen Treffen im ACC und demnächst sogar eine Modenschau, wo weibliche Mitglieder des Clubs auf dem ‚Catwalk' laufen.

Äußerst zufrieden mit dem Verlauf des Nachmittags mussten wir jetzt nur noch die nächsten vier Monate überstehen, bis wir endlich ins Haus einziehen konnten. Ich war Peer und Marion sehr dankbar für den Türöffner und die beiden Kaffeetreffs waren erst einmal das Wichtigste für mich. Der Anfang schien geschafft. Obendrein hatten wir uns mit dem Pärchen aus Tian Mu für die kommende Woche zum Essen verabredet.

Welches Restaurant sollten wir wählen? Nach einigem Hin und Her entschieden wir uns nicht für die pikanten und scharfen Fleisch- und Gemüsegerichte der Hunan- oder Szechuan-Küche, sondern unsere Wahl fiel auf die Pekingente! Durch Jenny kannten wir in Downtown ein gutes Lokal, das dieses Gericht aus dem Norden Chinas anbot.
Über Peters Büro ließen wir in dem Restaurant einen Tisch buchen, denn ohne Reservierung bekam man dort keinen Platz, was eindeutig für das gute Essen sprach.
Als wir an besagtem Abend das Restaurant betraten, schreckten unsere neuen Bekannten im ersten Moment vor der Hässlichkeit des Gastraumes zurück. Ich konnte es ihnen nicht verdenken, mir war es genauso ergangen. Dieser Raum sah eher nach einer großen Lagerhalle aus, die weder schön noch gemütlich war, dafür aber immer proppenvoll! Es galt als *das* Restaurant in Taipeh für Pekingente!
Nachdem wir zu unserem Tisch geführt und unsere Bestellung aufgegeben hatten, prosteten wir uns kurz darauf mit einem Bier zu und der erste Schock legte sich bei unseren Bekannten.
„Wusstet ihr, dass das Rezept der Pekingente aus der Ming-Dynastie vor 500 Jahren stammt?", fragte Peter.
„Hoffentlich nur das Rezept und nicht die Ente", witzelte unser neuer Bekannter und die Stimmung lockerte sich.
Danach machte Peter auf schlau. „Bei der Pekingente ist die Haut, auf die besonderen Wert gelegt wird, fast das Beste! Nach dem Rupfen wird die Ente wie ein Luftballon vom Hals her aufgeblasen, damit sie sich vom Fleisch trennt. Erst dann wird sie ausgenommen, am Hals aufgehängt und mit kochendem Wasser überbrüht, gewürzt und mit Honig und Malzzucker bepinselt!"
Selbst ich staunte über Peters Kenntnisse, die er sicher im Büro erfahren hatte. „Für ein paar Stunden trocknet sie dann", sprach er weiter, „bis sie wieder hängend in einem speziellen Ofen

über mehrere Stunden gegart wird. So wird die Haut schön knusprig!"

Mir lief jetzt schon das Wasser im Mund zusammen. In dem Moment stand die Bedienung neben unserem Tisch und ich schaute auf ein pralles Exemplar, dessen Haut rot-braun glänzte.

„Nimen de Beijing Kau Ya!" sagte sie und führte uns damit unsere Peking-Ente vor!

Peter nickte, womit die Ente akzeptiert war.

„Äh, wo geht sie denn hin mit der Ente?", sorgte sich unser Begleiter, der den Vogel mitsamt der Bedienung von hinten sah.

„Keine Sorge, sie wird für uns zubereitet und gleich serviert!", beruhigte Peter.

Während wir auf die Ente warteten, aßen wir unsere bestellten Vorspeisen wie Sellerie in Senf, den pikanten Gurkensalat und Erdnüsse, die auf dem Drehteller mittig des Tisches leicht zu erreichen waren. Dazu gesellten sich die Zutaten für die Ente, Teller mit kleinen Fladen, der braunen Hoisin-Soße und Lauchstreifen. Unsere Mitstreiter schauten gespannt.

Beim zweiten Bier wurde die Ente serviert, deren knusprige Haut in Rauten geschnitten und das Fleisch mundgerecht vor uns hingestellt wurde.

„Macht es mir einfach nach!", forderte Peter auf, nahm einen Fladen, gab etwas Hoisin-Soße darauf, noch Lauchstreifen, eine Raute Haut und Fleisch, dann rollte er den Fladen auf und biss ein Stück ab.

„So isst man Peking-Ente!", meinte er schmatzend und wir machten es ihm nach.

Diese Mischung war aber auch lecker und wir putzten die Teller leer. Fast schon pappsatt, stellte die Bedienung nun einen dampfenden Topf auf unseren Tisch. Die Suppe, die wie üblich ein chinesisches Menü abschließt. Hier wurde sie aus den Resten der Ente zubereitet und mit Glasnudeln aufgepeppt. Alles kam in kleine Schüsseln, die wir dann auch noch leerten. Ente gut, alles gut!

Bald darauf verging die Zeit für mich viel schneller als gedacht. Die Einladung zum Kaffee hatte den Stein ins Rollen gebracht und mit den neuen Bekannten trafen wir uns im ACC zum Tennis oder zum Essen, wodurch wir wieder andere Leute kennenlernten. Mittlerweile hatten wir uns im ACC zu

‚Gleichgesinnten' verwandelt und selbst im Fitnessclub kannte man uns jetzt. Wir waren ‚drin'.

Großen Spaß machte uns die 2x wöchentliche Spinning-Class am Abend, die Toby, der Fitnesstrainer, ins Leben gerufen hatte. Toby, ein junger Mann chinesischer Herkunft, war authentisch mit seinem durchtrainierten Körper. Seine engen Fitnessdresses hoben seine Muskeln besonders hervor, auf die er sichtlich stolz war. Verheiratet war er nicht, er stand auf Männer, das wusste jeder und sein weicher Gang verriet es außerdem.

Für die Spinning-Class standen die Fahrräder im Halbkreis für uns bereit und sein Fahrrad hatte er direkt vor uns platziert, damit nichts seinem prüfenden Blick entging. Als alle auf ihrem Sattel saßen und peppige Musik erklang, trieb er uns an. Nach seinen ‚Befehlen' trampelten wir, was das Zeug hielt. Er führte uns virtuell über Hügel, hinauf in die Berge, durch flache Landschaften, wo wir etwas verschnaufen konnten, bevor es wieder aufwärts ging. Obwohl er uns verbal anspornte, schien er kaum außer Puste zu sein. **Kein Wunder, er war fit wie ein Turnschuh.**

Beim Endspurt war er nicht mehr zu halten und wir hechelten nur noch zu seinen Kommandos! „Give it to me!", It's good for you!" und „I love it!", Sätze, die uns antreiben sollten! Ob ich es liebte, so getriezt zu werden, nun ja, auf jeden Fall war es gut für mich und ich hatte durchgehalten! Und seine Sätze begleiten mich bis heute, und nicht nur beim Sport!

16. Hotel-Intermezzo

Jubelnd begrüßte ich den Juni: In vier Wochen ziehen wir um, ins Haus! Aber vorher war ein Urlaub geplant! Darauf freute ich mich riesig! Zwei Wochen Koh Samui, Thailand, Ausspannen am Strand und Schwimmen im Meer. Was für ein würdiger Abschluss unseres Hoteldaseins! Und mein umsichtiger Mann legte den Termin so, dass wir nach dem Urlaub **mit dem Umzugsgut gleich ‚unser' Haus stürmen konnten.**

Schnell waren die Koffer für die Urlaubsreise gepackt, auch die anderen drei Koffer mit den Sachen aus dem Hotelschrank, die wir im Büro parken wollten. Mit großem Gepäck checkten wir aus und sagten diesem Apartmenthotel für immer Ade!

Ein kleiner Streitpunkt jedoch entflammte zwischen Peter und mir auf, als es um meine Schmuckschatulle ging. Am liebsten hätte ich sie in einem der Koffer verstaut, doch Peter bestand vehement auf den Büro-Tresor, der bereits Wertvolles beherbergte wie Akten, Papiere und Firmengeld.

„Ein Koffer ist leicht zu knacken oder mitzunehmen!", erklärte er mir, „Aber so ein Tresor ist doch wohl das Sicherste! Komm, schau ihn dir mal an!"

Vielleicht ist es doch die beste Lösung, dachte ich, als ich vor dem Monstrum stand, das die Größe einer Waschmaschine hatte.

„Sag mir, wer soll den aufbekommen oder gar wegtragen?", bekräftigte Peter seine Entscheidung, „Sieh mal, er ist doppelt gesichert, mit einem Zahlencode und mit einem Schloss. Und den Schlüssel hat nur Jenny!"

Peters Sekretärin öffnete bereits die schwere Tür und mir blieb nichts anderes übrig, als meine Schatulle zwischen die Papierstapel zu legen. Als Jenny den Safe abschloss, nickte sie mir aufmunternd zu, was ich als ein, - hier drin ist alles sicher -, verbuchte. Daraufhin verabschiedeten wir uns, der Flughafen wartete.

Gerade setzte der Flieger auf der staubigen Piste in Koh Samui auf und ich setzte kurz darauf zum ersten Mal meinen Fuß auf Thailands Boden. Tropische Wärme empfing mich und Staub kitzelte in meiner Nase. Ich sah mich um, suchte nach der Ankunftshalle, aber vergebens. Die Abfertigung fand unter einem Dach im Freien statt. Die Formalitäten beim Zoll waren schnell erledigt und der Abholservice des Hotels brachte uns zu unserem Ziel.

Die Hotelanlage war ein Traum! Peter hatte sich großzügig gezeigt, wobei der Nebensaison-Preis sicherlich geholfen hatte. Wir bewohnten eine Villa, die bestimmt ein dickes Dankesschön für mein Ausharren und für meine Kompromisse war!

Mehrmals am Tag lockte uns das Meer an den Strand und in seine warmen Wellen. Kaum dass mich das salzige Nass umgab, fühlte ich, dass die Zwangsjacken der letzten Monate von mir abfielen. Ich ließ mich vom Wasser tragen, schaute ins unendliche Blau des Himmels und war fühlbar erleichtert, bald wieder ein ‚normales' Leben führen zu können. Oft verwöhnten wir uns nach einem nachmittäglichen Spaziergang am Strand mit einem Sundowner, während die untergehende Sonne alles in weiches Licht tauchte.

Die ‚Gleichförmigkeit des Strandlebens' versuchte das Hotel mit verschiedenen Kursen für die Gäste aufzupeppen. Unsere Wahl fiel auf einen thailändischen Kochkurs, für den wir uns anmeldeten. Von den drei Gerichten, die uns ein Koch beizubringen versuchte, ist mir die Tom Ka Gai, die berühmte Hühnersuppe mit Kokosmilch, in besonderer Erinnerung geblieben. Nie wieder habe ich ein so perfektes Zusammenspiel von Säure, Süße und Schärfe gegessen wie bei der Suppe aus diesem Kurs! Und natürlich auch in dem Hotelrestaurant, wo der gleiche Koch den Löffel schwang.

Mit Akribie aßen wir uns durch die abwechslungsreichen thailändischen Gerichte, die das Land zu bieten hat. Manches war höllisch scharf für uns, obwohl wir es immer mit wenig Chili bestellten. Aber das Wort ‚wenig' war wohl in dem thailändischen Wortschatz nicht vorhanden. Nach jedem Bissen schnappten wir nach Luft und die Thais lachten. Lächeln ist ihr Markenzeichen und Urlauber behandeln sie mit höchstem Respekt. Wir fühlten uns wohl und sehr willkommen.

Nur noch ein paar Tage, dann geht die Zeit der Schwerelosigkeit zu Ende, dachte ich, als wir auf unseren Sonnenliegen vor der Villa dösten. Plötzlich riss uns das Klingeln des Telefons aus unseren Träumen.

„Das kann nur Jenny sein!", meinte Peter und ging hinein.

Das glaubte ich auch, niemand sonst kannte die Telefonnummer unseres Hotels. Und richtig, von den Wortfetzen, die nach draußen drangen, hörte ich den Namen seiner Sekretärin. Eigenartig, dachte ich, wollte sie doch nur bei außergewöhnlichen Vorkommnissen anrufen.

Doch in den wenigen Worten, die ich aufschnappte, ging es wohl um irgendwelche Firmenbelange. Beruhigt widmete ich mich wieder dem Sonnenbaden.

Doch nach ein paar Minuten horchte ich auf. Peters Tonfall hatte sich verändert! Er wirkte aufgeregt! Ich setzte mich auf und spitzte meine Ohren, doch es kamen nur Bruchstücke von

Worten an, die keinen Sinn ergaben. Gerade wollte ich aufstehen und hineingehen, da rief Peter mich bereits.

Schleunigst eilte ich zu ihm und seine beunruhigende Miene sprach Bände.

„Jenny, Eva ist jetzt da,", sprach er in den Hörer, „ich stelle auf Lautsprecher!"

Dann hörte ich Jenny auch schon sagen: „Gestern Nacht sind Diebe ins Büro eingedrungen und haben den Tresor aufgebrochen!" Sie klang aufgebracht und keinesfalls so ruhig, wie ich es von ihr gewohnt war.

„Den Tresor aufgebrochen?", fragte ich ungläubig und mich durchfuhr ein Schreck.

„Ja, sie sind äußerst clever vorgegangen. Sie haben den großen Tresor einfach umgekippt und die hintere Wand mit schwerem Gerät aufgebrochen!"

Die hintere Wand? Das hieß ja, dass …! Plötzlich zog sich mein Herz zusammen und der Schweiß brach aus all meinen Poren. Meinen Gedankengang konnte ich jedoch nicht weiterverfolgen, ich lauschte Jennys Worten:

„Anscheinend sind Akten und Papiere noch vorhanden, aber das müssen wir noch prüfen, doch das Bargeld ist aus dem Tresor verschwunden. Die Polizei ist noch im Büro und nimmt alles auf, aber …"

„Ist mein Schmuck gefunden worden?", funkte ich unhöflich dazwischen. Das musste ich jetzt einfach wissen.

Als Jenny stockte, stockte mir der Atem. Ich ahnte bereits ihre Antwort und prompt bestätigte sie meinen Verdacht: Sie hatten nichts entdeckt! Der Schmuck war weg!

Tränen stiegen mir in die Augen. Hätte ich doch alles in einen Koffer gepackt … Nun waren wir wieder Opfer eines Einbruchs geworden, wie damals im Iran. Dieses gewaltsame Eindringen ist mir noch heute in trübster Erinnerung, auch wenn diese Langfinger nicht viel stehlen konnten.

„Leider hat die Polizei wenig Hoffnung!", machte Jenny jedwede Erwartung zunichte, „Es tut mir sehr leid für Sie!"

Ihre mitfühlende Stimme kam auf einmal von weit entfernt. Überwältigt von dieser Nachricht drehten sich meine Gedanken im Kopf wie in einem Hamsterrad: ‚Der gesamte Schmuck! Mit all den Erinnerungen …! Gestohlen! Auf Nimmerwiedersehen!'

Meine Beine zitterten und weinend ließ ich mich aufs Bett fallen. Selbst Jennys aufmunternde Abschiedsworte, wir sollten unseren Urlaub trotz allem noch weiterhin genießen, kamen kaum bei mir an. Ich war auch nicht fähig, zu antworten und wie im Nebel nahm ich noch wahr, dass Peter sich bedankte und dann den Hörer auflegte.

„All die schönen Schmuckstücke!", wimmerte ich leise vor mich hin, hockte wie ein Häufchen Elend auf dem Bett und konnte an nichts anderes denken.

Peter versuchte, mich zu trösten: „Vielleicht findet die Polizei ja die Übeltäter und dann bekommst du …"

„Nein, … das glaube ich nicht. Die sind bestimmt schon über alle Berge und verhökern jetzt die Geschenke von dir, von meiner Familie und die zwei Uhren, die wir uns zu Weihnachten geschenkt haben!", zählte ich schluchzend den Verlust auf, „Ganz zu schweigen … der Schmuck … aus dem Iran!"

All diese Andenken an schöne Zeiten zogen an meinem inneren Auge vorbei und erzählten mir ihre Geschichten. Die goldene Uhr, die mir mein Opa zur Konfirmation geschenkt hatte, die Kette von meinen Eltern zum 21. Geburtstag, und, und … alles fort! Unwiederbringlich! Ich war unendlich traurig.

„Einiges können wir sicher nachmachen lassen!", redete Peter mir gut zu und streichelte mir über den Rücken.

„Nein, das ist nicht dasselbe. An dem Schmuck hängen doch auch liebevolle Erinnerungen! Die kann man nirgends kaufen!", stöhnte ich und friemelte weiter an meinem nassen Taschentuch herum.

„Nun weine doch bitte nicht mehr!", besänftigte Peter liebevoll und nahm mich in den Arm, „Das Wichtigste ist doch, dass niemand verletzt wurde!"

Ich nickte nur und eine Zeitlang saßen wir nur so da, bis Peter ein paar Papiertücher aus der Box zupfte und mein Gesicht abtrocknete. Dabei lächelte er mich aufmunternd an und sagte: „Komm, Eva, lass uns schwimmen gehen, das bringt uns auf andere Gedanken!"

„Wenn du meinst.", ließ ich mich überreden und lächelte zaghaft zurück.

Mit wackligen Beinen ging ich ins Bad und wusch mein gerötetes Gesicht, doch meine Traurigkeit konnte ich nicht aus meinen gequollenen Augen herausspülen. Freudlos blickte mir mein Spiegelbild entgegen.

Als wir Hand in Hand zum Strand gingen, bedeckte eine Sonnenbrille meine verweinten Augen. Wie in Watte gepackt tauchte ich in das warme Meer ein. Als wenn nichts geschehen wäre, schien die Sonne heiter vom Firmament, die Wellen rollten leicht an die Küste und die Wasserfläche reflektierte das Blau des Himmels, das liebevoll mit dem Horizont verschmolz. Obwohl ich noch traurig war, wirkte diese Stimmung tröstlich und war Seelenmassage für mich.

Auf einmal erinnerte ich mich an Jennys Empfehlung: ‚Vergessen Sie den Vorfall und genießen Sie lieber noch Ihren Urlaub!‘

Ja, das war wohl das Beste, ich musste den Schmuck loslassen.

Am Abend hatte ich mich weitgehendst von meinen Wertsachen verabschiedet und konnte mich sogar am Essen erfreuen. Die dunkle Wolke war ein Stückchen weitergezogen!

Als hätten wir über Nacht stillschweigend eine Übereinkunft getroffen, sprachen Peter und ich am nächsten Morgen nicht mehr von dem Vorfall. Ich wollte nach vorne schauen und die restlichen Tage unbekümmert genießen! Noch vor dem Frühstück schwammen wir im Meer und als wir später auf der Sonnenliege entspannten, klingelte erneut das Telefon. Das ist Jenny, wusste ich, und während Peter das Gespräch annahm, blieb ich liegen. Von der Unterhaltung wollte ich nichts hören, wollte auch nicht wissen, ob es etwas Neues gab.

Anscheinend nicht ganz, denn als Peter zurückkam, fragte ich doch nach.

Peter grinste. „Was würdest du sagen, wenn dein Schmuck aufgetaucht wäre?“

„Komm, das ist nicht witzig!“, reagierte ich leicht verärgert, „Hat man etwa die diebische Brut gefasst?“ Obwohl ich mir das nicht vorstellen konnte.

„Leider nicht!“, bedauerte Peter, „Aber der Schmuck war gar nicht weg, er lag die ganze Zeit im Safe!“

„Was?“ Wie von einer Tarantel gestochen, stand ich senkrecht. Nur langsam begriff ich die Bedeutung seiner Worte.

„Ja, beim Umdrehen des **Tresors** ist **die** Schmuckschatulle hinter die Akten gerutscht und Papiere haben sie verdeckt! Weil sie recht flach ist, hat sie niemand sehen können. Die Diebe nicht, auch nicht die Polizei. Erst als Jenny den gesamten Safe ausgeräumt hat, kam die Schatulle zum Vorschein!"

Jetzt war ich ganz aus dem Häuschen und Freudenblitze schossen durch meinen Körper. Ein Wunder war geschehen! Ich fiel Peter überglücklich um den Hals.

„Eva, das ist doch kein Grund zu weinen!", wunderte er sich.

„Doch, ich freue mich so darüber!", schluchzte ich, während Lachen und Weinen sich ablösten. Was für eine schöne Nachricht!

„Nur meine Uhr muss wohl herausgefallen sein,", gestand mir Peter, „sie bleibt unauffindbar!"

„Oh, nein!" Nun war es an mir, ihn zu trösten. Doch er wiegelte ab, das sei doch nicht tragisch, es sei doch nur eine Uhr. Aber trotzdem sah ich einen Schimmer von Traurigkeit in seinen Augen.

Plötzlich grinste Peter mich zwinkernd an. „Komm, lass uns schwimmen gehen!"

Ich zwinkerte zurück: „Genau, das ist die beste Medizin in solchen Fällen!"

Und in diesem Moment stand für mich bereits das Geschenk für seinen Geburtstag fest!

17. Einzug ins Haus

Der Urlaub war zu Ende und braungebrannt kamen wir wieder in Taipeh an. Als wir endlich vor unserem Haus standen, öffnete nicht mehr die vorherige Hausherrin, stattdessen steckte Peter mit gewichtiger Miene den Schlüssel ins Schloss und das Eingangstor schwang auf. Üppig grünes Gras des Vorgartens begrüßte uns und die Rosen im Beet verströmten ihren Willkommensduft. Ich atmete tief ein und lächelte.

Mit den Worten: „Komm herein in unser trautes Heim!", öffnete Peter daraufhin die Haustür und stellte die Koffer nach drinnen. Gerade wollte ich meinen Fuß über die Schwelle setzen, da packte er mich, hob mich hoch und trug mich ins Haus hinein.

„Peter, wir sind doch schon verheiratet! Hast du etwa Angst vor den Geistern, die unter der Tür lauern könnten?"

„Man weiß ja nie! Schließlich beginnen wir einen neuen Lebensabschnitt und da ist jeder Schutz notwendig für die neuen Hausherren!"

Als Peter mich wieder absetzte, hallte unser Lachen im leeren Raum wider.

Während Peter unsere Koffer nach oben ins Schlafzimmer trug, schritt ich langsam durch den tristen Wohnbereich. Noch roch es nach Farbe und leicht nach Putzmitteln, aber schon Morgen wird sich unser ,Stallgeruch' hier verbreiten, das stand bereits terminlich fest. Mein Herz hüpfte vor Freude! Der Tag X ist Wirklichkeit geworden!

All die Tristesse des Eineinhalb-Zimmerlebens im Hotel war urplötzlich wie weggewischt. In diesem Augenblick fühlte ich eine tiefe Genugtuung und war glücklich darüber, dass ich **auf dieses schöne Haus gewartet** hatte. Mit offenen Armen umschloss ich symbolisch meine neue Bleibe und lud Glück, Freude und Harmonie ein.

Gerade erhellten Strahlen der bald untergehenden Sonne eine Stelle vor dem Kamin und ich lächelte. Ein guter Platz für unsere u-förmige Couch, und ich hörte das Feuer bereits im Kamin prasseln. Eva, noch ist warme Jahreszeit, rügte ich mich, zuvor kommt der Pool zum Einsatz, der zwischen Terrasse und der riesigen Bougainvillea-Hecke wie eine blaue Oase lockte.

Im Geiste möblierte ich den gesamten Wohnbereich. Ich war so in meinem Element, dass ich gar nicht bemerkte, dass sich ein grauer Schleier über den kahlen Raum gelegt hatte. Die großen Bäume hinter unserer Vorgartenmauer hatten die untergehende Sonne verdunkelt, und gleich würde sie hinter dem Horizont eintauchen. Es musste fast sieben Uhr sein, wusste ich, denn im Sommer legt sich um diese Zeit die Finsternis über Taipeh, in den Wintermonaten sogar noch früher.

Ich sah zu der nackten Glühbirne, die einsam an einer Strippe von der Decke hing. Obwohl sie den Kampf verlieren würde, diesen Raum ordentlich zu erhellen, schaltete ich sie ein, dankbar demjenigen, der sie hat hängen lassen. Im Zwielicht machte ich mich auf den Weg nach oben. Auch hier sah es noch verwaist aus, da half auch unsere Kleidung nicht, die Peter bereits zum Teil in dem Einbauschrank des Schlafzimmers eingeräumt hatte. Nur das schlafbereite Bett im Gästezimmer versprach etwas Heimeligkeit.

Als ich eingemummelt unter der Decke lag, kuschelte ich mich an Peter und in Vorfreude auf die kommende Phase schlief ich ein.

Punkt 8:30 Uhr am nächsten Morgen schellte es. Ein Blick aus dem Fenster sagte mir, dass es los ging! Beim Öffnen des Vorgartentors kam mir fast der große Container entgegen, der seine Ladung bereits preisgab. Zwei Umzüge waren darin verstaut, der eine aus dem Iran und der andere aus Deutschland. Über 400 Boxen, sie warteten auf ihre Verteilung! Wahnsinn!

Als ein chinesischer Ausruf über die sechs Packer hinwegrollte, starteten sie das Manöver. Und die waren von der flotten Truppe! Möbel, Schränke, Kommoden und Regale verschwanden flugs im Haus und die Kartons folgten auf dem Fuße.

Die Fragen nach dem Wohin des Packguts hielten mich auf Trab und meine Anweisungen an der Haustür ließen die Packer im ganzen Haus herumschwirren. Da sie kaum englisch verstanden, kam ich mir wie ein Verkehrspolizist vor. Zum Glück dirigierte Peter wie Karajan zu seinen besten Zeiten im oberen Stockwerk weiter und manchmal hörte ich ihn fluchen. Als er nach der Mittagspause ins Büro entschwand, meinte ich, Erleichterung auf seinem Gesicht zu sehen.

Obwohl am Nachmittag die vorbeischwebenden Güter zu einer unendlichen Geschichte für mich wurden, hielt ich tapfer die Stellung! Doch dann wurde es schwierig. Inzwischen wusste ich nicht mehr, wohin ich die Packer schicken sollte. ‚Land' war knapp geworden. Zwei Umzüge auf einmal waren einfach zu überwältigend. Nach dem 320sten Teil war Schluss für mich, ich gab auf. Sollten sie den Rest doch irgendwo aufeinanderstapeln! Mir war es mittlerweile egal.

Als die Packer weg waren, war ich geschafft, aber auch überglücklich, wieder mit meinem Hab und Gut vereint zu sein, auch wenn das Chaos um mich herum nach Albtraum aussah. Es wird schon werden, machte ich mir Mut, und erinnerte mich an die Worte des Straßenkehrer Beppo aus dem Buch ‚Momo' von Michael Ende. ‚Du darfst nicht die gesamte ‚Straße' sehen,

sondern arbeite dich immer nur Schritt für Schritt vor, mit Bedacht und Ruhe!'
Ja, so wollte ich es handhaben!

Nach einem erholsamen Schlaf fühlte ich wieder neuen Schwung in meinen Adern und freute mich sogar aufs Auspacken der herausfordernden Menge.
Peter verzichtete aufs Frühstück, aber ich wusste, ihn erwartete im Büro ein leckeres Toastbrot mit Ei. Ein Straßenverkäufer versorgte jeden Morgen viele Büros mit diesem köstlichen Mahl.
Peter liebte es. Ich nannte es ‚Schweinetoast', weil es für mich zu fettig war. Da war mir doch das Brot vom deutschen Bäcker mit Wurst und Käse aus unserem Kühlschrank lieber.
Bevor ich wie Beppo den ‚Besen' schwingen wollte, suchte ich in der Küche unter den vielen Kartons nach meiner ‚Die-nächsten-Tage-Überlebensbox'. Durch die vielen aufgemalten Kreise hatte ich den Karton schnell gefunden und mit Schwung riss ich ihn auf. Als ich hineinguckte, freute ich mich diebisch und vorsichtig zog ich meine Beutestücke heraus: Kaffeepulver, Filter, Filterpapier, Tasse, Besteck und einen Topf, der gleich mit Wasser auf dem Herd landete. Die anderen Sachen reihte ich auf dem Küchentisch auf.
Schon bald verbreitete sich die Duftnote ‚Arabica' im Raum, die ich ganz bewusst in mich aufsog. Es geht doch nichts über eine frisch aufgebrühte Tasse Kaffee! Besonders am ersten Auspackmorgen, dachte ich, und schlürfte vorsichtig von dem heißen Gebräu. Als sich die Wärme in mir ausbreitete, spürte ich ein heiteres Ankommen, was mein leckeres Frühstück noch unterstrich.
Ja, alles war gut so, wie es war. Nach dieser Stärkung krempelte ich mit einem tiefen Atemzug die Ärmel hoch und war bereit. Der erste Auspacktag konnte beginnen!

Nur in mäßigem Tempo schrumpfte das Schlachtfeld zunehmend gegen Null! Vor ein paar Tagen hatte das Umzugsunternehmen die Flut von Verpackungsmaterial abgeholt, die sich im Carport gestapelt hatte. Zum Glück war es trocken geblieben. Mit Regen wollte ich mir diese Sauerei nicht ausmalen!

Wie bei jedem Umzug blieben auch diesmal ein paar Kartons übrig, deren Auspacken ich auf später datierte. Nur einen aus dem Iran musste ich noch öffnen! Ganz bewusst hatte ich mir dieses spezielle Geschenk, das darin schlummerte, bis zuletzt aufbewahrt; denn immer noch rührten mich die Erinnerungen aus diesem Land manchmal zu Tränen.

Zügig schnitt ich mit einem Messer durchs Klebeband und zog den Jutesack mit iranischer Schrift aus dem Karton. Ich hielt das Herzstück der persischen Küche in den Händen: Reis. Aber *diese* Körner hier waren etwas ganz Besonderes! Sadri-Reis, selten und kostbar, aus der nördlichen Region Gilan! Man sagt, es sei der beste Reis der Welt.

Ich stellte ihn auf den Tisch, löste das Band, schloss die Augen und versenkte meine Hand in die kräftigen Körner des Langkornreises. Ich wollte zuerst Persien fühlen. Dabei nahm ich sofort den frischen Duft wahr, den dieser köstliche Reis verströmte und ich spürte bereits den zart-blumigen Geschmack in meinem Mund. In diesem Moment traf mich die Nostalgiewelle ins Herz und mir rollten ein paar Tränen über die Wangen wegen der schönen vergangenen Jahre.

Kurz darauf hatte ich mich wieder im Griff. Keine Zeit für Sentimentalitäten, spornte ich mich an, der Reis muss versorgt werden! Gerade wollte ich ihn zum Schutz vor Ungezieferbefall in eine verschließbare Dose füllen, da traf mich der Anblick wie ein Schlag!

„Oh nein!", schrie ich, „Der schöne Sadri-Reis!" Und ich hatte meine Hand … Ihhh, war das eklig. Ich schluckte angewidert.

Sicher war der Reis schon vorab ‚schwanger' gewesen; und war jetzt nicht mehr zu retten, das war mir klar. Aber trotzdem sah ich mir die Sache genauer an. Zwischen den Körnern krochen braunrote Tierchen um die Wette, es wimmelte nur so davon. Obwohl die schmalen käferartigen Tiere Flügel hatten, flog keines aus dem Beutel heraus. Es schien sie nur eines zu interessieren, der Reis. Mit ihren kleinen Rüsseln stürmten sie voran und bohrten ihn immer wieder in die Reiskörner hinein. Das einzige Ziel, die Eiablage! Nachdem das gebohrte Loch mit einem Sekret verschlossen wird, entwickelt sich dort das Ei zu einer Larve, die sich anschließend verpuppt. Je nach Temperatur schlüpft der fertige Käfer nach 20 - 100 Tagen aus dem ausgehöhlten Korn.

Kein Wunder, dass sich diese Brut in den neun Monaten warmer feuchter Dauerquarantäne dermaßen vermehren konnte! Aber was verwundert, diese ausgewachsenen Käfer können monatelang ohne Nahrungsaufnahme überleben!

Wie auch immer, es war jammerschade, diesen wunderbaren Reis wegzuwerfen. Wenig Hoffnung machte ich mir auch bei dem zweiten Beutel. Richtig, auch hier hatten diese Viecher den Reis unbrauchbar gemacht. Es schmerzte mich sehr, als die beiden Säcke im Müllbeutel landeten.

Mit diesem Verlust endete auch meine Auspack-Ära! Ich atmete auf. Alles hatte seinen Platz gefunden, es war tatsächlich vollbracht!

Plötzlich stahl sich Beethoven in mein Ohr! Es musste fünf Uhr sein! Wie jeden Mittwoch ertönt auf dem Vorplatz vor unserem Haus die weltbekannte Melodie, die die Anwohner nach draußen locken soll!

Jeder Besucher aus Deutschland ist darauf reingefallen, wie man erzählt, so auch ich. In Kindheitserinnerungen zurückversetzt, hatte ich anfangs die Melodie für die Ankunft eines Eiswagens gehalten. Mit ein paar NTD bin ich raus, um einige Portionen Eiscreme zu ergattern. Aber schnell erkannte ich, dass keine Kugeln zu holen waren, sondern dass das Klavierstück ‚Für Elise' von Ludwig van Beethoven hier für den letzten Dreck herhalten musste!

Ich erfuhr, dass aus Platzgründen keine Tonnen an die Straße gestellt werden. Früher hatte man die Müllsäcke zwar ans Haus gestellt, doch bevor die abgeholt wurden, labten sich streunende Hunde und auch Ratten daran. Deswegen fährt nun die Müllabfuhr durch die Viertel und holt nach einem festen Plan den Abfall von jedem persönlich ab. Und das mit dieser berühmten Melodie, in Endlosschleife!

Flugs schnappte ich mir die Müllbeutel, auch die mit dem Reis, ging raus und stellte mich brav hinter meine Nachbarn an, die bereits geduldig auf ihren Wurf in den Schlund des dudelnden Müllwagens warteten. Wie immer, strebten sie außer einem kurzen Gruß keine weitere Unterhaltung an. Ich nahm an, dass niemand von ihnen Englisch sprach.

Als ich an der Reihe war, warf ich mit Schwung meinen Unrat in die Öffnung des Müllwagens, aus dem es bereits gehörig stank. Aber das werden die Viecher im Reis sicher nicht bemerken, schmunzelte ich, stattdessen werden sie mit Elise berieselt.

Wieder im Haus, ließ ich meinen Blick schweifen. Gemütlich war es geworden in unserem eingerichteten Wohnbereich. Obwohl es bereits nach fünf war, setzte ich mich trotzdem mit einem Kaffee und dem wohlverdienten Stück Kuchen auf eine der drei grünen Sofas. Diese hätten die unprofessionellen iranischen Packer beinahe ‚nackt' verschickt! Bei der damaligen Wirtschaftslage im Iran war nirgends mehr Plastikmaterial aufzutreiben. Doch die ‚Spezialisten' fanden glücklicherweise noch genügend Packpapier im Basar, um unsere Sitzgarnitur zu verhüllen. Durch die hiesige Lagerung stellte sich das jetzt als glücklicher Umstand heraus und sie wurde dadurch tatsächlich vor Schimmelbefall bewahrt!

Versonnen streichelte ich über den grünen Stoff … und träumte vor mich hin. Bald schon wird sich dieses Haus mit Leben und Lachen füllen, bei einer Housewarming-Party. Dazu laden wir unsere neu gewonnenen Bekannten ein, tanzen oder sitzen in fröhlicher Runde beisammen. ‚Das Haus erwärmen', welch ein schönes Wort! Sogleich fühlte ich Behaglichkeit.

Plötzlich durchzuckte es mich! Wo war eigentlich das iranische Schwert? Die vermeintliche Waffe, die beim Zoll für solch einen Aufruhr gesorgt hatte!

Das Schwert hätte in einem der Küchenkartons sein müssen, wo es der Zollbeamte hineingesteckt hatte! Aber dort war es nicht aufgetaucht, auch in den anderen Kartons nicht. Ob der Beamte es später wieder an sich genommen hatte, um das Delikt klein zu halten? Vielleicht als Strafmaßnahme auf Taiwanisch!?

Doch bei mir schlich sich gerade ein böser Gedanke ein. Wäre es nicht möglich, dass …? Ich wollte niemanden verdächtigen, aber … konnte es nicht sein, dass die Säckel vom Zoll das Schwert für sich selbst eingesackt hatten?

Ach, sollten sie doch glücklich damit werden, wiegelte ich ab, und machte mich endlich über meinen Kuchen her!

18. Ein Rundgang im Garten

Nach den Möbeln fand auch der Alltag schließlich seinen Weg in unser Haus. Der Gärtner Albert, von den Vorgängern übernommen, pflegte weiterhin den Garten und im Haushalt unterstützte mich eine Putzperle, die mir eine Bekannte empfohlen hatte.

Termine standen nun auch in meinem Kalender, wie Tennisspielen, Sport oder private Frühstückstreffs der Frauen, aber auch Feten am Wochenende füllten das Programm. Wir klinkten uns mit unserer Housewarming-Party ein und der Einstand war geschafft. Endlich gehörten die vielen einsamen Stunden für mich der Vergangenheit an!

Heute jedoch hatte der Kalender ‚frei‘. Ich auch und das genoss ich in vollen Zügen. Gut ausgeschlafen und gestärkt vom Frühstück, wollte ich zuerst einen Rundgang durch den Garten machen, danach schwimmen und mich sonnen. Schnell räumte ich auf und stellte das benutzte Geschirr in die Spülmaschine.

Gut, dass Lan Lan, meine Putzperle, heute nicht hier ist, dachte ich, sie würde es wieder herausholen und von Hand spülen.

Einst erzählte sie mir, dass sie zu der Volksgruppe Hakka gehöre, und dass ihr Volk in ihrem Heimatland China schon immer verfolgt worden sei. Zuflucht hätten ihre Ahnen an der Küste der südöstlichen Provinz Fujian in China gefunden, wo sie lange Zeit als Fischer und Händler gelebt hatten. Um das Jahr 1000 seien sie dann nach Taiwan gekommen; unter ihnen auch viele, die Landwirtschaft betrieben hätten. Fleißige Leute seien sie gewesen.

Für mich war sie der beste Beweis dafür, so beflissen sie die Hausarbeit erledigte. Wenn sie das schmutzige Frühstückgeschirr lieber abwusch, anstatt es in die Spülmaschine zu räumen und meinen Blick sah, meinte sie lachend zu mir: „Mein Urururur-Großvater war bestimmt Fischer!“

„Das glaube ich auch. So gerne, wie Sie im Wasser plantschen!“, witzelte ich zurück.

Sie von der Spülmaschine zu überzeugen, hatte ich längst aufgegeben, auch mein ‚Schimpfen‘, wenn sie beim Abwasch das Wasser einfach laufen ließ und es ungenutzt im Ausguss verschwand. Alle Einwände hatte sie weggelächelt, sagte Ja, und machte doch, was sie wollte. Scheinbar gab's genug Wasser auf Taiwan …

Aber jetzt Schluss mit den Gedanken, nun nix wie raus in Gottes Natur.

Ich öffnete die Haustür und betrachtete den Vorgarten, der sich faul in der warmen Morgensonne räkelte. Gleich gegenüber an der Mauer, die unser Haus umgab, verschönten einige Büsche das Gestein und die blühenden Rosen verbreiteten gute Stimmung. Ich atmete tief durch, sog die noch angenehme Luft in meine Lungen. Wenige Stunden später wird der Tag wieder heiß werden, wusste ich, und betrat den grünen Rasen. Gerne wäre ich barfuß darauf herumgelaufen, aber diese Graspflanzen waren hart und pikten. Das hatte ich bereits ausprobiert. Für das hiesige Klima benötigte man wohl eine andere Sorte, die nichts gemein hatte mit unserem weichen Rasen in Deutschland.

Also schlenderte ich mit Sandalen zu der Kopfseite des Hauses, dorthin, wo die drei Bananenstauden wuchsen. Bereits beim Einzug hatte ich einen Kontrollgang gemacht, doch jetzt wollte ich die Pflanzen erneut in Augenschein nehmen, deren Blätterdach sich um die zweieinhalb Meter gen Himmel streckte. Und wie aus dem Nichts tauchten nun an den Stauden lange dicke Stängel auf, die jeweils an ihren Enden eine dunkellila Blüte trugen. Beide waren geschlossen und hingen schwer nach unten, doch oberhalb von ihnen wuchsen bereits jede Menge kleine Bananen. Schnuckelig sahen sie aus, wie süße Babys, die ihre langen Nasen emporstreckten.

‚Nun wachst mal schön weiter, ihr Kleinen', spornte ich sie gedanklich an und freute mich jetzt schon auf die süßen Früchte. Versonnen strich ich über eine der wunderschönen Blüten und wollte gerade weiter zum Poolbereich gehen, da entdeckte ich sie. Zuerst nur schemenhaft, aus den Augenwinkeln heraus, doch dann nahm ich sie vollends wahr. Braungefleckt wie das Erdreich, lag eine dicke Schlange ausgestreckt an der Mauer, keinen halben Meter von mir entfernt! Durch diese perfekte Camouflage verschmolz sie fast mit dem Boden!

Noch mit einem Fuß in der Luft erstarrte ich zur Salzsäule. Um das Gleichgewicht zu halten, fasste ich schnell an die stabile

Bananenblüte und blieb voller Furcht so stehen. Um keinen Preis wollte ich eine Erschütterung auslösen, die die Schlange auf mich aufmerksam machen könnte, obwohl ich mir sicher war, dass sie mich bereits von Anfang an im Visier hatte.

Meine Augen fokussierten dieses Exemplar jetzt sehr bewusst. Sie maß bestimmt über zwei Meter, schätzte ich, und ihr Kopf zeigte in meine Richtung.

Angeblich soll eine Schlange im oder am Haus Glück bringen, sagen die Chinesen, aber dieses Glück sah für mich eher nach einer Bedrohung aus! Ob dieses Reptil giftig war, wusste ich natürlich nicht, aber ich wusste, wie schnell ein Schlangenkopf vorschießen kann und Happ, könnte ihr Giftzahn in meinem Bein stecken. Hilfe käme dann unter Umständen zu spät!

Was sollte ich bloß tun? Noch immer stand ich wie ein Flamingo vor der Schlange und mittlerweile schwächelte mein Standbein. Gleich würde es anfangen zu zittern und ich müsste in die Knie gehen. Was danach passieren würde, keine Ahnung. Das musste ich auf jeden Fall verhindern!

Die Schlange noch immer fixierend, wagte ich es, meinen Fuß so behutsam wie möglich auf den Boden gleiten zu lassen. Dabei schlug mir mein Herz bis zum Hals, ich hörte es deutlich klopfen. Hoffentlich konnte die Schlange diese Schwingungen nicht wahrnehmen, aber sie hatte sich keinen Millimeter bewegt und blieb, wo sie war. Ich auch, in stocksteifer Pose!

Mensch, Eva, was hast du dir nur dabei gedacht? Man macht auch vorher die Augen auf! Du bist in Taiwan und weißt doch, dass es hier Schlangen gibt. Draußen vor der Haustür ist ein Bambushain und oberhalb liegt der Friedhof, wo sich dieses Getier ungestört vermehren kann. Mit Leichtigkeit können sie auch über Mauern kriechen und sich unbemerkt verstecken.

Ich war blauäugig wie ein Greenhorn! Eigentlich wäre ich auch noch ohne Schuhe hier herumspaziert! Nicht auszudenken! Das harte Gras hatte mich davor gerettet! Und, … wer rettet mich jetzt aus dieser verzwickten Lage? Mein Unbehagen wuchs von Minute zu Minute, je länger ich hier verweilte.

Wo war bloß die Katze? Ein Erbe der Vorgänger, das sie nicht mit nach China nehmen konnten. Mau-Mau ist mutig und verscheucht Schlangen, so hatten sie ihren Stubentiger über den Klee gelobt. Und wo war er jetzt? Bestimmt ging er wieder seiner Lieblingsbeschäftigung nach und schlief, wie so oft, auf dem großen Heißwasserboiler draußen neben der Waschküchentür. Dort half er mir wenig, blödes Vieh!

Ärgerlich war auch, dass der Gärtner gerade heute seinen freien Tag hatte. Wenn er da war, widmete er sich leidenschaftlich dem Garten und kümmerte sich auch um die Wasserqualität des Pools, ... in dem ich um diese Zeit schwimmen würde. Aber die Schlange hielt mich ja in Schach.

Noch hatte ich keinen Einfall, wie ich von hier wegkommen sollte. So leise konnte ich mich gar nicht wegschleichen, dass die Schlange es nicht bemerken würde. Sie beäugte mich die ganze Zeit. Ich hatte echt Schiss, einen weiteren Schritt zu machen. Besser ich verharre hier noch länger.

Und *ich* wollte eigentlich im Garten werkeln, wie Albert! Als sinnvolle Beschäftigung, hatte mir vorgeschwebt! So eine dämliche Idee, an Schlangen hatte ich dabei überhaupt nicht gedacht. Der Aufschrei klingt mir jetzt noch in den Ohren, als ich mein angedachtes Hobby bei unseren Bekannten erwähnte. „Viel zu gefährlich!", hatten sie gewarnt, „Denk nur an die vielen giftigen Schlangen und Spinnen, die sich hier auch in den Gärten aufhalten! Man weiß nie, ein Biss und du bist erledigt!"

Als daraufhin im Gespräch giftige Vipern ihre Auftritte bekamen, bösartige Tausendfüßler um die Wette krabbelten und eine Frau vom Tête-à-Tête mit einer dicken Spinne erzählte, die ihr sogar im Haar ..., hatte ich meine Vorstellung schnell ad acta gelegt. Mit diesem Wissen traute sich doch kein Ausländer mehr, im dichtgewachsenen Grün Unkraut zu zupfen oder an den Büschen herumzuschnipseln. Solche Arbeiten überließ man den Gärtnern! Eine goldrichtige Entscheidung, wenn ich meine momentane Situation betrachtete.

Scheinbar muss man die Augen überall haben, dachte ich. Sicherheitshalber guckte ich zum hellen Blätterwerk hoch, ob sich nicht eine Spinne an ihrem Faden abseilte und mir das Fürchten lehrte. Aber zum Glück drohte von oben keine Gefahr und solange ich mich reglos verhielt, war ich auch vor diesem Reptil in Sicherheit. Hoffte ich.

Keinesfalls war ich so mutig wie unser Gärtner, der auf Schlangenfang ging, wenn er eine bei uns entdeckte. Kürzlich lag ein Exemplar aufgerollt wie eine Zimtschnecke in der Ecke des Carports und schlief.

„Bleiben Sie bitte auf Abstand!", hatte er mich gewarnt, „Die ist giftig, das sieht man an dem dreieckigen Kopf."

Ich wagte mich auch nicht näher heran und betrachtete die schwarz-braune Tarnfarbe der Schlange lieber aus sicherer Distanz.

„Bitte nicht töten!", bat ich ihn dennoch, als er mit einem langen Stock in der Hand auf die Schlange zuging.

„Nein, die wird gefangen. Mal sehen, ob ich sie hier hineinbekomme!", beruhigte er mich und zeigte auf einen Leinensack.

Mit Schwung schob sich der lange Stock unter das schlafende Tier. Doch ich wunderte mich, dass sie weder angriff noch das Weite suchte. Stattdessen kringelte sie sich, noch halb im Schlaf, um den angebotenen Stecken herum. Nur der Kopf mit dem aufgerissenen Maul und der Schwanz zuckten suchend durch die Luft. Albert ließ die Schlange gewähren, bis sie ruhiger wurde, dann landete sie im Sack und wurde in der wilden Natur nebenan ‚entsorgt'.

Aber ich hatte keinen langen Stock, um sie zu verscheuchen. Ob ich mich *das* getraut hätte? Ich hatte keine Erfahrung in diesem Metier und mir gefror das Blut schon jetzt in den Adern, als ich mir das vorstellte.

Spätestens ab dem heutigen Tag war mir glasklar, warum Albert im Garten immer hohe Gummistiefel trug. Ein Giftzahn konnte sich da nicht hindurchbeißen, falls der Kopf vorschnellte. Aber über meine Riemchensandalen, die meine Füße schmückten, lachte sich doch jede Schlange schlapp.

Noch stand es Remis zwischen mir und der Schlange! Immer noch verharrte ich wie ein Pfosten in der Landschaft und sie wie ein Stock an der Mauer. Weder hatte sie der Schlaf übermannt, noch dachte sie an Abzug. Beides wäre meine Rettung gewesen.

Wie auch immer, ich war am Zug und musste von hier verschwinden. Die einzige Möglichkeit, die mir vorschwebte, war davonzulaufen, aber das musste ad hoc passieren! Mir war schon klar, dass ich danach einen fetzigen Sprint hinlegen müsste, am besten im Zick-Zack, wie ein gejagter Hase.

Ich schaute auf meine Uhr. Bereits eine viertel Stunde stand ich auf dieser Stelle. Mittlerweile war es unangenehm schwül geworden und ich sehnte mich nach einem kalten Getränk. Außerdem musste ich aufs Klo. Der Kaffee drängte; oder waren es gar die tausend Ängste, die sich in meiner Blase tummelten? Huch, was war das? Die Sonne hatte sich verdunkelt. Bedächtig schaute ich auf. Graue Wolken waren aufgezogen und es sah nach Regen aus. In der Ferne donnerte es. Auch das noch! Unheil drohte mir nicht mehr nur von unten, ich hing mittendrin!

Wie schnell ein Wetterumschwung in dieser Region passieren kann, bewies der schlagartige Guss, der plötzlich die Welt um mich herum in eine graue Suppe verwandelte. Noch schützten mich die Bananenblätter, aber nicht mehr lange. Schneller als gedacht fanden die Regentropfen den Weg zu mir, platschten auf mich, auf den Boden und … auf die Schlange. Das gefiel ihr wohl genauso wenig wie mir, es kam Leben in sie. Besser ich warte ab, was sie macht.

Mit ihrer gespaltenen Zunge orientierte sie sich erstmal in ihrer Umgebung. Doch anstatt entlang der Mauer zu verschwinden, wählte sie meine Richtung!

Oh, mein Gott, der Kopf kam mir nun gefährlich nahe! Zu nahe, um noch wegzulaufen! Mein Puls schoss auf 180 und meine Hände wurden klatschnass; und das nicht vom Regen! Eva, einfach ruhig stehen bleiben, nur nicht reizen, vielleicht denkt sie ja, ich bin ein Baum. Ich betete trotzdem, dass ich nicht nach Beute roch oder gar nach Angst! Zu atmen traute ich mich kaum. Fast wäre mein Herz stehen geblieben, als die gespaltene Zunge an meinen Zehen züngelte.

Zum Glück kroch sie nicht an mir hoch, sondern drehte ab. Ich atmete auf, nun konnte mir ihr Kopf nicht mehr gefährlich werden, bloß ihr langer Körper kroch noch wellenartig vor meinen Füßen her! Gelähmt und fasziniert zugleich schaute ich auf dieses Prachtexemplar herab, sah auch noch zu, wie ihr Hinterteil zart über meine Zehen hinwegglitt, bis sie Richtung Pool aus meinen Augen verschwand.

Dann kreischte ich, machte der Erleichterung Platz und erwachte aus meiner Leblosigkeit! Ich konnte es kaum fassen, dass ein Sommerguss mich aus dieser misslichen Lage befreit hatte. Erlöst! Gerettet! Mein innerer Freudensprung war hoch!

Es donnerte kräftig! Es kam mir wie ‚Beifall' vor. Doch ehe

mich der nächste Blitz erwischen konnte, flüchtete ich rasch ins Haus. Den lieben langen Tag bin ich nicht mehr vor die Tür gegangen, auch nicht, als die Sonne wieder lockte. Besser kein Risiko eingehen!

Nachdem ich mir am Abend bei Peter mein ‚Gefecht‘ mit der Schlange von der Seele geredet hatte, war die Welt halbwegs wieder in Ordnung. Aber nur halbwegs, denn Peter sah die Sache nicht so ernst wie ich. Es wurmte mich, dass er meine Gefahrenlage herunterspielte und mich sogar damit aufzog. Ob die wahrhaftig so groß gewesen sei? Ich hätte das doch sicher in meiner Aufregung überschätzt, unterstellte er mir sogar und fügte noch mit einer Leichtigkeit hinzu: „Außerdem hättest du ganz einfach rückwärts weggehen können!"
Ich sagte kein Wort dazu und schmollte. Wer nicht in meiner Position gesteckt hatte, konnte gut auftrumpfen! Es war doch klar, dass dieses Riesentier mich nur beim kleinsten Zucken am Wickel gehabt hätte, so wie sie mich angestiert hatte.
Aber Peter lenkte dann doch ein: „Nun sei nicht beleidigt! Ich bin froh, dass dir nichts passiert ist und alles glimpflich abgelaufen ist. Aber bitte, sei beim nächsten Mal vorsichtiger!"
Ich versprach es. Doch was mich wunderte, er ging an diesem Abend nicht wie sonst in den Pool. Und das sagte mir mehr als tausend Worte.

Peter war bereits am nächsten Morgen auf dem Weg ins Büro und das Erste, was ich nach dem Frühstück unternahm, war, den Garten zu inspizieren. Ich wollte sicher gehen, dass kein Reptil meinen Tag störte.
Unbedingt musste ich die Riemchensandalen gegen schützende Treter austauschen. Ich wusste, wo Albert seine Gummistiefel aufbewahrte. Er hatte sicher nichts dagegen, dass ich sie mir auslieh.
Vorsichtig trat ich auf die Terrasse und ging umsichtig entlang des Pools zum Gartenhäuschen. Als ich die Tür aufmachte, sah ich die Stiefel sofort. Um keinem etwaigen Bewohner zu begegnen, schüttelte ich sie kräftig aus und schlüpfte hinein. Sie passten sogar! Zwischen allerlei Gartengeräten fand ich auch den Schlangenstock, mit dem ich mich sicherheitshalber

bewaffnete. Nun machte ich mich auf die Suche.

Im Vorgarten begann wieder meine Tour. Unter den Büschen und zwischen den Rosen konnte ich nichts ausmachen, auch nicht, als ich kräftig auf die Büsche schlug. Außer Blätter fiel nichts herunter. Als schlangenfreies Gebiet hakte ich es ab, im Moment jedenfalls, und tastete mich weiter voran.

Jetzt war ich besonders vorsichtig, denn ich betrat den ‚Tatort‘! Zuerst scannten meine Augen jeden Winkel ab und dabei schlug ich in sicherer Entfernung heftig mit dem langen Stock auf die Bananenblätter und auf den Boden, doch die Schlange hatte das Weite gesucht. Dennoch schlich ich mich sachte unter dem Blätterwerk hindurch, an meinen kleinen Früchtchen vorbei, bis ich zum Pool gelangte.

Hier gab es keine Ecken und Winkel, die Schlangen einluden, es sei denn, sie wollten auf den Terrassensteinen sonnenbaden. Aber dort hätte ich sie sofort entdeckt.

Als ich den Pool umrundet hatte, blickte ich auf den hohen Steingarten, der mit großen Findlingen und Pflanzen diesen Eckbereich schmückte. Stufen führten hinauf auf ein Rasenteil, von wo aus ich manchmal auf einer Liege die letzten Sonnenstrahlen genoss. Immer achtsam ging ich dort hinauf, manches Getier liebte es, sich im Gestein zu verstecken. Doch heute konnte ich auch hier grünes Licht geben.

Als ich wieder den Abschnitt vor der Waschküchentür erreicht hatte, wollte ich gerade den Carport inspizieren, aber ich stockte. Dort lag etwas Verdächtiges auf dem Beton. Mein Herz klopfte schon wieder schneller. Holzauge, sei wachsam, riet ich mir, und pirschte mich näher heran. Dieses lange Etwas bewegte sich nicht.

Vorsichtshalber berührte ich es mit dem langen Stock. Nein, von diesem Ding, was da lag, drohte keine Gefahr mehr. Befreit atmete ich auf und lachte. Da war doch tatsächlich eine Schlange aus der Haut gefahren!

Das war höchst interessant für mich! So etwas hatte ich noch nie in natura gesehen, nur auf Bildern, daher wusste ich, dass Schlangen sich alle vier bis sechs Wochen häuten, je nach Alter. Unsere rauen Terrassensteine und auch der Steingarten eigneten sich bestens dafür, sich daran zu reiben, um das zu eng gewordene ‚Schuppenkleid‘ loszuwerden. Ich hoffte, danach hatte die Schlange das Weite gesucht!

Um die Haut nicht zu beschädigen, hob ich sie behutsam auf. Zart wie Tüll lag sie federleicht in meiner Hand. Die feinen Schuppen waren gut auszumachen, nur die braune Farbe war verblasst. Vorerst legte ich sie auf unseren Terrassentisch.

Schnell stellte ich meine geliehenen Sachen wieder in Alberts Lagerraum und aufgeregt ging ich zu meinem Fund zurück. Dieses Natternhemd, wie es richtig heißt, war stattlich lang und fast vollständig. Und wenn ich mich nicht täuschte, war es *die* Hülle meiner gestrigen Begegnung. So etwas musste ich doch als Andenken behalten! Voller Stolz trug ich meine Trophäe ins Haus. Und dann hatte ich eine Idee!

Als Peter sich am Abend zum Essen an den Tisch setzen wollte, zuckte er schreckhaft zurück. Mit großen Augen sah er mich an, guckte auf den Tisch, dann wieder zu mir. Auf diese Reaktion hatte ich gehofft.

„Eva, das ist doch nicht …!", hörte er mitten im Satz auf und verblüfft blieb sein Mund offenstehen.

„Doch, das ist …", antwortete ich nur und nahm eine gewisse Blässe in seinem Gesicht wahr.

Das Beweismaterial, dass ich nicht geflunkert hatte, lag ausgebreitet auf dem Tisch. Mein Streich war also gelungen. Darüber freute ich mich schlangentierisch!

„Eva, … es … es tut mir so leid!", stammelte er, „Dass ich dich gestern …"

„Ach was!", fuhr ich ihm ins Wort, „Schlange drüber! Lass uns endlich essen!"

19. Mein neues Auto und ein Malheur

An einem Samstag im September wurde ich Autobesitzerin! Nicht zum ersten Mal, aber zum ersten Mal im Ausland!

Peter, der große Befürworter, hätte mir schon längst ein Auto gekauft, doch ich war der Schisshase. Im Stadtverkehr von Taipeh fahren zu müssen, flößte mir Höllenrespekt ein, besonders die unzähligen Motorroller, auf denen nicht selten vier Personen hockten, die ‚mal eben schnell' zwischen den Autos hindurchsausten.

Jedes Mal hielt ich die Luft an, besonders wenn ein Baby auf dem Arm einer Mutter mitfuhr. Komisch dagegen wirkte die Hundeschnauze, die neben dem Bein eines Fahrers hervorlugte. Dem Vierbeiner schien es Spaß machen.

Doch mittlerweile war ich es leid, auf andere angewiesen zu sein und der Wunsch nach Eigenständigkeit wuchs heran. Ein PKW war die einzige Lösung; und ich stimmte endlich zu!

Für den Autokauf hatten wir Peters Fahrer Axel aktiviert. Als Autofreak kannte er sich auch gut im Gebrauchtwagenhandel aus und ließ sich nicht so schnell etwas vormachen. Im Nu wurde er fündig und präsentierte uns einen fünf Jahre alten Ford Fiesta Automatik, ganz in Weiß, mit abgetönten Scheiben, den er vor unserem Haus abgestellt hatte.

Als ich den Fiesta zum ersten Mal sah, wusste ich, dass er genau das Richtige für mich ist. Dieses Auto war nicht zu groß, deshalb wendig, parkplatzfreudig und tauglich für Taipeh! Obwohl er einige Macken im Lack aufwies, waren wir sicher, dass es die einzigen am Auto waren. Axel hatte den Fiesta sicher vorab sehr genau überprüft, sodass wir ihn mit gutem Gewissen gekauft hatten.

Mit einem Lächeln überreichte Axel mir den Schlüssel und während er Peter den Motorraum zeigte und sich in autotechnischen Details verlor, wovon ich nicht viel verstand, war ich eher neugierig auf den Innenraum meines neuen Besitzes. Was soll ich mit Hubraum und Co. anfangen, für mich war es wichtiger, dass ein Auto fährt und wie es mir ,in der Hand liegt'.

Bevor ich mich hineinsetzte, schnüffelte ich. Es roch angenehm und zum Glück nicht nach Rauch, was ein No-Go für mich ist. Nun sah ich mich um. Hm, wer auch immer das Auto gefahren hatte, gepflegt hatte er es! Hier blitzte es und der graugestreifte Stoff der Sitze sah noch tadellos aus. Ob der Vorgänger beim Kauf die Plastiküberzüge, die nur als Sitzschoner dienen, beibehalten hatte? Es sah ganz danach aus. Oft hatte ich schon im Taxi auf Plastik gesessen! ,Sitze für die Ewigkeit', nannte ich sie, und sie waren regelrechte Schweißtreiber. Gut, dass diese Polymerfolien hier entfernt wurden.

Als ich auf dem Fahrersitz Platz nahm, strich meine Hand wie von selbst über das Lenkrad. Endlich wieder ein Auto!

Dann berührte ich das schwarz-glänzende Armaturenbrett. Igitt! Angewidert betrachtete ich meine öligen Finger und putzte sie schnell an meinem Taschentuch ab.

Das hätte ich mir doch denken können! Die Taiwaner lieben es, das Armaturenbrett mit Öl zu polieren. In ihren Augen frischt der Ölglanz das Cockpit und den Wagen von innen auf, aber dass der Staub schneller und bestens darauf festklebt, störte wohl niemanden. Die Gummifußmatten schimmerten ebenfalls wie eingeölt, und richtig, meine Schuhe rutschten darauf herum. Manchmal wienerte Axel sogar die Reifen des Firmenwagens mit schwarzem Öl, aber diese Schmiererei würde ich bei meinem Auto verhindern!

Plötzlich hörte ich, wie die Motorhaube zugeschlagen und die Windschutzscheibe zum Thema wurde. Ich spitzte die Ohren und schnappte auf, dass sie ein Manko habe! Ich schaute näher hin, konnte aber nichts Fehlerhaftes von hier aus entdecken. Peter von außen auch nicht, ich sah, wie er den Kopf schüttelte.

Von hier drinnen spürte ich fast das Unwohlsein von Axel, als er mit der Sprache herausrückte: „Sehen Sie, die Frontscheibe ist, wie die anderen auch, sehr dunkel abgetönt. Gesetzlich ist das eine Grauzone, doch das Abziehen der Folie ist schwierig und teuer noch dazu! Äh, … beim TÜV habe ich mich mit dem zuständigen Angestellten … äh … einigen können, äh, … und ich habe …!"

„Das will ich gar nicht wissen!", unterbrach ihn Peter, „Beides ist nicht okay, möchte ich nur anmerken! Falls Eva in eine Polizeikontrolle kommt, müssen wir die Folie mit Sicherheit abziehen. Aber für jetzt lassen wir das mal so stehen!"

Mit leidiger Miene entschuldigte sich Axel, aber als Peter nichts mehr hinzufügte, hellte sich sein Gesicht auf. Für ihn war die Welt wieder glatt. Und mir war die Mauschelei egal.

Doch jetzt war es Zeit für eine Probefahrt mit meiner kleinen Möhre.

„Ich dreh mal 'ne Runde!", unterrichtete ich die beiden, schloss die Tür und startete den Motor.

Als ich die Straße an unserem Haus hochfuhr, fühlte ich mich pudelwohl hinterm Steuer. Fast vier Jahre hatte ich kein Lenkrad mehr in den Händen gehabt und stolz wie Oskar gab ich Gas. Nun ja, mein kleines Gefährt zog zwar keinen Hering vom Teller, aber ich kam dennoch flott voran. Für mich war das vollkommen in Ordnung, und für den Stadtverkehr Taipehs allemal. An einer Abzweigung stoppte ich, legte den Rückwärtsgang ein und drehte um. Ah, Servolenkung gab es auch! Als ich wieder beim Haus ankam, war der Fiesta auch bei mir angekommen. Und im Gegensatz zu Peter fand ich die getönte Frontscheibe cool. Bei dieser Sonneneinstrahlung hier wirkte sie doch wie eine eingebaute Sonnenbrille!

Einige Zeit später ging's mit meinem neuen Auto zum Einkaufen. Nachdem das Eingangstor ins Schloss gefallen war, stieg ich in meinen ‚Flitzer', der immer davor parkte. Als ich mit meinem kleinen Gefährt den steilen Berg hinunterfuhr und zur Kreuzung kam, an der ich manchmal nach einem Taxi Ausschau gehalten hatte, düste ich mit stolzgeschwellter Brust daran vorbei.

Wie oft hatte ich den Taxiservice angerufen, der dann nicht auftauchte. Sicher hatte ich unsere Adresse wieder nicht richtig in Chinesisch ausgesprochen. Notgedrungen bin ich den Berg hinuntergegangen, um dort ein Beförderungsmittel zu bekommen. Manchmal überraschte mich auch Regenwetter nach meinen Einkaufstouren und ich bekam gar kein Taxi mehr. Mit den schweren Tüten musste ich den Berg hochlatschen, der eine extreme Steilvorlage bot. Ob nun mit oder ohne Regen, bei den Sommertemperaturen war er jedenfalls hochalpin für mich!

Doch das gehörte der Vergangenheit an und schon jetzt fragte ich mich, wovor ich eigentlich Angst gehabt hatte. Das Fahren in Taipeh war gar nicht so schwer und ich hatte mich schnell zurechtgefunden. Natürlich lag für den Fall der Fälle immer eine Straßenkarte parat.

Heute fand mein Auto fast von selbst den Supermarkt, zu dem ich wollte. Dort bekam ich alles, außer speziellen Artikeln aus dem Ausland. Dafür gab es in der Nähe einen Delikatessenladen, wie er sich nannte, dessen Preise recht deftig waren. Aber manchmal musste es deutsches Schwarzbrot, eingelegte Gurken und französischer Käse sein, was gegen kulinarisches Heimweh half. Ab und zu wanderte auch mal eine Tüte Haribo in den Korb oder eine teure Tafel Schokolade. Hiesige Schokolade schmeckte kaum einem Ausländer!

Als ich die Straße am Supermarkt entlangfuhr, fragte ich mich, warum heute alle Parkmöglichkeiten belegt waren?! Leider gab es keine Parkuhren oder Bleibebeschränkungen und so wurde ich weder auf meiner Seite noch auf der anderen fündig. Enttäuscht wendete ich am Ende der Straße und versuchte erneut mein Glück. Aber auch dieses Mal, Fehlanzeige!

Leute, was macht ihr denn bloß? Warum blockiert ihr stundenlang die Parkplätze, schimpfte ich vor mich hin. Sicher fände ich weit entfernt vom Supermarkt eine Parkmöglichkeit, doch den Gewaltmarsch mit schweren Tüten wollte ich mir ersparen. Und ein Taxi würde mich kaum für diese kurze Entfernung mitnehmen.

Das dritte Mal kutschierte ich bereits umher und war ziemlich stinkig. Die mich überholenden Autos ignorierte ich, doch als einer hupte, hätte ich ihm beinahe den Vogel gezeigt. Aber ich konnte mich gerade noch beherrschen und fragte mich, ob das in dieser Region der Welt überhaupt jemand verstanden hätte? Und womöglich hätte es derjenige wegen meiner dunklen Frontscheibe erst gar nicht gesehen.

Fieberhaft suchte ich weiterhin nach einer Lücke, stets im langsamen Tempo, um nichts zu verpassen. Oh, dort unten löste sich auf einmal ein Wagen auf meiner Straßenseite aus der Reihe, etwa 50 Meter vom Supermarkt entfernt! Sensationell, dachte ich, und mit Effet sauste ich in den freien Platz hinein. Ich brauchte nicht lange herumkurbeln, es war der Beginn der Parkboxen.

Als ich ausstieg, bemerkte ich zwar, dass mein Auto nur halb in der eingezeichneten Parkbucht stand und der vordere Teil herausragte, aber darüber machte ich mir keine Gedanken. Ich war heilfroh, endlich meine Einkäufe erledigen zu können.

Nach einer knappen Stunde stand ich vollbepackt mit Tüten wieder vor dem Supermarkt und ging zu meinem Auto. Doch bereits nach einigen Schritten durchfuhr mich ein Schreck. Ich sah mein Auto nicht mehr! Während ich weiterging, überlegte ich tatsächlich, ob ich es wirklich dort abgestellt hatte. Na, klar, Eva, hast du, kein Zweifel! Trotzdem schaute ich aufgeregt umher, doch mein kleines weißes Gefährt blieb verschwunden.

Das gibt's doch nicht! Ob man es etwa gestohlen hatte?? Am helllichten Tag und bei dieser Betriebsamkeit? Bestimmt nicht.

Ich fuhr ja keinen Ferrari! Ob ich ein Fall für den Abschleppdienst geworden war? Dabei hatte ich doch ordnungsgemäß geparkt! Nun ja, halb ordnungsgemäß, aber das konnte doch kein Vergehen sein, so klein wie mein Auto war! Ich hatte schließlich niemanden behindert. Oder hatten sie mich etwa erwischt wegen der verdunkelten Frontscheibe?

Als ich endlich die mit Kreide dick geschriebenen Ziffern auf dem Teerbelag entdeckte, war mir alles klar. Da stand es doch weiß auf schwarz, was ich vor lauter Aufregung übersehen hatte. Ich war Opfer des Abschleppdienstes geworden!

Mit aller Konsequenz starrte mir die Telefonnummer entgegen, unter der man anfragen konnte, wo das Auto hingebracht worden war. Irgendwo in Taipeh, auf einem Riesenparkplatz, wovon es einige geben soll.

In meiner Handtasche fand ich Zettel und Kuli und schrieb die Nummer auf, froh darüber, dass es nicht regnete. Wie oft schon waren diese Ziffern mit dem Regenwasser im Gully gelandet; und die Suche nach dem Auto war zu einer Telefonaktion geworden.

Trotzdem müssen wir wieder Axel bemühen, kam mir in den Sinn, wir konnten ja kein Chinesisch sprechen. Was uns bei der Polizei dann blühte, wollte ich mir gar nicht vorstellen. Sicher eine saftige Geldbuße wegen der illegalen Windschutzscheibe, plus die Kosten des Abschleppdienstes, und vielleicht ein Knöllchen wegen Falschparkens …

Das war aber auch alles ärgerlich! Genervt stellte ich mich mit meinen Tüten an den Straßenrand und hielt nach einem Taxi Ausschau. Bald darauf hielt eines der gelben Droschken an und ich ließ mich nach Hause fahren.

Noch bevor ich meine Einkäufe verstaute, rief ich im Büro an und erzählte Peter von meinem Dilemma.

„Da hast du aber einen Bock geschossen! Das wird sicher teuer!", meinte er und notierte sich die Telefonnummer für Axel. „Ich werde dich wieder anrufen!"

Aber Peter rief mich nicht an. Entweder war er zu beschäftigt, um zurückzurufen oder es gab nichts Neues. Den Nachmittag verbrachte ich wie auf heißen Kohlen, mir schwante nichts Gutes.

Als Peter abends nach Hause kam, stürmte ich gleich auf ihn zu.

„Was ist mit meinem Auto?"

„Nun beruhige dich doch, Eva, dein Auto steht unbeschadet wieder vor der Tür!"

„Wirklich?", freute ich mich, aber meine Euphorie hielt ich weiterhin in Schach. Die finanziellen Konsequenzen kannte ich nicht; und die könnten mir noch schwer im Magen liegen.

„Wir haben es auf dem Nachhauseweg abgeholt. Natürlich erst, nachdem ich den Abschleppdienst und auch die Strafe bezahlt habe."

„Wieviel war es denn?" fragte ich zaghaft und hielt die Luft an.

„Hm, einige Tage müssen wir schon den Gürtel enger schnallen!", ließ mich Peter wissen.

„Und, wird die Scheibe nun entdunkelt?"

Er schüttelte den Kopf. „Nein, die Scheibe war überhaupt kein Thema!"

„Aber was war denn nun das Vergehen?", erkundigte ich mich.

„Du hast natürlich im Parkverbot gestanden!"

„Hm, aber nur halb!", verteidigte ich mich kleinlaut.

„Genau, und deswegen brauchte ich nur die Hälfte der Strafe zahlen!"

„Was? Das ist der Witz des Tages!", prustete ich los und fiel in Peters Lachen ein.

20. Geschäftsbesuch

Immer wenn Geschäftsbesuch aus Deutschland anreiste und es die Zeit ermöglichte, luden wir Peters Mitstreiter zu uns nach Hause ein. Nicht nur Kaffee und Kuchen standen dann auf dem Programm, sondern auch der legendäre Friedhofsbesuch bei uns um die Ecke.

Als wir aufbrachen, begleitete das leise Rascheln des Bambuswäldchens, das sich entlang der Straße zog, unsere kleine Gruppe. Kaum dass wir die erste Kurve hinter uns gelassen hatten, fiel mir am Wegesrand ein großer Kühlschrank auf. Der stand beim letzten Mal noch nicht hier, erinnerte ich mich, und beim näheren Hinsehen fiel mir auf, dass die Tür fehlte, ebenso die Einlagen. Stattdessen standen oben im Eisfach jede Menge Räucherstäbchen und den

Kühlschrankboden verschönten zwei farbige Statuen! Gottheiten, die ich schon einmal in einem Tempel gesehen hatte! Ein Wegweiser zum Friedhof, nicht schlecht!

In einem Gefäß vor den Gottheiten steckten bereits viele abgebrannte Räucherstäbchen. Das bewies, dass Taiwaner nicht einfach hier vorbeigehen! Ein ausrangierter Kühlschrank als Altarersatz für ein Gebet! Das war doch der Knaller! Auf was für Ideen die Menschen doch kommen, meinten auch meine Mitgänger!

Als wir die Ruhestätte erreichten, fiel uns sofort ein rechteckiges Grab auf, auf dem es hellgrün schimmerte. Etwa ein Neuzugang? Beim Näherkommen entdeckten wir etwas Unglaubliches. Da reckten sich wohlgenährte Salatköpfe in die Höh', als wollten sie sagen: ‚Hier lässt's sich doch prächtig gedeihen!'

„Wer hat das denn gepflanzt?", fragte einer der Gäste und empörtes Kopfschütteln machte die Runde.

„Vielleicht der Friedhofsgärtner?", war mein Vorschlag, „Für sich selbst … oder er macht Geschäfte damit. Seht, dort unten steht seine Hütte."

Sogar mit einer Sonnenliege davor! Für mich stand in diesem Moment fest: das musste ein ‚Schrebergarten auf taiwanisch' sein. Zugegeben, das Friedhofsgelände passte nicht so recht ins Bild, doch was wusste ich schon von anderen Ländern und deren Sitten? Plötzlich gackerten aufgeregt ein paar Hühner in der Nähe, aber schnell sorgte ein Kikeriki für Ruhe.

„Ich wette, der Friedhofsgärtner hält sich auch noch Hühner.", vermutete ich, „Der hat sich hier ein gemütliches Plätzchen geschaffen. Wer soll so etwas kontrollieren, so verwaist wie dieses Friedhofsgelände immer ist. Kommt, dem gehen wir jetzt auf den Grund!"

Meine Abenteuerlust war geweckt. Doch die Gruppe tat sich schwer, nur zögerlich folgten sie mir.

An der Hütte angekommen, machte ich mich mit einem „Hello! Hello!" bemerkbar, doch niemand antwortete. Die Hütte schien verlassen.

„Wenn wir schon mal hier sind!", meinte ich keck und griff zur Türklinke.

Peter wollte mich zurückhalten, doch es war zu spät. Knarrend gab die Tür nach und ich lugte um die Ecke. Der Friedhofsgärtner war außer Haus, und ich erleichtert. Schnell hatte ich die Lage im schummrigen Raum erfasst. Gartengeräte standen an einer Wand, einige lagen auf dem Lehmboden und in der Mitte lehnte ein Stuhl an einem Tisch, auf dem Werkzeuge lagen. Wohnen tat hier niemand, es schien nur ein Geräteschuppen zu sein. Doch mein wachsames Auge hatte plötzlich etwas anderes auf dem Kieker.

„Oh, wie angenehm kühl es hier drin ist!", lockte ich die Gruppe und als ich vollends im Halbdunkel verschwunden war, folgten sie mir endlich.

Mein Fokus lag auf den drei hüfthohen Töpfen, die weiter hinten an der Wand standen. Sie strahlten in sauberstem Weiß und bunte Blumen rankten sich außen auf dem bauchigen Teil empor. Was wohl darin verborgen sein mag? Ich spürte ein Kribbeln im Bauch. Leider schützten Deckel den Inhalt vor Blicken.

„Ob Kimchi oder Gemüse hier eingelegt wird?", spekulierte ich. Kimchi, eingelegter Chinakohl, der vergoren ähnlich wie Sauerkraut schmeckt, nur viel schärfer durch Chilipulver. Obwohl es eigentlich die Nationalspeise der Koreaner ist, hatte ich schon in einem hiesigen Restaurant Kimchi auf der Speisenkarte gesehen und auch gegessen.

Peter wurde es unbehaglich. „Hm, ich weiß nicht, wir sind immerhin noch auf einem Friedhof! Das sind bestimmt Urnen!"

Möglicherweise hatte er Recht, dachte ich, aber warum sollte man hier ..., an diesem verlassenen Ort, ... nein, bestimmt nicht.

„Für Urnen sind die Gefäße definitiv zu groß!", behauptete ich nach reiflicher Überlegung. Beim Verbrennen eines Erwachsenen bleiben nur ungefähr zwei Kilogramm Asche übrig, hatte ich mal irgendwo gelesen,

„Lasst uns besser wieder gehen, langsam wird's unheimlich.", brachte Peter die Stimmung auf den Punkt.

„Aber überlegt doch mal! Dort das Grab mit dem Salat und hier diese Kimchi-Töpfe, dann noch die Hühner. Wer weiß, ob es nicht noch Möhren- und Bohnenbeete gibt. Wir sind ja noch nicht weiter vorgedrungen. Ich wette, hier betreibt jemand Landwirtschaft!"

Meine Mitstreiter blieben still und wollten Peter schon zum Ausgang begleiten. Doch ich war hin- und hergerissen und blieb störrisch vor dem Topf stehen. Um alles in der Welt wollte ich wissen, was sich unter dem Deckel befindet. Wo wir schon mal hier sind, da könnten wir doch …!

„Ich lüfte jetzt das Geheimnis!", rief ich und hob beherzt den Deckel hoch.

„Eva, bist du verrückt?", presste Peter hervor und stand bereits neben mir.

Mit Unverständnis blickte er, wie auch die anderen zurückgeeilten Mitstreiter und ich, auf eine weiße Scheibe, die immer noch des Pudels Kern verdeckte. Mein Nebenmann, wohl ebenso neugierig wie ich, kam mir zu Hilfe und nahm das schützende Stück herunter.

„Oh, mein Gott!", schrie ich erschrocken auf, „Schließen, sofort wieder schließen! … und raus hier!"

Schnell legte er die Scheibe und ich den Deckel wieder auf das Gefäß, dann stürmten wir blitzartig ins Freie. Vage hörte ich, wie die Tür ins Schloss fiel.

„Was war denn in dem Topf? Was hast du gesehen?", bedrängten mich einige mit Fragen, die nicht so nahe am Geschehen gestanden hatten.

„Kimchi war's nicht!", gab ich zu. Ich zitterte leicht; und erst einmal musste ich tief durchatmen, bevor ich antwortete:

„… Äh, schwarze Asche habe ich gesehen, … auch vier lange Knochen. Und das Gruseligste war … war … der Schädel in der Mitte!"

„Was? Doch nicht etwa noch mit Haaren drauf?", hörte ich eine makabre Bemerkung.

„Gottlob, nein!", erwiderte ich irritiert. „Aber die Gebeine waren erstaunlich sauber und weiß. Als hätte sie jemand gebleicht."

„Du flunkerst doch! Erst die Kimchi-Geschichte und jetzt das? Das ist doch hanebüchen!", meinte einer der Männer.

Doch ich wusste genau, was ich gesehen hatte.

„Eva hat Recht, ich hab's auch gesehen!", pflichtete Peter mir bei und derjenige, der den 2. Deckel gelüftet hatte, bestätigte ebenfalls das gruslige Bild.

Ungläubige Mienen und erstaunte Blicke geisterten durch die

Gruppe. Mir geisterte der tiefe Blick in die Urne im Kopf umher und hatte sich bereits in mein Gedächtnis eingebrannt. Hoffentlich ist der Geist des Verblichenen im Gefäß geblieben, betete ich auf dem Nachhauseweg. Mir war gar nicht wohl! Schließlich hatte ich von jemanden die Totenruhe gestört!

21. Gebet der Reue

Der Geschäftsbesuch war weg, Peter im Büro, und der Start in die Woche begann. Pünktlich um 9 Uhr kam meine fleißige Putzperle Lan Lan. Sie war unermüdlich, fand oft kein Ende mit Putzen, Waschen und Bügeln, sodass ich ihr abends auch mal die Tür weisen musste. Obwohl sie von dem Friedhof in der Nähe wusste und auch abergläubig war, kam sie trotzdem zu uns, was mich freute. Zugegeben, auch ich bin ein bisschen abergläubisch.

Von Geistern, die in alten Schlössern poltern oder spuken, über Verstorbene, die sich an Personen hängen und sie besetzen, hatte ich gelesen. Einige Erfahrungen mit Unerklärlichem konnte auch ich vorweisen und dachte dabei an das Gläserrücken mit Freunden; auch an die Wanduhr, die genau in der Minute stehenblieb, als mein Opa verstarb. So etwas ist doch kein Zufall!

Unbedingt musste ich Lan Lan auf unsere Friedhofstour ansprechen, die mir seitdem unbehaglich im Magen lag. Lan Lan war landeskundig und kannte sicher auch die Bestattungsriten. Ich konnte ja nicht mit Bestimmtheit wissen, ob der Verblichene sich nicht doch eingeladen gefühlt hatte und wie der Dschinn aus der Urne entsprungen war, um nun unbemerkt hier im Haus herumzugeistern. Bemerkt hatte ich zwar noch nichts von Spuk und Konsorten, doch was wusste ich schon von taiwanischen Geistern.

Als Lan Lan am späten Nachmittag eine Pause einlegte, nahm ich meinen Mut zusammen und erzählte ihr von unserem Streifzug. Mit großen Augen hörte sie zu, war jedoch nicht erschrocken über das, was ich gesehen hatte, eher verwundert über unsere Neugierde und beunruhigt über die Ruhestörung des Toten. Sie empfahl mir, unbedingt noch einmal zum

Friedhof zu gehen.

„Aber in die Hütte gehe ich auf keinen Fall!", stellte ich sofort klar.

„Nein, das ist auch nicht nötig! Es reicht, wenn Sie zum Friedhof gehen. Zünden Sie dort drei Räucherstäbchen an, sprechen Sie ein Gebet und bitten die Person um Verzeihung."

Es war ihr sehr ernst mit diesem Rat; und ich versprach ihr hoch und heilig, dieses Ritual anzuwenden.

Am nächsten Tag wappnete ich mich mit Räucherwerk und schlich die Straße hinauf. Obwohl es windstill war, raschelte es tüchtig im Bambuswald. Und mir schien, dass die zwei Gottheiten im Kühlschrank mich vorwurfsvoll anschauten, als ich an ihnen vorbeiging. Unheimlich war's mir zumute.

Am Friedhof angekommen, sah ich mich erst einmal um. Nicht auszudenken, wenn mich hier jemand entdecken würde! Eine Ausländerin mit Räucherstäbchen! Aber es war totenstill, selbst die Hühner gaben keinen Mucks von sich, auch in der ‚Schrebergartenhütte' rührte sich nichts.

Immer auf der Hut vor Schlangen, suchte ich mir eine geeignete Stelle. Umgehend zündete ich mit dem Feuerzeug die drei Räucherstäbchen an und richtete mein Gesicht zur Hütte. In Andacht versunken sprach ich leise ein Gebet und bat um Nachsicht für mich und die gesamte Gruppe.

Als mich das plötzliche Gackern der Hühner aufschreckte, nahm ich es sofort als Zeichen: es war vollbracht. Der Tote ruhte nun hoffentlich wieder in Frieden in seiner Urne. Mit erleichtertem Gewissen trat ich meinen Heimweg an. Am Kühlschrank angekommen, steckte ich die noch glimmenden Räucherstäbchen in das Gefäß vor den Gottheiten. Auch hier murmelte ich eine Entschuldigung und ging dann nach Hause. Ich kam mir geläutert vor!

Nur eines blieb mir weiterhin ein Rätsel. Taiwan kennt doch auch Beerdigungen und Einäscherungen. Weshalb steckt man gebleichte Gebeine in eine Urne? Aber das konnte ich Lan Lan auf keinen Fall fragen, das sagte mir mein Gefühl.

Doch an einem trüben Tag kam mir der Zufall zu Hilfe, als ich, auf der Suche nach einem englischsprachigen Film, durch die TV-Sender zappte. Einen spannenden Thriller fand ich nicht, aber etwas anderes zog mich in seinen Bann!

Ich unterließ das Herumschalten und widmete mich diesem Programm, das einen Friedhof zeigte! Die Szene war in Grautönen gehalten, die Atmosphäre düster. Schwermütige Musik untermalte leise die chinesischen Kommentare.

Ein Mann erschien auf einmal in einem Lichtkegel; die Werkzeuge in seinen Händen sprachen für sich. Suchend bewegte er sich zwischen den Gräbern hin und her. Plötzlich blieb er stehen, beugte sich zu einem Grabstein hinunter …, und nickte. Anscheinend hatte er seine Wahl getroffen.

Die Werkzeuge legte er auf den Boden, nur der Spaten blieb in seiner Hand, den er mit voller Wucht in die Erde stieß. Immer und immer wieder, bis sich ein Hügel bildete und sein Körper nur noch zur Hälfte im Lichtkegel zu sehen war.

Will hier ein Grabschänder fleddern? Heimlich gefilmt von Paparazzi, die diese Beweise an den TV-Sender verkauft hatten? Das glaubte ich nicht. Hier musste es sich um eine ernste Angelegenheit handeln. Würde man es sonst im Fernsehen zeigen? Der Mann war möglicherweise ein Totengräber. Aber was suchte er in diesem Grab?

Gebannt verfolgte ich die Geschehnisse. Die Stimme des Sprechers wurde auf einmal dramatisch. Obwohl ich nichts verstand, war der Schwenk ins Loch sehr aussagekräftig. Ein Sarg war zu erkennen! Daneben der Totengräber, er wischte sich gerade den Schweiß von der Stirn. Jemand reichte ihm einen Hammer. Wollte er etwa den Sarg öffnen? Tatsächlich, mit kräftigen Hieben landete der Hammer auf Metall und auf Holz. Peng, Pong, Peng …

Ich konnte den Blick nicht abwenden, der Kameramann auch nicht, der mutig die Aktion verfolgen musste. Nun wurde es still, die Musik pausierte. Ein Sack fiel ins Loch, ein langgezogenes Knarzen folgte.

Die öffnen den Sargdeckel, begriff ich und sah, wie der Lichtkegel in das Loch schwenkte. Die Kamera schwenkte mit und zoomte die Öffnung des Sarges heran. Schnell kniff ich meine Augen zu. Womöglich wird der verweste Leichnam in Großaufnahme gezeigt und dazu noch die Prozedur, wie man die Einzelteile in den Sack stopft.

Dass man eine Exhumierung im Fernsehen zeigte, war für mich unverständlich und vor allem grausig. Dagegen war mein

Topfgucken beim Friedhof doch Kinderkram! Während ich so dasaß und gelegentlich durch die Augenschlitze blinzelte, sinnierte ich, was von einem Menschen übrigbleiben könnte. Ich kenne mich nicht mit Verwesungsprozessen aus und wann diese abgeschlossen sind. Ob hier nur ein Skelett im Sarg lag? Vielleicht hätte ich doch einen Blick wagen sollen …! Als ich bemerkte, dass sich plötzlich die Musikuntermalung in freudige und sich auch der Tonfall des Kommentators verändert hatte, öffnete ich vorsichtig meine Augen und guckte in Richtung Fernseher. Der Kameramann hatte den Friedhof verlassen und man zeigte nun einen Raum, in dem sich Urnen befanden, ähnlich denen, die in der Hütte des Friedhofs standen. Damit endete der Bericht.

Viele Wochen später erfuhr ich von einer Bekannten, die schon lange in Taiwan lebte, die Lösung jener Exhumierung, die ich im TV gesehen hatte.

Vor der Beisetzung schlägt man Löcher in den Sarg, womit eine schnellere Zersetzung des Leichnams bewirkt wird, die gewünscht ist. Nach etwa zehn Jahren öffnen Familienmitglieder oder bestellte Totengräber Grab und Sarg, um die Gebeine des Verstorbenen zu exhumieren. Durch diese Art der unterbrochenen Totenruhe gibt man diese Grabstelle wieder frei und eine Verseuchung des Gebietes wird vermieden, was durch eine vollständige Verwesung geschehen würde.

Doch was passiert nun mit den Gebeinen? Diese Überreste werden von der Familie zu einem speziellen Lagerhaus für Gebeine gebracht, wo sie von Schmutz und Fleischresten befreit werden. Nach einem festgelegten Ritual und mit Gebeten ordnet man anschließend die Knochen als Skelett auf einem Tisch an. Das geschieht äußerst respektvoll, um die Vorfahren nicht zu verärgern.

Zum Schluss bleicht man die Gebeine oder bemalt sie auch manchmal mit rötlicher Farbe. Falls eine Beisetzung geplant ist, werden sie in einer Urne mit heiligen Schriften verpackt. Sollte noch keine Bestattung anstehen, verbleiben die behandelten Überreste des Verstorbenen in dem Lagerhaus in Plastikkisten, wie in einem Archiv, bis die Familie für eine zweite Beisetzung bereit ist.

Dafür wird immer ein Feng-Shui-Master, bzw. ein Geomant, konsultiert, um den Termin zu bestimmen. Dabei spielen der Tag, die Stunde, sogar die Minute eine große Rolle, um Glück, Reichtum und Wohlgedeihen, nicht nur für den Verblichenen im Jenseits, sondern auch für die gesamte Familie zu Lebzeiten sicherzustellen. In diesem Zusammenhang wird auch ein neuer Ort der Beisetzung ausgewählt. Gewissenhaft wird wieder der ‚bestmöglichste' Platz lokalisiert und dafür eignen sich Klostergelände, heiliggesprochene Orte oder Friedhöfe, wobei es sich nie um die ehemalige Grabstätte handelt. Durch diese Methode kann sich die Aufbewahrungszeit der Gebeine um Monate hinziehen.

Früher waren Landbestattungen üblich, das heißt, die Familie kaufte Land nach Feng-Shui-Regeln des Geomanten, um den Verstorbenen dort beizusetzen. Und das konnte irgendwo in bestimmten Landstrichen sein.

Heutzutage sind Land- und Erdbestattungen zu teuer und der Trend ist mittlerweile zu Feuerbestattungen übergegangen, die in Taiwan bereits über 90% liegen. Die 90-minütige Einäscherungszeremonie ist feierlich und danach kann die Familie die Urne mit nach Hause nehmen. Für den ‚zweiten Gang' konsultiert man irgendwann einen Feng-Shui-Master. Wohlhabende bauen manchmal sogar ein eigenes Häuschen für die Urne an dem empfohlenen Ort. Es gibt auch prachtvolle Anlagen, die Urnen beherbergen, aber auch Gebäude, wie Pagoden, die an Tempeln oder auf Friedhöfen zu finden sind. Die Sorge um die Ahnen ist groß; und durch deren Verehrung sind Glück und Reichtum für die gesamte Familie gesichert.

22. Die Pagode

An einem schönen Samstagnachmittag saßen Peter und ich auf unserer Terrasse, genossen selbstgebackenen Apfelkuchen mit Cappuccino. Von meinem Sitz aus hatte ich Aussicht auf den gegenüberliegenden Hügel, dort wo der Friedhof lag, der sich wie ein weißes Band über den halben Berg spannte. Und das ich anfangs für eine Anlage von ‚Wochenendhäuschen' gehalten hatte.

„Peter, was hältst du davon, wenn wir uns den Friedhof dort drüben mal anschauen?"

„Du meinst, wir sollen die Toten besuchen?"

„Ja, ich hätte gerne gewusst, wie es dort aussieht und ob diese Grabstätten auch so ungepflegt sind, wie die bei uns hier um die Ecke."

Ich sah an Peters Gesichtsausdruck, dass er nicht so begeistert war, aber er lenkte ein: „Also gut, fahren wir hin."

Kurz darauf erreichten wir das Areal, stellten das Auto auf dem großen Parkplatz ab und gingen in Richtung Friedhof. Beim Näherkommen entpuppte sich das weiße Band als Marmorgräber, die wirklich edel und sehr gepflegt aussahen. Neugierig gingen wir von Grab zu Grab, doch außer Schriftzeichen und Behältnisse für Räucherstäbchen gab es nichts weiter zu sehen. Nicht minder beeindruckend präsentierte sich die dahinterliegende fünfstöckige Pagode, die wie ein Aufseher über ihr Areal wachte.

Als wir von hier oben den Ausblick über Tian Mu, den nördlichen Stadtteil Taipeis, genossen, kam ein Mönch auf uns zu. In gutem Englisch lud er uns ein, doch die Pagode zu besichtigen. Diese Chance ließen wir uns nicht entgehen! Ich war neugierig, was uns im Inneren erwarten würde.

Im Foyer des turmartigen Gebäudes angekommen, führten ein Treppenhaus, aber auch ein Aufzug nach oben, den uns der Mönch empfahl. Während wir mit leiser Musik ins dritte Stockwerk schwebten, erklärte uns der heilige Mann, dass sich früher eine Pagode meist in der Nähe eines Klosters befunden habe und als Aufbewahrungsort für Überreste von erleuchteten buddhistischen Mönchen diente.

„Später wurden Reliquien, z.B. eine Haarlocke, ein Zahn oder Knochensplitter von Buddha, in Pagoden aufbewahrt, ebenso heilige Schriften und wertvolle Dokumente. Heutzutage beherbergen Pagoden auch Urnen. Wussten Sie, dass Pagoden böse Geister vertreiben?" Verschmitzt grinste er uns an, als sich die Tür des Aufzugs mit einem zarten Pling öffnete.

Überrascht war ich von dem Anblick, der sich vor mir auftat. An der gegenüberliegenden Wand hing doch tatsächlich ein christliches Kreuz! Und das hier in einer taiwanischen Pagode! Unter dem Kreuz befand sich ein Altar, geschmückt mit feinen

Spitzendecken und Kerzen. Aus dem Hintergrund vernahm ich eindeutig sakrale Klänge und ich kam mir fast vor wie in einer Kirche. Damit hatte ich auf keinen Fall gerechnet.

Der Mönch bemerkte mein Erstaunen und erläuterte, dass auch viele Christen in Taiwan leben, die hier beigesetzt werden möchten; dafür gäbe es diesen Altarraum, in dem die Trauerzeremonien abgehalten und auch gebetet werden könne. Stühle vor dem Altar luden dazu ein.

„Wissen Sie, in früheren Zeiten waren Grundrisse von Pagoden immer quadratisch.", vermittelte er uns, „Erst später hat sich die Bauweise zu Sechsecken, Achtecken und sogar zu runden Querschnitten gewandelt."

Als ich mich interessiert umsah, entdeckte ich sechs Gänge, die von diesem Raum abgingen.

„Ja, unsere Pagode ist sechseckig!", bestätigte der Mönch, „An beiden Seiten eines Ganges sind Wände, in denen Urnen in kleinen Kammern stehen. Jederzeit können Angehörige ihre Verstorbenen besuchen."

„Darf ich?", fragte ich den Mönch, er nickte. Dann stand ich in dem Gang, der etwa acht Meter lang und höher war als ein Wohnraum. Für die oberen Reihen stand eine Leiter bereit, um dort die Urnenschränkchen zu erreichen, die auf mich wie aufgestapelte, aber edle, Holzschachteln wirkten.

Jedes der einzelnen Schränkchen hatte eine Tür, die mit einem eingeschnitzten Relief aus farbigen Blättern verziert war. Manchmal hing eine Vase mit Blumen daran oder auch ein Bild des Verstorbenen. Beeindruckt stellte ich fest, dass man sie mit einem Schlüssel öffnen konnte. Undenkbar in Deutschland, eine Urne nach der Bestattung aus einer Urnenwand herauszunehmen.

Bei unserem Rundgang stellte ich fest, dass sich am Ende aller Gänge ein Fenster befand mit Aussicht ins Grüne oder über die Stadt Taipei, je nachdem, in welchem der Gänge man sich gerade befand.

Hell und freundlich war der Anblick dieser Räumlichkeit, keine schwere dunkle Atmosphäre, wie ich sie teilweise auf unseren Friedhöfen empfinde.

Der fünfte Stock, den uns der Mönch im Anschluss zeigte, glich dem Vorraum aus der christlichen Abteilung, nur mit dem

Unterschied, dass sich hier auf dem Altar Buddha-Statuen, Räucherstäbchen, Kerzen, Klangschalen und Opfergaben befanden. Auch die buddhistischen Klänge im Hintergrund deuteten auf eine andere Religion hin. Zudem erinnerten sie mich an Meditationsmusik.

Freundlich, fast heiter, kamen mir auch dieser Raum und die Gänge vor. In diesem Moment stahl sich sogar ein Sonnenstrahl durch eines der Fenster.

„Die anderen Stockwerke gleichen dem hier!", begrenzte der Mönch unsere Neugier, „Darf ich Sie jetzt wieder nach unten begleiten?"

Nach dieser Aufforderung bedankten wir uns und bevor wir die Pagode verließen, legten wir noch ein paar Taiwan Dollar in eine Spendenbox, die sogar in Englisch dazu aufforderte. Der Mönch nahm es dankend zu Kenntnis!

23. Alles Chinesisch?

Zwischenzeitlich hatte ich bemerkt, dass Englisch in Restaurants, Supermärkten und Läden Mangelware war. Mit ‚thank you' - ‚sye sye', konnte kein Gespräch zustande kommen und mich nervte das Herumstammeln und Erklären, das sowieso niemand verstand.

Obwohl ich bereits einige chinesische Worte heraushörte, blieb mir der Sinn der Unterhaltung im Verborgenen. Bei einigen Schriftzeichen, die wiederholt in mein Auge sprangen, wusste ich mittlerweile die Bedeutung. Es waren Produkte des täglichen Bedarfs, die sich dahinter verbargen und deren Symbolzeichen sich wie von selbst in mein Gedächtnis eingeprägt hatten.

Jedes Mal bewunderte ich die exakten rahmenlosen Vierecke, in denen die Striche harmonisch ihre Bedeutung fanden. Wie zum Beispiel das von Kaffee, 咖啡 - Kāfēi, der in den vielen Coffeeshops und Cafés beworben wurde. Doch Erkennen war die eine Sache, was noch lange nicht hieß, dass ich fähig war, sie aus dem Gedächtnis niederzuschreiben.

Wie konnte man diese aufwendigen Schriftzeichen überhaupt erfinden!? Um sie zu lernen und obendrein noch zu behalten, erforderte sicherlich ein riesiges und langwieriges Übungsprogramm. Ob ich mir das antun wollte?

Realisierbarer kam mir die Sprache vor, die bestimmt von etwas schnellerem Erfolg gekrönt sein könnte! Interesse hatte ich schon, obwohl ich Chinesisch wirklich als eine Mammutaufgabe ansah. Sie hat so gar nichts gemein mit unserer Muttersprache und klingt so fremd. Aber nichts ist unmöglich! Ich könnte es wagen und wenn es mir nicht gefällt, dann …

Mit der Zeit festigten sich diese Gedankengänge mehr und mehr und schließlich fasste ich einen Entschluss: Jetzt lerne ich Chinesisch!

Peter ließ sich sogar anstecken, was mich ungemein freute. Obwohl er sofort klarstellte, nur sprechen lernen zu wollen, denn die Schriftzeichen könnten ihm gestohlen bleiben. Mir war's nur Recht.

Kurzentschlossen ließen wir durch Peters Sekretärin ein Semester in einer Sprachschule buchen, die nur etwa zehn Minuten mit dem Auto von unserem Haus entfernt war. Geplant waren zwei Tage in der Woche, Beginn morgens um 7:30Uhr!

Als wir durch die gläserne Eingangstür der Sprachschule traten, war ich ein bisschen enttäuscht. Mir hatte eine moderne Schule vorgeschwebt, doch diese hier war in die Jahre gekommen, das sagte mir bereits der ‚Empfangsraum'. Unter den mittlerweile grauen Wänden schlummerte das ehemalige Weiß, was ein abgenommenes Bild bewies. Überhaupt war hier alles grau in grau, auch die Rezeption. Nur ein Poster machte Mut und bewarb ‚Learn Chinese' mit farbigem Hintergrund.

Doch über Zulauf konnte sich diese Schule nicht beklagen. An diesem Morgen waren wir nicht die einzigen Schüler, die gerade mit ihren jeweiligen Lehrern hinter Türen verschwanden, während uns eine Taiwanerin in Englisch begrüßte und sich als unsere Lehrerin vorstellte.

Freundlich war ihr Lächeln, ihr Blick aufgeweckt in dem runden Gesicht, das dauergewellte Locken umrahmte. Ich schätzte ihr Alter um Mitte dreißig, aber da sich Asiaten nicht der Sonne aussetzen, um ihre glatte Haut zu erhalten, könnte sie auch älter sein.

Als Peter sich in ein Anwesenheitsbuch eingetragen hatte, verschwanden auch wir mit der Lehrerin hinter einer Tür und standen ... in einem Klassenzimmer, in das die frühen Sonnenstrahlen hineinfielen. Direkt vor uns hing eine grüne Tafel an der Wand, davor das Pult für die Lehrerin und in gebührenden Abstand warteten geduldig Stühle mit angebauten Schreibflächen. Die Lücke zwischen Sitz und Schreibbrett war definitiv ‚enger' geworden, doch hineinzwängen brauchten wir uns nicht, als die Lehrerin uns bat, Platz zu nehmen.

Nun drücken wir im reifen Alter wieder die Schulbank, dachte ich. Einmal Chinesisch zu lernen, und das noch freiwillig, hätte ich mir niemals träumen lassen!! In großer Erwartung legte ich Schreibheft, Kuli und Bleistift auf die Ablage.

‚Nihau, wo shr nimen de laushr!', forderte die Lehrerin unsere Aufmerksamkeit und schrieb das Gesagte in Lautschrift an die Tafel.

Ah, Pinyin, erkannte ich, die phonetische Schriftweise für die Aussprache der Schriftzeichen.

Mit „Guten Tag, ich bin Ihre Lehrerin!", übersetzte sie das Kauderwelsch. Nachdem wir nachgesprochen und auch den Singsang der Worte betont hatten, schrieben wir den Satz ab. Die Häkchen der vier verschiedenen Tonhöhen dieser Sprache zierten ebenfalls unser Geschriebenes. Danach wurde der Satz mit unserem Nachnamen versehen, wobei auch der chinesische Name zum Einsatz kam.

Kurz nach unserer Ankunft in Taipeh wurde bereits unser deutscher Name in Chinesisch umgewandelt. Peters Sekretärin hatte sich darum gekümmert.

Wichtig ist, dass der chinesische Name ähnlich klingen muss wie das Original. Wenn das nicht möglich ist, werden andere Namen ausgesucht, die auf jeden Fall positiv, glücksbringend und bedeutungsvoll sein müssen!

Als unsere Namen, Vor- und Nachname, feststanden, wurden gleich reichlich Visitenkarten gedruckt! Visitenkarten, unabdingbar in Taiwan, im Geschäftsleben und auch privat! **Die geschäftliche Variante** war **für** Peter, **darauf mussten Unternehmen und seine Position klar erkenntlich sein.** Unsere privaten Visitenkarten hatten wir erst mit dem Einzug ins Haus bekommen.

Peter griff in seine Aktentasche und zog seine Namenskarte aus dem Visitenkartenetui heraus. Mit beiden Händen und stehend überreichte er diese der Lehrerin, die sie ebenfalls mit beiden Händen entgegennahm. Mit Ruhe studierte sie das Geschriebene und legte sie auf den Tisch. Auch sie überreichte uns jetzt ihre Visitenkarte, die wir mit gleicher Höflichkeit annahmen und lasen. Sorgfältig packten wir sie weg.

Eine Visitenkarte nach dem Überreichen nicht zu lesen oder nur mit einem kurzen Blick abzutun, wäre unhöflich gewesen und man hätte dem Gegenüber keinen Respekt gezollt. Manche Ausländer informieren sich vorab nicht über Sitten und Bräuche des Gastlandes und geringschätzen die Visitenkarte, die ungelesen in der Hosentasche verschwindet. Mehr Affront geht nicht! Ob derjenige dann in diesem Land noch gute Geschäfte macht, bleibt dahingestellt!?

Nun hatte die Lehrerin unsere Namen schwarz auf weiß im wahrsten Sinne des Wortes; denn aus unserem Nachnamen Brandner war ‚Bai' geworden, was übersetzt Weiß bedeutet.

Aus Neugierde fragte ich die Laushr nach ihrem Namen, denn auf ihrem Kärtchen hatte ich nur Teacher gelesen.

Doch sie lächelte nur sanft und machte klar: „Wissen Sie, ein Lehrer ist Vorbild und Respektperson und nimmt durch sein Wissen eine hohe Stellung ein. Aus diesem Grund wird er nicht mit seinem Namen angesprochen, sondern immer respektvoll mit ‚Laushr'! Eigentlich ist auch Widersprechen unerwünscht, doch bei Ihnen werde ich nicht ganz so streng sein! Diesen Stock hier brauche ich nur noch für die Tafel, aber früher hatte er Hochkonjunktur!"

Das glaubte ich ihr aufs Wort, wenn ich daran dachte, was ich über das hiesige Schulsystem erfahren hatte! Vor nicht allzu langer Zeit war es noch Usus, die Kinder mit Strafen zu maßregeln. Schläge, in die Backe kneifen oder vor der Klasse hinknien, führten die Liste an.

Körperliche Züchtigungen sind heute zwar nicht mehr erlaubt, aber wer weiß, ob sie nicht doch manchmal angewendet werden. Auf jeden Fall sind Schüler ‚in die Ecke zu stellen' oder ‚saubermachen zu lassen' auch demütigende Szenarien. Und die Direktoren für ‚Disziplinarische Maßnahmen', ein traditioneller

Posten an Grund-, Mittel- und Oberschulen, halten an diesen ‚neuen' Möglichkeiten der Bestrafung fest!

Ich konnte nicht weiter darüber nachdenken, richtete meinen Blick lieber auf die Laushr und hörte ihr zu. Einen Rüffel wollte ich nicht kassieren.

„Bevor wir mit unserem Unterricht loslegen", begann sie, „möchte ich Ihnen etwas über Taiwans Schulsystem erzählen, das sich nach dem amerikanischen Konzept richtet! Die Grundschule dauert sechs Jahre, Mittelschule und High-School jeweils drei Jahre. ‚Raus aus dem Reisfeld' heißt das Motto und das führt nur über die Bildung! Jeder hat die Möglichkeit, durch Fleiß und Eifer voranzukommen! Und das System trägt Früchte! Über 90 % der Schüler in Taiwan gehen auf die High-School! Die Hausaufgaben und Prüfungen sind relativ anspruchsvoll, aber das erzeugt Schüler, von denen einige sogar die höchsten Testergebnisse in der Welt erreicht haben! Vor allem in Mathematik und in den naturwissenschaftlichen Fächern."

Aus anderer Quelle wusste ich, dass übermäßiger Druck auf die Schüler ausgeübt wird und Auswendiglernen des Stoffs an erster Stelle steht. Von Kreativität keine Spur.

„Nach 1949", sprach sie weiter, „wurde unter Chiang Kai-sheks Regierung die Chinesische Sprache eingeführt! Die Aborigines, die Ureinwohner Taiwans, Hakka und viele Taiwaner, die auf dem Land lebten, sprachen ihre eigenen Dialekte. Sie konnten kein Mandarin! Auch die Kinder mussten ab der Grundschule Mandarin lernen, bei Weigerung hängte man ihnen ein Schild um, auf dem stand: ‚Please, speak Mandarin!' Dadurch minimierte sich der Analphabetismus und Mandarin ist heute über ganz Taiwan verbreitet, obwohl die Dialekte der jeweiligen Völkergruppen dennoch gepflegt werden."

Was für Sitten, dachte ich, das Schild musste doch traumatisch gewesen sein für das Kind und …

„Von Montag bis Freitag ist Unterricht, der ab sieben oder acht Uhr morgens beginnt!", fuhr die Laushr fort, „Er endet am Nachmittag oder später, je nach gewählten Kursen. Bereits in der Grundschule entscheiden die Noten über die weiterführende Schule, ob renommiert oder durchschnittlich. Von jedem Kind wird erwartetet, sich zu verausgaben und beste Noten heimzubringen! Schließlich geben Eltern viel Geld aus, nicht nur für Nachhilfeunterricht, sondern auch für Schulgeld und spätere Studiengebühren!"

Von Peters Sekretärin Jenny wusste ich um den enormen Stress, dem Schüler ausgesetzt waren. Sie hatte selbst zwei Söhne, die natürlich auf die High School vorbereitet wurden. Hausaufgaben erledigte man abends oder oft in der Nacht, weil man nach der Schule noch an Sportveranstaltungen teilnehmen oder ein Instrument erlernen oder erlernen musste! Es war nicht selten, dass die Schüler ein Nickerchen während des Unterrichts machen, sie schlafen vor Erschöpfung ein. Die Wochenenden sind zwar frei, was aber nicht heißt, dass nicht gebüffelt werden muss. Da halfen acht Wochen Sommerferien und drei bis vier Wochen Winterferien im Januar, einschließlich Chinese New Year als Erholungsphase sicher wenig. Denn wirklich frei hatten Schüler nie!

In Deutschland wäre solch ein Schulsystem nicht durchsetzbar, vermutete ich, doch nun hörte ich lieber der Laushr wieder zu, nicht dass …

„Schulkleidung hat an Taiwans Schulen eine lange Tradition! Um das Gruppengefühl zu stärken, tragen Schüler bereits in der Grundschule Schuluniform. Blauer Faltenrock und weiße Bluse für Mädchen, kurze Hosen und T-Shirts für die Jungs. Die jeweilige Middle- oder High School wählt ihre eigenen Farben. Ebenso sind die Frisuren vorgeschrieben! Sehr kurz für die Jungen und für die Mädchen eine Haarlänge bis zu den Ohrläppchen. Haare bis über die Schulter wachsen oder sich gar eine Dauerwelle machen zu lassen, ist nicht erlaubt. Auch auffälliges Make-up ist unerwünscht. Wie durch die Kleidungsvorschrift möchte man vermeiden, zu viel Fokus aufs Aussehen zu legen. Lernen steht absolut im Vordergrund!"

Bezüglich der Mädchenfrisur hatte ich von Jenny Insiderwissen bekommen. Man nennt sie hier ‚Wassermelonenschnitt'! Wir hatten uns über den Begriff amüsiert, der anfänglich so abwegig erschien, doch nach kurzem Überdenken nicht mehr ganz so falsch war. Gab es früher bei uns nicht auch einen ähnlichen Haarschnitt, der so aussah, als hätte ein Kochtopf Pate gestanden? Oder wurde er gar auf den Kopf gestülpt und drumherum geschnitten? Diejenigen, die diese ‚Pottschnitt'-

Frisuren zur Schau tragen mussten, wurden doch ständig gehänselt.

Und sich eine ausgehöhlte Wassermelone vorzustellen, war doch nicht an den Haaren herbeigezogen. Damit hätte man zuvor wenigstens noch eine zuckersüße Abfindung genossen, wenn es denn so wäre.

Welch ausgesprochenes Glück wir doch haben, dachte ich, dass die altaussehende Schule nicht auch noch die antiquierten Sitten beibehalten hatte. Uniformen brauchten wir nicht, auch konnten wir hier Frisurenfreiheit genießen! Nur fleißiges Lernen blieb übrig, zu dem wir ja unaufgefordert bereit waren.

Obwohl die Lehrerin jung war, die uns gerade das Lehrbuch überreichte, blieb sich die Schule treu. Als ich das Buch voller Neugierde aufschlug, konnte ich es kaum fassen! Das Erscheinungsjahr war auf 1947 datiert! Meine Güte, da waren Peter und ich ja noch nicht einmal geboren! Hielt man hier wirklich an den altehrwürdigen Prinzipen fest und lehrte nach Anno Dazumal?

Während die Laushr etwas an die Tafel schrieb, nutzte ich die Gelegenheit und machte Peter auf das Datum aufmerksam. Doch er zuckte nur mit den Schultern und legte einen Finger auf seine Lippen, was wohl so viel bedeutete, wie: sag bloß nichts! Gerne hätte ich nach einer moderneren Variante gefragt, aber …

Die Lehrerin hatte es schlau eingefädelt und uns bereits vorab von ‚persönlichen Einwänden' abgeraten! Also blieb ich wie eine brave Schülerin sitzen, schwieg und lauschte, was die Laushr über ihre Muttersprache zu sagen hatte.

„Mandarin bzw. Hochchinesisch ist eine der ältesten geschriebenen Sprachen der Welt. Im Chinesischen gibt es kein Alphabet, sondern die Schriftzeichen sind ähnlich wie Symbole, die bereits über 3500 Jahre Gegenstände und Wörter abbilden und beschreiben. Über die Jahrhunderte hinweg haben sich die Zeichen gewandelt und auch angepasst. Mao Tse-tung hatte seinerzeit die chinesischen Schriftzeichen vereinfacht, doch Taiwan, Hongkong und Macau behielten die traditionellen Langzeichen bei. Ich gebe Ihnen ein Beispiel. Schauen Sie genau hin!"

Sie schrieb Schriftzeichen an die Tafel. Zuerst zeigte ihr Stock auf das vereinfachte 中国-Zeichen und sie sagte: „Chung gwo!"

Dann wies sie auf das traditionelle Langzeichen, 中國, hin, was wesentlich komplizierter daherkam.

„Das bedeutet auch ‚chung gwo'. ‚Chung' heißt Mitte und ‚gwo' Land, also China, Land der Mitte. Es gibt Zehntausende von Schriftzeichen im Chinesischen, doch man benötigt nur etwa 1000 Zeichen, um eine Zeitung lesen zu können! Und die Grammatik unserer Sprache ist sehr einfach!"

Wollte sie uns etwa locken, die Schriftzeichen doch zu lernen? Tausend Möglichkeiten kamen mir nicht allzu abschreckend vor. Sicherlich waren die Kurzzeichen nicht ohne, aber die Langzeichen sahen wirklich nach harten Nüssen aus.

„Chinesisch ist eine ‚tonale Sprache'!", redete sie weiter. „Das bedeutet, dass einzelne Silben unterschiedlich betont werden und somit eine andere Bedeutung bekommen. Im Vergleich zu Ihrer Sprache, die um die 10.000 Silben hat, kommt Chinesisch mit nur ca. 400 Silben aus! Dennoch benötigt man einen großen Wortschatz, denn viele Silben werden in der gleichen Tonlage ausgesprochen. Manchmal kann man sie nur über das Schriftzeichen identifizieren."

Jetzt wusste ich auch, was ich bei den Taiwanern gesehen hatte! Bereits mehrmals hatte ich mich gewundert, warum während einer Unterhaltung etwas mit dem Finger in eine Handfläche kritzelt wurde! Ganz klar, sie hatten Verständigungsprobleme und malten die Schriftzeichen auf die Hand!

Doch nun wurde es ernst. Die Laushr hielt das altbackene Buch hoch, dessen erste Lektion uns nach New York führte. Ich fragte mich natürlich, warum wir nach Amerika reisten und nicht nach China oder gleich in Taiwan blieben. Das hing bestimmt mit dem Status der Insel und der Volksrepublik China zusammen, dachte ich, der seit 1949 noch nicht geklärt war. Vielleicht umging man damit politische Fragen der Schüler und geriet nicht in Erklärungsnot. Was soll's, schließlich ging es ja nicht um ein Sinologiestudium, sondern nur um die Sprache und die Vokabeln, die wir uns einprägen mussten.

Durch dieses veraltete Buch lernten wir die Reiselustigkeit eines Mannes kennen, der mit dem Schiff, Zug und Auto in Amerika unterwegs war, und das über viele Wochen. Außer dass sich Grammatik und Zeitformen ständig wiederholten, bestand das Buch mehr oder weniger aus Essen einnehmen,

Ortswechsel und Besuche bei Freunden, wo ständig diniert wurde.

Wenn der Typ ein Restaurant aufsuchte und wieder leckere Gerichte bestellte, stöhnten wir jedes Mal auf. Schon wieder schlemmte er! Manchmal lief uns dabei auch das Wasser im Munde zusammen und der Laushr schien es nicht anders zu gehen. Mit Reiskräckern aus ihrer Schublade löschten wir dann alle unseren Appetit.

Als wir nach einem halben Jahr Unterricht die letzte Seite des angestaubten Buches zuschlugen, waren wir heilfroh! Ich glaube, die Laushr auch. Endlich hatte dieser Mann seine Reise beendet und war wieder zu Hause angekommen. Bestimmt kugelrund, dachte ich, aber das blieb unerwähnt.

Am Ende des Semesters konnten wir uns mit der Lehrerin über die durchgenommenen Themen in einfachen Dialogen unterhalten. Immerhin dachte ich stolz. Doch ,draußen', im richtigen Leben, blieb unser Chinesisch frustrierend. Hatte unser Pauken denn gar nichts genutzt, fragte ich mich oft.

Freunde hatten davor gewarnt, dass viel Geduld für die chinesische Sprache erforderlich sei, bis jemand uns verstehen würde. Deswegen hätten viele hingeschmissen. Manches Mal waren auch wir haarscharf am Aufgeben vorbeigeschrammt und das Lehrbuch wäre beinahe im Abfalleimer gelandet. Aber nur beinahe! Mit Ach und Krach zogen wir uns gegenseitig aus jedem Tief heraus und machten uns Mut. Aufgeben wollten wir nicht, schon wegen der stets gutgelaunten Laushr, die sich so viel Mühe mit uns gab! Selbstsicher buchten wir wieder für das nächste Halbjahr.

Mit dem Beginn des zweiten Lehrbuches, das sich nicht nur im moderneren Look präsentierte, sondern auch aufschlussreiche Bildergeschichten bot, kam unsere Lernmüdigkeit wieder in Schwung.

Noch heute erinnere ich mich an so manch heitere Geschichte und deren Vokabeln, wie die an den dicklichen Mann, der den Wecker nicht hörte und weiterschlief. Als er endlich wach wurde, erledigte er seine Morgentoilette ,kwai' ,kwai' und kam doch zu spät zur Arbeit. Oder der kleine Mönch, der ,syau heshang', der sich täglich seinen Tee aufbrühte. Mit diesen Geschichten konnten wir mehr anfangen. Bildliches Lernen über den Alltagstrott und das gesellschaftliche Leben von A bis Z fiel uns wesentlich leichter.

Mittlerweile kannten wir viele Vokabeln und eines Tages wagten wir einen Probelauf in unserm Lieblingsrestaurant. Selbst als wir die vorbereiteten Vokabeln in alle vier verschiedenen Tonhöhen kleideten, die der chinesischen Sprache eigen sind, zuckte die Bedienung jedes Mal mit den Schultern. Sie verstand uns nicht oder wollte uns nicht verstehen. Nur mit Hilfe unseres English-Chinese Wörterbuchs kamen wir weiter und die Bedienung wiederholte unser Gesagtes. Aber das hatten wir doch auch so ausgesprochen! Es war ernüchternd!

Während des dritten Semesters geschah dann das Wunder. Wie über Nacht kam der Erfolg, -*wir wurden verstanden*- und waren ganz aus dem Häuschen. Manchmal bekamen wir sogar Hilfestellung, was verdeutlichte, man nahm uns ernst! Na, so machte Sprache doch Spaß!

Wir blieben weiterhin am Ball; und das für viele Jahre. In dieser Zeit entdeckte ich eine neue Seite an der Laushr! Allmählich hatte sie ihre traditionelle Fassade abgelegt und wurde lockerer. Wenn Peter gelegentlich wegen Terminen im Büro den Unterricht abbrechen musste, hielt ich die Stellung. Dann schob die Laushr das Buch beiseite und wir erzählten aus unserem Leben. Auf Chinesisch!

Eines Tages gab sie sogar chinesische Witze zum Besten, die mich zwar nicht immer vom Hocker hauten, weil der chinesische Humor ein ganz anderer ist, aber ich grinste trotzdem. Auch ich hatte olle Kamellen auf Lager, über die wir herzhaft lachten. Und zu guter Letzt wurden wir übermütig. Damit niemand etwas hörte, dämpften wir **unsere Stimmen** und schlüpfrige Zoten kamen aufs Pult. **Wir kicherten wie kleine Mädchen.**

So lernte ich Vokabeln mit Leichtigkeit, die nicht im Lehrbuch standen! Jedenfalls nicht in diesem. Die Bekanntschaft mit ‚syau didi' und ‚syau mei mei' amüsierte mich köstlich! ‚Kleiner Bruder' und ‚kleine Schwester', die Verniedlichungen der Sexualorgane. Mit Stolz ‚unterbreitete' ich Peter am Abend meine neue Entdeckung!

24. Das schöne Schreiben

Obwohl mir die meisten der chinesischen Schriftzeichen ein Rätsel bleiben würden, faszinierten sie mich immer wieder aufs Neue. Bewundernd stand ich oft vor den Rollbildern, auf denen sich die schwarzen Kunstwerke in Schriftstilen voller Ästhetik harmonisch aneinanderreihten. Manchmal in beachtlicher Anzahl, die Gedichte oder Geschichten preisgaben, ein anderes Mal nur ein oder zwei übergroße Schriftzeichen, die sich dem Betrachter machtvoll entgegenwarfen. In der unteren Ecke lockerte jeweils ein roter Stempelaufdruck farblich auf, es war der Name des Künstlers. Die schönsten Kalligrafien der Dynastien Yuan, Ming und Qing hatte ich bereits im Nationalen Palastmuseum von Taipei bestaunt. Sie wirkten fast wie Malereien auf mich.

So etwas könnte mich auch reizen, sinnierte ich. Einen Stempel besitze ich ja, Sachkenntnisse ebenfalls und ich wusste auch, wie der Hase läuft, jedenfalls in der Reihenfolge der Striche, schließlich hatte ich ein paar Monate Schriftzeichen lernen bei der Laushr absolviert.

‚Geschrieben wird ein Zeichen immer von oben nach unten, von links nach rechts, außen vor innen, horizontal vor vertikal …!‘, lagen mir die Worte von ihr immer noch in den Ohren, die sie mir in meinem Schriftzeichen-Unterricht gepredigt hatte. Natürlich hatte ich diesen ‚Ausflug‘ ohne Peter gebucht, der mit diesem ‚Kram‘ nichts zu tun haben wollte.

Wie ein Abc-Schütze hatte ich über meiner ‚Kinderfibel‘ gesessen; einfache Sätze, wie das ist eine Katze, das ist ein Tisch, ein Stuhl …, bestimmten diese Schulstunden. Außer der eins, die nur einen waagerechten Strich benötigt, gibt es Schriftzeichen mit bis zu dreißig Strichen oder gar mehr. Mir reichten schon die, die mit acht oder 12 Linien vor mir lagen, die ich auswendig schreiben lernen musste. Zu Hause, auf jede Menge Papier!

150 Schriftzeichen hatte ich bereits intus, die mich mächtig stolz machten! Der Erfolg beflügelte mich. Auf der ‚Liste‘ warteten *nur* noch die 850, die fürs Zeitunglesen nötigt waren. Doch der mehrwöchige deutsche Heimaturlaub brachte fast alles wieder auf Anfang. Wieder zurück in Taipeh, stellte ich

mit Erschrecken fest, dass ich über die Hälfte meiner gelernten Schriftzeichen vergessen hatte! Wie Blumen, die kein Wasser bekommen, waren sie verkümmert. Einfach so! Und welchen Aufwand ich betrieben hatte für die paar Zeichen! Meine Enttäuschung war groß und mir zum Heulen zumute! Als ich dann noch erfuhr, dass ich mich in Zukunft stundenlang diesen Zeichen widmen müsse, um sie zu verinnerlichen, verpuffte meine Euphorie. Diese Aufgabe war mir doch zu stressig und ich schmiss hin.

Doch ein Kalligrafie-Kurs wäre eine Alternative zu dem stupiden Schriftzeichen lernen. Ob solch ein Kurs aufzutreiben war?

Im Büro fragte ich nach. „Schönschrift lernen die Kinder bereits im Schulunterricht, es gehört über Jahre zum Stundenplan!", war die Antwort, von Kursen hatte niemand etwas gehört.

Vielleicht kannte meine Laushr einen Lehrer, der für Ausländer so etwas anbot. Sie wollte sich umhören.

Zwei Wochen später hatte die Laushr wirklich eine Möglichkeit gefunden!

„Es werden keine Kurse angeboten, aber eine Bekannte unterrichtet einmal wöchentlich in Kalligrafie, in einem Café, gleich neben dem Supermarkt in Tian Mu! Dort können Sie mitmachen, allein oder mit einer weiteren Person."

Meine Freude war groß. Das Café kannte ich vom Vorbeigehen.

„Aber ...", druckste sie plötzlich, „... die Kursteilnehmer sind Kinder!"

„Kinder?", wiederholte ich, „Das ist überhaupt kein Problem!"

Einer Kinderklasse beizuwohnen, fand ich gar nicht so schlecht, besser als mit ‚Profis' zu schreiben! Ich steckte doch selbst noch in den Kinderschuhen bei diesem Thema.

Die Wahl für eine weitere Person fiel auf Maria. Vor einem Jahr war sie mit ihrem Mann nach Taipeh gezogen und wir hatten uns übers Golfen kennengelernt. Nach dem ersten Beschnuppern zogen wir mit unseren zugeteilten Caddies im Schlepptau los und hauten auf dem nahegelegenen Golfklub unsere Bälle auf die Fairways. In der Sommerhitze mühten wir uns die Hügel hoch, aßen zwischendurch unser Butterbrot und spülten dieses mit einem Dosenkaffee hinunter. Das verband.

Nach unserer Runde waren wir durchgeschwitzt, aber glücklich.

Danach freuten wir uns auf eine Taiwanese Beef Noodle Soup, die das Golfrestaurant anbot. Sie war unser beider Favorit! Ein schmackhaftes Gericht, diese Nyou Rou Myan, die Maria immer Niro Man nannte. Ja, meinte ich, lecker ist die Suppe von Robert de Niro, worüber wir uns dann schlapp lachten. Eine Freundschaft entstand, die auch übers Golfen hinausging.

Obwohl sie so gar kein Interesse zeigte, weder an Chinesisch noch an den Schriftzeichen, wollte sie trotzdem mit mir den Pinsel schwingen. Ob aus Neugier oder aus Gefälligkeit, hinterfragte ich mal nicht. Denn ich war froh, nicht allein dorthin gehen zu müssen. Zu zweit macht doch alles mehr Spaß!

In der Schreibwarenabteilung des Kaufhauses Takashimaya fanden wir die notwendigen Utensilien für die Kalligrafie. Papier, Tuschestangen, Reibstein und Pinsel, die Vier Schätze eines Gelehrten, lagen ausgebreitet vor uns. Das Angebot war vielfältig, in Größe, Qualität und Preis. Wunderschöne Exemplare waren dabei, die die Qual der Wahl für Laien nicht leichter machten. Wofür sollten wir uns denn bloß entscheiden? Nach einigem Herumschauen entdeckten wir ein komplettes Set mit Übungspapier. Das war doch genau das Richtige, auch preislich. Schließlich wussten wir ja nicht, wie lange wir dabeibleiben können und wollen. Jede von uns kaufte ein Exemplar und kaum im Besitz dieser Schätze, fühlten wir uns gleich wie kleine Gelehrte.

Am Dienstagnachmittag war es endlich so weit. Gerüstet mit den Vier Schätzen betraten wir das Café. Angenehmer Duft von Kaffee und Süße durchzog den Raum. Kleine Leckereien in den Auslagen sollten die Kunden verführen.

Eine junge Dame hinter den Tresen begrüßte uns und fragte, ob wir die ‚new stundents' seien. Aha, wir waren nicht mehr in geheimer Mission unterwegs.

„Over there!", machte sie auf Kinder aufmerksam, die im hinteren Teil des Lokals wie fehl am Platz wirkten.

Auf zur Wirkungsstätte, wo zwei Jungs und drei Mädchen im Alter von etwa neun oder zehn Jahren an einem großen Tisch saßen und bereits fleißig Schriftzeichen malten. Als sie uns Exoten bemerkten, blickten fünf Augenpaare erschrocken auf, dennoch wechselte die Begrüßung „Nihau, Nihau!" die Seiten.

Plötzlich hörte ich, wie ein Kind ‚Adoha' flüsterte. ‚Adoha' ist Hokkien und bedeutet Langnase. Ich lachte innerlich auf, tat aber unbeteiligt. Ob Maria es verstanden hatte, glaubte ich kaum, sie als ‚Neue' kannte dieses Wort bestimmt nicht.

Aber die Lehrerin hatte es mitbekommen. Obwohl sie noch jung war, schien sie ihre Gruppe im Griff zu haben. Sie zischelte etwas mit scharfer Stimme, woraufhin die Kinder sofort ihre Köpfe absenkten.

Dann schaltete sie auf Freundlichkeit, stellte sich als Miss Mailin vor und wies auf unsere Stühle. Als wir uns gesetzt und die Vier Schätze und das Papier vor uns ausgebreitet hatten, waren wir aufgeregt wie Erstklässler.

Unseren Unterricht eröffnete Miss Mailin mit den Worten: „Die chinesische Kalligrafie ist das älteste, noch gebräuchlichste Schriftsystem der Welt und lässt sich bis 1600 v.Chr. zurückverfolgen! Über die Jahrhunderte hinweg haben sich fünf Schreibstile entwickelt: die Siegel-, Schnell-, Schreib-, Normalschrift und die Gras- bzw. Kursivschrift. Mit ‚Kai Shu', der Schreibschrift, werden wir uns beschäftigen. Bedenken Sie bitte, chinesische Kalligrafie ist mehr als nur Schönschreiben! Sie ist eine Kunstform, die gleichzusetzen ist mit Malerei, Musik und Literatur! Sie besteht aus einem Zusammenspiel aus Malerei und Bewegungskunst. Man legt sein Gefühl und letztlich die Seele in die Schriftzeichen!"

Beeindruckt hatte ich ihre schwärmenden Worte verfolgt, bei denen sich ihre Mimik sogar verklärt hatte. ‚Die Seele in die Schriftzeichen legen' waren große Worte! Ob die Seele des Künstlers wirklich in die anmutig wirkenden Kalligrafie-Zeichen hineinfließt, wenn er sie schreibt?

„Bitte geben Sie etwas Wasser aus dieser Kanne in die Vertiefung Ihres Reibsteins", wurde von Miss Mailin Konzentration gefordert, „und rubbeln Sie die Tuschestange so lange, bis die gewünschte Konsistenz entstanden ist. Sie sollte nicht zu dick, aber auch nicht zu dünn sein, also setzen Sie Wasser umsichtig ein. Diese Vorbereitung ist alte Schule, sie pflegt und ordnet den Geist, bringt Sie mental in eine entspannte Stimmung, um den Alltag hinter sich zu lassen!"

Nachdem sich einige Tropfen in unseren Reibsteinen versammelt hatten, rieben wir, was das Zeug hielt. Der Alltag blieb draußen, doch von Entspannung und geistiger Ordnung konnte bei mir keine Rede sein. Noch war alles zu neu.

„Bleiben Sie aufmerksam und wecken Sie Ihre Sinne!", forderte Miss Mailin uns auf, „Hören Sie dem Reibegeräusch zu, nehmen Sie den Duft von Tusche wahr! Mit Ihren Augen können Sie die Tiefe der Tuscheschwärze prüfen! Je mehr Wasser Sie nehmen, desto heller wird der Farbton! Mischen Sie mit Bedacht! So bereiten Sie sich bestens vor!"

So ernst hatte ich mir das nicht vorgestellt. Also konzentrierte ich mich und rieb meine Tuschestange jetzt in Zeitlupe über den Stein. Und ich glaubte es kaum, in mir bereitete sich Ruhe aus. Ich schielte zu Maria rüber, die auch bedächtiger als vorher über ihren Stein kratzte. Ihr Gesicht war höchst fokussiert.

Endlich hatte sich der Lampenruß mit dem Bindemittel, aus dem die Tuschestange besteht, gut mit dem Wasser vermischt. Miss Mailin war jedenfalls zufrieden mit unser beider ‚Soßen'.

Marias Spruch, ob uns bei dieser schwarzen Lampenbrühe wirklich ein Licht aufginge, blieb unbemerkt. Deutsch war zum Glück nicht Miss Mailins Steckenpferd, stattdessen bewarb sie eine Fertigtusche aus der Flasche. Doch wir lehnten ab, zogen die Originalvariante vor!

Auf einer filzigen Schreibunterlage, die überschüssige Tusche auffangen soll, lag eine Seite des dünnen Übungspapiers vor uns. Zwölf orange gezeichnete Quadrate mit neun inneren Quadraten waren vorgegeben. Diese ‚Gehhilfen für Anfänger' zeigten auf, wo unsere Werke zu stehen hatten.

Aus einer Bambusmatte, die ein Knicken der Pinselhaare vermied, rollten wir unser Malinstrument heraus und tauchten es in ein Wasserglas. Das macht die Pinselhaare geschmeidig. Nachdem Miss Mailin die Pinselhaltung mehrmals korrigiert hatte, war sie endlich zufrieden. Wir weniger, es fühlte sich steif und ungelenk an. Daumen und drei Finger hielten den Pinsel absolut senkrecht, das Handgelenk war aufrecht gestellt, nur eine leichte Armstütze war erlaubt. Ich sah zu den Kindern hinüber, die ihre Schriftzeichen freihändig schrieben. Das wird auch unsere Zukunft sein, dachte ich.

Unser erstes Werk begann, nein, nicht mit einem weltbewegenden Zeichen, sondern mit einem schlichten vertikalen Strich.

„Schauen Sie genau hin!", klang fast wie ein Befehl von Miss Mailin, „Das ist einer der acht Grundstriche!"

Sie tauchte ihren Pinsel in orangene Tusche, die Korrekturfarbe der Kalligrafie-Lehrerin, und ließ ihn über dem Papier kreisen wie eine Biene, die den Blütenkelch sucht. Erst dann setzte sie ihn auf. Freihändig!

„Die Pinselspitze wird leicht gedreht, so dass ein schräger Beginn entsteht. Dann ziehen Sie den Pinsel mittig über das Quadrat des Papiers hinunter. Am Ende vermindern Sie den Druck, der Strich wird schmaler und mit dem Anheben des Pinsels ist es vollbracht!"

Maria erhielt das Gleiche auf ihrem Papier und dabei sah und hörte ich wieder genau zu. Obwohl es ‚nur' Striche waren, wirkten sie nicht gewöhnlich, sie strahlten etwas aus.

„Nun sind Sie dran! Bitte sitzen Sie aufrecht und prüfen die Haltung Ihres Armes!" Miss Mailin blieb hinter uns stehen und überwachte unser Tun.

Ich tauchte den Pinsel behutsam in meine Tusche. Um keine Überschwemmung zu riskieren, strich ich überschüssige Farbe ab und nach dem ‚Bienenflug' setzte ich die Spitze des Pinsels behutsam aufs Papier. ‚Kontrollieren Sie Ihre Bewegung, damit kontrollieren Sie Ihre Kraft', kamen mir Miss Mailins Worte in den Sinn und während mein Unterarm nach hinten über die Tischkante rutschte, verteilte der Pinsel die Tusche auf dem von mir bestimmten Weg. Für das spitze Endstück hob ich den Pinsel an und …, fertig!

Ich verglich das schwarze Gebilde mit dem orangenen. Meines war mit einem Klecks gestartet und danach hatte ein Zitteraal Pate gestanden. Doch das Schwanzende meines Striches war gut getroffen. Bei Maria war es zu dick.

Miss Mailin zeigte jedoch Geduld, erklärte und malte mehrere orangene Striche für uns, führte auch unsere Hand, damit wir den ‚Bogen' herausbekamen.

Danach füllten wir Seite um Seite mit den Strichen, die zwischendurch immer noch eine Hilfestellung von Miss Mailin bedurften. Nach fünf Seiten waren wir recht zufrieden mit uns, Miss Mailin ebenfalls, so dass sie zum horizontalen Zeichnen wechseln wollte.

Doch wir brauchten unbedingt eine Pause. Unsere Handgelenke

muckten bereits, die diese Art von Haltung nicht gewohnt waren und der Rücken schmerzte auch. Außerdem wollten wir beide etwas trinken.

Bloß kein Kaffee, entschied ich, der mir eine unruhige Hand bescheren könnte. Die Wahl fiel auf einen Fruchttee, der kalt serviert wurde. Wir staunten, als zwei Glaskannen mit orangefarbener Flüssigkeit vor uns standen, in denen sogar frische Fruchtstücke von Ananas, Orange, Apfel und Honigmelone schwammen.

„Du, Eva", stupste mich Maria an, „das sieht genauso aus wie Miss Mailins Tusche!"

„Du kannst es ja zum Korrigieren deiner eigenen Schriftzeichen verwenden!", gab ich lachend zurück.

Das Getränk war weit entfernt von Tusche, sondern schmeckte nach frischem Orangensaft. Wir tranken jedoch im Stehen, streckten und reckten uns und massierten unsere Handgelenke. Als wir wieder vor unserem Papier saßen, waren wir belebt und tatendurstig.

„Eine horizontale Linie bedeutet die Zahl eins im chinesischen!", erklärte Miss Mailin und ihr Arm wurde wieder eins mit dem Pinsel. Ihre Technik sah so leicht aus, als sie uns die Zahl aufmalte. Beginnend mit einer ‚Stupsnase', zog sie eine gerade Linie, die mit einem schrägen Endteil aufhörte. Ein weiterer Strich gesellte sich darunter. Ich staunte, sie waren völlig identisch.

„Das ist die Zahl zwei!", klärte sie uns auf.

Der Pinsel tanzte noch einmal. Ein etwas längerer Strich bildete unter den beiden den Abschluss und sie fragte uns, was diese Schriftzeichen zusammen wohl bedeuten könnten.

„Dürfen wir drei Mal raten?", neckte ich und wir grinsten.

Nach weiteren Schreibangriffen auf die Linien ging die Stunde langsam zu Ende. Aber nicht ohne uns noch den Punkt, den Haken und einen Schrägstrich beizubringen, die bitte mit den anderen Zeichen zu Hause praktiziert werden müssten.

„Üben Sie weiter! Auch wenn etwas nicht so gelingt, geben Sie nicht auf …!", motivierte uns Miss Mailin.

Als die Vier Schätze wieder in unserer ‚Schultasche' verstaut waren und wir bezahlt hatten, machten wir uns mit einem ‚Tsai jyan' auf den Nachhauseweg!

Obwohl noch keine Meisterinnen ‚aufs Papier‘ gefallen waren, hatte uns beiden die erste Stunde großen Spaß gemacht. Nächste Woche, am Dienstag, sollten wir wiederkommen. Für Wochen blieben wir Miss Mailin treu.

Mittlerweile hatten wir die acht so wichtigen Linien für die chinesische Kalligrafie parat. Damit ließen sich Worte wie Mensch, Liebe, Herz, Freude, Harmonie, Frühling und viele mehr formen und fast mit Leichtigkeit landeten sie auf unserem Papier. Sogar freihändig!

Doch nach drei Monaten endete diese Klasse der Kinder, … und somit auch unsere! Mit Wehmut verabschiedeten wir uns von Miss Mailin, aber auch mit großem Dank, dass sie die ‚wai gwo ren‘, die Ausländer, mit so viel Geduld unterrichtet hatte. Doch die Sehnsucht nach Orange blieb; und manchmal genossen wir diese Farbe bei einem Plausch in diesem Café!

25. Am Samstag will mein Süßer mit mir Segeln geh ‘n, …

Als Peter an diesem Tag vom Büro kam, flog seine Aktentasche fast in die Ecke. Erst dachte ich, es sei etwas passiert, doch dann berichtete er mir euphorisch, dass er einen Segelclub aufgetan habe.

„In der Gegend von Baishawan, im Norden Taipehs, in einer Bucht! Die haben sogar Hobie Cats 16!“, prasselten überfreudige Worte auf mich herab.

Und sofort legte er fest, am kommenden Wochenende für einen Segeltörn rauszufahren, obwohl er noch gar nicht wusste, wie das dort gehandhabt wurde. So aufgeregt hatte ich ihn selten gesehen. Meine Begeisterung hielt sich jedoch in Grenzen, ich war nicht so ein Wasserfan, doch ich wusste, dass Peter das Wasser liebte. Klar, er war am Bodensee aufgewachsen, da lag die Verbundenheit nahe.

Damals, als wir uns kennenlernten, besaß er auch einen Hobie Cat 16, ein Sport- Segelkatamaran, in den er mich schnell einwies. Nachdem ich mit Tampen und Schoten einigermaßen vertraut war und die Schwimmweste übergezogen hatte, wurde der Katamaran mit einem Trailer ins Wasser geschoben. Wir hüpften auf das Trampolin, das zwischen den

‚Bananenrümpfen' gespannt ist, Peter holte dicht und im Nu verfing sich der Wind in den Segeln. Zwischen den zwei Rümpfen schossen wir dahin, was ich genoss, obwohl ich mich immer gut festhielt, besonders wenn Peter hart am Wind segelte.

„Es passiert dir schon nichts, aber halt dich gut fest!", rief er mir trotzdem zu. Während der eine Rumpf eine Schaumlinie durch den Bodensee zog, schwebten wir mit dem anderen plötzlich in der Luft. Bei allzu wilder Fahrt bekam ich Schiss und Peter ‚bremste' sofort ab. Meine Bedenken, dass das Ding umkippen und wir beide kopfüber im Wasser landen könnten, waren groß, vor allem, wenn ich an die Storys vom Kentern dachte, die mir Peter besser nicht erzählt hätte! Aber als alter Hase wusste er hoffentlich, was er tat.

Wenn der Wind abflaute, endete unser Segelausflug mit einem ‚Kaffeesegeln', wie ich es bezeichnete. Nur schleichend kamen wir vorwärts und durch das Dümpeln wurde mir übel. Ein Beweis, ich war nicht seefest! Besser wurde es, wenn ich mich auf den Rücken legte und in den blauen Himmel schaute. Doch das machte mich schläfrig. Um wieder an Land zu kommen, werkelte Peter allein, wofür ein Hobie Cat konzipiert war.

Diese Segelerfahrungen hatte ich auf einem See gesammelt, doch nun sollte es aufs Meer gehen, was für mich eine Nummer größer war. Aber ich wollte Peter den Spaß nicht verderben, schließlich hatte er bereits im Segelclub angerufen und mit dem zuständigen ‚Captain' unser Kommen angekündigt. Also willigte ich ein. Dort konnte man sicher auch schwimmen gehen.

Gerüstet für einen Strandtag, fuhren wir am Samstag Richtung Norden. Heute wird es bestimmt wieder um die 35°C werden, schätzte ich. Die Sonne strahlte, was sie konnte, und ich hoffte sehnlichst auf ein Schattenplätzchen am Strand.

Als wir die Küste erreicht hatten, fanden wir nach längerem Suchen endlich *die* eine kleine Straße, die uns zum Segelclub führte. Buschwerk und Dünen verbargen noch die Sicht auf den Strand, doch als wir um die Kurve fuhren, sahen wir ein weißes Segel. Wir waren richtig.

Wir parkten das Auto und stiegen aus. Eine kleine Bucht lag vor uns und weiche Wellen rollten auf dem hellen Sand aus. Wie einsam es doch hier war, und ganz schön heiß, stellte ich fest. Schnell holte ich meinen Hut aus der Tasche. Die Luftfeuchtigkeit war auch höher als bei uns in Tian Mu, merkte ich nach einigen Schritten. Ein feuchter Film hatte sich bereits auf meine Haut gelegt. Gerade wollte ich mich genauer umschauen, als ein großgewachsener schlanker Mann in Shorts auf uns zu kam.

„Hallo, mein Name ist Willi und ich begrüße euch herzlich im Segelclub! Ich hoffe, ihr habt nichts dagegen, wenn wir uns duzen! Wir sitzen schließlich alle in einem Boot!" Laut lachend reichte er uns seine Hand, die kräftig zugriff.

„Danke, Du ist schon okay! Und wir sind Eva und Peter!"

Willi, ein Deutscher, war sonnengebräunt. Scheinbar verbrachte er jede freie Minute in seinem Segelclub. Seine kurzen Haare waren wie blondes Stroh, das zum Sand passte, doch auch einige graue Strähnen blitzten hervor. Wie alt er wohl war? Schwer zu schätzen, vielleicht an die 60.

„Vor sechs Jahren habe ich diesen Segelclub ins Leben gerufen!", teilte er uns mit und lud uns zu einem kleinen Rundgang ein. Voller Stolz zeigte er auf die Katamarane.

„Der aufgetakelte Hobie gehört dem Club, der andere einem Mitglied. Und seit kurzem besitzen wir sogar ein Rettungsschlauchboot mit Außenbordmotor!"

„Und wie hast du das alles finanziert?", fragte Peter.

„Durch Mitgliedsbeiträge und großzügige Spenden, damit konnten wir es kaufen. Mit dem Rettungsboot sind wir jetzt auf der sicheren Seite, falls mal eine Seenot ansteht. Momentan hat der Club zehn Mitglieder, aber nur die Hälfte davon ist richtig aktiv. Doch bei Grillfesten kommen alle her, auch Freunde und Bekannte der Mitglieder, mit denen wir dann einen Segeltrip unternehmen. Werbung muss sein! Als Dankeschön legt jeder etwas in die Kasse."

Das hörte sich alles gut an und Peter gefiel es, wie mir seine Miene verriet. Kurz darauf gingen wir weiter und kamen zu zwei Containern.

„Für die müssen wir eine kleine Monatsmiete zahlen an den Vermieter, ein alter Chinese, der dort hinten in einem Haus wohnt. Meist ist er am Wochenende nicht da. In diesem Container hier steht das Rettungsboot.", kurz öffnete er die Tür.

Nach einem kurzen Blick auf das rote Gummiboot gingen wir zu dem andern Container.

„Hier drin ist unser Aufenthaltsraum."

Durch die geöffnete Tür des ‚Aufenthaltsraums' konnte ich einige Segelutensilien erkennen, aber auch einen Tisch, Klappstühle, sogar eine Kochgelegenheit und einen Kühlschrank. Doch der große Schrank an der Wand, der vom seitlichen Fenster in Licht getaucht wurde, kam mir wie ein Wachsoldat vor.

„Das ist aber ein chinesischer Brocken!", sagte ich und ging näher. Nun sah ich, dass eine Figur mit zwei Kerzen auf dem breiteren Unterschrank stand und ein Gefäß für Räucherstäbchen.

„Ach der, das ist der Altar vom Chinesen, der muss hier stehen bleiben.", antwortete Willi, „Und immer, wenn ich aufs Meer rausgehe, müssen Kerzen angezündet werden! Befehl des Chinesen!"

Peter und ich schauten Willi fragend an.

„Wisst ihr, die Bevölkerung ist sehr abergläubisch, besonders hier am Meer. Und das ist Mazu!", dabei zeigte er auf die Statue, „Ach ja, das wisst ihr nicht. Mazu ist die Schutzgöttin des Meeres, der Fischer und der Seeleute. Sie ist eine der meist verehrtesten Gottheiten, nicht nur hier in Taiwan. Einer Legende nach wurde sie um 960 geboren. In jungen Jahren hatte sie einen Traum, in dem sie ihre Brüder vor dem Ertrinken rettete, als deren Schiff versank. Eine wundersame Geschichte, und ihre Wunderhandlungen setzten sich danach fort. Mit 28 Jahren stieg sie in den Himmel auf und trägt seitdem den Titel ‚Göttin des Meeres'!", beendete er seine Ausführungen.

Nun betrachtete ich die Göttin genauer, die aus Messing angefertigt war. Das Gesicht unter ihrem chinesischen Kopfschmuck strahlte Sanftheit aus. In der einen Hand hielt sie eine Art Zepter und ihr Gewand …

„Hört mal!", unterbrach Willi meine stille Begutachtung, „Ich wollte gleich raus zum Segeln, der Wind ist gut! Vielleicht habt ihr auch Lust auf einen Ritt!"

„Na klar!", meinte Peter sofort.

„Und du kommst natürlich auch mit!" Willi zeigte auf mich, „Wir sind alle schlank! Normalerweise gehe ich nicht zu dritt auf einen Hobie, aber dein Mann sagte mir, er sei ein erfahrener Segler!"

Nur eine leichte Brise umwehte mein Haar. Mit diesem ruhigen Meer gehe ich bestimmt kein Risiko ein, wägte ich ab. Nach meiner Zustimmung strahlte Willi.

„Ihr könnt euch hier drin umziehen, dort liegen Schwimmwesten, Handschuhe und … ihr wisst ja Bescheid!"

Schnell holten wir unsere Sachen aus dem Auto und zogen unser Badekleidung an. Als wir ‚segelfertig' am Hobie standen, schlug sich Willi mit der Hand vor seine Stirn.

„Mensch, das hätte ich fast vergessen! Wartet kurz, ich muss die Kerzen anzünden und auch ein paar Räucherstäbchen, damit Mazu uns auch wohlgesonnen ist!", sagte er zwinkernd und verschwand im Container.

Von Peter wusste ich, dass er schon lange in Taiwan lebte, und dadurch übernahm man wohl so manche Gepflogenheit.

Flotten Schrittes kam Willi wieder zurück und mit dem Trailer schoben wir den Katamaran ins Wasser. Schnell hüpften wir aufs Trampolin und während ich meine Füße in die Schlaufen einhakte, um mich zu sichern, kümmerten sich die zwei Männer um die Segel und das ganze Schnurwerk. Willi überließ danach Peter die Pinne, das Ruder, und er setzte sich mir gegenüber.

„Hol du die Großschot dicht!" sagte Willi zu Peter, „Ich kümmere mich um die Fockschot!"

Ich wusste, das vordere kleinere Segel heißt Fock und Peter hatte mit seinem Platz die Verantwortung für das Großsegel übernommen. Nachdem sie die Schoten angezogen hatten, schlug der Wind in das große Tuch und wir nahmen Fahrt auf. Die Container wurden kleiner, wir verließen den sicheren ‚Hafen' und gelangten aufs offene Meer. Hier wehte eine weit kessere Brise und das Wasser war nicht so ruhig wie in der geschützten Bucht.

„Sollen wir nicht zu den Fischern nach Baishawan segeln? Dort könnten wir etwas trinken!", schlug Willi vor und zeigte auf die nächste Bucht.

Wir waren einverstanden. Nachdem wir die Landzunge passiert hatten, glitten wir mit voller Kraft voraus in Richtung andere Bai. Mir wurde gerade bewusst, dass wir uns auf der Formosa Straße befanden. China lag nur etwa 200 km von uns entfernt!

Das hätte ich mir niemals vorgestellt, hier einmal herumzusegeln. Doch als ich aufs offene Meer und den Horizont schaute, wurde mir schon etwas schummrig zumute. Unter mir war es sicherlich sehr tief. Ich dachte an Mazu und …
„Kopf runter für die Wende! Jetzt!", schrie Peter plötzlich.
Ich wusste, hier war schnelles Reagieren angesagt und ich tauchte ab. Schon sauste der Baum mit dem Segel über meinen Körper hinweg. Der Wind verfing sich wieder im Segeltuch und wir schossen in die Nachbarbucht hinein. Zurück in der Sitzstellung, sah ich, wie die Küste von Baishawan mit ihrem kleinen Hafen näherkam. Die Menschen auch, die sich wie ein Begrüßungskomitee am Strand versammelten hatten und neugierig die ‚Eindringlinge' beobachteten.
Nicht allzu oft schienen Gäste über den Seeweg hier anzulanden, schon gar nicht mit einem Katamaran, von dem wir nun abstiegen.
Puh, was für eine Tour, ich war völlig windzerzaust. Mit beiden Händen rubbelte ich mir meine Haare in die richtige Form, spürte meine glühenden Wangen und schmeckte das Salz auf meinen Lippen. Durst meldete sich!
Während die zwei Männer den Hobie auf den Sand zogen, sah ich mich um. Hier und da saßen junge Leute auf Decken im Sand und machten Picknick unterm Sonnenschirm. Und es gab auch einige, die im Wasser plantschten. Sie alle trugen ein schützendes T-Shirt gegen die Sonneneinstrahlung! Auf dieser Seite der Welt ist sonnengebräunte Haut verpönt.
Weiter entfernt machte ich ein kleines Restaurant aus und einen beschaulichen Fischerhafen. Zum Greifen nahe bot ein Kiosk allerlei Getränke und Snacks an.
Scheinbar verspürten meine zwei Mitstreiter Durst. Sie schlugen den direkten Weg zum Kiosk ein und ich folgte ihnen auf dem Fuße.
Noch bevor wir unsere Bestellung ausgehändigt bekamen, wollte der taiwanische Kioskbesitzer wissen, woher wir kämen. Willi erzählte ihm mit einigen Brocken Chinesisch etwas und zeigte immer wieder Richtung andere Bucht. Mittlerweile waren wir umringt von Zuhörern und ich glaubte, diese Unterhaltung hatte sich in Windeseile bei den Leuten herumgesprochen.

Als wir endlich unsere eiskalten Getränke in den Händen hielten, liefen sie wie Sturzbäche durch unsere lechzenden Kehlen, bis der Durst gelöscht war. Die leeren Flaschen bewiesen es.

Danach schlenderten wir zu dem kleinen Hafen, schauten den Fischern zu, die auf dem Boden saßen und ihre Netze reparierten. Als wir vorbeigingen, lächelten sie uns freundlich zu. Frischgefangene Fische gab es keine mehr zu kaufen, die waren bereits vermarktet. Doch die Kutter warteten geduldig im Hafen auf die nächste Ausfahrt, auf den nächtlichen Fang.

Plötzlich stiegen mir Essensgerüche in die Nase. „Riecht ihr das? Das duftet lecker!"

„Na, dann folgt mir mal!", meinte Willi, der offenkundig nicht zum ersten Mal in dieser Bucht war.

Auf einmal sah ich Rauch aufsteigen, der von einem Grill kam, auf dem rötliche Tintenfische brutzelten. Mir lief das Wasser im Mund zusammen; und die Warteschlange, die sich vor dem Bratrost gebildet hatte, sagte mir, dass dieser Snack sehr beliebt und schmackhaft sein musste. Jetzt war ich neugierig geworden. „Sollen wir das duftende Meeresgetier nicht auch probieren?", versuchte ich den Appetit der beiden anzuregen, „Und Willi, du bist natürlich eingeladen!"

Erfreulicherweise stimmten beide zu und wir stellten uns an. Bereits nach kurzer Zeit waren wir an der Reihe. Scheinbar brauchen Tintenfische nicht allzu lange, dachte ich, und schaute dem Mann genau zu, der nun unsere Exemplare vom Grill nahm und sie auf einem Brett in Ringe schnitt; und die waren weitaus größer als die Tintenfischringe, die ich kannte. Ich war gespannt.

Mit einer Soße kräftig bepinselt, landete jeweils ein Tintenfisch mit einem Holzstäbchen zum Aufpicken in einer Tüte. Peter bezahlte und wir hielten diese Neuheit in den Händen. Mit der Nase dicht darüber roch es noch köstlicher. Vorsichtig biss ich ein Stück vom Tintenfischring ab. Hm, er war zart wie Butter und hatte einen würzigen Geschmack! Auch Peter war begeistert, und Willi nickte wissend. Natürlich wurden wir als Ausländer von den Einheimischen beobachtet. Sie lächelten.

Im Nu war die Tüte leer. Gerne hätte ich noch einen Nachschlag gehabt, aber dazu schien plötzlich keine Zeit mehr zu sein.

„Leute, wir sollten sehen, dass wir von hier wegkommen!", rief Willi hektisch und zeigte auf den Horizont.

„Meine Güte, wann ist das denn passiert?", fragte ich erschrocken.

Für mich war völlig unverständlich, dass über uns noch die Sonne am blitzeblauen Himmel schien, doch am Horizont sich dunkle Wolken aufgetürmt hatten. Noch waren sie weit genug entfernt, aber der Wind blies sie in unsere Richtung, das bemerkte selbst ich Landei. Drohte uns etwa ein Unwetter?

„Los, Eva, nimm die Beine in die Hand, wir müssen sofort zurück!", befahl mir Peter mit besorgter Miene und wir liefen los.

Schneller als gedacht, erreichten wir den Katamaran. Hektisch schoben wir ihn ins Wasser, sprangen auf und dieses Mal mit Willi an der Pinne segelten wir los. In der geschützten Bucht war der Wind zwar aufgefrischt, doch als wir uns auf dem offenen Meer befanden, fegte er über uns hinweg, zerrte an uns und rauschte wie ein Wasserfall. Aufgewühlte Wellen bildeten bereits Schaumkronen, deren weiße Hütchen Unheil verkündeten. Das Wasser war so düster wie die Wolken, die wie mächtige schwarze Taschen schwer über dem Wasser lagen, in dem sich unser Katamaran auf und ab bewegte.

„Wir segeln besser vor dem Wind!" entschied Willi, „Dann erreichen wir schneller unsere Bucht. Kreuzen macht keinen Sinn!"

„Aye, Aye, Captain!", brüllte Peter zurück.

„Alle gut festhalten!", hörte ich noch, dann schossen wir im rasanten Galopp los! Vollkommen geduckt saß ich auf dem Trampolin und meine Beklemmung galoppierte nebenher. Mit beiden Händen umklammerte ich die Schlaufen, in denen meine Füße steckten, Manchmal spürte ich, wie das Wasser meine Hände warm umspülte …

Ich konnte nicht genau sehen, was die beiden Männer machten, aber ich wusste, sie kämpften mit voller Kraft …, mit dem Segel, dem Wind und dem Meer, das um uns herum stärker brodelte und immer gefährlicher aussah.

Dieser Sturm jagte mich durch tausend Ängste und jedes Mal grauste es mich, wenn der Katamaran durch eine Welle schoss. Gischt spritzte über uns hinweg, oft genug auch ein Schwall

Meerwasser. Mein Bauch krampfte sich zusammen und mein Herz pochte wie verrückt.

Nicht auszudenken, wenn jemand von uns über Bord ginge! Es wäre fast aussichtslos, jemanden im Meer mit einem Hobie zu retten, wusste ich von Peter, vor allem, wenn Wetterverhältnisse und Strömungen tückisch waren wie hier. Vollkommen hoffnungslos wäre es, wenn derjenige wegdriften würde. Und keiner von uns hatte einen Neoprenanzug an, der wie eine zweite Haut wärmen würde! Da halfen auch die Schwimmwesten nicht, die uns zwar über Wasser hielten, aber über längere Zeit keineswegs vor Auskühlung schützten. Am Ende wartete vermutlich der nasse Tod! Ein Horrorszenario, das ich mir nicht vorstellen wollte. Gott bewahre uns vor einem Kentern!

Das Unwetter kam näher und die Stimmung um uns herum wurde immer unheimlicher. Ich beschloss, meinen Kopf zwischen die Knie zu senken und die Augen fest zuzudrücken. Ich wollte nicht mehr hinsehen. Am liebsten hätte ich mich auch taub gestellt, um nicht das Tosen des herankommenden Sturms wahrzunehmen, und auch nicht das zusätzliche Donnergrummeln zu hören, das mich erzittern ließ.

Ich wusste in diesem Moment nicht, ob wir hier glimpflich davonkommen würden. Besser sende ich ein Stoßgebet in den finsteren Himmel! In meiner Furcht dachte ich sogar an Mazu. Ob sie auch ein Auge auf Ausländer wirft? Ich hoffte es für uns. Plötzlich hörte ich die Segel kräftig flattern und erschrak. Hatte der Sturm etwa das Segeltuch zerrissen? Das wär's dann gewesen, dachte ich besorgt. Bei diesem groben Wetter zurück an Land zu rudern, wäre ein fatales Unternehmen. Doch als ich hochsah, stellte ich fest, dass beide Segel noch intakt waren. Aber wir befanden uns immer noch auf offener See und schaukelten vor uns hin! Im Stillen hatte ich gehofft, dass wir bereits …, aber die rettende Küste befand sich noch in einiger Ferne.

„Was ist los? Warum segeln wir nicht weiter?", fragte ich besorgt.

Aber eine Antwort blieb man mir schuldig, stattdessen rief Willi: „Wende oder Halse?"

Was hatten sie vor?

Peter überlegte kurz. „Lass uns halsen! Die Wende bringt uns nur raus aufs Meer!"

„Sehe ich auch so! Aber das ist nicht ohne und muss sauber ablaufen, sonst …"

Willi verstummte sofort, als er meinen angsterfüllten Blick sah. Versuchten sie hier etwa ein Kamikazemanöver? Ich war fix und fertig.

„Abtauchen, wir halsen!"

Ich senkte meinen Kopf wieder tief hinab und übergab mich meinem Schicksal.

Die Halse gelang, niemand ging über Bord und mit hoher Geschwindigkeit schossen wir hinein in die Bucht, in der der Wind nur minimal nachließ. Von alldem bekam ich nicht viel mit, erst als Peter mich aufforderte, ich könne jetzt von Bord gehen, erwachte ich aus meiner Lethargie.

Ich sah auf. Den Strand hatten wir noch nicht erreicht, aber wir dümpelten im seichten Wasser und … waren in Sicherheit! Ich atmete mehr als erleichtert auf und die zwei Männer beglückwünschten sich. Nun aber ans sichere Land, dachte ich, und wollte gerade vom Trampolin abspringen.

„Nee, da bekommt ihr mich nicht hinein! Es reicht mir an Abenteuer für heute!", zuckte ich zurück und verweigerte den Sprung. Fette Algen wedelten im glasklaren Wasser, die mit ihren langen grünen Blättern lockten.

Ich wusste doch nicht, wer oder was sich in diesem Meeresgras tummelt? In etwas Undurchsichtiges zu treten, fand ich immer schon eklig. Trotz meiner Badeschuhe blieb ich auf Verweigerungskurs.

Das sei doch Natur, lachten die zwei, sprangen in den Algensalat und zogen den Hobie mit mir in Richtung Strand. Erst als ich durch das Wasser Sand entdeckte, sprang auch ich ab und ging mit zitternden Beinen ans Ufer.

Ob ich noch einmal auf so ein Ding steige? Auf jeden Fall nicht so bald, nahm ich mir vor, und sah den beiden Männern beim Abtakeln zu. Die Reinigung von Salzwasser, auf die Willi so großen Wert legte, fiel heute sprichwörtlich ins Wasser, als dicke Tropfen plötzlich auf den Hobie prasselte. Kurz danach stürzte das Unwetter über uns herein. So schnell wir konnten, rannten wir in den sicheren Raum des Containers.

Triefend nass und unendlich erleichtert waren wir, endlich ein schützendes Dach über dem Kopf zu haben.

Als wir umgezogen am Fenster standen, beobachteten wir die Weltuntergangsstimmung. Peter drückte mich fest an sich und ich war heilfroh, dass wir uns bei diesem Sturm nicht mehr auf hoher See befanden! Wir waren zum Glück mit einem blauen Auge davongekommen. ‚Mazu sei Dank!'

26. Zu hart am Wind gesegelt

Trotz dieses aufregenden Segelausflugs wurden wir Mitglied in Willis Segelclub. Fast jeden Samstag fuhren wir ans Meer, trafen die neuen Segelfreunde, gingen schwimmen und wenn der Wind kräftiger blies, flitzten die zwei Katamarane mit den kundigen Seglern übers Wasser.

Ich setzte mich lieber in den Sand und beobachtete das Geschehen aus der Ferne, denn seit unserem Segelausflug verschmähte ich das offene Meer. Nur bei gemäßigter Brise wagte ich mich aufs Trampolin und Peter schaukelte in Ufernähe entlang, wo ich mich wohler fühlte. Ihm war es recht, er wollte ohnehin mit einer unerfahrenen Seglerin an Bord kein Risiko eingehen. Vor allem wegen den tückischen Strömungen, die hier vorherrschen. Man erkennt sie leicht an der dunkleren Färbung des Wassers.

Heute war ein wunderschöner Oktober-Samstag und Willi hatte die Werbetrommel für sein Barbecue-Fest im Segelclub gerührt. Er war immer bemüht, neue Mitglieder für den Club anzuheuern, deshalb waren auch Nichtsegler willkommen. Bereits um 11 Uhr startete das Treffen, so dass es am Nachmittag genug Termine für ein paar Segeltrips gab.

Ich war erstaunt, wie viele aus unserem Bekanntenkreis dem Aufruf gefolgt waren. Nur zwei fremde Gesichter fand ich unter den fünfundzwanzig Personen. Wir anderen gehörten mehr oder weniger zur deutschen Gemeinschaft.

Nach der Begrüßung verteilten sich im Nu farbige Kleckse von Handtüchern, Luftmatratzen und bunten Wasserbällen auf dem Strand. Stühle, Hocker und Campingtische wurden aufgebaut, Pappteller, Plastikbesteck und Servietten lagen bereit und einige

Sonnenschirme spendeten uns Schatten.

Um die Clubkasse nicht zu strapazieren, steuerte jeder der Besucher etwas zum Essen und Trinken bei, und im Kühlschrank stapelten sich bereits verschiedene Salate, Getränke und Fleisch, Fisch und Shrimps für den Grill.

Gerade stellten helfende Hände die zwei Grills in den Sand und nach dem Anzünden der Kohle eröffnete Willi das Fest. Mit eisgekühlten Getränken prosteten wir uns zu und schnell übertönten Gespräche und Lachen das Wellenrauschen.

Willi, der Captain vom Ganzen, achtete nicht nur akribisch auf die richtige Behandlung seines Hobies, sondern auch auf die Holzkohle. Als ein besonders ungeduldiger Gast Fleisch auf den Rost legen wollte, fuhr Willi mit einem lauten: „Stopp!" dazwischen.

„Die Holzkohle muss doch erst richtig durchglühen, sonst macht sie dich krank!", erklärte er dem Voreiligen, der erschrocken einen Schritt zurückwich.

Erst als sich eine weiße Schicht über die rotglühende Kohle gezogen hatte, gab Willi grünes Licht. Dicke Steaks und Koteletts landeten auf dem Rost und auf dem anderen Grill das Meeresgetier. Hungrig warteten wir mit Papptellern auf unsere Portion.

Nachdem wir uns gestärkt hatten, räumten wir flugs auf und der Segelnachmittag konnte beginnen. Unter Willis Aufsicht wurde vorschriftsmäßig zuerst das Rettungsboot ans Ufer getragen, danach verteilte er Schwimmwesten und wer sich auf eine Tour aufs offene Meer einlassen wollte, musste sich in einen Neoprenanzug zwängen, um eine Auskühlung des Körpers zu verhindern. Man wusste ja nie, ob jemand im Wasser landete.

Natürlich kamen heute beide Katamarane zum Einsatz. Der vom Segelclub und auch der zweite, dessen Segel gerade von seinem Besitzer gehisst wurde. Norbert, der etwa 50 Jahr alte Chef einer deutschen Firma hier in Taiwan, war seit vielen Jahren begeisterter Segler. Seine Begeisterung ging so weit, dass er immer hart am Wind segelte und sein Katamaran mindestens einmal pro Fahrt mit ihm kopfüber im Wasser landete. Hinter vorgehaltener Hand nannten wir ihn Kenter-Bert.

Oft genug beobachteten wir seine missliche Lage vom Ufer aus und Willi hielt dann jedes Mal das Rettungsboot bereit, falls er den Hobie allein nicht aufrichten konnte. Doch Kenter-Bert bekam ihn immer wieder ‚auf die Beine'! Für mich ein Wunder, denn er sah mit seinem dicken Bauch alles andere als sportlich aus. Peter meinte lachend, das sei Masse, die er zum Aufrichten benötige.

Startbereit warteten die beide Hobies für die Spritztour und die ersten Schnupperer stiegen aufs Trampolin. Zum Glück blies der Wind nicht allzu stark und war bestens für ‚Greenhorns' geeignet. Ich hoffte nur, dass Kenter-Bert einen geruhsamen Törn segelte und sich zurückhielt, um niemanden das Fürchten zu lehren. Aber alles ging gut. Die Segelwilligen sahen sich das Ufer vom Meer aus an, sammelten ihre ersten Eindrücke und kamen windzerzaust mit einem Lachen im Gesicht zurück.

Fast alle Nichtsegler waren ‚abgearbeitet', nur Simon wartete noch auf einen Ritt. Kenter-Bert bot sich an. Simons Frau, eine Taiwanerin, wollte sie nicht begleiten, ihr war das Meer zu unheimlich.

„Aber bleibt nicht allzu lange draußen!", bat Willi, „Sonst wird's mit dem Aufräumen zu spät. Es ist fast vier!"

„Keine Sorge, ich bin in 'ner halben Stunde zurück!", versprach Kenter-Bert und segelte mit Simon los.

Während ich den beiden nachsah, machten sich die ersten Gäste bereits langsam auf den Nachhauseweg. Wir verabschiedeten sie und alle weiteren, bis nur noch der harte Kern übrigblieb. Wir räumten die letzten Reste zusammen, machten klar Schiff und halfen Willi beim Abspritzen des Katamarans.

„Was jagt Norbert den Hobie denn so wild übers Wasser?", sorgte sich Willi, als er die beiden ins Visier nahm. „Er weiß doch, dass Simon gar keine Erfahrung hat!"

Der Katamaran kreuzte draußen vor der Bucht und der Wind schien aufgefrischt zu sein, so wie sie dahinschossen.

Der wird doch wohl nicht …, dachte ich, als plötzlich Simons Frau schrie: „Sie sind gekentert!"

„Das ist nicht so schlimm!", beruhigte Willi sie, „Norbert hat das Know-how, um den Hobie aufzurichten!"

Doch er holte trotzdem sein Fernglas, er schien nervös zu sein.

„Und, was siehst du?", drängelten wir. Von hier aus konnten wir kaum etwas erkennen, nur Willi hatte den Durchblick, was sich in der Ferne tat.

„Er will das Segel hochziehen.", berichtete er. „Simon treibt noch im Wasser, ich sehe seinen Kopf hinter dem Hobie. Er hält sich hoffentlich an einem Tampen fest."

Angespannt hielten wir unsere Augen fest aufs Wasser gerichtet und auf einmal erhob sich das Segel wie eine Fata Morgana aus dem Meer.

„Ja, weiter, weiter!", spornten wir ihn von hier aus an, auch wenn er uns nicht hören konnte, und jubelten, als der Hobie aufrecht stand. Doch anstatt zu verweilen, schoss der urplötzlich übers Wasser und das Gejohle blieb uns im Hals stecken.

„Ach du Scheiße!", schrie Willi in diesem Moment, „Simon hat es nicht an Bord geschafft! Peter, wir müssen sofort raus!"

So schnell es ging, rannten die zwei zum Rettungsboot, schoben es ins Wasser und hüpften hinein.

„Wartet, ich komme mit!", rief Simons Frau, aber Willi wehrte ab, startete den Motor und die zwei schossen ohne sie davon. Enttäuscht blieb sie am Ufer stehen.

Indessen hatte Norbert den Katamaran gewendet, segelte zu dem vorhergehenden Standpunkt zurück und sogar weiter darüber hinaus. Dann wendete er wieder und suchte in gemächlichem Tempo erneut die Stelle ab.

Mir fielen die Strömungen ein, vor denen auch erfahrene Segler wie Willi und Peter Respekt hatten. Einmal waren die beiden draußen und kamen trotz Windstärke 3 nicht von der Stelle. Die Strömung hielt dagegen. Nur durch entsprechendes Kreuzen kamen sie aus dieser Bedrängnis wieder heraus.

Und jetzt war ein Mann über Bord gegangen, der unter diesen Bedingungen schnell abdriften konnte. Ich hoffte, dass Simon das erspart bliebe und Kenter-Bert ihn wiederfinden würde. Mit dem Rettungsboot eine Person im Wasser auszumachen, war sicher auch nicht einfach, doch ein Boot war weitaus flexibler als ein Hobie.

Ich stutzte, das Rettungsboot verharrte am Ende der Bucht! Wagten sie nicht, aufs offene Meer hinauszufahren? Oder warteten sie auf Norbert, der sich gerade dem Rettungsboot näherte? Richtig, Norbert stellte sich mit dem Katamaran in den Wind, um bei Willi und Peter abzustoppen. Gespannt beobachteten wir die beiden schaukelnden Boote, die sich in der schützenden Bucht nicht von der Stelle rührten. Wir vermuteten, dass sie sich berieten. Ob sie Simon gefunden hatten, wusste niemand von uns.

Wo war eigentlich Simons Frau? Als ich mich umschaute, entdeckte ich sie auf dem kleinen Steinhügel neben dem Strand, wo sie das Geschehen verfolgte.

„Sie kommen zurück!" rief sie plötzlich und rannte los.

Wir standen alle auf Hab acht! Doch je näher die Boote kamen, umso enttäuschter wurden wir. Nur drei Personen konnten wir zählen. Geschockt und ungeduldig warteten wir auf ihren Lagebericht. Kaum hatten die beiden Boote angelegt, stürzte Simons Frau auf sie zu.

„Wo ist mein Mann? Wo ist mein Mann?" Tränenüberströmt klammerte sie sich an Willi, der sie an den Schultern festhielt.

„Norbert hat Simon nicht finden können!", bestätigte er ihre Befürchtung, „Und wir kamen nicht aus der Bucht raus, der Motor vom Rettungsboot ist zu schwach für diesen kräftigen Wind. Die Wellen waren auch recht hoch. Bitte beruhige dich, ich verständige sofort die Polizei! Vielleicht haben die noch eine Chance, bevor es dunkel wird!"

Willi ließ sie einfach stehen und lief zum Telefonieren ins Haus des Chinesen. Für solche Situationen hatte ihm der Hausherr einen Schlüssel überlassen.

Geistesabwesend schaute Simons Frau zu Norbert, der sich bei ihr mehrmals entschuldigte, dass es mit dem Hobie unmöglich gewesen sei, schneller zu reagieren.

„Es sollte doch nur ein kleiner Ausflug werden!", jammerte er und saß wie ein Häufchen Elend auf der Kufe seines Hobies. All die Bräune war aus seinem Gesicht gewichen.

Doch wir wollten von ihm Details wissen und mit stockender Stimme berichtete er: „Der Wind war super und Simon hatte Spaß an der schnellen Fahrt! Doch plötzlich sind wir gekentert! Als das Boot endlich wieder stand, schlug eine unvorhergesehene Böe ins Segel. Während ich davonschoss, konnte sich Simon nicht mehr am Tampen festhalten. Der Ruck war zu stark. Er … er hatte doch keine Handschuhe an und … und … danach war er wie vom Erdboden verschwunden!"

Er hatte Tränen in den Augen und stützte seinen Kopf in die Hände. „Zum Glück habe ich ihn zu einem Neoprenanzug überredetet, den er für die kurze Tour eigentlich nicht anziehen wollte! Nicht auszudenken, wenn …"

Simons Frau nickte nur, setzte sich in den Sand und stierte aufs Wasser. Auch sie gab ein Bild des Jammers ab, immer vor Augen, dass ihr Mann im Meer herumtrieb. Sie tat mir leid, hockte mich neben sie und legte einen Arm um ihre Schulter. In ihrer Haut mochte ich nicht stecken, auch nicht in Norberts und schon gar nicht in Simons Situation! Unvorstellbar, dass er noch dort draußen trieb! Obwohl ihn die Schwimmweste über Wasser hielt, mochte ich mir das nicht vorstellen. Mir lief ein Schauer über den Rücken. Ob man ihn überhaupt finden konnte? Doch ich behielt meine Gedanken für mich. Wortlos warteten wir.

Die anderen saßen bei Norbert und waren ebenfalls verstummt. Was hätten sie auch sagen sollen? Norbert an den Pranger stellen? So hatte sich ein unbehagliches Schweigen über den Strand gelegt, jeder ging seinen eigenen Empfindungen nach. Die Zeit stand still und verharrte. Unsere Hoffnungen auch.

Plötzlich wurde die Stille von einer Sirene unterbrochen. Ein Polizeiwagen mit Blaulicht schoss auf den Strand und zwei uniformierte Beamte stiegen aus. Sie zeigten sofort aufs Meer, wo gerade ein Rettungsboot der Polizei übers Wasser fegte. Ein größeres Kaliber, das anscheinend keine Widrigkeiten mit Wind, Wellen und Strömungen kannte. Es kam aus Richtung der Nachbarbucht, wo wir damals die leckeren Tintenfische gegessen hatten. Und als auf einmal ein Hubschrauber über uns hinwegdröhnte, wusste ich, es wird alles Menschenmögliche getan, um Simon zu finden.

Doch kostbare Minuten waren bereits verstrichen und die Rettungsaktion lief gegen die Zeit. Eile war geboten, bald würde es dunkel werden, … und was dann?

Längst war das Polizeiboot hinter den Dünen aus unserer Sicht verschwunden, nur der Hubschrauber war zu sehen, der immer noch tief über dem Meer kreiste, dann suchend in der Luft stehenblieb, um das Areal auszuspähen.

Es war die Suche nach einer Stecknadel im Heuhaufen! Dieses Meer war selten blau wie in der Karibik. Die Strömungen wühlten es meist auf und präsentierten eine dunkle Masse wie heute. Konnte man da einen Körper mit gelber Schwimmweste im Wasser ausmachen? Ging nicht alles unter im Schatten- und

Lichterspiel der Wellen?

Die Dämmerung setzte bereits ein. Mehr und mehr wurde dieser Einsatz zu einem Wettrennen. Noch kreiste der Hubschrauber über dem Meer, vergrößerte wieder seinen Radius! Doch als wir sahen, dass er landeinwärts flog, wussten wir, dass sie die Suche abgebrochen hatten. Ratlos zuckten die Polizisten mit den Schultern und vertrösteten uns auf Morgen. In aller Herrgottsfrühe wolle man eine erneute Suchaktion starten.

27. Die lange Nacht des Wartens

Jeder, der von Simons Verschwinden wusste, verbrachte die Nacht mit aufgewühlten Gedanken. Ich fand zwar etwas Schlaf, wenn auch einen unruhigen. Mitten in der Nacht meldete sich meine Blase. Ein Blick auf den Wecker sagte mir, es war kurz nach eins. Leise stand ich auf, um Peter nicht zu wecken. Nach dem Toilettengang sah ich aus dem Fenster. Simon hat Glück im Unglück, dachte ich, das Wetter hielt sich und der Vollmond strahlte vom Himmel. Wenigstens der erhellt Simons Aufenthaltsort, wo immer er sein mag. Zu Anfang der Woche hatte man Regen und Sturm gemeldet, Vorboten des vorhergesagten Taifuns. Es war Oktober, Wirbelsturm-Saison.

Als ich wieder im Bett lag, war ich hellwach. Ich musste an Simons Frau denken, die sicher ebenfalls keine Ruhe fand. Auch Simon ging mir wieder durch den Kopf. Wo er jetzt wohl sein mag? Treibend im Meer, ohne Schlaf? Die Vorstellung grauste mich. Zum Glück gibt es keine Haie, doch all die anderen Fische, die umherschwimmen und an einem knabbern könnten … Der pure Horror. Ich hoffte für ihn, dass ihn Fischer entdeckt hatten, die nachts auf Fang gehen. Vielleicht hatte er es auch geschafft, ans rettende Ufer zu gelangen!

Irgendwann schlief ich ein. Doch selbst im Schlaf verfolgte mich Simons Unglück. Ich träumte, wie ich von einem Boot falle. Eine unsichtbare Kraft zieht mich hinweg und meine Hilferufe verhallen im Rauschen der Wellen. Das Boot versucht nicht, mich zu retten, es fährt weg, wird kleiner und kleiner und verschwindet aus meinem Blickfeld! Nun bin ich allein in diesem großen tiefen Meer. Es ist so finster, kein Stern ist am

Himmel zu sehen und das Meer ist so bedrohlich und kalt. Die Wogen schaukeln mich, schwappen über mich, nehmen mir die Sicht. Ich fange an zu zittern. Panik überfällt mich. Wo treibe ich bloß hin? Tränen laufen mir übers Gesicht, die sich mit dem Meerwasser vermischen. Salz zu Salz. Wasser zu Wasser.

Die Küste, sie ist unerreichbar. Ich habe es versucht, die Strömung lässt es nicht zu. Mich verlassen die Kräfte. Ich bin müde, so müde, will nur noch schlafen. Ich schließe meine Augen und übergebe mich meinem Schicksal. Langsam gehe ich unter, schwebe im salzigen Element, falle tiefer und tiefer, Wasser dringt in meine Lungen, der nasse Tod ist bereit, mich mit sich zu reißen …

Das reißt mich aus dem Schlaf. Nach Luft japsend setzte ich mich aufrecht hin und war hellwach. Mir klopfte das Herz bis zum Hals und ich war schweißnass gebadet. Was für ein fürchterlicher Traum! Ich schüttelte mich, um ihn loszuwerden, doch nur schwerlich konnte ich mich beruhigen.

Ich sah auf die Uhr, kurz nach fünf. Die Nacht war vorüber. Die Morgendämmerung stahl sich bereits durch die Gardinenschlitze. Ob die Polizei schon in den Startlöchern steht, fragte ich mich und sofort schwirrten wieder die schrecklichen Gedanken durch meinen Kopf. Dennoch versuchte ich, ein bisschen Schlaf zu finden, aus dem aber nur ein Herumwälzen wurde. Um halb sieben hatte ich es satt und stand auf. Peter hörte mich und er hielt es auch nicht mehr im Bett aus.

In Erwartung auf gute Neuigkeiten frühstückten wir. Großen Appetit verspürte ich keinen, mein Karussell im Kopf kreiste. Nach der ersten Tasse Kaffee wagte ich die unumgängliche Frage: „Peter, was meinst du? Ist Simon ertrunken?"

Dabei dachte ich an meinen Traum.

„Nein!", erwiderte er kopfschüttelnd, „Wie denn? Mit der Schwimmweste? Ich glaube, er treibt immer noch irgendwo umher!"

„Er ist doch jetzt …", ich schaute auf die Uhr, „über 15 Stunden im Meer! Und das ohne Trinkwasser! Der muss doch umkommen vor Durst!", machte ich meinen Sorgen Luft.

„Bestimmt, aber ich hoffe, dass er kein Salzwasser trinkt. Das wäre fatal! Der Körper würde austrocknen!"

„Äh, … und was macht er, wenn er mal muss?"

Peters Blick war schräg. „Du bist mir eine! Der lässt laufen und macht in die Hose! Was denn sonst?"

Ja, was denn sonst? Blöde Frage! Besser ich räume den Tisch ab und beschäftige mich mit dem Haushalt. Doch weit kam ich nicht damit an diesem Sonntagmorgen.

Kurz vor acht Uhr wurden wir mit Anrufen nur so bombardiert. Beim ersten Anrufer hofften wir, es sei Willi mit der erlösenden Botschaft, doch Freunde und Bekannte klingelten durch. Anscheinend hatte sich über Nacht der Unfall von Simon wie ein Flächenbrand in der deutschen Gemeinschaft verbreitet. Jeder fragte nach dem neusten Stand der Dinge, aber wir warteten doch selbst.

Willi meldete sich eine Stunde später. Er befände sich mit Simons Frau am Strand und berichtete uns, dass die Polizei bereits in den frühen Morgenstunden die Suche wieder aufgenommen habe, doch bis dato ohne Ergebnis. Auch an den Stränden entlang der Küste sei kein Simon aufgetaucht. Er sei unauffindbar.

Was das hieß, wussten wir! Wir mussten weiter abwarten, … bangen … und hoffen!

28. Rückkehr eines Helden

Simon ist gerettet worden! Nach einem kurzen Krankenhausaufenthalt zogen er und seine Frau sich erst einmal aus dem öffentlichen Leben zurück. Es hieß, er wolle damit allen weiteren Fragen aus dem Weg gehen, die der Polizei hätten ihm vollkommen gereicht. Außerdem müsse er das Ganze erst verarbeiten und brauche Ruhe. Das fand bei uns allen größtes Verständnis.

Etwa vier Wochen später kam es zu einem Wiedersehen. Norbert und seine Frau hatten die damalige Barbecue-Segelgruppe zu einer ‚Simon-Revival-Feier' eingeladen. Wir sagten alle zu und freuten uns, den Helden des Abends mit seiner Frau begrüßen zu können.

Treffpunkt war ein Hotel, in dem Norbert einen Raum für uns gebucht hatte. Als wir ihn betraten, wurde am Eingang bereits prickelnder Sekt gereicht. Vereint prosteten wir den Hauptdarstellern zu und beglückwünschten sie, doch Fragen nach dem Wie, Wo und Was stellte niemand, jedenfalls hörte ich keine. Über 20x dasselbe erzählen zu müssen, wäre auch Zuviel des Guten gewesen. Ich hatte eher den Eindruck, dass dieses Thema vermieden wurde, obwohl es der eigentliche Anlass war. Auch die Stimmung war verhalten, nur zögerlich erklang hier und da mal ein Lachen. Jeder haderte wohl nach seiner Art mit Simons grausigem 17 Stunden-Trip.

Plötzlich klopfte Norbert an sein Glas, forderte zum Zuhören auf und hieß uns mit einer kleinen Begrüßungsrede herzlich Willkommen: „Ich bin überglücklich, dass wir heute hier wieder vereint sein dürfen. Diese Odyssee, die Simon erlebt und überlebt hat, ist wirklich zu einer Fügung des Schicksals geworden. Dass er sich retten konnte und heute unter uns ist, möchte ich mit euch feiern. Und um Unwissenheit in dieser Sache auszumerzen, wird Simon nach dem Essen seine Geschichte erzählen. Aber zunächst lassen wir es uns gut schmecken! Wein, Bier und Softdrinks stehen bereit, damit es uns an nichts mangelt. Bitte, nehmt Platz!"

Das ließen wir uns nicht zweimal sagen und setzten uns an den großen Tisch in U-Form, dessen Vorsitz Simon, seine Frau und die Gastgeber übernahmen.

Von meinem Platz aus beobachtete ich Norbert, der sich gerade mit Simon unterhielt. Nichts war mehr von der damaligen Blässe, den Sorgenfalten und der Traurigkeit zu sehen. Ihm war mit Sicherheit eine riesige Last von der Seele gefallen. Auch Simon war gelöst und lachte gerade. Der Ausgang des Segelunfalls hätte auch tragisch ausgehen können.

Das Essen wurde aufgetragen. Norbert hatte sich für Chinesisch entschieden, das in diesem Hotel hervorragend war. Hm, lecker, dachte ich, als die Vorspeisen wie kaltes Huhn, frittierte Wontons (kleine Maultaschen), Frühlingsrollen, Fleischbällchen in Miniausführung, Seidentofu und scharfer Sichuan-Gurkensalat vor uns standen. Fleisch-, Enten-, Shrimps- und Gemüsegerichte und Reis folgten zum Hauptgang, wobei die Platten mit den zubereiteten Fischen zuletzt hereingetragen wurden. Alle griffen tüchtig zu, obwohl ich wusste, dass ein paar der Gäste lieber ein westliches Menü bevorzugt hätten.

Da hat Norbert aber tief ins Portemonnaie gegriffen und sich mehr als großzügig gezeigt bei dieser Menüauswahl, überlegte ich. Es war wie üblich so reichlich aufgetischt worden, dass köstliche Reste auf den Tellern liegenblieben. Keiner von uns konnte mehr einen Bissen nehmen, wir waren satt. Alles leer zu essen, wäre in diesem Bereich der Welt ohnehin unhöflich gewesen. Aber der süße Nachtisch, Kuchen und verschiedene Früchte, die das Menü abrundeten, fanden trotzdem noch ein Plätzchen in unseren Mägen.

Als der Tisch abgeräumt war und jeder sein Getränk nachgefüllt hatte, bekam Simon seinen Auftritt. Er blieb an seinem Platz sitzen und lächelte in die Runde. Damit wollte er wohl uns allen das mulmige Gefühl nehmen, was in der Luft lag. Gespannt war ich auf seine Ausführungen!

Simon schaute seine Frau an und als sie ihm zunickte, sagte er: „Ich bin sehr froh, dass ich hier bei euch sein kann. Meine Frau und ich bedanken uns herzlich bei dir, Norbert und deiner Frau, für dieses Fest! Und euch allen ein Dankeschön für die liebevollen Briefe und die Anteilnahme!"

Er trank einen Schluck von seinem Wasser und begann zu erzählen: „Wie ihr wisst, befand ich mich hinter dem gekenterten Hobie und hielt mich an dem Tampen fest. Als der Hobie plötzlich davonschoss, rutschte er mir bei dieser Stoßkraft durch die Hände. Die blutigen Striemen sind mittlerweile gut verheilt!" Er zeigte uns zum Beweis seine Handinnenflächen.

„Als Norbert den Hobie gewendet hatte und zu mir zurücksegelte, befand ich mich jedoch nicht mehr an jener Stelle. Die Strömung und der starke Wind hatten mich längst in die entgegengesetzte Richtung fortgetragen. Ich winkte und platschte wie verrückt mit den Armen aufs Wasser, doch Norbert sah mich nicht; auch mein Schreien ging unter im Rauschen des Windes. Als der Hubschrauber das Meer absuchte, winkte ich wieder kräftig mit meinen Armen, strampelte sogar mit den Beinen aufs Wasser, doch die Piloten konnten mich in den Wellen nicht orten. Meine Versuche, das Ufer zu erreichen, scheiterten an der Strömung und so trieb ich langsam von dannen. Leuchtraketen hätten meine Rettung sein können!

Wie sollte man mich ohne diese Hilfsmittel in dem Wellengewirr entdecken? Es wurde bereits dämmrig und die Möglichkeit, mich zu finden, wurde immer unwahrscheinlicher. Das wurde mir noch klarer, als der Hubschrauber abdrehte und die Suche beendete! Nun wusste ich, diese Nacht musste ich in der Formosastraße verbringen!"

Simon trank wieder etwas von seinem Wasser. Seine Hand zitterte dabei ein wenig, obwohl ich das während des Erzählens nicht bemerkt hatte. Er kam mir eher unbeteiligt vor, als wenn ein anderer diese Geschichte erlebt hätte.

Als er sein Glas abstellte und weiterredete, hingen wir alle wieder gespannt an seinen Lippen.

„An jenem Abend trieb mich die Strömung gen Norden. Das Ufer konnte ich nicht erreichen, obwohl ich es mehrmals probiert hatte. Aber ich schaffte es nicht, kam nicht vorwärts! Ich wollte mich auch nicht verausgaben, meine Kräfte brauchte ich sicher noch für die Nacht! Es sei denn, ich entdeckte zufällig ein Fischerboot.

Das Wetter war zum Glück auf meiner Seite! Der Wind hatte nachgelassen, die See war ruhig geworden und der Vollmond verbreitete genügend Licht, um etwas zu sehen. Auch die Beleuchtung der Dörfer begleiteten mich und sagten mir, wo ich mich befand. Mittlerweile dümpelte ich in der Nähe der Nordspitze Taiwans umher, das erkannte ich an dem Leuchtturm. Mir war klar, wenn das so weiter geht, lande ich in der Hafenstadt Keelung. Doch urplötzlich wechselte die Strömung und beförderte mich zurück in Richtung unseres Segelclubs. Immer mit der Hoffnung, Fischerboote zu sehen, ließ ich mich treiben.

Irgendwann erschien vor mir wieder die Bucht von Baishawan und ich schöpfte neuen Mut! Fischer gehen von hier aus nachts auf Fang und das könnte meine Chance sein. Wenn ich in dieser Gegend verbleiben könnte, dann …

Doch das Meer hatte anderes mit mir vor und zog mich weg von der rettenden Bucht! Dieser erneute Strömungswechsel beförderte mich abermals auf die Nordroute und brachte mich sogar noch weiter hinaus aufs Meer! Nun konnte ich gar nicht mehr ans Ufer gelangen. Und der Durst quälte mich. So viel kühles Wasser um mich herum …, aber ich widerstand!

Obwohl ich erschöpft war, kämpfte ich weiter. Bloß nicht einschlafen! Bloß nicht unterkriegen lassen! Mir war zum Heulen zumute, doch das erlaubte ich mir nicht, vor allem, als ich an meine Frau dachte. Für sie musste ich doch stark sein! Erst kürzlich haben wir geheiratet und …!"

Liebevoll schaute Simon zu seiner Frau und dann zu uns. Im Raum war es mucksmäuschenstill.

Es schien, als hätte sich jeder von uns in diesem Moment in Simons Lage versetzt. Manche wischten sich ein paar Tränen ab. Obwohl wir wussten, dass sich die Rettung bald abzeichnen würde, fieberten wir mit und warteten gebannt auf die Endversion, die Simon nun einleitete.

„Zum Teufel nochmal, dachte ich, wohin hat mich die Strömung dieses Mal verschleppt? Plötzlich sah ich ein großes Containerschiff, auf das ich langsam zutrieb. Mein Adrenalinspiegel schoss in die Höhe. Mit aller Kraft versuchte ich, diesem Koloss fernzubleiben, der mir gewaltige Angst einjagte. Es war anstrengend, doch ich konnte mich in Sicherheit bringen; und in Zeitlupe schleppte sich dieser Brocken an mir vorbei. Zuerst noch wollte ich mich bemerkbar machen, rufen und schreien, doch gegen diese hohe Stahlwand hatte ich keine Chance! Wer sollte mich von dort oben hören oder gar sehen?

Und dann sah ich bereits die nächsten Kolosse, die meinen Weg kreuzen wollten. Himmel nochmal, war ich etwa in die Schifffahrtsline von und nach Keelung geraten? Mir wurde bewusst, dass mich die Strömung doch tatsächlich weit über den Nordzipfel Taiwans hinausgezogen hatte! Ich musste weg von hier! Die Verwirbelungen des Heckwassers sind nicht ohne und wenn ich da hineingerate, dann …   Ich schwamm um mein Leben. Das Glück war mit mir und ich konnte diesen gefährlichen Bereich hinter mir lassen. Nur langsam beruhigte ich mich von diesem Schock.

Im Morgengrauen kreuzte das von mir ersehnte Fischerboot meinen Weg. Ich war voller Zuversicht! Obwohl ich niemanden an Bord sah, schrie ich mir die Seele aus dem Leib. Doch die Besatzung war unter Deck und hörte mich nicht. Wie auch? Das laute Tuckern des Motors übertönte jedes andere Geräusch. Als das Fischerboot langsam verschwand, war ich niedergeschlagen und erschöpft. Und die Strömung hielt mich weiterhin fest in ihren Klauen!

Als die Sonne aufging und es wärmer wurde, dachte ich mit Horror an die steigenden Temperaturen. Mein Durst, mein Durst … Eisgekühlte Getränke gaukelten vor meinen Augen, aber ich zwang mich, meinen Fokus auf andere Dinge zu lenken. Auf einmal schob sich eine Erhebung in meinen Blick. Es war ein Felsen! Ein Felsen! Energisch schwamm ich in diese Richtung. Als ich näherkam, entpuppte sich er als eine Insel! Ich konnte mein Glück kaum fassen! Eine Insel!

Diese Gelegenheit wollte ich mir nicht entgehen lassen und kraulte, was das Zeug hielt. Meine scheinbar versiegten Kräfte bäumten sich auf, die Strömung gab mich sogar aus ihren Klauen frei und … ich erreichte die Insel!

Gerettet! Gerettet! Innerlich jubelte ich und mein Hochgefühl kannte keine Grenzen! Mit einem Dankesgebet blieb ich ermattet und aus der Puste am Ufer des Eilands liegen. Es war fast 9 Uhr morgens, zeigte meine Uhr.

Als ich mich einigermaßen erholt hatte, wollte ich aufstehen. Aber das war unmöglich, mir wurde sofort schwindelig und schnell setzte ich mich hin. Der zweite Versuch schlug ebenfalls fehl und dann kapierte ich es. Die ganze Nacht hatte ich keinen festen Boden unter meinen Füssen gehabt! Kein Wunder! Mein Gleichgewicht war vollkommen außer Kontrolle geraten.

Also hieß es abwarten! Fast über eine Stunde musste ich mich gedulden, erst dann konnte ich mich aufrichten. Anfangs war ich noch recht wacklig, aber mit jedem weiteren Schritt verspürte ich mehr Sicherheit. Endlich war ich bereit und machte mich im schwankenden Seemannsgang auf, Trinkwasser zu suchen.

Die Wegstrecke war steinig und ich musste höllisch aufpassen, wohin ich trat. Als ich um eine Kurve kam, traute ich meinen Augen nicht! Dort hinten stand ein Gebäude, auf dessen Dach eine Taiwan-Flagge wehte. Mit einem Schlag überrollte mich ein Glücksgefühl und mir schossen die Tränen in die Augen. Als mir daraufhin drei Soldaten entgegenkamen, war mir klar, ich war auf einem Militärstützpunkt gelandet! Mit ‚Nihau‘ wurde ich begrüßt. Sie taxierten meinen Aufzug und einer der Soldaten fragte mich wirklich: „Did you swim for Triathlon?"

„No, no, no!", wehrte ich ab. Triathlon, der hat Nerven! Wenn es nicht so ernst gewesen wäre, hätte ich gelacht. Als ich ihnen von meiner ‚Irrfahrt' berichtete, waren ihre Gesichter entsetzt.

Ich folgte den Dreien in die Basis. Noch bevor mir einer den Telefonhörer reichte, hielt man mir das langersehnte Wasser vor die Nase. Dann rief ich meine Frau an.

Anhand einer Landkarte erfuhr ich von den Soldaten, dass ich auf der Insel Keelung Islet gestrandet sei, die als Military Training Base fungiere und fast 5 km vor der Hafenstadt Keelung liege.

Meine Güte, welch ein Glück ich doch gehabt hatte. Als ich den Maßstab auf der Karte entdeckte und die Entfernung ausrechnete, erschreckte ich doch. Insgesamt hatte ich etwa fünfzig Kilometer zurückgelegt. Wenn ich diese Insel verpasst hätte, wäre ich unter Umständen in Japan, auf einer der Inseln in Okinawa, gelandet …"

Mit diesem Satz beendete Simon seine Odyssee-Geschichte. Froh und auch erleichtert schaute er in die Runde.

Jemand klatschte zögerlich. Wir stimmten sofort ein und erhoben uns von den Sitzen. Wir bedankten uns, dass er uns an seinen Erlebnissen hatte teilhaben lassen. Mit einem letzten Getränk klang der Abend bald darauf aus.

29. Eine frivole Trauerzeremonie

Am Samstagmorgen war meist unser Einkaufstag, und Peter fuhr die schmale Straße hinab, vorbei an Bäumen und Büschen, in denen weggeworfene Plastiktüten dahinvegetierten, bis sie verrotteten oder überwucherten. Manchmal erblickten wir dazwischen traurige Augen von streunenden Hunden. Bevor wir die Hautstraße erreichten, passierten wir noch zwei Häuser und einen Busbahnhof, mehr gab die Straße nicht her. Doch heute entdeckten wir am Straßenrand ein großes Bildnis eines Mannes in goldenem Rahmen, das von Blumengestecken und einigen Bierdosenpyramiden umringt wurde. Die kleine Seitengasse, die zu den Häusern führte, war ebenfalls geschmückt.

„Aha, eine Trauerfeier!", meinte Peter.

In dem Moment erklang fetzige Tanzmusik.

„Was? Das ist eine Trauerfeier?", wunderte ich mich.

„Ja, so etwas habe ich mal in der Stadt gesehen.", erwiderte Peter unaufgeregt und fuhr langsam weiter.

„Bitte, stopp mal!", forderte ich, als mein Blick auf eine Bühne fiel, vor der die angeblichen Trauergäste auf aufgereihten Stühlen saßen. Fast alle Plätze waren besetzt, doch von Trauer keine Spur. Niemand trug schwarze Kleidung und soweit ich das von hier beurteilen konnte, gab es auch keine betretenen Mienen. Stattdessen wurde gelacht, geredet und gegessen.

Die können doch ihr eigenes Wort nicht verstehen, dachte ich, so wie es aus den riesigen Lautsprechern schallte. Wie zum Takt blinkten und wippten bunte Lämpchen und Girlanden um die Wette, die über dem Schauplatz hingen. An der Rückwand der Bühne hing das Bildnis des Verstorbenen und er blickte zwischen Blumengestecke hindurch auf seine Trauergäste, die ihm zu Ehren dieses Spektakel veranstalteten. Unzählige Räucherstäbchen brannten, deren Qualm ihm jedoch den Blick auf das Kommende erschwerte.

Die Musik schwoll an und spärlich gekleidete Frauen erschienen plötzlich auf der Bühne. Nun gaben knappe Bikinis und Spitzenunterwäsche den Ton an! Die Gesellschaft jauchzte. Ich war eher entsetzt, Peter guckte neugierig!

Während die jungen Frauen tanzten und sangen, als wenn es kein Morgen mehr gäbe, kreischten und klatschen die Trauergäste dazu, besonders die Männer, von denen viele für eine bessere Sicht auf den Stühlen standen. Die jungen Tänzerinnen drehten und schlängelten sich, es wurde immer wilder, bis die Musik plötzlich aufhörte zu spielen. In diesem Moment zogen die Mädels blank!

Erst als die Musik erneut einsetzte, verließen die Damen mit winkenden Oberteilen die Bühne und die außer Rand und Band geratene Gesellschaft beruhigte sich allmählich wieder.

Obwohl mich dieses Spektakel beeindruckt hatte, war ich irritiert. Eine Trauerfeier, laut, lustig, frivol und dazu noch mit einer Striptease-Einlage! Von Peinlichkeit ganz zu schweigen. Wo sollte ich diese Trauerwelt einordnen? Was für ein Kontrast zu unseren westlichen Trauerzeremonien!

Bevor wir entdeckt wurden, machten wir uns schnellstens aus dem Staub.

Später ging ich meiner Verwirrung auf den Grund und erfuhr, dass solche Veranstaltungen keine Seltenheit sind. Der Volksglaube sagt, je lauter, desto besser! Denn durch ohrenbetäubende Musik können sich die Geister der Verstorbenen leichter verabschieden und sich besser an die neue Umgebung gewöhnen. Wichtig ist außerdem, dem Verstorbenen all die Dinge mit ins Jenseits zu geben, die er zu Lebzeiten gemocht hatte. So hat er auf der anderen Seite weiterhin viel Freude und kann sich langsam umgewöhnen.

Natürlich ziehen Trauerfeiern viele Beileidsbekundende an und das ist auch so gewollt. Nicht nur der enge Kreis ist erwünscht, ebenso sind Arbeitskollegen, Geschäftspartner, entfernte Nachbarn und Bekannte gern gesehen. Je mehr Trauergäste kommen, desto höher das Ansehen des Verstorbenen und dessen Familie, abgesehen von den Geldeinnahmen.

Und bei einer Attraktion mit aufreizenden Damen, da wird die Bude mehr als rappelvoll. Wer allerdings Ähnliches veranstalten möchte, aber keinen Platz am Haus für eine große Bühne hat, kann sich spezielle Autos anmieten. Die sogenannten ‚Electric Flower Cars'! Das sind blumengeschmückte LKWs, die durch die Straßen fahren und auf deren Ladefläche die Trauerzeremonie mit Tänzerinnen ähnlich abgehalten wird.

‚Normale' Trauerfeiern hatte ich auch gesehen, auf Taipehs Straßen. Dann wird ein Zelt für die Bewirtung der vielen Trauergäste dort aufgestellt. Soviel Platz bietet kaum eine Wohnung. Wie gehabt, kommen und gehen die Trauergäste auch hier. Sie beten, zollen dem Verstorbenen ihre Ehrerbietung, geben einen Geldumschlag ab und verweilen für ein Getränk und für ein Essen.

Obwohl der Verkehr dadurch beeinträchtigt wird, beschwert sich niemand. Die Autos machen einen respektvollen Bogen um den Zeltaufbau und selbst die Polizei duldet die Blockierung. Ich glaube, die Angst vor den Geistern ist groß.

30. Trauerfall bei den Nachbarn

Unterhalb von uns, in dem chinesischen Haus, das mir bereits anfangs so gut gefallen hatte, wohnte unser taiwanischer Vermieter, den wir nur den ‚Alten' nannten. Da er kein Englisch sprach, ließ er uns durch seine Schwiegertochter mitteilen, dass seine 92jährige Mutter verstorben sei; und um ihr hohes Alter zu würdigen, werde sie in dem Haus des ‚Alten' für drei Monate aufgebahrt! Bereits im Vorfeld entschuldigte sie sich mehrmals für die kommenden Unannehmlichkeiten! Was sie damit meinte, vergaß ich zu fragen und sprach ihr stattdessen mein Beileid aus.

Noch am selben Tag hörte ich, wie eine Kreissäge direkt neben unserem Haus laut ins Holz fuhr. Ich lief zum Fenster und sah gerade noch, wie dort Teile eines Baumes fielen. Selbst ein Baum musste daran glauben und viele Äste von anderem Gehölz. Der ‚Alte' und ein paar Helfer hatten Platz geschaffen für ein Holzgestell, das sich plötzlich vor meinen Augen erhob. In Windeseile mussten sie ein Eingangsportal gezimmert haben, bunt bemalt und mit chinesischen Schriftzeichen versehen. Und das wies nun den Weg zum Trauerhaus.

Und die ‚Unannehmlichkeiten' hatten es auch eilig. Bereits am nächsten Morgen, Punkt sechs Uhr, weckten sie uns mit traditionellen chinesischen Klängen, die wie eine Riesenwelle zu uns ins Schlafzimmer hochschwappte. Schuld daran waren die viersaitige Laute, die Holzflöte mit dem hohen durchdringenden Ton und eine Trommel, die den Takt angab. Für unser Musikempfinden klang es nach erbärmlicher Katzenmusik.

Während dieser Trauerzeit fuhren Lieferwagen vor, die Getränke und Esswaren brachten, immer das Wohl der Trauergäste im Visier. Besonders an den Wochenenden wurden die Kondolenzbekundungen zum Spektakel. Dann gab es wildes Parken auf dem Vorplatz und Dutzende von Menschen fanden den Weg durch das Tor in Richtung Trauerhaus. Manchmal löste auch laute Popmusik die Chinesenband ab, die sich Tag für Tag um den Verstand trötete. Doch abends, Schlag 18 Uhr, legte sich Stille über unsere Gegend, die Verstorbene fand endlich ihre Ruhe, ... und wir ebenfalls.

In der Zwischenzeit hatten wir einen Kondolenzbrief der Schwiegertochter per Post geschickt und ein paar Tagen später rief sie an. Sie bedankte sich für unseren Geldumschlag und lud uns zu einem Beileidsbesuch beim ‚Alten' ein. Ich sagte zu, auch für Peter, obwohl ich wusste, dass er darüber nicht erfreut sein würde. Doch wir waren Nachbarn und das gehörte sich nun mal so.

Was ich mich allerdings fragte, war, kann man einen Leichnam über solch lange Zeit ohne Konservierung aufbahren? Das Haus hatte keine Klimaanlage, das wusste ich. Der Frühling war vorbei und die Temperaturen stiegen stetig an, sie konnten durchaus 33°C erreichen. Nicht, dass sich demnächst noch der Leichengeruch in der Umgebung verteilte.

Aber das konnte ich ja bei dem Trauerbesuch prüfen. Zum abgesprochenen Termin holte uns die Schwiegertochter ab und durch das Trauerportal gingen wir hinab zum Chinesenhaus, das wir ansonsten nur aus der Vogelperspektive kannten. Ob wir ins Haus gebeten würden?

Auf dem Vorplatz des fast u-förmigen Hauses blieben wir stehen.

„Sehen Sie das Haupthaus, das in der Mitte? Dort wohnt mein Schwiegervater!", erklärte die Schwiegertochter, „Bis jetzt hat seine Mutter bei ihm gelebt, doch nun ist sie in einem der Räume aufgebahrt."

„Wieso haben die Gebäudeteile denn unterschiedliche Höhen?", wollte ich wissen.

„Das hat mit der Stellung innerhalb der Familie zu tun. Der Hausherr wohnt immer im mittleren Haupthaus, also im höchsten, der älteste Sohn bekommt den rechten Flügel, der etwas niedriger ist als das Mittelgebäude. Dort habe ich damals mit meinem Mann gewohnt, doch aus Platzgründen sind wir umgezogen. Der niedrigste Teil des Hauses auf der linken Seite ist für jüngere Geschwister vorgesehen."

Wir näherten uns dem Ziegelgebäude, das auf einem ansehnlichen Grundstück stand. Mir gefiel das aufwärts geschwungene Dach des Hauses und ich konnte an den Dachecken verzierende Keramikfiguren ausmachen. Das Gebäude schmiegte sich fast an den Hügel dahinter an, wo sich zartgrüner Bambus im Wind bewegte. Es raschelte leise. Welch ein romantischer Anblick!

Doch die Romantik löste sich auf, als meine Augen weiter nach links schweiften. Eine windschiefe Hütte neben dem Haus störte das harmonische Bild, dort machten sich Plastikbeutel, Sperrmüll und weiterer Kram breit. Auf der rechten Seite hatte man ein großes Zelt aufgebaut, den Bewirtungsplatz für die Trauergäste! Neben Tischen und Hockern gab es eine Ecke für die Chinesenband. Ich sah die Instrumente, die dort auf den Stühlen ruhten. Zum Glück machten die Musiker gerade eine Pause.

Wir erreichten die Eingangstür des Haupthauses, wo der ‚Alte' bereits auf uns wartete. Mit einer Verbeugung kondolierten wir ihm, was die Schwiegertochter übersetzte, obwohl ich sicher war, dass er uns verstanden hatte. Wie in Asien üblich, zogen wir unsere Schuhe aus und er führte uns ins Haus zum Aufbahrungsraum. Die Tür dieses Trauerraums war mit chinesischen Kalligrafie-Bildern geschmückt.

Und dann hörte ich ein Rauschen. Hatte man eine Klimaanlage installiert? Richtig, als der ‚Alte' die Tür öffnete, schlug uns eiskalte Luft entgegen. Ich fröstelte, als wir den Raum betraten, in dem mittig auf einem Tisch der Sarg prangte. Sehr edel war er, verziert mit eingeschnitzten Blumenmotiven und in einem tiefen Dunkelrot, das wie frisch poliertes Glas glänzte. Um den Sarg herum standen kleine Gläser, in denen Kerzenlicht flackerte, das sich im Holz widerspiegelte.

An der hinteren Wand hing das Bild der Verstorbenen. Die Aufnahme war etwas verblichen und zeigte sie in jüngeren Jahren. Sie schaute sinnlich in den Raum, doch den schweren Duft des Blumenmeeres und der Räucherstäbchen, ihr zu Ehren, nahm sie nicht mehr wahr.

Aber mir stieg er in die Nase und dabei achtete ich gleichzeitig auf andere unterschwellige Gerüche, die vom Sarg ausgehen könnten. Doch davon bemerkte ich nichts. Man hatte gute Arbeit geleistet! Natürlich hatte ich vorab erfahren, dass für lange Aufbahrungszeiten die Särge mit Silicon versiegelt wurden.

Die Anweisungen der Schwiegertochter rissen mich aus meinen Gedanken. Sie erläuterte uns, was nun zu tun ist. Nach einer Verbeugung vor dem Sarg zündete jeder von uns drei von den bereitliegenden Räucherstäbchen an. Mit beiden Händen hielten wir sie etwas über Kopfhöhe, verharrten einen Moment still vor dem Sarg. Danach steckten wir die noch räuchernden Stäbchen in ein Gefäß mit Sand. Trauergäste schienen reichlich gekommen zu sein, gemessen an den übriggebliebenen Stielen des Räucherwerks.

Mit einer nochmaligen Verbeugung war die Respektbekundung zu Ende und der ‚Alte' begleitete uns nach draußen ins Warme. Natürlich wurden wir zum Essen ins Zelt eingeladen, was wir höflich ablehnten. Doch den Tee mussten wir annehmen, einen Gesichtsverlust wollten wir dem ‚Alten' nicht zumuten. Wir schlürften den Tee, bedankten uns und traten still den Rückweg an. Verabschieden war nicht erwünscht. Das ist schlechtes Omen.

31. Spukt die tote Greisin?

Während der Trauerphase wurde mir bewusst, dass wir tatsächlich von Toten umgeben waren. Zum einen ruhten viele auf ‚unserem' Friedhof, gleich oberhalb unseres Hauses, und zum anderen gab es auf dem entfernteren Hügel die Grabstätten, die ich anfangs irrtümlich für ‚Wochenendhäuschen' gehalten hatte. Und nun lag auch noch die alte Mutter aufgebahrt unterhalb von uns. Nicht zu vergessen die Geister, die in Taiwan ja immer gegenwärtig sein sollen und überall herumspuken können. Der Beweis dafür ließ nicht lange auf sich warten! Glaubte ich jedenfalls!

Einmal in der Woche traf ich mich mit einer Frauengruppe zum Mahjong-Spiel. Mahjong, ein Steinspiel, bestehend aus 136 oder 144 Ziegeln/Steinen, die ähnlich wie bei Rommé gesammelt werden.

Jeder von uns hatte sich dafür einen quadratischen Tisch gekauft, der es den vier Spielern erleichterte, gut an die Steine heranzukommen. Für eine Runde wird der Spielleiter mit der höchsten Augenzahl der Würfel bestimmt und damit auch unsere Plätze, die sich auf die Himmelsrichtungen beziehen. Während des Abends rotierten wir, sodass niemand benachteiligt oder bevorzugt wurde. Denn niemand möchte ständig eine Tür oder Treppe im Rücken haben, was als ‚schlechter' Sitzplatz gilt. Auch hier spielen positive Energien, also gutes Chi, eine wichtige Rolle.

Fürs Mahjong trafen wir uns immer reihum und am heutigen Abend hatte ich ‚Dienst'. Wie üblich, standen kleine Leckereien, ein paar Snacks und Getränke fürs leibliche Wohl auf den Beistelltischen bereit. Keinesfalls gehörten diese Sachen auf den Spieltisch, dort lagen nur das Mahjongspiel, zwei Würfel und für jede die gleiche Menge Spielgeld.

Gegen 20:00 Uhr trudelten meine Spielpartnerinnen ein. Nach der Begrüßung und dem Würfel-Prozedere nahmen wir unseren vorgeschriebenen Sitzplatz ein.

Danach mischten wir die Steine und das Klacken hallte durch den Raum. Ich mochte dieses Geräusch, es hatte etwas Beruhigendes. Nach dem Mischen bauten wir ein doppelstöckiges Mauerviereck von den Steinen auf, wovon jede dreizehn Steine zog. Die Spielleiterin bekam einen Stein mehr, da sie das Spiel eröffnete.

Wie auch die anderen, stellte ich meine gezogenen Steine auf, jedoch so, dass mir niemand in die ‚Karten' gucken konnte. Bereits beim Sortieren meines Spielbildes schwante mir nichts Gutes. Von jedem etwas, grummelte ich innerlich, als ich auf Zahlen, Bambus und Münzen guckte, die das Mahjongspiel u. a. bereithält. Mit diesem Mischmasch konnte ich weder eine Reihenfolge, eine Dreier-Kombination, noch ein Pärchen bilden. Auch Wind- und Sonderziegel für einen extra Punktgewinn tauchten bei mir nicht auf. Meine Hoffnung lag auf dem Spielverlauf!

Mein ‚Blatt' wird sich sicher noch wenden, und mit einem Pokerface nahm ich mir einen Stein von der Mauer. Oh, er passte zu meinem Spiel, einen untauglichen warf ich dafür in die Mitte. So ging es reihum und ich war guter Dinge.

Die Möglichkeit, von meiner Vorgängerin einen abgeworfenen Ziegel zu ‚stehlen', bot sich gerade für mich an. Dieser war doch perfekt für meine Dreier-Kombi. Eiligst schnappte ich ihn mir aus der Mitte mit einem laut ausgesprochenem ‚chr'! Ich ‚esse' ihn, wie es bei diesem Spiel heißt. Wer das ‚chr' vergisst, muss den Stein wieder in die Mitte zurücklegen. Aber ich hatte aufgepasst, meine jetzige Glückssträhne schärften meine Sinne.

Doch mein Spielschicksal hatte anderes mit mir vor. Gerade dachte ich noch, ich könne bald gewinnen, da rief eine meiner Spielpartnerinnen bereits ‚Mahjong' in die Runde, Das Spiel war beendet und die Punkte der gesammelten ‚Bilder' wurden notiert, wobei ich weit hinten lag. Das hatte noch nichts zu sagen, der Abend war ja noch jung.

Das nächste Spiel begann, und das nächste und …, aber das Glück war mir heute nicht hold. Komisch dachte ich, bei mir geht ja heute gar nichts!

Nach zig Runden fragte sogar eine Mitspielerin, was denn bei mir los sei. Erklären konnte ich es ihr auch nicht. Um mein Glück zu erzwingen, mischte ich bei jedem neuen Spiel noch kräftiger mit, worüber die anderen herzhaft lachten. Aber das war mir egal. Als ich eine Schlachtplanänderung ankündigte, sorgte das erneut für Belustigung.

Mit veränderter Strategie wählte ich sogar verschiedene Spielvarianten, hielt auch mal einen Stein zurück, damit die andere ihn nicht ‚stahl', weil ich mitbekommen hatte, was sie sammelte. Doch egal, was ich unternahm, das Spielglück hatte mich verlassen. Ich konnte noch so viele Steine ziehen, stehlen und ‚essen', trotzdem verlor ich haushoch! So eine Pechsträhne hatte ich noch nie erlebt!

„Bald muss ich euch um Kredit bitten!", lamentierte ich und wies auf meine Geldbox hin. Mein Spielgeld wechselte permanent die Besitzerin und Ebbe meldete sich auf meinem Konto an.

„Keine Sorge, Eva, wir schreiben auch an!", witzelten die Gewinner.

„Danke, sehr nett von euch!", gab ich ironisch zurück, „Aber mal ehrlich, hier geht es doch nicht mit rechten Dingen zu!"

„Ja, komisch ist das schon! Du hast heute noch gar nichts gewonnen!", gaben sie mir Recht.

„Meint ihr,", wagte ich mich hervor, „das liegt an der Mutter, die unterhalb von uns aufgebahrt liegt?"

„Denkst Du das wirklich, sie würde dein Spielglück beeinflussen? Tot wie sie ist?", meinte eine trocken.

„Mädels, wir sind hier in Taiwan! Da geistern doch die Toten ständig herum! Warum nicht auch heute bei uns?"

Alle schüttelten vehement den Kopf, schmunzelten und redeten durcheinander. An Spuk glaubten sie nicht, den gäbe es vielleicht in englischen Schlössern, aber die seien ja weit weg! Ob mich bereits der taiwanische Aberglaube erwischt habe? Es sei halt nur eine schlechte Phase, shit happens und beim nächsten Mal ginge es bestimmt wieder …

„Papperlapapp!", wischte ich ihre Ausreden weg und wollte sie noch etwas necken, „Ich wette, die alte Mutter will wenigstens nachts ihre Totenruhe haben, wenn sie die am Tag schon nicht bekommt! Dass wir gleich nebenan zocken und lachen, ist ihrem Geist bestimmt zuwider! Und ich als Nachbarin muss herhalten!" Innerlich lachte ich über meinen hanebüchenen Lösungsvorschlag, aber ich verzog keine Miene.

Obwohl meine Mitspielerinnen über das tägliche Tamtam bei uns Bescheid wussten, überzeugte sie das nicht. Nach ihren Blicken zu urteilen, glaubte mir keine, sie hielten mich eher für übergeschnappt!

Das war aber auch zu abgefahren. Trotzdem war ich mir fast sicher, dass meine Pechsträhne damit zusammenhing! Nicht ein einziges Mal war mir auch nur der kleinste Gewinn vergönnt!

Wie sonst auch, zockten wir heute ebenfalls bis spät in die Nacht hinein. Als meine Mitspielerinnen sich gegen halb zwei Uhr aufmachten, bekam ich viele tröstende Worte. Doch was nutzten sie mir, ich hatte keinen Heller mehr in meiner Kasse.

Aber wartet bloß, dachte ich beim Absperren der Haustür, nächste Woche laufe ich zur Höchstform auf!

Und so war es! Außer Haus gezockt, war ich der Champion. Doch beim nächsten Treff bei mir, drehte sich der Spieß seltsamerweise wieder um. Nicht nur Mitleid zeigten meine Mitstreiterinnen jetzt, sondern sie waren sich plötzlich unsicher, ob nicht doch etwas an meiner Geistervermutung dran war.

Ein rettender Vorschlag kam von einer Mitspielerin: „Eva, weißt du was? Wenn alle einverstanden sind, treffen wir uns einfach nicht mehr bei dir, solange diese Frau nicht unter der Erde ist!"

Das war doch ein Wort! Alle stimmten zu!

32. Das letzte Geleit!

Endlich brach der finale Tag der 3-monatigen Trauerzeit an. Ich hatte mir das Datum auf meinem Kalender notiert, doch als ich an diesem Samstagmorgen gegen sieben Uhr wach wurde, umgab mich eine wunderbare Stille. Heute fangen sie wohl später mit ihrer Katzenmusik an, dachte ich, und sah zu Peter, der noch in Morpheus Armen ruhte. Auch ich drehte mich wieder um und schlummerte ein.

Um 8:00 Uhr war der Frieden jedoch vorbei und ein unglaubliches Musikspektakel holte uns beide abrupt aus dem Schlaf. Die Chinesenband spielte so heftig, als gäbe es kein Morgen. Und um den Höhepunkt dieses Tages einzuleiten, mischten sich noch andere Instrumente dazu. Diese Darbietung, die hier veranstaltet wurde, erinnerte eher an ein Freudenkonzert als ein Ausklang der Trauerzeit.

Obwohl wir wussten, dass wir von hier aus nur das Orchester hören konnten, lockte uns dieser Krach trotzdem zum Fenster. Heerscharen von Menschen liefen in Richtung Trauerhaus. Der letzte Leichenschmaus stand an!

Wir frühstückten zu den lauten Klängen und kauten zum Takt. Zwischendurch genossen wir einige Ruhephasen, doch gegen Mittag schwoll die Musik wieder laut an und rollte wie eine Walze über unsere Ohren. Chinaböller knallten unaufhörlich und der Lärmpegel näherte sich unserem Haus.

Neugierig verfolgten wir vom oberen Balkon aus, wie eine Marschkapelle den Trauerzug anführte, der sich im Takt zur Musik wiegte. Und dann staunten wir nicht schlecht, als eine Art Ku-Klux-Klan-Gruppe vorbeiflanierte! Diese Bezeichnung fiel mir spontan ein, als ich die weißen Leinenumhänge sah, in die sich viele der Trauergäste gehüllt hatten. Auf ihrem Kopf trugen sie passende Zipfelhauben. Ich erkannte einige Gesichter, es waren Familienmitglieder, worunter auch der ‚Alte‘ war. Die anderen Trauergäste waren normal gekleidet.

Mitten in diesem leinenvermummten Gefolge trugen acht Sargträger mühselig den schweren Totenschrein auf ihren Schultern. Das Holz glänzte im Sonnenschein und war geschmückt mit roten Papierblumen. Rot, die Farbe der Freude. Dieser illustre Trauerzug zog an unserem Haus vorbei und ging weiter die schmale Straße den Berg hinunter. Obwohl wir ihn irgendwann nicht mehr sehen konnten, schallte die Musik noch lange Zeit zu uns herauf.

Später erfuhren wir, dass der Sarg unten an der Hauptstraße auf einen Lastwagen gehievt worden war, der dann langsam, dem Trauerzug voran, bis zur ausgesuchten Grabstätte fuhr. Und diese Grabstätte befand sich auf dem nächstgelegenen Hügel, uns gegenüber, bei den ,Wochenendhäuschen'. Ich hoffte, es war weit genug entfernt für den Geist der Mutter.

33. Hausverbrennung

Wir ahnten von nichts, als wir von einer Nachmittagstour wieder zu Hause ankamen. Auf dem großen Vorplatz vor unserem Haus veranstalteten die Familienangehörigen des ,Alten' einen großen Tumult. Es knallten sogar Chinaböller. Hier musste etwas Besonderes im Gange sein!

Als Peter das Auto geparkt hatte, erfuhren wir den Grund. Drei Monate nach der Beisetzung der Mutter seien vorüber und das würde heute gefeiert. Mit auffordernder Geste lud man uns sogar dazu ein. Wir sagten nicht nein und stellten uns dazu.

Während wir die gereichte Cola tranken, sah ich mich um. Eine Art Altar zum Beten stand an der Seite. Nun, es war ein einfacher Tisch, der als Opferaltar herhalten musste, aber er war festlich geschmückt. Zwischen Blumen, Kerzen und Räucherstäbchen befanden sich Früchte und Süßigkeiten und in der Mitte hatte sich ein gekochtes Huhn aufgebläht. Kein Wunder, bei der Sonne, die bereits hoch am Himmel stand. Die geopferten Lebensmittel waren für die Götter gedacht und natürlich auch für die Ahnen. Niemand durfte im Himmel vergessen werden.

„Peter, was ist das da?", fragte ich und zeigte auf ein Kabel, dass sich neben dem Opfertisch entlang zog und an einer Maschine endete.

„Das wird die Stromerzeugung für den Generator dort hinten sein."

„Wofür braucht man denn hier einen Generator?"

„Keine Ahnung, aber ...", weiter kam er nicht, wir mussten Platz machen für einen LKW, der donnernd die schmale Straße heraufkam.

Der Fahrer stieg aus, öffnete die hintere Ladeklappe und fuhr eine Rampe aus. Einige Männer kletterten hinauf, während wir neugierig warteten, was aus dem Schlund herauskommen würde.

Plötzlich erschien ein großes Gestell, das von vielen Händen vorsichtig getragen wurde. Ohs, Ahs und Hms ertönten, gefolgt von zustimmendem Nicken. Noch konnte ich nicht erkennen, was es war, doch als man es in die Mitte des Vorplatzes aufstellte, verschlug es mir die Sprache. Hier stand doch tatsächlich ein komplettes Haus aus Holz und buntem Papier, das mich an ein Puppenhaus erinnerte. Doch so ein bildschönes ‚Puppenhaus' hatte ich noch nie gesehen! Es war mindestens drei Meter hoch und über zwei Meter breit und musste ein Vermögen gekostet haben. Hier hatten wahre Künstler Hand angelegt, das war nicht zu übersehen.

Da die gesamte Front des Hauses nicht vorhanden war, hatte man Einblick in die zahlreichen Zimmer, die alle authentisch mit den jeweiligen Möbeln in Miniaturausgaben ausgestattet waren. Ich konnte Küche, Bäder, Schlafräume und ein großes Wohnzimmer ausmachen. Beim näheren Hinsehen entdeckte ich sogar einen Fernseher an der Wand, in der Küche standen Töpfe auf dem Herd und im Esszimmer war der Tisch gedeckt. Selbst Kleidungsstücke und Schuhe warteten in den Schlafzimmerschränken auf die Besitzerin. Ein Büro gab es auch, das Telefon und der Computer auf dem Schreibtisch waren nicht zu übersehen. Sogar eine Garage war vorhanden, in der ein nobles Papierauto stand. Flankiert wurde das Haus von zwei bunten Gottheiten, ebenfalls aus Papier. Ich konnte mich gar nicht sattsehen.

Das blieb auch der Schwiegertochter des ‚Alten' nicht verborgen. Sie kam zu mir und sagte: „Spezielle Papier-Handwerker basteln so etwas in liebevoller Kleinstarbeit! Wir haben dieses Haus in Auftrag gegeben, damit es meiner Großmutter im Jenseits an nichts fehlt!"

Ein Haus mit Inneneinrichtung, mit allem Drum und Dran, nur für das Jenseits? Diese Sitte war mir mehr als fremd. War sie nicht auch ein bisschen verrückt?

Als ich kurz darauf ein Motorengeräusch hörte, das nur von dem Generator kommen konnte, erschloss sich mir auch, warum man den brauchte. Die Bastler hatten das Modellhaus mit elektrischem Licht versehen, und nun leuchteten in jedem der Zimmer kleine Lämpchen auf. Da es bereits etwas dämmerte, war der Anblick überwältigend und wunderschön!

Was um alles in der Welt wurde denn nun aus dem Lastwagen herausgetragen? Ich sah auf verschnürte Papierpacken, die an der hinteren Seite des Modellhauses aufgestapelt wurden. Daraus lösten sich einige Zettel, flatterten umher und ich fing schnell einen auf. Aha, vergoldete Papierviereck! Dieses ‚Geld‘, das jeder Tempel zum Verkauf anbietet, wird Geistergeld genannt. Wollen sie es der Verstorbenen etwa mit auf den Weg geben? Für Reichtum im Paradies!?

Der Lastwagen war leer und fuhr wieder weg. Nun übernahm einer aus der Gruppe das Kommando und scheuchte uns weg von dem Modellhauses. Als wir alle den gebührenden Abstand eingenommen hatten, ging plötzlich ein Getöse los und schnell hüllte uns der Rauch von Chinaböllern ein.

Im gleichen Moment schritt der ‚Alte‘ zum hinteren Teil des Modellhauses. In seiner Hand hielt er, nein …, ein Feuerzeug! Der wird doch wohl nicht etwa das schöne …, kaum gedacht, schon züngelten kleine Flammen an dem Geistergeld empor. An mehreren Stellen entfachte er das Feuer, dann loderten die Flammen empor, bis die Geldpacken vollkommen im Feuer standen.

Plötzlich gingen die Lichter im Haus aus, scheinbar hatte jemand, um einen Kurzschluss zu vermeiden, den Generator ausgestellt. Gerade noch rechtzeitig, denn das Feuer erfasste bereits das Untergeschoß des Hauses. Schnell fraßen sich die Flammen durch das zarte Papier, nagten am Holzgestell, züngelten an allen Zimmern mit den schönen gebastelten Papiermöbeln und arbeiteten sich bis hinauf zum Dach. Alles brannte wie Zunder, auch die Gottheiten, nichts blieb verschont. Es knisterte und prasselte, die Flammen hatten Spaß und schlugen hoch gen Himmel! Die Pracht brannte lichterloh!

Zum Glück war es windstill. Eine Böe hätte leicht die herumfliegenden Funken zum kleinen Waldstück wehen können, dann wäre hier der Teufel los gewesen. Eine Feuerwehr hatte man nicht bestellt. Doch die Götter schienen gnädig gestimmt, hielten den Wind zurück und wachten letztendlich nur noch über die erloschene Feuerstelle. Alles hatte sich in Rauch aufgelöst, und zurück blieben nur ein Aschehaufen und wir.

34. Monatssitzen und das betrunkene Huhn

Die älteste Tochter von Lan Lan, meiner Haushaltsperle, hatte bereits vor ein paar Jahren geheiratet. Und wie die Tradition verlangt, war sie damals ins Haus der Schwiegereltern gezogen und lebte mit ihrem Mann unter deren Dach.
Endlich hatte sich Nachwuchs angekündigt! Obwohl immer noch ein Stammhalter erwünscht ist, freuten sich die Familien trotzdem über die Geburt eines Mädchens, wusste ich von Lan Lan, die besonders stolz auf ihr erstes Enkelkind war.
Für das Baby hatte ich ein Geschenk besorgt und fragte Lan Lan nach einem Besuchstermin.
„Oh, das ist momentan nicht möglich! Meine Tochter ist gerade aus dem Krankenhaus entlassen worden und muss nun 40 Tage zu Hause bleiben! In dieser Zeit kann sie keinerlei Besuch empfangen!", tat sie kund.
„Ach so, das wusste ich nicht. Bei uns kann man die junge Mutter sofort besuchen, um den gerade geborenen Erdenbürger zu begutachten!"
„Davon habe ich gehört, aber wir halten uns an die alten Regeln, die sich bis heute gut bewährt haben.", erklärte sie mir und schmunzelte, „Diese 40 Tage nennen wir Monatssitzen, es ist eine alte Tradition! Wissen Sie, gerade nach der Entbindung sind Mutter und Kind noch sehr empfindlich, vor allem gegen Kälte, Wind und Lärm. Die Mutter muss sehr vorsichtig sein, braucht viel Ruhe und darf keinesfalls außer Haus gehen. Duschen, Haare waschen und Zähne putzen sind für sie in dieser Zeit nicht erlaubt."
Das erstaunte mich sehr. Solche Verbote verbannen die junge Frau ins einsame Kämmerlein, ging mir durch den Kopf, noch dazu mit Körpergerüchen und fettigen Haaren. Das sind wahrlich keine positiven Begleiterscheinungen für Empfänge.

Naserümpfende Besucher braucht keine junge Mutter.

„Diese 40 Tage geben der Mutter eine intensive Zeit mit ihrem Kind. Sie darf auch nicht im Haushalt helfen, das macht alles die Schwiegermutter!", erfuhr ich von Lan Lan, „Sie bereitet täglich das Essen zu, versorgt Mutter und Kind, doch am Wochenende bekoche ich meine Tochter. Sie braucht eine spezielle Kost, nur leicht verdauliche Speisen wie gedünstetes Gemüse, Eier und Reis, dazu die tägliche Portion Reiswein-Hühnersuppe. Die ist sehr nahrhaft und gibt ihr Kraft."

„Lan Lan, Alkohol für die Mutter?", empörte ich mich, „Wenn deine Tochter stillt, sind doch beide beschwipst! Oder bekommt sie den Reiswein, damit die zwei besser schlafen!?"

„Ach, der Alkohol!", wehrte Lan Lan lachend mit einer Handbewegung ab, „Der verkocht doch und schadet den beiden nicht mehr. Davon können Sie sich selbst überzeugen. Sobald das Monatssitzen für meine Tochter vorbei ist, lade ich Sie beide zum Essen und Babygucken in mein Haus ein. Dann gibt es die Reiswein-Hühnersuppe!"

Auf die war ich besonders gespannt.

Heute stand der ‚Reiswein-Hühnersuppentag' im Kalender und Lan Lan erwartete uns zum Mittagessen. Da die Verkehrslage auf Taipehs Straßen chaotisch sein kann, brachen wir früh genug auf, mit Adresse und Wegweiser, beides in Chinesisch. Ihr Haus befand sich im südlichen Teil von Taipeh, genau entgegengesetzt von unserem Wohnort.

„Hier in der Nähe muss Lan Lan wohnen!", meinte Peter, als wir uns im Stadtteil unseres Ziels befanden. Obwohl wir die Straße mehrmals abgefahren hatten, fanden wir das Haus nicht.

„Sollen wir die Frau dort mal fragen? Vielleicht hat Lan Lan etwas verwechselt."

Und richtig, mein Verdacht wurde bestätigt. Lan Lan hatte immer von einem Haus gesprochen, in dem sie mit ihrer Familie wohnt. Für mich war damit klar, dass es sich um ein einzelnes Wohnhaus handeln müsse, aber das entpuppte sich als riesiger Wohnkomplex mit zehn Stockwerken.

Als wir endlich in der Nähe einen Parkplatz fanden und Peter beim Haus die richtige Klingel gedrückt hatte, ertönte ein Summton. Die Tür sprang auf.

Lan Lan und ihr Mann wohnten in der fünften Etage und kaum hatte sich die Aufzugstür geöffnet, begrüßten sie uns auch schon herzlich. Gerne hätten wir einen Blumenstrauß gekauft, aber Schnittblumen gehören in die Beerdigungsabteilung. Keinesfalls wollten wir ins Fettnäpfchen treten und überreichten als Gastgeschenk Süßes und Obst.

Kaum hatten wir ihre Wohnung betreten, befanden wir uns im Wohn- und Essbereich, woran sich eine Küchenzeile anschloss. Mir fiel sofort das Ledersofa auf, in Gelb! Mit passenden Sesseln! Für so peppig hätte ich Lan Lan's Geschmack nicht gehalten, aber vielleicht war es ja die persönliche Note der jüngeren Tochter, die gerade aus einem der hinteren Räume kam und uns schüchtern willkommen hieß. Das frische Elternpaar vermisste ich noch!

Stolz führte uns Lan Lan erst einmal durch ihr Reich, das ungefähr 80 qm hatte. Während unserer Begehung sprach sie jedoch nur von ‚meinem' Dies und Das, obwohl ihr Mann danebenstand. Ich grinste. Man merkte, sie war die Hausherrin.

Im hinteren Bereich durften wir kurz in die zwei ‚Kinderzimmer' schauen. In dem freigewordenen Raum befanden sich Nähzeug und allerlei Sammelsurium, das andere war das Reich der jüngsten Tochter. Daraufhin lotste sie uns ins Elternschlafzimmer. Über dem Bett prangte ein riesiges Hochzeitsfoto, was wir sofort bewunderten.

„Als wir geheiratet haben, war ich siebzehn und mein Mann nur ein Jahr älter.", meinte sie und grinste verschmitzt.

Die zwei sahen blutjung aus und verliebt schauten sie sich an. Der Weichzeichner tauchte alles in zartes Licht. Das muss über dreißig Jahre her sein, rechnete ich, als es plötzlich an der Tür klingelte.

„Das ist meine älteste Tochter.", rief Lan Lan aufgeregt.

Und richtig. Das junge Paar kam mit dem mittlerweile sechswöchigen Baby herein, das sofort die Aufmerksamkeit aller auf sich zog. Es lag friedlich in einem Tragegestell, die dunklen Augen schauten neugierig in alle Gesichter und die schwarzen Haare ragten in die Luft, als wären sie elektrisiert.

Nach Begrüßung und Gratulation übergaben wir der jungen Mutter das Geschenk fürs Baby. Dankend nahm sie es an, packte es aber nicht aus. Ich wusste, das gilt als taktlos. Damit möchte man gespielte Begeisterung vermeiden, falls das Geschenk nicht gefällt.

Während sich Lan Lan und die beiden Töchter im Küchenbereich beschäftigten, wurden wir mit einer Limonade und dem Rest der Familie auf die gelbe Couch und den Sesseln verfrachtet. Typische Fragen, wie es uns gefällt und ob Peter seinen Job mag, eröffneten das Gespräch. Zum Glück war der frischgebackene Vater der englischen Sprache mächtig und bald entstand eine rege Unterhaltung. Für Lan Lans Mann wurde übersetzt.

„Essen ist fertig!", erklang es auf einmal vom Herd und wir wurden aufgefordert, am Esstisch Platz zu nehmen. Typisch hier in Asien, der Tisch drohte fast vor lauter gefüllter Teller einzubrechen. Geschnetzeltes mit Zwiebeln, Schweinefleisch süß-sauer, gemischtes Gemüse, Glasnudeln mit Sesam, Kohl mit Knoblauch, Schweinerippchen mit Ingwer und Chili und gedünsteter Fisch, der auf keinen Fall fehlen durfte. Reis gab's auch, war aber eher Nebensache.

Ich staunte, was Lan Lan alles an dieser kleinen Küchenzeile gezaubert hatte und ich fragte sie, ob sie noch weitere Gäste erwarte. Allgemeines Gelächter brach aus. Aber so ist es in diesem Land, die Tische müssen sich biegen, einen Gast hungrig nach Hause gehen zu lassen, käme einem Gesichtsverlust gleich.

Was mich sehr erfreute, sie hatte mein Lieblingsgericht ‚San Bei Ji', - ‚Drei Gläser mit Huhn', für mich gekocht. Es besteht aus Hühnchen, das mit Ingwer, Knoblauch und Basilikum und mit jeweils drei gleichen Teilen Sesamöl, Reiswein und Sojasoße zubereitet wird. Dafür bedankte ich mich herzlich.

„Fangt schon mal an!", meinte daraufhin die Hausfrau und wir griffen zu.

Es schmeckte hervorragend, richtig chinesisch, so wie wir es mittlerweile kannten. Als wir unseren ersten Hunger gestillt hatten, platzierte Lan Lan einen großen Topf zwischen all die Speisen mit den Worten: „Und das ist die berühmte Wochenbettsuppe! Jede Frau, die entbunden hat, muss sie essen, nicht wahr?"

Mit einem Blick zu ihrer Tochter bekam sie es bestätigt, allerdings sprach das etwas angespannte Gesicht Bände. Ich konnte mir denken, dass ihr die Suppe aus dem Hals hing und sie bestimmt froh war, diese 40 Tage überstanden zu haben.

Nun machte Lan Lan Werbung für ihre Suppe: „Während des Monatssitzens wird sie täglich frisch mit vielen Zutaten zubereitet. Mit Ingwer, der wärmend und kreislaufanregend ist, mit schwarzem Sesamöl, das gut fürs Blut ist und noch angenehm duftet, und natürlich mit Reiswein, der belebt. Heute ist die kräftigende Suppe schnell zubereitet, doch damals, als wir noch auf dem Land lebten, war es viel schwieriger, ohne Supermärkte! Als meine Mutter mit mir schwanger war, hat die Schwiegermutter 40 Küken gekauft. Während ihrer Schwangerschaft wurden sie aufgezogen und nach der Entbindung schlachtete man täglich ein Huhn für diese medizinische Suppe. Da es damals kaum keimfreies Wasser gab, bereitete man diese Suppe mit einer Flasche Reiswein zu. Auf jeden Fall gibt diese Hühnersuppe der jungen Mutter Kraft, und euch auch! Und jetzt brauche ich eure Schälchen!"

Lan Lan öffnete den Topfdeckel. Da ich direkt davorsaß, wehte mir eine deftige Alkoholwolke entgegen, die mir fast die Luft wegnahm. Von wegen verkocht! Als ich wieder frei durchatmen konnte, schaute ich in den Topf mit dem Huhn und mich schauderte. Es war blau! Nein, nicht ‚blau' vom Reiswein, in dem es gekocht wurde, es war wirklich blau! Fast schwarz sogar, stellte ich beim näheren Hinsehen fest. So ein Tier hatte ich zwar im Supermarkt bereits gesehen, doch mich hatte es jedes Mal geekelt, ein eingefärbtes Huhn zu kaufen.

„Das schwarze Huhn ist eine spezielle Züchtung und besonders delikat!", klärte Lan Lan auf, „Es ist komplett schwarz, vom Gefieder bis zu den Knochen, selbst das Blut ist schwarz-rot. Das Fleisch schmeckt hervorragend, probiert mal!"

Jeder bekam von der Suppe und etwas vom schwarzen Huhn in sein Schälchen. Ich nahm zuerst ein kleines Stück vom Huhn, um es bewusst zu probieren, aber keine Chance! Ich schmeckte nur Hochprozentiges! Selbst die Brühe war reiner Reiswein!

„Und schmeckt es euch?" Lan Lan sah uns voller Spannung an. Erwartungsvoll richteten sich auch alle Augen der anderen auf Peter und mich. Ich nickte lächelnd, weil ich meinen Mund noch voll hatte. Peter machte gute Miene und lobte die Suppe. Für uns war klar, wir mussten sie aufessen, Gesichtsverluste wollten wir keinesfalls verursachen. Zum Glück war es nur eine kleine Schale, und da ich bereits von allen anderen Speisen reichlich gegessen hatten, würde ich einen erneuten Schöpflöffel höflich ablehnen können.

Doch Lan Lan hatte uns durchschaut, schließlich hatte auch sie die Suppe gegessen.

„Ich habe sie heute nicht ganz so lange gekocht, wie man es bei jungen Müttern macht!", gab sie lachend zu, „Aber ihr solltet ja auch etwas Handfestes bekommen und der Reiswein gibt euch tüchtig Energie."

Das merkte man plötzlich an den Gesprächen, die zunehmend lustiger wurden.

35. Räucherstäbchengolf

Oft wurde Peter von taiwanischen Unternehmern zum Golfen eingeladen, doch darin war er Laie und musste jedes Mal ablehnen. Sein favorisierter Sport war Tennis, Golfen buchte er und auch ich unter Altersbeschäftigung ab.

Doch als Peter sich bei einem Tennis-Doppel eine deftige Bänderdehnung am Knie zuzog, wendete sich das Blatt, vor allem nach den klugen Worten des Arztes.

„Wenn Sie Ihr Knie erhalten wollen", riet er Peter, „spielen Sie lieber Golf als Tennis! Und nehmen Sie Ihre Frau mit, denn diesen Sport können Sie beide bis ins hohe Alter betreiben. Außerdem ist er gut für Herz und Kreislauf. Rund um Taipeh gibt es wunderschöne Golfplätze!"

Peter nahm den Rat des Arztes ernst und nachdem das Knie ausgeheilt war, fiel die Entscheidung. Das Tennisracket wurde erst einmal verbannt und durch Golfschläger ersetzt. Für uns beide! Nach vielen Trainerstunden und noch mehr Übungseinheiten auf der Driving Range, einem Übungsgelände für Golfer, standen wir nach ein paar Monaten auf dem Golfplatz ganz in unserer Nähe. Obwohl unsere Runden katastrophal waren, packte uns das Golfspiel dermaßen, dass wir förmlich süchtig wurden, den kleinen weißen Ball in den Griff zu bekommen.

Vielen Taiwanern ging es nicht anders, auch sie waren verrückt aufs Golfspiel. Wann immer es die Zeit erlaubt, gehen sie mit Freunden oder Geschäftspartnern auf den Golfplatz. Nicht umsonst gibt es an die 25 Golfplätze rund um Taiwans Hauptstadt.

Dass Peter nun Golf spielte, sprach sich bei den Geschäftspartnern und Kunden in Windeseile herum. Damit hatte Peter mächtig an Gesicht gewonnen und oft erreichten ihn Golf-Einladungen! Für mich war der geschäftliche Golftreff tabu, ich vertrieb mir an diesem Tag die Zeit zu Hause oder manchmal auch beim Tennisspiel mit Freunden, wenn dieser Termin auf einen Samstag fiel.

Sonntags jedoch zogen wir beide los. Wie Recht der Arzt doch gehabt hatte. Die meisten der Golfplätze rund um Taipeh liegen an wunderbaren Orten, sind harmonisch in die Natur eingebettet und haben oft eine tolle Aussicht auf die Berge, auf das Ostchinesische Meer oder auf die Formosastraße, die Meerenge zwischen Taiwan und dem chinesischen Festland.

Damit konnte der ‚Chang Gung‘ Golfplatz nicht aufwarten, aber der Platz bestach mit seinem üppigen Baumbestand, der sich entlang jeder Spielbahn entfaltete und saftiges Grün lud zum Spielen ein. Archer, ein taiwanischer Geschäftspartner, hatte ihn gebucht, um mit uns zusammen Golf zu spielen.

Einige der 18 Löcher, die eine Runde ausmachen, hatten wir bereits gemeistert, mehr oder weniger gut. Nun lagen unsere Bälle abgeschlagen wieder auf einer Spielbahn, die sich wie ein Teppich unter meinen Schuhen anfühlte. Noch konnten wir die Fahne des Grüns nicht entdecken, dazu war die Spielbahn zu lang und sie folgte einer Linkskurve. Für Peter und Archer kein Problem, sie katapultierten ihre Schläge darüber hinweg. Mit diesen langen Schlägen konnte ich nicht mithalten, mein Ball landete nur an der Biegung, von der ich die Fahne sehen konnte. Sie wehte einladend.

Doch plötzlich erregte etwas anderes meine Aufmerksamkeit. In meiner Schusslinie machte sich ein riesiger Stein breit. Hm, die halbrunde Form erinnerte mich an etwas, doch Archer unterbrach meinen Gedankengang und rief mir aufgeregt zu: „Aim right side! Aim right!"

Verstanden, nach rechts soll ich zielen, um dem Hindernis auszuweichen. Ich richtete mich aus, doch mitten im Schlag bemerkte ich, dass das schief geht. Stoppen war unmöglich und der Ball raste als Tiefflieger los, direkt auf das steinige Gebilde zu. Irgendwo dort blieb er liegen.

Stille. Die Caddies, die die Trolleys mit unseren Golfbags zogen, schauten sich vielsagend an und verzogen ihr Gesicht. Archer brummte kopfschüttelnd. Ich schaute Peter fragend an, aber er wusste ihre Reaktionen auch nicht zu deuten.

Als wir uns der Stelle näherten, wo mein Ball verschwunden war, verkniff ich mir ein ‚so ein Mist!‘ Das Halbrund war ein gemauerter Sims aus Ziegelsteinen, auf einer Tafel in der Mitte befanden sich Schriftzeichen, darunter ein Gefäß mit abgebrannten Räucherstäbchen und die kleine ‚Terrasse‘ fehlte ebenfalls nicht. Wie um Gottes Willen kam eine Grabstelle auf einen Golfplatz? Nun war mir auch die komische Reaktion klar.

Ich schaute Archer fragend an, der sich in sicherer Entfernung aufhielt. Auch die Caddys blieben auf ihrem Beobachtungsposten.

„Frag nicht weiter, du weißt doch, wie sie sind!", flüsterte Peter mir zu, „Hol jetzt deinen Ball!"

„Ja, ja, ich weiß, ein Golfer kümmert sich selbst um seine Kugel!", konterte ich. Selbst mein Caddy machte keine Anstalten, mir zu helfen, was Caddys sonst tun.

Immer dieser Aberglaube, brummelte ich vor mich hin; und bloß nicht darüber sprechen, das bringt Unglück! Und was ist mit meinem Unglück!? Schließlich lag mein Ball in der Ruhestätte, auf die ich nun meinen Fuß setzen musste. Ich hoffte, der Tote hielt sich zurück und riss mich nicht mit seinen Knochenhänden in die Tiefe.

Als ich mich umsah, kamen mir auf einmal die Bäume unheimlich und dunkel vor, fast bedrohlich, auch das Grün der Spielbahn schien grau. Ob nach dieser Ruhestörung der Geist des Toten hier umherschwirrt? Nein, beruhigte ich mich, die Toten spuken doch nur in der Geisterstunde umher und kaum bei hellem Sonnenschein. Trotzdem durchzog ein Kälteschauer meinen Körper.

Ich hatte mich mit einem Schläger bewaffnet und so vorsichtig wie ich konnte, betrat ich die ‚Terrasse'. Erst einmal guckte ich umher, wollte so wenig wie möglich auf dem Grab herumlaufen. Vielleicht liegt mein Ball in dem Laubhaufen, der sich in der Ecke breit gemacht hatte. Mit meinem Schläger wühlte ich in den Blättern, aber dort war er nicht. Peter hielt von der anderen Grabseite Ausschau nach meinem Ball und witzelte: „Den hat sich bestimmt der Tote schon geholt!"

„Hör auf damit und hilf mir lieber suchen. Es reicht schon, auf dem Verstorbenen herumzugehen." Mir war unwohl.

„Schau mal, dort liegt er doch!", rief Peter und zeigte mit dem Finger darauf.

Mit Bedacht setzte ich einen Schritt vor den anderen, dann entdeckte auch ich meinen Ball. Er befand sich hinter dem Gefäß mit dem Räucherwerk und ruhte auf heruntergefallenen Räucherstäbchen. Als ich ihn aufhob, schwebte ein sanfter Duft von Sandelholz an meiner Nase vorbei. Ein Gruß von der Gruft!?

Gerade wollte ich meinen Rückzug antreten, als mein Caddy plötzlich ihre Sprache wiederfand: „Bitte, können Sie sich mit einer Verbeugung bei dem Verstorbenen entschuldigen? Seine Ruhe wurde gestört!"

Kam mir das nicht bekannt vor? Und dann beobachtete ich mich selbst, wie ich mich, mit dem Golfball und dem Schläger in der Hand, vor der Schriftzeichentafel verbeugte und eine Verzeihung fix hinterherschob. Und das passiert *mir*, auf einem Golfplatz! Nicht zu fassen!

Nach diesem Ritual verließ ich eiligst den bedrückenden Ort, doch das Grinsen von Peter hatte ich noch wahrgenommen. Na warte!

„Hier können Sie den Ball ohne Strafschlag weiterspielen!", verkündete mein Caddy und zeigte auf eine Stelle, die weit genug von der Grabstelle entfernt lag. Das war nur fair und ich freute mich darüber.

Wie geheißen, spielte ich von dort weiter. Aber nach dieser Grabstelle ging nix mehr. Am Ende hatte ich zu viele Schläge gebraucht und konnte das Loch streichen. Immer diese Toten!

Das Loch abhaken und konzentrieren, riet ich mir. Das wollte ich auch beherzigen, aber ... dieses Grab blieb nicht das einzige auf dem Gelände. Wie der Teufel es wollte, steckte ich bald darauf in der nächsten Bredouille.

„Das ist nur Kopfsache!", meinte Peter.

Klar, er hatte leicht reden, wie auch Archer konnten sie ihre

Bälle gut kontrollieren, passierten die Gräber mit Bravour. Aber auf mich und meinen Ball schienen diese Grabstellen eine magische Wirkung auszuüben. Hier ging es doch nicht mit rechten Dingen zu! Jedes Mal landete mein Ball auf oder neben den Gräbern! Und was noch schlimmer war, nach dem erwünschten Verbeugungsritual schlug ich den Ball so, als wenn der Tote weiterspielen würde. Kurz gesagt, ich versaute meinen Score. Lechzend erwartete ich das 18. Loch, denn für mich blieb es ein komisches Gefühl, Golf auf einem Gottesacker zu spielen.

Nach dieser für mich schlechten Runde stand ich im Badebereich und seifte mich tüchtig ein. Lange ließ ich das Wasser über meinen Körper laufen und befahl den unsichtbaren Geistern, gefälligst mit dem Schaum im Abfluss zu verschwinden. Das heftige Gluckern ignorierte ich.

Frisch angezogen, fühlte ich mich wieder erholt und freute mich auf das chinesische Essen, das mich im Clubrestaurant erwartete. Nachdem ein kühles Bier unsere erhitzten Gemüter entspannt hatte und unser erster Heißhunger gestillt war, hatte ich mein schlechtes Spiel vergessen, aber nicht die Gräber! Danach fragte ich Archer.

„Ach ja, die Gräber. Dieses Gebiet hier gehörte einmal einem Farmer und früher war es so üblich, seine Familienmitglieder darauf zu beerdigen."

Wie gerne hätte ich jetzt das Gespräch auf das Ausbuddeln und Bleichen des Skeletts gelenkt, aber das war dann doch zu pietätslos.

„Nun zu dem Golfplatz!", unterbrach Archer meine Gedanken. „Vor vielen Jahren interessierte sich ein Golfplatzbetreiber für Land in der Nähe Taipehs und dieses Gelände fand er ideal für einen Golfplatz. Nachdem er dem Landbesitzer ein Angebot gemacht hatte, ging man in Verhandlung. Doch das Problem waren die Gräber."

„Die hätte man doch entfernen können!", meinte Peter.

„So einfach ist das nicht. Der Landbesitzer beharrte auf der Erhaltung der Grabstätten! Ansonsten hätte er nicht verkauft."

„Was? Er wollte auf so viel Geld verzichten?", staunte Peter und auch ich verstand die Welt nicht mehr.

„Ja, die Ahnen sind uns sehr wichtig! Und wie ihr ja bemerkt habt, hat der Golfplatzbetreiber schließlich eingewilligt und diese Bedingung akzeptiert. Ein Golfplatz mit Gräbern ist wahrscheinlich einzigartig auf der Welt!"

Wirklich eine makabre Kuriosität, dachte ich.

36. Der Long Shan Tempel

Heute trafen wir uns mit Archer. Ein Ausflug ins älteste Viertel Taipehs war geplant; und in die berüchtigte Snake Alley, auf die ich besonders gespannt war. Lebendige Schlangen soll es dort geben! Doch zuerst statteten wir dem naheliegenden Long Shan Tempel, (Drachenberg-Tempel) einen Besuch ab. Obwohl ich mit Peter diesen Tempel bereits angeschaut hatte, freute ich mich trotzdem. Mir gefiel dieser außergewöhnliche spirituelle Platz.

„Das ist der älteste Tempel in Taipeh und den muss man gesehen haben!", schwärmte Archer, als wir davorstanden, „1738 begannen Siedler aus Fujian, China, mit dem Bau des Tempels und innerhalb von nur zwei Jahren wurde er fertiggestellt! Eine wunderbare Legende besagt, dass einst ein Mann an dieser Stelle vorbeikam und sich an einem Baum ausruhte. Als er weiterzog, vergaß er sein Amulett, das er an einen Ast des Baumes gehängt hatte. Dieses Amulett verbreitete in der Nacht ein gleißendes Licht, das weit hinaus in die Landschaft strahlte. Zuerst erschraken die Menschen darüber, doch dann fanden sie heraus, dass es das Amulett der ‚Guan-Yin', der Göttin der Barmherzigkeit, war, und dieses Amulett sogar Wünsche erfüllen konnte. Sie waren so dankbar darüber, dass sie an der Fundstelle diesen Tempel errichteten. Natürlich wurde er der Göttin Guan-Yin gewidmet."

„Was für eine schöne Geschichte!", stimmte ich zu.

„Ja, aber weniger schön ist, dass der Tempel oft durch Erdbeben und Taifune zerstört wurde. Selbst im Zweiten Weltkrieg wurde er bombardiert und schwer beschädigt. Doch fleißige Hände bauten ihn jedes Mal wieder auf."

Beim Haupteingang zur Tempelanlage, die von einer Mauer geschützt wird, empfahl Archer, die rechte Seite zu nehmen.

„Das ist die ‚Drachen'-Seite! Den Ausgang auf der linken Seite nennen wir ‚Tiger'. Wie ihr seht, regelt man so den Menschenstrom. Der versperrte Mittelteil wird nur für Prozessionen und Zeremonien geöffnet."

Wie auf einem Jahrmarkt schoben sich die Menschen durch den Ein- und Ausgang. Das gab mir genügend Zeit, mir das Portal genauer anzuschauen. Auf dem üppig verzierten Doppeldach, das auf vier Betonpfeilern ruhte, prangten bunte Blumenornamente und brüllende Drachen. Ein wahrlich farbiger ‚Kopfschmuck' für die nackten Betonpfeiler, in denen nur Schriftzeichen eingeritzt waren.

Nachdem wir den unsichtbaren ‚Drachen' bezwungen hatten, betraten wir die heilige Stätte. Auf dem Tempel prangte ebenfalls ein traditionell dekoriertes Doppeldach, bunte Drachen und auch Fabeltiere tummelten sich auf den Dachsparren. Außerdem fiel mir auf, dass Gold die tonangebende Farbe der Holzschnitzereien und der Schriftzeichen war, die den Tempel üppig zierten.

Wie ein Zufluchtsort fügte sich der Tempel in das Wohngebiet ein, doch von beschaulicher Ruhe fürs Gebet, was ich aus Kirchen kenne, war nichts zu spüren. Hier war der Bär los. Nicht nur Gläubige fanden den Weg hierher, auch Touristen aus aller Herren Länder wuselten an diesem Ort. Einige Männer saßen etwas abseits in fröhlicher Runde und frönten dem Alkohol.

Weissagungen waren an solchen Orten sehr beliebt und etliche Besucher ließen sich auch hier die Zukunft voraussagen, indem sie mondförmige Holzstücke für ihr Glück warfen oder nummerierte Orakelstäbchen schüttelten, bis eines aus dem Bambusbehälter herausfiel. Dieses bestimmte dann ihr Schicksal ...

Als Opfergabe für die Gottheiten wurde Geld für die Himmelsbox gespendet, aber auch Blumen, Gemüse, Früchte, Gebäck, Süßigkeiten oder Getränke, die sich bereits auf einem langen Altartisch aufreihten.

„Die Tempelanlage umfasst ca. 1600 qm und der Tempel selbst ist dem chinesischen Schriftzeichen ‚hwei' nachempfunden.", hörte ich Archer sagen, indem er das ‚hwei', 回, auf seine Hand malte.

„Das Viereck im Zentrum, das ist die Haupthalle des Tempels.

Lasst uns doch hineingehen!"

Als wir zuerst das ‚große Viereck' des ‚hwei' betraten, war der Geräuschpegel recht hoch. All die Menschen sprachen wild durcheinander, lachten oder husteten. Sobald wir aber das Innere des Tempels, das kleine Viereck des ‚hwei', betraten, umgab uns trotz vieler Besucher eine erholsame Ruhe. Vielleicht lag es am schummrigen Licht oder an den zahlreichen Gottheiten, die vom Publikum Respekt erwarteten.

Ich sah mich um. Gold und Rot, die Farben der Macht und des Ruhms, dominierten stark. Überall brannten kleine Lichter, flackerten Kerzen und der goldgelbe Schein der unzähligen Lampions an einer Wand vermittelten eine heimelige Atmosphäre. Zart duftete es nach Sandelholz und anderen aromatischen Kräutern.

Auf die Vielzahl von Steinmetz- und Bronzearbeiten und Holzschnitzereien machte uns Archer aufmerksam, sie seien einzigartig in diesem Tempel. Dem konnten wir nur zustimmen. Speziell die spiralförmig geschnitzte Holzdecke und die Steinsäulen, auf denen sich herausquellende Drachen schlängelten, fielen ins Auge. Das war echte Handarbeit von Architekten und Künstlern, die hier eine Meisterleistung vollbracht hatten.

„Manchmal nennen wir diesen Tempel auch ‚Treffpunkt der Götter'.", flüsterte Archer, „weit über hundert Götter und Gottheiten werden hier verehrt! Für jedes Problem kann man einen von ihnen aufsuchen!"

Mit den vielen Göttern hatte er Recht. Von überall her beobachteten uns Statuen, Bildnisse und Figuren in den verschiedensten Größen. Wie auf Theaterrängen saßen an einer Wand über fünfzig buddhistische Götterfiguren in goldenem Gewand und beobachteten die Anwesenden, die einer Parade gleich vor ihnen her flanierten. Manche Besucher blieben stehen und verbeugten sich oder beteten. Anscheinend hatten sie den richtigen Ansprechpartner entdeckt und murmelten ihnen ihre Wünsche zu. Ob sie erhört oder gar erfüllt wurden, blieb ein Geheimnis.

Die Namensgeberin des Tempels, Guan-Yin', war gleich mehrmals zu sehen. Als Bild und Statue, jedoch geschützt hinter Glas, strahlte ihr Gesicht jedes Mal vollkommenen Frieden aus.

‚Guan-Yin', die Göttin der Barmherzigkeit und der Gnade. Vielleicht zog sie deshalb so viele Bittsteller an, was der gut bestückte Altar davor vermuten ließ.

Satt gesehen an Gold und Göttern, tauchten wir wieder in den Sonnenschein ein. Archer führte uns sogleich an ein riesiges Messinggefäß, in dem sich bereits jede Menge angezündete Räucherstäbchen in Rauch auflösten.

„Hier macht man Krankheiten den Garaus! Möchtet ihr auch ein paar Räucherstäbchen?", fragte er und hielt drei für jeden von uns bereit, „Damit wird die Aufmerksamkeit der Götter erweckt, die Gebete sollen ja auch erhört werden!"

„Na klar, da mache ich mit!", antwortete ich prompt, auch Peter ließ sich hinreißen.

„Ihr müsst Folgendes tun: Zuerst verneigt ihr euch mit den angezündeten Stäbchen und erbittet Hilfe. Dann steckt ihr die Stäbchen ins Gefäß und fächert den Rauch zu der Stelle eures Körpers, wo die Probleme sind."

Mit dieser Aufforderung schob er uns in den Pulk von Bittstellern, die für uns bereitwillig Platz machten. Ich buchte es unter Ausländerbonus ab.

Wie ich bereits ahnte, war diese Prozedur nicht Peters Ding. Und richtig, er verbeugte sich halbherzig, steckte seine Stäbchen ins Gefäß und verzichtete aufs Fächern. Doch ich war bereit, wedelte den Rauch der Stäbchen kräftig auf meine Schulter, die mich manchmal zwickte.

Auch die anderen Bittsteller wedelten unermüdlich, doch sie bedachten keine anderen Körperteile mit Rauch, sondern fächelten den grauen Dunst immer in Richtung Kopf. Hatte denn niemand irgendwelche anderen Wehwehchen? Nun ja, ein Bein zu heben, um an den Rauch zu kommen, würde auch ein köstliches Bild abgegeben. Vielleicht meint man ja auch, die Ursache allen Übels läge allein im Oberstübchen!? Ich überlegte nicht lang und wedelte den Rauch ebenfalls auf mein Haupt. Nun war ich doppelt abgesichert. Ansonsten werden es die Götter schon richten!

37. Schlangengetier und andere Viecher

Den Schauplatz der Götter und Drachen verließen wir natürlich durch den Tiger-Ausgang und die Welt der hupenden Autos und Abgase hatte uns wieder. Doch Archer führte uns weg vom Straßenrummel und bald schlenderten wir durch die Kräutermedizin-Gasse, in der es wunderbar duftete. Ich entdeckte getrocknete Blätter, Wurzeln, Pilze, Pillen und Tinkturen, doch die chinesischen Schriftzeichen lösten die Namen der Wundermittel für mich nicht auf. Wir zogen weiter und nach ein paar Straßen erreichten wir die Snake Alley.

Archers Zeitmanagement war hervorragend, genau richtig für den Bummel in der Schlangengasse, deren Tore sich um 16 Uhr geöffnet hatten. Ich freute mich. Doch die Freude verflüchtigte sich schnell, als wir durch das hohe rote Portal traten. Erloschen war die goldene Zeitspanne, die wir im Tempel verbracht hatten. Hier empfing uns ein klares Kontrastprogramm. Obwohl die bunten Reklameschilder der Geschäfte Heiterkeit versprachen und die Marktschreier noch einiges mehr, war mein erster Eindruck: hier ist es grau und schmuddelig.

„Taipeh ist bekannt für seine Nachtmärkte!", meinte Archer, „Doch der ‚Huaxi Street Night Market', wie er richtig heißt, ist der berühmteste und auch der berüchtigtste! Früher war er ein Rotlichtviertel. Nun ja,", lenkte er ein und grinste Peter an, „obwohl es gesetzlich verboten ist, findet man noch einige versteckte Bordelle in den Nebengässchen."

Die brauchte er uns aber nicht zu zeigen, dachte ich, und blieb demonstrativ vor einem Laden stehen. Doch ich wäre besser weitergegangen, denn was hier feilgeboten wurde, war mehr als befremdlich. Wie gebannt schaute ich auf das Regal hinter der Theke, in dem große Standgefäße zur Schau aufgereiht waren. In diesen Gefäßen stapelten sich in einer Flüssigkeit gleich mehrere Schlangen kunstvoll aufeinander. Dunkle, helle, kleine und größere Exemplare, die mit allem Drum und Dran im Dornröschenschlaf versunken schienen! Eingelegt und haltbar gemacht wie saure Gurken!

Was wollte man mit eingelegten Schlangen? Dekoration fürs Wohnzimmer war nun doch zu krass! Prompt kam Archers Antwort auf meine Überlegungen.

„Diese Methode ist schon über 2000 Jahre alt und gehört als Therapeutikum fest zur Traditionellen Chinesischen Medizin! Der Schnaps hat heilende Wirkung für vielerlei Krankheiten! Die Giftschlangen liegen in 45%igem Alkohol, was den wirksamsten Sud hervorbringt. Aber keine Angst, das Gift ist unwirksam geworden. Möchtet ihr mal probieren?"

„Um Gottes Willen, nein!", schreckte ich zurück, auch Peter wandte sich ab.

„Das schmeckt gar nicht so schlimm und außerdem gibt es Kraft, speziell für den Mann.", wollte Archer uns überzeugen, doch ohne Erfolg.

Mittlerweile hatten sich andere Besucher der Alley zu uns gesellt und beobachteten neugierig, was vor sich ging. Archer nahm das wohl als Ansporn und mit einem Zeichen ließ er sich ein Schnapsglas von dem Sud ausschenken. Als er es Peter reichte, schüttelte der kräftig den Kopf und ich trat vorsichtshalber zwei Schritte zurück. Was sollte ich mit einem Potenzmittel?

„Nun gut! Wenn niemand will ...", meinte er und kippte sich den Schlangenschnaps hinter die Binde. Igitt, dachte ich nur, mich ekelte es allein schon beim Zuschauen. Leicht verzog Archer sein Gesicht, doch als Beifall ertönte, lachte er.

Auch der Ladenbesitzer schien sich zu amüsieren. Seine Chance erkannt, ließ er uns alle noch nicht so schnell vom Haken und mit einem „Wait a moment!", zauberte er einige bauchige Flaschen auf die Theke.

Im ersten Moment dachte ich, was für wunderschön gemustertes Glas, doch ich vergaß, dass wir in einem Laden für Schlangenmedizin waren.

„Very cheap price, not expensive!", pries er seine weiteren Beutetiere an.

Diese toten Schlangen zu sehen, machte mich traurig, und doch lösten sie eine Faszination auf mich aus, dass ich jede Flasche genau betrachten musste.

In der einen präsentierte sich eine Schlange, die sich selbst in den Schwanz biss und in der anderen, ich konnte es kaum glauben, hatte man das Reptil mit einem schwarzen Skorpion dekoriert. Dann blickte ich in die Augen einer wunderschönen Kobra. Den Kopf hatte sie aufgestellt, der Nackenschild war gespreizt, sie schien bereit zum Angriff! Doch der Kampf war verloren, das Licht ihrer Augen erloschen! Nur ihre gespaltene Zunge streckte sie uns frech entgegen.

Obwohl uns der Ladenbesitzer wiederholt vom guten Preis überzeugen wollte, hätte ich das selbst ‚for free‘ nicht angenommen und Peter auch nicht. Zum Glück kam Archer nicht auf die Idee, uns eine Flasche zu schenken.

Aber trotzdem interessierte mich die Prozedur, wie die Schlangen in die Flaschen kommen. Denn ich hatte festgestellt, dass sie mit ‚Haut und Haar‘ in den Gefäßen lagen.

„Das ist gar nicht so schwer. Auf jeden Fall werden die Schlangen einige Zeit nicht gefüttert, damit sie sich entleeren können. Kot soll nicht im Schnaps schwimmen. Bevor die Schlangen in die Gefäße kommen, unterkühlt man sie, das macht sie bewegungslos. Doch manche Schnapshersteller wollen von Kühlung nichts wissen, packen die Schlange gleich hinter dem Kopf, damit sie nicht beißt, und mit dem Schwanz voran geht's ab in die Flasche. Körper und Kopf folgen automatisch und sie versinkt im Alkohol. Dort reift sie für einige Wochen."

„Du meinst, sie werden lebendig eingelegt?", fragte ich entsetzt.

„Ja, man darf sie weder verletzen noch töten, sonst würden sie möglicherweise vermodern.", meinte Archer mit solcher Selbstverständlichkeit, dass mir ganz anders wurde. Doch er glaubte anscheinend fest an diese Methode und auch an die Wirkung dieses Mittels.

„Aber so muss sie jämmerlich ersaufen!", warf ich ein. Mir taten alle Schlangen unendlich leid und der Skorpion natürlich auch.

„Ja, das müssen sie. Denn lebend eingelegt entwickelt sich der beste Sud! Schlangenschnaps hilft bei Rheuma, Weitsichtigkeit, Haarausfall und vielem mehr! Es ist ein Wundermittel!", pochte er wie unbeteiligt auf die Zubereitung und deren Wirkung.

„Wundermittel?", wiederholte ich, „wie kommt es dann, dass es so viele Brillenträger und Haarlose gibt?"

Archer grinste verschmitzt: „Die haben eben noch nicht genug Schlangenschnaps getrunken!"

„Ha, ha, ha!", konnte ich dazu nur sagen und schaute Peter an. Obwohl er sich aus unserer Unterhaltung rausgehalten hatte, lachte auch er.

„Aber es kommt auch vor, dass die Schlangen nach dem Einlegen nicht sofort sterben. Manche haben die Fähigkeit, ihren Stoffwechsel herunterzufahren und für ein paar Monate in Winterschlaf zu verharren!", machte uns Archer neugierig.

Ob er uns neben all den Schlangen einen Bären aufbinden wollte? Lieber fragte ich nochmal nach: „Du meinst, sie stecken in der Flasche mit dem Alkohol und leben noch einige Zeit weiter?"

„Ja, und das ist nicht nur einmal passiert. Wegen rheumatischen Beschwerden hatte eine Frau ihren eigenen Schlangensud gebraut. Nach ein paar Wochen öffnete sie das Gefäß, um sich damit einzureiben, doch der Kopf des Reptils schoss plötzlich durch die Öffnung der Flasche und biss sie in die Hand!"

„Und, hat sie tüchtig gelitten?", fragte ich schadenfroh.

„Nein, das Gift war nicht mehr wirksam und sie kam mit einer Bisswunde davon."

„Jetzt übertreibst du aber mächtig, Archer!", schaltete sich Peter auf einmal ins Gespräch ein.

„Nein, das ist wahr!", behauptete er fest, „Das stand sogar in der Zeitung!"

Wie auch immer, dieser Ausflug in die Schlangengasse blieb eklig, ... aber auch spannend! Ein Geschäft nach dem anderen bot die reinsten Wundermittel zum Kauf an. Hochwirksame Tinkturen für Haarausfall oder Cremes gegen Gesichtsfalten, auch Salben für Hühneraugen Fußpilz und Ausschlag, die mit hässlichen Abbildungen von offenen Wunden an Füßen beworben wurden.

Doch die erfolgreichsten Geschäfte schienen die zu sein, die Produkte für die Manneskraft anpriesen. In diesem, vor dem wir standen, war Schlangensud passé und Penisse vom Rotwild rückten in den Fokus! In großen Gläsern lagerten die Begattungsorgane und sahen aus wie Äste. Man konnte sie mundgerecht und stückweise, als Pulver in Dosen oder in Flüssigkeit eingelegt erwerben. Auf jeden Fall waren Potenzmittel aller Art der Renner in diesem Viertel. War die Angst so groß, die Manneskraft zu verlieren, fragte ich mich.

Der nächste Laden, an dem wir vorbeikamen, offerierte ebenfalls harten Tobak. Spitzenreiter waren Frösche und

Kröten! Auf Eis lagen sie aufgereiht nebeneinander, vereint im Tod, wie ich hoffte …

Gerade kaufte eine Frau drei von diesen dicken Amphibien. Ich sah, dass auch sie nicht ausgenommen waren, als der Ladenbesitzer sie in eine Tüte fallen ließ. Freudig bezahlte die Frau und nahm die Tüte entgegen.

„Das Fleisch schmeckt wie Hühnchen, ist aber noch zarter!", meinte Archer, als er meinen Blick auffing.

Ich nickte und erinnerte mich, dass ich vor langer Zeit Froschschenkel probiert hatte. Obwohl sie wie Hühnchen schmecken, war es trotzdem nicht mein Ding. Vor allem, lebenden Fröschen die Schenkel auszureißen, wie es aus der französischen Küche bekannt geworden war, fand ich grausam.

„Und was hängt da oben?", wollte ich von Archer wissen und zeigte auf nackte Kreaturen, die mir unbekannt waren.

„Das sind Schildkröten!"

„Schildkröten?"

„Ja, sie sind eine Delikatesse!"

Das war es damals in Europa auch, als Schildkrötenfleisch als Dosensuppe angeboten wurde. Diese Produkte waren lange schon verboten!

Doch was sie hier mit diesen Panzertieren anstellten, war schon ungeheuerlich. Ich hatte noch nie eine Schildkröte ohne ihren Schild gesehen. An den Beinen hatte man die armen Viecher aufgespannt und sie hingen wie zum Trocknen zwischen zwei Drähten oberhalb der Theke.

„Kommt, lasst uns dort drüben hingehen!", machte ich meiner Verzweiflung Luft. Ich musste hier weg, sonst drehte sich mir noch der Magen um.

Mit einer Kehrtwendung ging ich in das gegenüberliegende Geschäft, das allerlei Krimskrams und Souvenirartikel anbot. Dort erholte ich mich etwas.

In diesem Laden könnte ich mich ausruhen, der mit einer einstündigen Fußmassage warb. Entspannen und geistig alles verdauen, was ich gesehen hatte, würde guttun. Doch dafür blieb keine Zeit, Archer drängte bereits, weiterzugehen.

Die Schlangen und anderes Getier blieben natürlich die anziehende Sensation in dieser Gasse. Deswegen kamen die Leute hierher. Mittlerweile hatte sich die Alley mit Touristen und auch Einheimischen stark gefüllt. Sie wollten, wie auch wir, nun die größte Attraktion erleben, die die Snake Alley zu bieten hat: den Schlangenbesitzer Din-Fu Hung und seine Show!

Die Schlangen konnte man anschließend auf der Menükarte seines Restaurants wiederfinden, das bereits seit 1968 bestand, erfuhren wir von Archer.

Das Lokal selbst war nichts Besonderes, es lag etwas im Hintergrund einer Art ‚Bühne‘ und sah eher nach Spelunke aus. Man wäre vorbeigelaufen, wenn da nicht als Blickfang ein Terrarium mit einem riesigen Python gestanden hätte. Terrarium ist zu hoch gegriffen, eigentlich war es ein nackter Glaskasten, in dem die Würgeschlange als Lockmittel diente. Das Tier stach sofort ins Auge, denn es war kein braungescheckter Python, sondern ein Albino! Wunderschön und edel sah er aus. Ganz in weiß mit hellgelben Flecken lag er aufgerollt und vollkommen entspannt in einer Ecke und machte ein Nickerchen. Anscheinend wissend, dass er nur Ausstellungsware war und ihm hier nichts geschehen konnte. Doch das kleine gelbe Küken wusste von alledem nichts. Unbedarft hüpfte es vor dem Python umher und ahnte nichts von seinem Schicksal. Noch hatte es Karenzzeit, doch sobald der Python Hunger verspürte, war des Kükens Los besiegelt.

Neben dem Terrarium türmten sich aufgestapelte Stahlkäfige, in denen jeweils eine Schlange döste. Sicher hatte man sie unterkühlt, so regungslos wie sie dort verharrten. Leider machten Schilder darauf aufmerksam, dass das Fotografieren strengstens verboten sei. Schade, gerne hätte ich ein paar Bilder geschossen, vor allem von der Show, die jetzt begann. Eine große Menschenmenge drängte sich bereits vor dem langen Tisch, der als Bühne mit Spotlicht erhellt wurde. Ich war froh, dass wir rechtzeitig Plätze in der vorderen Reihe ergattern hatten. Noch wusste ich ja nicht, was mich erwartete.

Archer ließ uns wissen, dass die Zeiten in Taiwan nicht immer rosig waren und man in der Not Schlangen gegessen hat. Fleisch sei rar gewesen und Schlangen hätte es ausreichend auf der Insel gegeben.

„Doch als es den Menschen besser ging,“, sprach er weiter, „hatte Mr. Hung die Idee, Schlangenfleisch nicht nur für Einheimische, sondern auch als touristische Attraktion mit dieser Show anzubieten. Er hat bis heute großen Erfolg damit, wie ihr sehen könnt!"

Hinter dem Tisch machte sich Mr. Hung bereit, auf seiner Brust baumelte ein Mikrophon. Lautstark begrüßte er die Zuschauer.

Seine Hand zeigte auf die Stahlkäfige und wir folgten seiner Geste. Mit gekonntem Griff holte er eine Schlange aus dem Käfig und riss sie damit brutal aus dem Schlaf. Hinter dem Kopf gefasst, hielt er sie hoch, damit man sie auch in der hintersten Reihe sehen konnte. Das war der Schlange sichtlich unangenehm und sie zappelte wie verrückt, doch aus dem eisernen Griff konnte sie sich nicht befreien. Sie maß vielleicht knapp einen Meter, schätzte ich und ihre grüne Farbe schillerte bei jeder Bewegung anders.

„Ihm fehlen ja fast drei Finger!", flüsterte ich Archer zu.

„Da war die Schlange schneller!", war seine Antwort und ich fragte mich, warum Mr. Hung keine Handschuhe trägt.

„Es war eine Chinesische Nasenotter, im Volksmund nennt man sie auch ‚Snake of 100 steps'. Mr. Hung hatte die Wahl zwischen 100 Schritte und tot umfallen oder sich den Finger abzuhacken! Und ihr seht ja, …!"

Bekanntlich wachsen Menschen in großer Verzweiflung und Lebensgefahr über sich hinaus. Fingerabhacken, ich bewunderte diese Courage. Zum Glück war ich kein Schlangenfänger und ich machte auch lieber einen großen Bogen um sie, obwohl ich manche wunderschön finde.

„Bamboo-Snake, Bamboo Snake, very poison!" schrie Mr. Hung ins Mikrophon, fuchtelte plötzlich mit der armen Kreatur vor der ersten Reihe herum und machte auch vor mir nicht Halt. Unvermutet blickte die Schlange in meine angstvollen Augen und die gespaltene Zunge kam mir gefährlich nahe. Zurückweichen war nicht möglich, hier stand man eng an eng. Was wäre, wenn die Schlange sich jetzt befreite und dann in Todesangst zubeißen würde?

Dem Publikum erging es wahrscheinlich ähnlich, doch niemand löste sich aus der Schar, sondern verfolgte voller Neugier und Schauder weiterhin jede von Mr. Hungs Bewegungen; und die der Schlange! Sensationslust hatte sich breit gemacht.

Mr. Hung packte nun mit der anderen Hand den Schwanz der Schlange und lockerte den Griff am Kopf. Sichtlich erleichtert entspannte sich das Tier, doch im gleichen Moment stürzte es kopfüber nach unten und hing wie an einem seidenen Faden in Mr. Hungs Faust. Doch die Achterbahnfahrt fand damit kein Ende. Die Schlange sauste nach oben, schlug kurz auf Mr. Hungs Rücken auf und im Sturzflug ging's für sie wieder nach unten.

Ich ahnte Böses, schloss meine Augen noch rechtzeitig, bevor ich den Klatscher auf dem Betonboden ansehen musste. Doch meine Ohren hatten alles mitbekommen, auch das Raunen und Stöhnen des Publikums.

Was für eine grausame Vorstellung! Als ich mich umschaute, konnte ich dennoch in keinem der Gesichter Mitleid erkennen. Ob es daran lag, dass Schlangen nicht gerade zu den Lieblingstieren gehören? Keine Zeit für weitere Gedanken, das Schauspiel ging weiter.

Wie eine Trophäe hielt der Schlangenmeister nun das grüne Reptil hoch. Besiegt und leblos hing es in seiner Hand, ob nur benommen oder tot, ließ sich nicht sagen. Schnell durchbohrte Mr. Hung das Tier am hinteren Kopf mit einem Fleischerhaken, der an einem der Wandnägel landete, die wohl speziell dafür dienten.

Mit einem Griff in die Hosentasche förderte er eine kleine Schere hervor und schritt zur Vollendung. Mit Bedacht ritzte er in die hellgrüne Bauchhaut, bis Eingeweide hervorquollen, doch die interessierten Mr. Hung nicht. Er führte die Schere weiter in den Bauch der Schlange hinein.

„Er durchtrennt nun die Bauchschlagader.", flüsterte Archer.

Dem Meister wurde eine Glaskaraffe gereicht und er hob die Schlange am Schwanz hoch. Nun konnten wir mitverfolgen, wie der rote Lebenssaft aus der Schlange direkt in die Karaffe hineinfloss. Ein weiterer Schnitt, eine weitere Glaskaraffe, die sich mit dunkelgrüner Flüssigkeit füllte.

„Gallensaft!", raunte Archer.

Stolz hielt Mr. Hung beide Glasbehälter in die Höhe. „Do you want a cocktail?", schrie er durchs Mikrophon, vermischte dabei etwas von den Substanzen mit einer Flüssigkeit und füllte es in mehrere Schnapsgläser.

Von Archer erfuhren wir, dass beide Essenzen, entweder mit Reiswein oder mit 45% Alkohol gemischt, ebenfalls zur

Traditionellen Chinesischen Medizin gehören.

„This is good for your energy, for power, … and for stamina, specially for men!", bekräftigte Mr. Hung die Wirkung von Energie und Ausdauer für die Manneskraft. Auffordernd blickte er auf seine Zuschauer.

Tatsächlich lösten sich drei alte Taiwaner aus dem Publikum und man konnte gar nicht so schnell gucken, wie das Blut-Gallen-Alkoholgemisch in ihren Schlünden verschwand. Anschließend zockelten sie lachend ins Restaurant.

Aha, dachte ich, die Schlangensuppe noch obendrauf, damit bei ihnen nochmal die Post im Nest abgeht. Die mussten aber wirklich verzweifelt sein.

Mr. Hung nahm die Schlange vom Haken und die Show war zu Ende. Doch einige der Schaulustigen schienen ebenfalls überzeugt und fanden den Weg in Mr. Hungs Restaurant.

„Kann ich euch zu einer Schlangensuppe einladen?", lockte uns Archer, „Sie wird von Mr. Hung höchstpersönlich zubereitet."

Das konnte uns nicht aus der Reserve locken, höflich lehnten wir ab.

Ich wollte keine Schlange essen. Wenn ich mir nur vorstellte, mir dieses Tier einzuverleiben, dessen Leidensweg ich verfolgt hatte, bekäme ich sowieso keinen Bissen hinunter. Und wer weiß, nachher müssen wir noch das Blut- und Gallengmisch probieren, damit niemand das Gesicht verliert. Doch mir war es schnuppe, wieviel Gesichter Archer mittlerweile verloren hatte, weil er uns nicht zu solchen Eskapaden einladen konnte. Da musste er sich schon etwas anderes einfallen lassen. Bei Schlangensuppe oder Reptilienschnaps, da machte ich auf keinen Fall mit!

P.S.: Wegen fehlendem Nachwuchs hat Mr. Hung 2018 sein Geschäft schließen müssen. Heutzutage gilt es als altmodisch, Schlange zu essen und Tierschützer erreichten, dass keine Schlangen mehr öffentlich getötet werden dürfen. Nur noch zwei Schlangenrestaurants haben in der Snake Alley überlebt!

38. Mr. Wu, der Akupunkteur!

Nach unserem Heimaturlaub kamen wir, wie jedes Mal, wieder vollbepackt mit deutschen Lebensmitteln zurück nach Taipeh. Doch nicht nur fürs leibliche Wohl hatten wir gesorgt, sondern auch unsere gesundheitliche Verfassung von einem Arzt prüfen lassen. So weit war alles ohne Befund, nur meine Schilddrüse machte mit erhöhten Werten auf sich aufmerksam. Die Blutwerte zeigten eine Überfunktion. Nun wusste ich auch, woher meine innerliche Unruhe und auch das gelegentliche Herzrasen kam, die ich bereits seit einiger Zeit spürte. Der Arzt wollte mir jedoch erst nach einer radiologischen Untersuchung ein Medikament empfehlen, doch ein Termin war vor unserem Rückflug nicht mehr möglich, so schob ich die ganze Angelegenheit auf später.

Als wir wieder in Taipeh waren, meldete ich mich zurück bei Heidi, einer guten Bekannten, und erfuhr von ihr, dass eine Akupunkturhysterie die ausländische Gemeinschaft ergriffen habe. Viele vereinbarten Termine bei Mr. Wu, der als begnadeter Akupunkteur galt und bereits einigen geholfen habe. „Ich bin seit einigen Wochen auch Patientin bei Mr. Wu und ich fühle mich so wohl, wie seit langem nicht mehr!", schwärmte Heidi, „Ich habe kaum noch Kopfschmerzen, die mich echt oft geplagt haben! Die Nadeln haben das ‚Chi', die Lebensenergie, meines Körpers wieder stimuliert und eine heilungsfördernde Wirkung ausgelöst!"

„Das ist ja ein toller Erfolg!", freute ich mich für sie.

„Wusstest du, dass es an die 400 verschiedene Akupunkturpunkte gibt?"

„Was? Und wie viele davon sticht Mr. Wu? Doch nicht alle?" Mir behagte das Einstechen von Nadeln in meine Haut gar nicht, es reichte mir schon, wenn ich mich beim Nähen versehentlich stach und es dann blutete.

Sie lachte. „Wo denkst du hin, Eva? Mr. Wu sticht nur die, die meinen Kopfschmerzen den Garaus machen! Magst du nicht mal mitkommen und es dir ansehen?"

„Hm, ich weiß nicht!", blieb ich vage.

„Überleg es dir, ich muss jetzt los. Bis zum nächsten Mal und gutes Einleben!"

Nach diesem Anruf griff ich mir spontan an meine Schilddrüse. Ich hatte Heidi bewusst nichts von diesem Problem erzählt, ich wollte nicht von ihr überredet werden. Wie ich sie kannte, ließ sie dann nicht locker. Erst einmal wollte ich mir selbst ein Bild von der hochgelobten Akupunktur machen, schließlich lebten wir an der Quelle ihres Ursprungs!

Akupunktur ist eine fast 3000 Jahre alte Tradition und hat seine Wurzeln in China. Alteingesessene Ärztefamilien haben sie mit nach Taiwan gebracht. Trotz Modernisierung in allen Bereichen im Land, auch in medizinischen, konnte sich die Akupunktur trotzdem halten. Und Taiwan entwickelte mit den Jahren eine eigene TCM, die neben den traditionellen Elementen auch spirituelle beinhaltet.

Die TCM, die Traditional Chinese Medicine, ist eine Heilkunde, zu der nicht nur die Akupunktur gehört, sondern auch chinesische Arzneimittel und Kräuter, Massagetechniken, Bewegungsübungen und eine Diät, die bei Erkrankungen bzw. zur Gesunderhaltung eingesetzt werden.

Dieses ganzheitliche Konzept möchte die Harmonie in einem Menschen wiederherstellen, wenn er ‚aus seiner Mitte gefallen‘ ist und nicht mehr im Einklang mit sich selbst, mit der Natur oder mit seiner Umgebung steht. Diese Disharmonie kann sich durch Beschwerden oder Krankheiten bemerkbar machen, die körperlicher sowie auch seelischer Natur sein können.

Weiterhin geht die TCM davon aus, dass die Ursache von Störungen einer Imbalance von Yin und Yang zu Grunde liegt. Die zwei gegensätzlichen Pole, wie weiblich und männlich, schwarz und weiß usw. befinden sich in ständiger Wandlung und suchen den Ausgleich. Das ist in der Natur so und auch im Menschen.

Diese Yin-Yang-Symbole werden als Anhänger und Bilder auf Nachtmärkten und in Tempeln verkauft. An meiner Handtasche hing seit langem solch ein Glücksbringer.

Ich wusste, dass nach der chinesischen Auffassung ein Zuviel von Yang ein Zuwenig von Yin auf der anderen Seite zeigt und umgekehrt. Daraus zog ich den Schluss, dass meine Schilddrüse durch die Überfunktion im Ungleichgewicht war. Das würde ein TCM-Therapeut mit einer Pulsdiagnose feststellen, die eine wichtige Methode bei der Akupunktur ist.

Ich wägte ab. Zum Arzt müsste ich sowieso, um meine Beschwerden behandeln zu lassen, da könnte ich doch auch zuerst ... Vielleicht wäre es Mr. Wu möglich, das Aufflackern meiner Schilddrüse durch Akupunktur zu beruhigen und mich wieder in Einklang zu bringen! Damit entging ich eventuell einer ständigen Tabletteneinnahme!

Nach ein paar Tagen des Überlegens gab ich mir einen Ruck! Einen Versuch war es wert! Kurzentschlossen rief ich Heidi an. Sie freute sich riesig über meine Entscheidung und war voller Zuversicht, dass eine Akupunkturbehandlung die Schilddrüse wieder in die Schranken weisen könnte. Nachdem der Termin bei Mr. Wu feststand, fuhren wir an einem sonnigen Morgen gemeinsam nach Down-town.

Während der Fahrt lag mir jedoch eine Frage auf der Seele, die ich noch loswerden musste: „Heidi, schmerzen die Nadeln eigentlich beim Hineinstechen?"

Sie lachte. „Ich weiß nicht, wie Mr. Wu das macht, aber ich spüre kaum ein Fitzelchen, wenn er sie in die Haut platziert!"

Das beruhigte mich ungemein, trotzdem war ich gespannt, wie ich darauf reagieren würde.

„Du, Eva, ich muss dir etwas sagen! Äh, ... ich bin nicht nur wegen der Kopfschmerzen bei Mr. Wu.", griff Heidi das Thema noch einmal auf und schien dabei irgendwie verlegen zu sein.

„Weswegen noch?"

„Ich möchte unbedingt schwanger werden, das ist der wahre Grund! Aber bitte, sag's nicht weiter!"

„Natürlich nicht, ich schweige wie ein Grab!", versprach ich, „Aber mal im Ernst, ist das mit Akupunktur möglich?" Ihr Glaube daran erstaunte mich sehr.

„Ja, das ist es! Weißt du, wir haben von Hormontherapie bis künstliche Befruchtung alles versucht. Nichts hat geholfen. Durch Zufall habe ich zwei amerikanische Frauen kennengelernt, die mir nach einiger Zeit anvertrauten, dass bei ihnen diese Therapien ebenfalls nicht erfolgreich waren. Aber nachdem sie sich bei Mr. Wu in Behandlung begeben haben ..., dreimal darfst du raten!"

„Sind sie schwanger geworden?"

„Ja, genau! Und jetzt hoffen mein Mann und ich auch auf Nachwuchs!" Ihre Vorfreude war unverkennbar.

„Da wünsche ich euch viel Glück und drücke kräftig die Daumen!"

„Danke, das können wir gut gebrauchen!"

Nach einer halben Stunde Fahrt parkte Heidi ihr Auto hinter dem Hochhaus, in dem sich die Praxis von Mr. Wu befand. Der Aufzug brachte uns in die 8. Etage, direkt vor die Praxistür, die nur angelehnt war. Unsere Schuhe landeten in einem Regal und wir traten in ,die Höhle des Löwen' ein. Gedämpftes Licht empfing uns.

Kurz fragte ich mich, wie man bei dieser Beleuchtung ..., doch weiter kam ich nicht, denn in diesem Moment begrüßte uns eine Frau, die sich in Englisch als Mrs. Wu vorstellte. Ich wusste, dass es nicht ihr richtiger Name sein konnte, denn verheiratete Frauen behalten immer ihren Mädchennamen. Daraus schloss ich, dass sie es den Ausländern, die sich hier die Klinke in die Hand gaben, leichter machen wollte.

Mrs. Wu, vielleicht um die 40, sprach sehr leise und schien eine sanfte Frau zu sein. Überhaupt strahlte diese Umgebung Ruhe aus, gedämpfte chinesische Klänge kamen von irgendwoher und ein verhaltener Duft von Räucherstäbchen erfüllte den Raum.

Mrs. Wu führte uns zu einem Pult; sie bat uns, auf den Wartestühlen noch ein paar Minuten Platz zu nehmen und überreichte mir einen Fragebogen. Augenblicke später führte sie Heidi in eine Kabine, von wo sie mir noch zuwinkte, ehe sich der Vorhang hinter ihr schloss.

Ausführlich beantwortete ich die Fragen nach meiner Adresse, Telefonnummer und meiner krankheitsbedingten Vorgeschichte. Unterschrieben legte ich das Papier aufs Pult, neben eine nackte Mannesfigur, die auf dem gesamten Körper übersät war mit bunten Linien und Punkten.

„All diese Linien sind Meridiane, die energetischen Leitbahnen der Lebensenergie!", vernahm ich plötzlich hinter mir die Stimme von Mrs. Wu. „Zwölf davon sind die Hauptmeridiane, die an der Vorderseite und am Rücken spiegelbildlich angelegt sind und sich von Kopf bis zu den Füßen ziehen. Die verschiedenen Farben stehen für die fünf Elemente. Aber das ist eine Wissenschaft für sich!"

Damit ließ sie mich wieder allein. Fünf Elemente, fünf Elemente..., überlegte ich. Woher kannte ich die bloß! Ach ja, von den Tierkreiszeichen des chinesischen Horoskopes, fiel es mir wie Schuppen von den Augen. Feuer, Erde, Metall, Wasser und Holz. Dass die auch hier vorkommen? Ich sah die Figur nun mit anderen Augen. Mir gefielen die farbigen Meridiane und ich nahm an, dass sie bei mir genauso angelegt waren, wenn auch nicht so bunt.

Auf den Meridianen waren die Akupunkturpunkte markiert, sowohl mit chinesischen Schriftzeichen als auch mit Nummern. Das Nachzählen schenkte ich mir, ich nahm an, es waren 400.

Aber drei Poster an der Wand weckten nun mein Interesse. Auf Körperteilen, wie einem Bein, Arm und einem Kopf, wurden ebenfalls Meridiane und Akupunkturpunkte in Großansicht präsentiert. Eine Abbildung davon schockte mich allerdings. Es war der Blick auf gespreizte Beine, jedoch ohne die Sexualorgane! Und direkt in der Mitte des Dammbereichs prangte ein dicker schwarzer Akupunkturpunkt. Diese Stelle fand ich höchst intim! Ob man dort wirklich sticht? Das muss doch höllisch wehtun! Bei mir zog sich alles zusammen und ich presste meine Hände in den Schoß. War ich froh, dass meine Schilddrüse auf der gegenüberliegenden Seite wuchs!

Aber irgendwann werde ich Mr. Wu danach fragen, wofür dieser Punkt steht. Heute jedoch nicht, das wäre mir zu peinlich!

Ich löste meine Augen von dieser Abbildung und sah mich in dem großen Raum um. Geschickt hatte man ihn mittels Stoffbahnen in Kabinen unterteilt und damit eine Privatsphäre für die Patienten geschaffen. Da manche Vorhänge zurückgeschoben waren, konnte ich einen Blick auf freie Liegen werfen. Hinter den geschlossenen Kabinen vermutete ich Patienten.

Mrs. Wu kam zurück, überprüfte meine Angaben und bat mich noch um Geduld. In dem Moment huschte Mr. Wu in Heidis Kabine mit einem Tablett in der Hand, auf dem einige Utensilien lagen. Bestimmt die Nadeln, dachte ich, die gleich in Heidis Körper verschwinden werden. Nun wurde mir doch ein bisschen mulmig. Ich starrte auf die Kabine, in der Heidi lag, lauschte, aber ich hörte keinen Mucks. Das machte mir Mut. Was Heidi kann, kann ich doch schon lange, und setzte mich kerzengerade hin, obwohl mein Blick hilfesuchend zu der

Akupunkturfigur auf dem Pult fiel. Doch deren Augen starrten ins Leere.

Weglaufen kam nicht in Frage, ich wollte mich der Herausforderung stellen, die auf mich zukam als Mr. Wu im wedelnden weißen Kittel und mich freundlich begrüßte. Ein kleiner Mann, der Power ausstrahlte, obwohl er ruhig sprach. Den Fragebogen sah er sich kurz durch, aber von mir persönlich wollte er nichts zu meinem Befinden wissen. Stattdessen führte er mich zur ,Schlachtbank'!

,Auf in den Kampf!', sagte ich leise zu mir, der mit dem Rascheln des vorziehenden Vorhangs begann.

Bevor ich mich hinlegte, musste ich Mr. Wu meine Zunge zeigen, die er mit einem Kopfnicken absegnete. Und wie geheißen, begab ich mich in Unterwäsche auf die Liege. Über meinen Körper breitete der Meister Handtücher aus und unter meinen rechten Arm schob er eine bequeme Unterlage. Das kommende Prozedere stellte ich mir spannend und sehenswert vor, doch mein Herz klopfte vor Aufregung.

Als Mr. Wu sich einen Hocker heranzog, beschrieb er mir seine Vorgehensweise: „Zuerst fühle ich an den Handgelenken Ihren Puls, damit ich weiß, in welchem Zustand Ihr Körper ist! Danach setze ich dementsprechend die Nadeln. Bitte schlagen Sie während der gesamten Behandlung Ihre Beine nicht übereinander, das könnte die Energien der Körperhälften vermischen und die Ergebnisse verfälschen."

Dann legten sich Zeige-, Mittel- und Ringfinger weich auf den Pulsbereich meines rechten Handgelenks.

„Atmen Sie mal tief ein und aus. Es geschieht Ihnen schon nichts!"

Natürlich hatte er mein pochendes Herz sofort gespürt, doch nach den Atemübungen beruhigte es sich langsam.

„An Ihrem rechten Handgelenk sitzen die Pulse von Lunge, Milz und Niere. Die Pulse von Herz, Leber und Niere befinden sich am linken Handgelenk.", erklärte er mir und konzentrierte sich auf das Ertasten. Dabei neigte sich sein Kopf leicht nach vorn und mir schien, als horche er mehr, als dass er fühlte. Währenddessen sprach er kein Wort.

Ich hielt die Augen geschlossen, geduldete mich voller Erwartung auf das, was Mr. Wu herausfinden würde. Er drückte die drei Pulsstellen leicht an, die nebeneinander an der Oberfläche liegen. Zusätzlich befinden sich noch zwei weitere Dreierreihen darunter, aber ich hatte vergessen, wofür sie stehen.

Konnte Mr. Wu meine Gedanken lesen? Gerade spürte ich, wie seine Finger einen mittleren und einen tiefen Druck auf mein Handgelenk ausübten. Dabei wunderte ich mich, wie es ihm nur möglich war, neun verschiedene Pulse zu erspüren, die auch noch so eng beieinander liegen! Das setzte sicherlich unzählige Übungsstunden voraus. In diesem Zusammenhang fiel mir eine Geschichte ein, die mich immer noch verwundert.

Im alten Kaiserreich Chinas, wo körperlicher Kontakt zwischen Mann und Frau außerhalb der Ehe strengstens verboten war, wurde trotzdem die Pulsdiagnose angewendet. Als des Kaisers Frau schwer erkrankte und keine Behandlungen ihrer Leibärzte mehr halfen, wurde ein außerhalb des Hofes lebender Arzt in den Palast eingeladen. Eine Dienstbotin, die den Leibärzten im Normalfall über die körperlichen Beschwerden der Kaiserin berichtete, bekam vom hinzugezogenen Arzt die Aufgabe, das Handgelenk der Regentin mit einem langen roten Faden zu umbinden. Während sich die Kaiserin hinter einem Vorhang befand, wurde dieser lange Faden zum Arzt geführt, der in einiger Entfernung saß. Zu Gesicht bekam er seine Patientin nicht, durfte sie auch durch den schützenden Vorhang hindurch nicht anfassen! Nur mittels Faden war es ihm erlaubt, den Puls der Kaiserin zu erspüren. Was immer er gefühlt haben mag, seine darauffolgende Therapie hatte Erfolg und die Kaiserin gesundete.

Unter manch anderen Regenten Chinas ging es wesentlich wilder zu. Die Leibärzte des Kaisers hatten dafür zu sorgen, dass Seine Majestät gesund blieb! Falls sie versagten, wurden sie kurzerhand geköpft!

Da hatte Mr. Wu heutzutage doch einen sicheren Stand, dachte ich, der jetzt die Pulsdiagnose beendet hatte. Genau in diesem Moment reichte ihm seine Frau das Tablett durch den Vorhang. Mr. Wu nahm es dankend entgegen. Uhjuju, jetzt kommen die Nadeln!

„Müssen Sie mitten in der Nacht auf die Toilette?", lenkte mich Mr. Wu unvermittelt ab.

„Äh …, ja, manchmal. Aber ist das nicht normal? Ich trinke doch abends noch etwas!"

„Das muss die Blase aushalten. Durchschlafen ist enorm wichtig!", meinte er, „Ich werde dementsprechend ein paar Nadeln setzen, auch für die Lunge, Leber und die Galle. Das Chi, die Energie, ist dort schwach."

Ich war verdutzt. Er hatte ins Schwarze getroffen! Bei kaltem Wind und Wetter oder durch Klimaanlagen bekam ich leicht Halskratzen und Husten, wenn ich nicht aufpasste. Und mein Quälgeist, die Gallenblase, warf mich manchmal mit Koliken nieder, wenn ich es mit dem Schlemmen übertrieben hatte. Aber eigentlich interessierte mich meine Schilddrüse. Schließlich war ich deswegen gekommen.

„Um die kümmern wir uns beim nächsten Mal, erst muss das Chi die anderen Organe besser versorgen. Zuviel Anregung würde Ihren Körper überfordern. Bitte entspannen Sie sich jetzt, ich beginne mit der Behandlung!"

Entspannen? Der hat gut reden, …, und ich spürte, wie ich leicht zu schwitzen anfing. In dem Moment lüftete Mr. Wu das Handtuch bis zu meinen Oberschenkeln, betupfte die zu behandelnde Stelle an meinem rechten Bein mit einem Alkohol getränkten Wattebausch und zog daraufhin eine Nadel aus der Verpackung.

Alles steril, dachte ich und hob neugierig meinen Kopf an, um zu sehen, wie Mr. Wu vorging. Meine erste Nadel wollte ich auf keinen Fall verpassen!

Mr. Wu drückte mit einem Finger auf einer Stelle herum und Schwupps, stach er die äußerst dünne Spitze der Nadel seitlich unterhalb meines rechten Knies ins Fleisch. Nur der etwas dickere Griff der Nadel ragte heraus. Von dem Einstich hatte ich nichts gespürt und was mich wunderte, kein Blutstropfen zeigte sich. Beruhigt legte ich meinen Kopf wieder aufs Kissen, während weitere Nadeln in meinen Beinen, Armen und im Schlüsselbeinbereich landeten.

„Ich aktiviere nun die Akupunkturpunkte, damit das Chi noch besser in Fluss kommt. Das könnte ein bisschen zwicken!", warnte er mich vor.

„Au!", schrie ich erschrocken auf, aber der Schmerz war bereits vorbei.

Mr. Wu blieb unbeteiligt und drehte jede der Akupunkturnadeln. Wie ein Winzer die Champagnerflaschen dreht, fiel mir dazu ein und ich schmunzelte innerlich über meinen kuriosen Vergleich. Mit diesem Humor überstand ich das quälende Zwicken, das bei jeder dieser Rotationen kurz aufflackerte.

Wie ein gespickter Mettigel lag ich auf der Liege. Und wie ein qualmender noch dazu, dachte ich, als Mr. Wu auf meine Arme und Beine noch einige angezündete Stummel klebte, die nun vor sich hin glommen und feinen Rauch verbreiteten.

„Das sind Moxahütchen aus Beifuß. Sie regen durch ihre Hitze an anderen Akupunkturpunkten den Chi-Fluss an!"

Beifuß mit seinem bitteren Geschmack kannte ich als Heil- und Gewürzpflanze sogar aus unseren Breiten.

„Nun können Sie sich für etwa zwanzig Minuten entspannen oder auch schlafen!", empfahl Mr. Wu und ließ mich allein.

Während ich in der Kabine lag, wo es so angenehmen duftete, chinesische Klänge zart in meine Ohren drangen, überkam mich plötzlich ein Wohlgefühl und ich wurde schläfrig. Ich wehrte mich nicht.

Als Mr. Wu den Vorhang aufzog, zuckte ich leicht zusammen. War ich eingeschlafen? Jedenfalls waren die Moxahütchen abgebrannt und erloschen und während Mr. Wu sie und auch die Nadeln entfernte, die er auf sein Tablett ablegte, fragte er mich nach meinem Befinden.

„Ausgeruht und wunderbar leicht fühle ich mich!", antwortete ich und lächelte.

Er nickte wissend. „Trinken Sie heute viel Wasser, am besten heißes, und lassen Sie es ruhig angehen. Sie können sich jetzt ankleiden."

Wieder allein, zog ich mich an und ging zum Empfangsbereich. Dort warteten Heidi und das Ehepaar Wu auf mich … und eine Tasse, aus der es dampfte. Heißes Wasser? Das hatte Mr. Wu vorhin ernst gemeint! Obwohl es mir sehr befremdlich vorkam, trank ich vorsichtig einen Schluck. Mr. Wu bemerkte meinen skeptischen Gesichtsausdruck.

„Heißes Wasser, natürlich abgekocht, ist viel bekömmlicher als kalte Drinks. Vielleicht ist Ihnen aufgefallen, dass viele Taiwaner außer Tee dieses Getränk bevorzugen. Man sollte es oft trinken. Die Schadstoffe im Körper lösen sich und werden schneller abtransportiert, es gleicht einer Entgiftung! Und außerdem,", nun lächelte er verschmitzt, „reguliert es das Gewicht!"

Wir lachten. Scheinbar wusste er, dass viele Frauen mit ihren Pfunden haderten und vielleicht auch deshalb zu ihm kamen.

„Und bei Ihnen, Mrs. Eva, unterstützt warmes Wasser das Yang in Ihrem Körper, das momentan vom Yin überlagert ist.", sprach er in der TCM-Sprache. „Yin und Yang sollten ausgeglichen sein, was natürlich nicht so einfach ist. Aber daran werden wir arbeiten!"

Ich verstand ihn und nickte. Nachdem die Tasse geleert war, bekamen wir neue Termine, an denen wir wieder im Doppelpack kommen konnten. Beschwingt verabschiedeten wir uns und machten uns auf den Heimweg.

Wie Heidi, wurde auch ich in den nächsten Wochen Stammgast bei Mr. Wu. Bereits nach drei Behandlungen fand meine Blase wieder die ‚Mitte', und ich schlief durch, ohne ein einziges Mal auf die Toilette zu müssen. Und das heiße Wasser wurde mein ‚Leibgetränk'. Bereits vor dem Kaffeegenuss am frühen Morgen war Wasser aufkochen meine erste Tat. Was tut man nicht alles für Yin und Yang, dachte ich, und schluckweise verschwand die heiße Flüssigkeit in meiner Kehle; dabei kam ich mir fast schon wie ein Einheimischer vor.

Nach weiteren Behandlungen bei Mr. Wu fiel mir auf, dass ich nicht mehr so hibbelig war. Ich wusste gar nicht, dass es überhaupt eine Eigenschaft von mir war. Selbst Peter meinte, ich sei ausgeglichener geworden. Und wenn er schon so etwas merkte …

Manchmal jedoch überfiel mich aus heiterem Himmel mein Herzrasen, zwar weniger als vorher, doch ich empfand es immer noch als unangenehm. Auch das Schwitzen, was damit einherging. Das hatte sich also noch nicht gebessert.

Als ich eines Nachts aufwachte, schlug mir mein Herz bis zum Hals und das Atmen fiel mir schwer. Fast geriet ich in Panik und befürchtete das Schlimmste. Ich wollte Peter schon wecken, doch dann ebbte diese Attacke plötzlich ab und alles beruhigte sich wieder.

Beim nächsten Termin sprach ich Mr. Wu voller Sorge auf den nächtlichen Anfall an. Ich war bereit, in ein Krankenhaus zu gehen, um mich dort behandeln zu lassen und die Akupunktur vorläufig auszusetzen.

Mr. Wu lächelte sanft und beruhigte mich: „Das ist nicht nötig. Bei der Akupunktur ist eine Verschlimmerung der Symptome oft eine normale Reaktion. Das heißt, Sie haben auf diese Behandlung gut reagiert."

Heidi, die dieses Gespräch mitbekam, bestätigte diese Wirkung. Bei ihr sei es ähnlich gewesen. Wahnsinnige Kopfschmerzen hätten sie plötzlich geplagt, dass sie dachte, ihr Kopf platze. Aber danach hätte sich alles einfach in Luft aufgelöst.

Es war mir bekannt, dass bei dieser Art von Behandlungen eine Verschlimmerung auftreten konnte. Aber wenn's um mein Herz ging, war ich trotzdem alarmiert.

„Mrs. Eva, laut TCM entspricht die Schilddrüsenüberfunktion einer Hitze des Leber- und Herzmeridians, die die Stoffwechselprozesse in ihrem Körper beschleunigt. Dadurch gibt die Schilddrüse mehr Hormone ab, als sie es sollte und dadurch treten die Ihnen bekannten Symptome auf. Sie können es sich wie bei einem Motor vorstellen, der ständig auf Hochtouren läuft. Doch mit einer Spezialbehandlung könnte ich einen entscheidenden Schritt weiterkommen, aber ..."

Da er nicht weitersprach, vermutete ich, dass es ein Problem gab und schaute ihn fragend an.

„Um eine Verbesserung zu erlangen, kann ich wie bisher am Körper akupunktieren oder ich kann die ganze Sache schneller vorantreiben, indem ich zusätzlich direkt an der Schilddrüse steche, nur ..."

„Nur was?" Ich war hellhörig geworden, besonders als ich seine grüblerische Stirn registrierte.

„Nun, der Halsbereich ist eine sensible Stelle." Seine Miene war ernst. „Dort laufen viele wichtige Adern entlang. Nadeln in diesen lokalen Bereich der Schilddrüse zu setzen, ist ..., wie soll ich sagen, ... ist eine Art Königsdisziplin!"

„Sie meinen, es ist gefährlich?"

„Hm, heikel würde ich es eher nennen. Doch die Entscheidung liegt bei Ihnen, ob Sie das überhaupt wollen." Fragend schaute er mich an, blieb aber still.

Er ließ mir genügend Zeit, mir seinen Vorschlag durch den Kopf gehen zu lassen, und was ich ihm hoch anrechnete, er versuchte nicht, mich zu überreden.

Natürlich hielt ich Mr. Wu für einen versierten Therapeuten und diese Herangehensweise hätte er mir sicherlich nicht unterbreitet, wäre er unerfahren oder ein Anfänger. Das könnte er sich auch gar nicht leisten! Was ich über Mr. Wu gehört hatte, genoss er einen tadellosen Ruf! Und wie ich ihn mittlerweile einschätzte, war er mehr als kompetent in seinem Metier und durchaus vertraut mit anspruchsvollen Behandlungen!

Außerdem hatte ich das Gefühl, dass er genau ermessen konnte, wie jemand tickte. Mir schien oft, dass sein ruhiger Blick auch hinter die Kulissen einer Person schauen konnte, als hätte er hellseherische Fähigkeiten. Er besaß die geniale Kombination einer Gabe, treffsicher zu beobachten, genau zuzuhören und mit seinem fachlichen Wissen und seinen Erfahrungen einer Krankheit auf die Spur zu kommen, ähnlich wie ein Kommissar einer Verbrecherfährte folgte. Ein Meister der Meister, obendrein bescheiden und frei von arroganten Allüren!

Ohne Zweifel war er an einem zügigen Heilungsfortgang interessiert. Ich jedenfalls auch, wollte nicht noch Monate hierherkommen. So fiel meine Entscheidung dementsprechend aus! Mit Daumen hoch für den Hals! Aber vorher handelte ich noch einen Deal mit Mr. Wu aus.

Schon lange war ich unzufrieden mit meinem Bauch, der immer etwas hervorlugte. Egal, welche Übungen ich ihm auch verpasste, er klebte an mir wie Karamell an den Zähnen. Ich stellte mir vor, dass Akupunktur auch dafür Punkte kannte. Kopfschüttelnd lachte Mr. Wu über meine Verhandlungstaktik, aber er schlug trotzdem ein!

Als ich auf der Liege lag, war ich bereit für die Dinge, die auf mich zukommen würden. Noch bevor Mr. Wu die Nadeln zückte, gesellte sich Mrs. Wu zu uns in die Kabine. Wollte sie mir Beistand leisten?

Sie nahm meine Hand und sprach ruhig auf mich ein: „Diese Behandlung hat mein Mann bereits oft gemacht und er arbeitet immer sehr vorsichtig, Sie können ihm vollkommen vertrauen. Bleiben Sie nur ruhig liegen!"

Es freute mich, wie sie ihren Mann unterstützte. Mrs. Wu war die Seele dieser Praxis. Sie beruhigte die Patienten, hatte Zeit für ein herzliches Wort oder ein kleines Schwätzchen.

Dafür war in diesem Augenblick allerdings keine Gelegenheit. Ich wagte schon gar nicht mehr, zu atmen, als Mr. Wu mir ein Kissen unter den Nacken legte. Nun streckte sich meine Schilddrüse dem Meister entgegen. Ehe ich mich versah, steckten bereits ein paar Nadel in meinem Hals. Gespürt hatte ich nichts und wenn ich richtig gezählt hatte, waren es sechs an der Zahl. Sie zu berühren, traute ich mich auf keinen Fall und so blieb ich regungslos liegen.

Während Mr. Wu bei den Nadeln, die in meinen Beinen, Armen und nun auch mitten in meinem Bauch steckten, wieder die Champagnermethode anwendete, ließ er die Schilddrüsennadeln wie einen alten Rotwein ruhen. Mich danach auch, wieder zwanzig Minuten.

Die Mutprobe, wie ich sie im Geheimen nannte, überstand ich ohne Schaden. Nachdem ich wieder angezogen war, rief mich Heidi zu sich. Wollte sie Unterhaltung, obwohl Entspannung angesagt war? Ich betrat ihre Kabine und fand sie jammernd auf der Liege. Sie schwitzte leicht.

„Heidi, was ist los?" Auf den ersten Blick konnte ich nichts anderes ausmachen als Nadeln und Moxahütchen, die bei Mr. Wu zu jeder Akupunkturbehandlung gehörten.

„Ich kann mich nicht bewegen, das ist los! Bei der kleinsten Positionsveränderung durchzieht mich ein Schmerz, das glaubst du gar nicht!"

„Aber was soll *ich* dabei tun? Soll ich Mr. Wu rufen?"

„Ha, der ist doch der Übeltäter und schuld an dem ganzen Mist! Aber was macht man nicht alles, um schwanger zu werden!"

Da konnte ich seit heute auch ein Wörtchen mitreden, wobei es bei mir nicht um die Schwangerschaft gegangen war.

„Nun schau doch mal genauer hin!", befahl sie mir ungehalten und stöhnte auf, „An meinen Beinen und auch an meinen Handgelenken. Ich komme mir vor, wie ein abgestochenes Schwein!"

„Na, na, na!", meinte ich nur, konnte aber immer noch nichts Auffälliges entdecken, nur dass längere Nadelgriffe als sonst an den benannten Körperteilen herausragten.

„Was ist denn passiert?", ging ich auf ihr Gestöhne ein.

„Der hat mich durchstochen, regelrecht durchbohrt! Das macht doch kein normaler Mensch!"

„Wie, er hat dich durchbohrt?" Ich verstand nur Bahnhof.

„Er hat eine überlange Nadel quer durch mein rechtes Bein geschoben und auch durchs linke! Damit kommt er von innen an die Akupunkturpunkte auf der gegenüberliegenden Seite und triggert damit die Energiepunkte noch intensiver, wie er mir verklickert hat. Siehst du, seitlich von den Knien stecken sie."

Den Punkt kannte ich nur zu gut, der gehörte bei mir auch zu Mr. Wus Repertoire.

Ich folgte der Nadel und stellte mir ihren Weg bis zur anderen Seite des Beines vor. „Hier ragt aber keine Nadelspitze heraus."

„Ja, ich weiß, es ging ihm auch nur um den Punkt im Inneren, verstehst du? Das sei noch viel wirkungsvoller als das Stechen an der eigentlichen Stelle!"

„Wow, dass sich Mr. Wu so etwas traut!" Ich war fasziniert und geschockt zugleich. Obwohl ich froh war, dass ich das nicht durchleben musste,

„Heidi, der ist eine Koryphäe!", ließ ich meiner Bewunderung freien Lauf

„Kann sein! Aber er kann mich mal, diese ‚Konifere'!" Heidi kicherte.

Ich fand's schön, dass sie trotzdem ihren Humor mit diesem Wortspiel wiedergefunden hatte.

Kurz darauf kam Mr. Wu in die Kabine. „Wie fühlt sich meine Patientin?"

„Saumäßig! Wie ein Borstenvieh, das man auf dem Tisch festgenagelt hat!", zischte sie, aber ein Lächeln lag auf ihren Lippen.

„Na, dann werde ich mal Ihre Borsten entfernen!", ging Mr. Wu auf ihren Spaß ein.

Ich durfte bleiben. Mit großen Augen sah ich, wie er die Nadeln aus ihren Beinen zog. Sie hörten gar nicht mehr auf. Und was mich verblüffte, sie waren sauber! Nicht ein Hauch von Blut klebte daran. Und beim Handgelenk, wo die Nadel in der Nähe der Pulsschlagader steckte? Auch nichts, keine einzige Ader war getroffen, kein Blutstropfen war zu sehen!

Als der gesamte Nadelwald auf dem Tablett lag, verließ Mr. Wu den Raum und Heidi atmete erleichtert auf, strahlend streckte und reckte sie sich.

„Je vollkommener, desto mehr Schmerzen!", tönte sie wie ausgewechselt, „Das hat einst Michelangelo gesagt. Und Recht hatte er. Trotz dieser Tortur fühle ich mich wie aufgeräumt! Ich könnte Bäume ausreißen!"

„Na dann, ein Hoch auf Michelangelo!" Dass sie den italienischen Künstler jetzt zitierte, lag sicher an ihrer Romreise im letzten Jahr.

Kopfschüttelnd verließ ich die Kabine und wollte am Empfang auf die ‚aufgeräumte' Heidi warten.

Wie jedes Mal blickte ich zu dem Poster mit den gespreizten Beinen. Die Bedeutung des Punktes auf dem Damm schwirrte noch immer als unbeantwortete Frage in meinem Kopf herum. War heute nicht der Moment, um sie zu stellen?

Mit der Tasse des obligatorischen heißen Wassers in der Hand, nahm ich all meinen Mut zusammen und fragte Mr. Wu nach der Darstellung auf dem Poster.

Heidi, die gerade dazukam, schaute mich empört an, verdrehte die Augen und errötete leicht.

Mr. Wu bemerkte es nicht, als er antwortete: „Da sind Sie nicht die Einzige, die mich danach fragt! Dieser Akupunkturpunkt hat einen besonderen Bezug zu den Fortpflanzungsorganen der Frau, doch er wird höchst selten akupunktiert. Er ist die energetische Verbindung des Menschen zu der Erde und auch der Beginn des Renmai-Meridians, der von dort weiter auf der Mittellinie der Bauchseite nach oben bis hin zur Unterlippe verläuft." Dabei zeigte er uns anhand der Akupunkturfigur diesen wichtigen Meridian.

Zufrieden mit seiner Erklärung, die mir nun gar nicht mehr peinlich vorkam, verabschiedeten wir uns bis zum nächsten Mal.

Im Flur stieß mich Heidi an und meinte: „Eva, ich glaub es ja nicht, dass du ihn das gefragt hast!"

„Wieso? Das wollte ich schon seit meinem ersten Tag wissen!"

„In meinem Fall kann ich ja froh sein, dass ich heute nur lange Nadeln ins Bein bekommen habe!"

„Ja, das stimmt!" Ich schlüpfte in meine Schuhe. „Aber glaub mir, die Damm-Variante hätte ich mir bei dir auch angesehen!"

„Eva, Eva!", spielte sie die Entrüstete und schüttelte den Kopf.
„Heidi, findest du nicht auch, dass wir heute etwas Besonderes verdient haben?"
„Was schwebt dir vor?"
„Ich sage nur drei Worte: „Din Tai Fung!"
„Famose Idee! Komm, wir nehmen die Treppe!"
Ausgelassen hüpften wir die Stufen hinab. Wie es schien, hatte die heutige Akupunktur-Session uns beide mit Schwung erfüllt. Unser Energielevel war überschäumend. Und unser Hunger auch!

39. Din Tai Fung

Heidis Auto blieb am Hochhaus von Mr. Wu stehen und ein Taxi brachte uns in die Xinyi Road, wo sich das bekannte Restaurant befindet. Das ‚Din Tai Fung' besteht seit 1972 und ist berühmt für seine außerordentlich leckeren Teigtaschen, die Dumplings. Während der Öffnungszeiten, 10-21 Uhr, gibt es keinen Stillstand, denn alle Speisen werden täglich frisch zubereitet für die anströmenden Menschenmassen.
„Wir sind noch früh genug!", meinte Heidi, als wir aus dem Taxi stiegen, „eine halbe Stunde später und wir hätten hinter einer Karawane von Menschen gestanden!"
Um die Mittagszeit öffneten Bürohäuser ihre Schleusen und Horden stürmten in dieses Restaurant. Die Schlange der Wartenden zählte bereits jetzt an die dreißig Personen.
Bedauerlicherweise ist eine Reservierung im Din Tai Fung nicht möglich, dennoch ist dieses Restaurant gut durchorganisiert. Wie auf einer Behörde zieht jeder ankommende Gast eine Nummer aus einem Apparat und wenn seine Zahl auf einem Display aufpoppt, wird er ins Restaurant geführt. Wir hatten die Nummer 55 gezogen, die momentane Anzeige stand bei 21. Damit rechnete ich mit nur einer Wartezeit von etwa 15 Minuten. Die Angestellten waren von der flotten Truppe.
In der Zwischenzeit hatte uns jemand einen Stift und einen Zettel in die Hand gedrückt, der nicht viel größer war als eine Handfläche. Glücklicherweise war es der mit dem englischen Text und wir konnten ihn lesen. Auf diesem Zettel waren alle

Speisen mit Preisen dicht gedrängt aufgelistet, plus einer freien Spalte für die Mengenangabe der Bestellung.

Nun begann die Qual der Wahl! Vorspeisen, runde oder längliche Dumplings, je nach Füllung, verschiedene Suppen, Nudel- und Reisgerichte, Gemüse und Getränke lockten ihre Abnehmer. Die Dumplings, die absoluten Highlights des Restaurants, gab es leider nur im 10er-Pack. Schade, dass wir nur zu zweit waren, mit einer größeren Gruppe hätte wir mehr Probiergelegenheit gehabt!

„Was magst du denn am liebsten?", fragte mich Heidi.

„Die Spinat-Dumplings sind mein Favorit! Und bei dir?"

„Die mit Schweinefleisch!"

„Ja, die sind auch gut. Damit können wir wenigstens zwei von den vier Varianten probieren. Noch ein Gemüse? Vielleicht den Wasserspinat?", schlug ich vor.

„Perfekt! Und die Vorspeise ‚spicy pickeled cucumber' kreuze ich auch noch an. Und wenn wir dann noch Hunger haben, bestellen wir einfach nach!"

Die ausgefüllten Bestellungen wurden eingesammelt und direkt zur Küche weitergegeben, währenddessen Menüzettel an weitere hungrige Mäuler verteilt wurden, die sich hinter uns aufgereiht hatten.

Noch war Zeit, sich die offene Küche anzuschauen. Sie befindet sich direkt neben dem Eingang, wo riesige Glasscheiben einen Blick auf das Arbeitsfeld freigeben.

Meine Nase drückte ich fast an die Scheibe, um alles genau sehen zu können, was im Dumpling-Mekka vor sich ging! An der weiß gekachelten Wand, mir gegenüber, standen aufgestapelt zig runde Dampfkörbe aus Bambus, die auf ihre Füllungen warteten. An den Tischen davor werkelten jeweils fünf oder sechs Köche, die in ihrem weißen Dress wie Schneemänner aussahen. Hemden, Schürzen, Haarhauben, Mundschutz, alles strahlte blütenweiß, nur die schwarzen Hosen störten leicht das Bild. Und was mir auch auffiel, nicht ein einziges Augenpaar der Köche schweifte nach draußen. Konzentriert und ruhig arbeiteten sie die Bestellungen ab und streuten dafür immer wieder Mehl auf ihre Arbeitsfläche.

Ein harter Job, täglich tausende von diesen kleinen Teigtaschen rollen, füllen, falten und dämpfen zu müssen, vermutete ich.

Gerade beobachtete ich einige der Köche, die kleine Stücke vom Teig ausrollten. Nicht mit einem großen Nudelholz, wie ich es im Küchenschrank hatte, sondern sie benutzten eine dünne Holzrolle, die sie über den Teig sausen ließen und einheitlich runde Taler hervorzauberten. Diese Teigtaler erhielten dann von anderen Köchen die Füllungen. In diesem Moment verteilte einer eine grünliche Masse. Sicher für die Spinat-Dumplings, dachte ich. Als die Füllung auf den Teigtalern lag, die nur noch geschlossen werden mussten, presste der Koch sie nicht einfach oben zusammen, sondern er drückte die beiden Teigflächen sorgfältig aneinander, Millimeter für Millimeter. Feine Plisseefalten entstanden, die einer Schneiderin einen Ausruf der Bewunderung hervorgelockt hätten. Behutsam wurde das längliche Täschchen in den bereitgestellten Bambuskorb gelegt. Mir lief jetzt schon das Wasser im Mund zusammen.

„Eva, wir müssen, unsere Nummer wird angezeigt!", stupste Heidi mich an.

In Vorfreude auf den kulinarischen Hochgenuss riss ich mich los. Zielsicher führte uns eine Angestellte in die dritte Etage, vorbei an Räumlichkeiten, die sich in jeder Etage rechts und links der schmalen Treppe befanden. Durch die offenstehenden Türen sah ich bereits auf Gäste, die es sich schmecken ließen.

In einem länglichen Raum bekamen wir einen Tisch direkt am Fenster. Aussicht und gutes Essen, freute ich mich, als eine Kellnerin gerade unsere Speisen servierte. Wir bedankten uns und nahmen Platz.

Ich sah über die Gerichte, die wir geordert hatten. Nichts fehlte, auch nicht der Tee, von dem Heidi gerade etwas in unsere Teetassen goss.

„Guten Appetit!", wünschten wir uns und legten die Essstäbchen zwischen unsere Finger.

Erwartungsvoll öffnete ich den Deckel der zwei aufeinandergesetzten Dampfkörbe. Ah, da sind ja meine kleinen köstlichen Exemplare. Darunter befanden sich die von Heidi, die wie rundliche Beutel aussahen und deren Fältchen oben zusammengedreht waren. Jeweils ein Stück Leinen verhinderte, dass sie nicht an den Bodenstreben des Bambuskorbes festklebten.

Mit den Stäbchen fischte ich mir eine Teigtasche aus ‚meinem‘ Fundus heraus.

„Wie zart und dünn der Nudelteig doch jedes Mal ist!", schwärmte ich und sah mir das Wunderwerk an, „Das sind die feinsten Dumplings in ganz Taiwan und deshalb auch die berühmtesten des Landes!"

„Wie wahr! Eine Freundin von mir kennt einen der Köche. Hier macht man den Teig noch selbst, natürlich auch die Füllungen!", ließ Heidi mich wissen, „Und die Teigtaler bringen nur etwa fünf Gramm auf die Waage, der Inhalt etwa sechzehn Gramm!"

„Das ist ja die reinste Maßarbeit!"

„Ja, und meine runden Beutelchen, liebe Eva, haben immer achtzehn Falten!", prahlte sie mit einem zwinkernden Auge.

„Hm, meine sind auch nicht viel älter!", konterte ich verschmitzt und wir lachten.

Behutsam tauchte ich mein Faltentäschchen in die Sojasoße, die mit etwas Essig gewürzt waren, legte ein paar fein geschnittene Ingwerstreifen darauf und steckte alles in den Mund. Als ich darauf kaute, spürte ich die weiche Spinatfüllung, den Ingwer, das Sojagemisch und unterschwellig den Teig ..., oh, schmeckte das gut! Ich war im Schlemmer-Himmel.

Heidi hatte die Spezialität des Hauses, ‚Syau long bau‘, bestellt. Sie mit einem Bissen zu vertilgen, wäre fatal. Ratsam war es, die bildliche Essanleitung zu befolgen, ansonsten würde man sich den Mund verbrennen, im wahrsten Sinne des Wortes.

Aber Heidi kannte sich aus, ich auch, und stibitzte mir eines von ihren.

„‚Syau long bau‘ - ‚Kleines Drachenboot‘!", übersetzte Heidi mein ‚Diebesgut‘.

„Das ist wirklich ein passender Name dafür!", stimmte ich zu, tauchte dieses kleine ‚Boot‘ in das Sojagemisch und legte es wie empfohlen auf den chinesischen Suppenlöffel ab.

„Ist das nicht eine super Idee?", begeisterte ich mich, als ich gerade mit einem Stäbchen ein Loch in den Bauch des Teigbeutels stach.

Fasziniert beobachtete ich, wie aus der Spezialität ein Schlückchen klare Brühe in den Löffel lief. Eine brillante Erfindung, die Füllung im Inneren des Nudelteigs in Suppe schwimmen zu lassen! Mit Genuss schlürfte ich die heiße Brühe vom Löffel und danach folgte, mit Ingwerstreifen dekoriert, das kleine Drachenboot. Überaus köstlich war diese Version mit Schweinefleisch.

„Aber ich wundere mich jedes Mal darüber, wie man so etwas überhaupt hinbekommt!", murmelte ich noch kauend.

„Die Herstellung ist kein großes Geheimnis! Ein Teil der Brühe, zubereitet aus Knochen, Huhn und Schweinefleisch, wird nach dem Erkalten geleeförmig, und ein Stückchen davon wird der Schweinefleischfüllung hinzugelegt. Durch das Garen im heißen Dampf wird das Gelee wieder flüssig und voilà ..."

„Genial! Wer diesen Einfall wohl hatte?!"

Dann klemmte ich mir etwas vom Wasserspinat zwischen die Stäbchen. Diese Sumpfpflanze mit hohlen Stielen und grünen länglichen Blättern wird ähnlich wie unser Spinat zubereitet. Knoblauch, Chilischoten und etwas Ingwer geben dem im Geschmack eher milden Gemüse den Kick. Auch Heidi griff nun zu und zügig verschwanden die Leckereien in unseren Bäuchen. Zwischendurch stießen wir lachend mit unseren Teetassen an, bekräftigten, dass das doch ein würdiger Abschluss unserer außergewöhnlichen Akupunkturbehandlungen war.

Doch plötzlich durchzuckte es Heidi. „Igitt! Ich glaub' s ja nicht!" Ihr Löffel mit dem letzten Drachenboot blieb auf halber Strecke zu ihrem Mund stehen.

„Ist dir nicht gut?", fragte ich besorgt.

„Nein, nein, schau mal unauffällig schräg zur Seite. Dort sitzt ein alter Mann mit seiner Familie."

Ich tat so, als wenn ich etwas in meiner Tasche suchte, die an der Stuhllehne hing. So unauffällig wie möglich schielte ich zu dem Tisch hinüber und entdeckte ihn sofort. Er saß als Oberhaupt am Kopfende des Tisches. Die Familie hatte ihren Lunch beendet und der alte Herr beschäftigte sich bereits mit der ‚Säuberung'!

Da im asiatischen Raum immer Zahnstocher auf den Tischen bereitstehen, ist es in Ordnung, sich eventuelle Speisereste nach dem Essen aus den Zahnlücken zu entfernen. Doch höflicherweise mit vorgehaltener Hand, aber ... dieser Senior scherte sich um nichts. Er hielt seine dritten Zähne in der Hand und popelte seelenruhig mit einem Zahnstocher darin herum! Angewidert wendete ich mich ab.

„Wolltest du mir damit das schöne Essen versauen?", fragte ich Heidi mit gespielter Entrüstung, „Das ist ja mehr als unappetitlich! Dass die Familie ihm nichts sagt!"

„Das Oberhaupt genießt die Narrenfreiheit!", traf sie den Punkt und verspeiste endlich ihr letztes Drachenboot.

„Der Alte ist fertig!", nuschelte Heidi mit vollem Mund.

„Na, Gott sei Dank! Das war wirklich peinlich!"

„Aber er steckt sein Gebiss nicht …"

„Bitte, erspare mir die Einzelheiten!" Abwehrend hob ich die Hände.

„… nein, ich werde verrückt! Er lässt das Gebiss in sein Wasserglas fallen!", plapperte sie trotzdem los.

„Hahaha, jetzt willst du mich aber veräppeln!" Das nahm ich ihr nicht ab.

„Ehrlich, du kannst ja mal einen Blick hinüberwerfen!", flüsterte sie mir zu.

Neugierig geworden, drehte ich langsam meinen Kopf zur Seite. Kurz erstarrte ich mit offenstehendem Mund und sah es genau. Im Glas schwammen wahrhaftig die Beißer des Familienoberhauptes!

Obwohl unserem Abschlussessen damit ein wenig die Würde genommen wurde, ließen wir uns die gute Laune nicht verderben. Zum Glück hatten wir unser Mittagessen beendet, und ehe uns der Alte noch mit dem Einlegen seines Gebisses überraschen konnte, bezahlten wir unsere Rechnung und verschwanden.

Zu diesem Zeitpunkt ahnten wir noch nicht, dass unsere Akupunkturbehandlungen von Erfolg gekrönt sein würden.
Nach vier Wochen bei Mr. Wu wartete ich vergebens auf meine Herzattacken, die wie von Geisterhand weggewischt waren. Auch meine Gallenblase verhielt sich still und eine etwas fettigere Nahrung war kein Problem mehr. Sogar mein Bauch schmälerte sich, obwohl ich mein Essverhalten nicht wirklich verändert hatte. Nur die kühle Zugluft blieb ein Schwachpunkt für mich, aber davor konnte ich mich ja mit einem Schal schützen.

Und Heidi? Zehn Wochen nach ihrer ersten Akupunkturbehandlung war sie ganz aus dem Häuschen, als sie mir am Telefon freudestrahlend berichtete, dass die Behandlungen erfolgreich waren. Ich gratulierte ihr überschwänglich. Das Unmögliche habe Mr. Wu geschafft und sie sei endlich schwanger!

Wie oft hatten wir genau über diese Aussage gewitzelt und uns amüsiert, ob das Baby womöglich asiatisch aussähe? Aber das tat es nicht, obwohl Mr. Wu ja auch sein Quäntchen dazu beigetragen hatte. Wie auch immer, nach neun Monaten gebar Heidi einen kräftigen Sohn! Die Eltern und der Filius waren wohlauf!

40. Oolong Tea

Gestern war Peter wegen eines Kundenbesuches mit anschließendem Abendessen erst spät in der Nacht nach Hause gekommen. Er war so leise gewesen, dass ich ihn nicht bemerkt hatte. Nun saß er mit kleinen Augen und leidiger Miene am Frühstückstisch.

„Was ist dir denn über die Leber gelaufen?", fragte ich und schlürfte genussvoll von meinem Kaffee.

„*Durch* die Leber, meinst du wohl!"

„Ah, zu viel getrunken!"

„Mit dem Lauban wollten doch alle anstoßen. Was blieb mir anderes übrig?"

Er hatte Recht, Ablehnung wäre dem Geschäftemachen wahrscheinlich nicht zuträglich gewesen! Höflichkeit ist in diesem Land eine große Nummer und somit auch die Gesichtswahrung des Gastgebers.

„Und rate mal, was wieder auf meinem Teller gelandet ist?"

Ich schmunzelte. „Das edelste Stück vom Fisch natürlich!"

Das ist der Fischkopf, den bekommt der wichtigste Gast, um ihm Achtung und Ehre zu erweisen. Zum Glück hatte Peter mittlerweile kein Problem mehr damit und wusste, wo er Essbares herauspulen konnte.

„Aber was ist denn nun wirklich passiert? Habt ihr keinen guten Deal gemacht?"

„Doch, doch, das ist alles in trocknen Tüchern. Aber am späten Nachmittag hat der Großhändler noch einen Oolong Tee kredenzt und du weißt ja, …"

Ah, da lag der Hase im Pfeffer. Er hatte sich die Nacht um die Ohren schlagen müssen. Oolong Tee ist aufputschend, vor allem, wenn man ihn nicht gewohnt ist.

„Warum trinkst du ihn denn? Letztes Mal war's doch dasselbe."

„Du hast gut reden, zurückweisen geht doch nicht. Die und ihre Gesichter …! Außerdem war es ein ‚High Mountain Tea', den der Großhändler über den grünen Klee gelobt hat. Er soll einer der kostbarsten Tees sein, wächst in einem 1.200 Meter hoch gelegenen Anbaugebiet!"

„Wow, und hat er auch so kostbar geschmeckt?"

„Ja, er war aromatisch und sehr gut. Auf jeden Fall habe ich ihn kräftig gewürdigt, obwohl ich doch gar nichts von diesen Schlafkillern verstehe!"

Jetzt musste ich ihn aufbauen: „Komm, trink erst einmal deinen Kaffee und iss etwas, dann wird es dir schon besser gehen! Und im Auto, auf der Fahrt ins Büro, kannst du sicherlich noch ein Nickerchen machen!"

„Das ist eine gute Idee!", murmelte er und griff endlich in den Brotkorb.

Oolong Tee hatte ich auch schon einige Male getrunken, doch als Kaffeetrinkerin hing bei mir nur die schnelle Beutel-Variante im heißen Wasser, wenn überhaupt. Für mich schmeckte er so lala, aber das lag sicher daran, dass ich bis jetzt nur die preiswerte Sorte gekauft hatte.

Trotz der Kaffeekultur, die sich seit den 90er Jahren in Taiwan breit machte, waren die Taiwaner ihrem Nationalgetränk, dem Oolong Tee, treu geblieben. Von Peters Sekretärin Jenny hatte ich erfahren, dass es enorme Qualitätsunterschiede gibt. Anbaugebiet, Höhenlage und Arbeitsvorgang bestimmen den Preis, der oftmals einem sehr edlen Champagner in nichts nachstehen soll. Die wahrhafte Kultur liege ohne Frage im Aufgießen der losen Blätter des Oolong Tees, der weder ein schwarzer noch ein grüner Tee ist, sondern sich irgendwo dazwischen befindet. In diesem Zusammenhang erfuhr ich auch von einer Teeplantage im Bezirk Pinglin, die gar nicht so weit von Taipeh entfernt ist. Dort könne man alles über Tee erfahren, selbst das neueröffnete Teemuseum lohne sich zu erkunden. Mit dieser Empfehlung hatte Jenny mein Interesse geweckt, mal tiefer in die Oolong-Blätter einzutauchen, doch dabei war es damals geblieben.

Dass mir diese Unterhaltung gerade jetzt wieder einfiel? Der Zeitpunkt war äußerst ungünstig, Peter mit seiner schlaflosen Oolong-Erfahrung einen Ausflug in die Teegärten vorzuschlagen! Aber ich wollte die Möglichkeit im Hinterkopf behalten.

Der Tag hätte nicht besser sein können für unsere Tour in die Teegärten von Pinglin. Peter hatte zugestimmt und der Wettergott versprach Sonne und angenehme Temperaturen. Als wir morgens um 7:30 Uhr das Haus verließen, lagen etwa 80 Kilometer Wegstrecke vor uns. Es war noch früh genug, ohne Stau durchquerten wir Taipeh und danach hielt Peter sich in südöstliche Richtung. Kaum hatten wir die Hauptstadt hinter uns gelassen, verschwanden die Häuser und wurden durch üppiges Buschwerk ersetzt.

Wie viel grüner doch Taiwan ist, wenn man der Stadt entflieht, dachte ich. Sicher ist die Luft hier auch viel besser und …

„Jenny hat mir noch einiges über Pinglin erzählt!", unterbrach Peter meine Gedanken, „In dieser Gebirgslandschaft mit der hohen Luftfeuchtigkeit, den warmen Temperaturen und fruchtbaren Böden wachsen die Teepflanzen optimal. Es gibt im Bezirk Pinglin sieben Dörfer, die sich durch eine strikte Regelung der Regierung vier Teegebiete teilen müssen. Deshalb ist es jedem Teefarmer nur erlaubt, ein Hektar Land zu bewirtschaften."

„Und die Farmer sind damit einverstanden?"

„Natürlich nicht, aber dadurch können 80% der Pinglin-Bevölkerung überleben. Durch diese Begrenzung haben sich die Farmer im Laufe der Jahre auf die Perfektion der Teekunst fokussiert und traditionelle Herstellungsmethoden optimiert. In Pinglin werden zahlreiche Oolong Teesorten angebaut. In den Bergen befindet sich ein Teegebiet, wo überaus viele Sonnenstunden die Teepflanzen verwöhnen, dort ist die Winterernte besonders aromatisch und der aufgebrühte Tee soll wie Ingwer-Lilie duften. Bei einem anderen Standort bekommt der Tee durch Mineralien einen erdigen Geschmack und beim nächsten gibt es viel Wind, das lässt den Tee graziös schmecken, was immer das auch heißen mag. Das vierte Teegebiet befindet sich in noch höheren Lagen, in ca. 800 Meter, dadurch wird der Tee sanft und süß. Aber der beste Tee soll der Pouchong sein, der nach langer Experimentierphase aus dem Pflückgut des Qingxin Oolong entstanden ist. Aber das ist gewiss alles Geschmacksache."

„Das muss dich aber schwer beeindruckt haben, dass du dir diese Einzelheiten alle gemerkt hast, du Experte!"

„Ganz einfach, ich bemühe mich, einen versöhnlichen Weg zum Oolong zu finden!"

„Dann wirst du ja bald zum Teetrinker!", neckte ich ihn.

„Vielleicht, aber auf keinen Fall am späten Nachmittag!"

Plötzlich bekam die Landschaft erneut ein anderes Gesicht und gemäß der Karte hatten wir den Bezirk Pinglin erreicht. Es wurde einsam, uns begegneten kaum noch Autos, nur die elektrischen Leitungen zeugten von Zivilisation. Weiche Hügel und smaragd-grüne Berge umgaben uns, durch die uns die einzige Straße, die es hier gab, unserem Ziel näherbrachte. In der Ferne erhob sich die Bergkette mit dem zweithöchsten Berg Taiwans, dem Xue Shan, dem Schneeberg, mit seinen 3886 Metern.

Doch richtig genießen konnte ich die wilde Natur nicht mehr, die mittlerweile kurvige Straße machte mir schwer zu schaffen. Trotz Klimaanlage öffnete ich mehrmals das Fenster und ließ mir den Fahrtwind um die Nase wehen, der mir etwas Besserung verschaffte und meine Übelkeit im Zaum hielt. Seit einer halben Stunde tröstete mich Peter, wir seien bald am Ziel, doch ich sah auf der Landkarte, dass wir immer noch etwa zwanzig Kilometer vor uns hatten.

Als endlich ein tiefes Tal zu sehen war und die Kurven weitgehendst aufhörten, wusste ich, gleich war es geschafft; und mir ging es etwas besser. Ich konnte sogar den Fluss Beishi genießen, der sich durch die bergige Landschaft mäanderte und ein Bild von Stille vermittelte. Auf der Wasseroberfläche spiegelten sich die Berge und Hügel und breiteten ihr grünlich schimmerndes Kleid aus. Ein wahrlich romantischer Anblick.

„Peter, schau mal, da ist eine Teeplantage!", rief ich aufgeregt und war hellwach.

Es war meine erste und ich staunte über die Farbe, die mich an frisches Waldmeistergrün erinnerte.

„Wie geordnet die Teebüsche angepflanzt sind, ähnlich wie die Weinstöcke eines Weinberges, nur halb so hoch!", plapperte ich los, „Siehst du auch die bunten Punkte, die sich dazwischen bewegen? Das sind bestimmt Teepflücker."

„Dein Schlechtsein ist wohl verflogen!", bemerkte Peter, als ich ihn auf diese Dinge aufmerksam machte.

„Ah, … ja, stimmt! Ha, der Oolong wirkt schon aus der Ferne!"

Wir lachten noch, als die Dächer des gleichnamigen Dorfes Pinglin bereits vor uns auftauchten. Puh, wir hatten unser Ziel, den 6000 Seelenort, nach etwa zwei Stunden erreicht. Und die Rückfahrt? Die schob ich erst einmal weit weg von mir.

Einem Wegweiser folgend kamen wir zu einem großen Parkplatz, wo wir unser Auto abstellten. Von hier aus war der Hang des Teegartens zum Greifen nahe und ich hoffte auf einen Spaziergang zwischen den Teesträuchern, wo gerade gearbeitet wurde. Nur Frauen pflückten dort den Tee, deren bunte Blusen aus den grünen Teesträuchern herausstachen. Als Sonnenschutz trugen sie einen Chinesenhut und damit er hielt, hatten sie ihn mit einem farbigen Schal unter ihrem Kinn festgebunden. Fleißig gingen sie ihrer Beschäftigung nach, knipsten Teeblätter ab, die in einer Umhängetasche verschwanden. Gerne hätte ich ihnen noch weiterhin zugeschaut, vielleicht sogar geholfen, aber Peter drängte.

Wir schlossen uns einigen Ausflüglern an, unter denen sich auch Ausländer befanden, die sich bereits zielstrebig auf ein entfernteres Gebäude zubewegten. Das Gebäude war die Teefabrik und als wir näherkamen, wies ein Hinweisschild auf Führungen mit anschließender Teezeremonie hin, die jede eineinhalb Stunden stattfanden.

Glück gehabt, wir schafften es noch gerade zur 10:00 Uhr-Führung und stellten uns flugs in die englischsprachige Reihe an.

Während ein junger Mann sich um die chinesisch sprechenden Gäste kümmerte, begrüßte eine junge Dame die Ausländer. Sie stellte sich mit Fiona vor. Mit einladender Geste führte sie unsere sieben Personen-Gruppe ins Gebäude und blieb vor einem riesigen Teegarten-Poster stehen, auf das sie zeigte.

„Das ist ein Teil unserer Teeplantage!", sagte sie, „Auf der gesamten Fläche haben wir 13.000 Setzlinge gepflanzt, die nach etwa drei bis sechs Jahren erntereif waren. Die Teepflanzen besitzen tiefe Pfahlwurzeln, die unsere Hänge gut stabilisieren. Aber sie benötigen Pflege! Um den Pflückerinnen das Ernten zu erleichtern, werden die Büsche regelmäßig auf Bauchhöhe geschnitten. Ohne Rückschnitt könnten diese immergrünen Sträucher eine Höhe von etwa 15 Meter erreichen."

Staunende Worte kreisten in der Gruppe und jemand fragte: „Wie alt können denn Teesträucher werden!"

„Bis zu 100 Jahre, manche werden sogar noch älter! In China gibt es noch 2000 Teepflanzen, die aus dem 17. Jahrhundert stammen sollen. Auf jeden Fall wächst ein 4,5 Meter hoher Teebaum in einem Dorf namens Huangjin, was auf Chinesisch „Gold" bedeutet. Und die Teeblätter dieses Baumes sind gleich teuer wie das edle Metall selbst!"

Kaum vorstellbar, für einen Beutel Tee so viel Geld auszugeben. Aber reiche Chinesen sind bekannt dafür, kaum ein Limit zu kennen. Wenn ich da an Tigerknochen und Nashorn …, doch Fiona forderte wieder meine Aufmerksamkeit.

„Ursprünglich kommt der Tee aus Südost-China, wo Mönche ihn bereits im 16. Jahrhundert tranken. Im 18. Jahrhundert jedoch erreichte der Oolong Tee Taiwan. Seitdem baut man diese Teepflanzen auf der Insel an. Durch vielfache Kreuzungen der Urteepflanzen des chinesischen und des Assam Tees erhielt man die Grundlage fast aller Teekulturen: feineres Aroma und höhere Widerstandsfähigkeit! Wissen Sie, wie es zu dem Namen Oolong kam?"

Diese Frage erhöhte nun unser Interesse und sie lüftete kurz darauf das Geheimnis: „Eine Legende besagt, dass ein Teefarmer beim Pflücken der erntereifen Teeblätter eine riesige schwarze Giftschlange entdeckte. Vor Schreck warf er seine bereits geernteten Teeblätter weg und lief schreiend davon.

Nach einiger Zeit erholte er sich von diesem Schock, ging zurück in seinen Teegarten. Die Schlange hatte das Weite gesucht und er konnte weiterarbeiten. Doch als er seine Teeblätter entdeckte, war er entsetzt. Sie lagen auf einem Haufen und durch die Sonneneinstrahlung war ein feuchtwarmes Milieu entstanden. Die Blätter waren oxidiert und dunkel verfärbt. Dieser Zustand war eine absolute Katastrophe! Oxidierte Blätter waren bei allen Teebauern unerwünscht! Doch um die Ernte nicht vollständig wegzuwerfen, bereitete sich der Teefarmer trotzdem aus einigen der fast schwarzen Blättern einen Aufguss zu. Als er ihn trank, war er mehr als überrascht! Dieser Tee schmeckte außerordentlich gut! Daraufhin behielt er seine Ernte und nannte diesen Tee ‚Oolong‘, was in etwa ‚Schwarzer Drache‘ bedeutet und an die schwarze Schlange erinnern soll! Und nun schauen wir uns den Oolong einmal aus der Nähe an. Bitte folgen Sie mir!"

Gemeinsam durchquerten wir das Gebäude und passierten allerlei Gerätschaften wie Waagen, Transportbänder, Holzkästen, Ventilatoren und Öfen. Letztere würden bei Regenwetter eingesetzt, um keine Einbußen bei der Ernte zu haben, erfuhren wir von Fiona.

Wieder im Tageslicht angekommen, befanden wir uns auf einem Hof, wo große Gitterkästen auf dem Boden lagen. Auf ihnen genossen Teeblätter ein Sonnenbad und ab und zu wendete ein Arbeiter vorsichtig die Ernte.

Fiona blieb an einem der Gitterkästen stehen. „Unsere erste Ernte beginnt bereits Ende April oder Anfang Mai. Pro Jahr sind 2-3 weitere Ernten möglich, wobei die Herbsternte im September oder Oktober erstaunlich gute Qualitäten hervorbringt. Es wird ausschließlich per Hand gepflückt. Für unsere hochwertigen Oolong Tees landet nur die Knospe mit zwei Blättern im Korb der Teepflücker. Das nennt man das ‚Two leaves and a bud‘-Verfahren‘!"

Sie bückte sich, nahm eine Handvoll Teeblätter von dem Gitter und reichte jedem einen Trieb. Ich konnte die Knospe mit den zwei Blättern gut erkennen. Obwohl sie bereits angetrocknet waren, fielen sie nicht auseinander.

„Durch das Trocknen an der Sonne wird die Feuchtigkeit in den Blättern reduziert. Das nennt man Oxidationsprozess, hierbei lässt man die Blätter je nach Teesorte von 10% bis zu 70% oxidieren.", erklärte sie den Arbeitsgang. „Nach diesem Welk-Prozess, wie er auch heißt, folgt in einem geschlossenen Raum über Nacht eine Ruhephase für die Blätter. Am nächsten Tag werden sie in Weidenkörben geschüttelt, dutzende Male von

Hand leicht gerieben, gerollt und geformt. Dabei tritt Zellsaft aus, so dass die Blätter besser mit dem Sauerstoff der Luft reagieren können. Doch um keinen Schwarztee zu erzeugen, muss die Oxidation gestoppt werden. Dafür erhitzt man die Teeblätter vorsichtig in einer Eisenpfanne. Dabei muss die Hitze kontrolliert werden, denn jede Temperatur ergibt einen anderen Geschmack. Je niedriger die Temperatur, desto leichter schmeckt der Tee. Um einen starken Tee zu erzeugen, röstet man ihn kürzer mit einer höheren Temperatur. Erst wenn er geprüft und für gut befunden ist, gelangt er vakuumverpackt in den Verkauf."

„Wieviel Tee produzieren Sie denn pro Jahr?", wollte ein Teilnehmer wissen.

„Nun, … wir bewirtschaften einen Hektar Land, davon erhalten wir durchschnittlich 1300-1400 kg aufgussfertigen Oolong Tee, von dem wir unterschiedliche Sorten anbieten. Wissen Sie, durch die variablen Oxidationsprozesse besitzt keine andere Teesorte einen solchen Reichtum an Geschmacks-Nuancen und Aromen wie der Oolong Tee; und darauf sind wir besonders stolz! Stolz sind wir auch auf unser neueröffnetes Museum, wo Sie anhand einer Ausstellung jeden der notwendigen Arbeitsschritte für einen guten Oolong verfolgen können. Mit einer Führung können Sie noch tiefer in die Materie eintauchen! Selbstverständlich sind unsere Tees auch zu erwerben und Sie können sie vorab probieren. Bitte folgen Sie mir!"

„Das ist ja eine Wissenschaft für sich und bestimmt kein einfacher Job!", schlussfolgerte Peter, „Ich bin gespannt auf die Geschmacksunterschiede."

„Ich auch. Das alles erinnert mich an eine Weinprobe, nur dass Fiona unsere fachkundige Tee-Sommelière ist."

Peter schüttelte grinsend den Kopf. „Du kommst auf Ideen!"

Unsere Gruppe erreichte eine Mauer, auf der in chinesischer und lateinischer Schrift ‚Pinglin Tea Museum, New Taipei City' stand. Dahinter erhob sich das Museum.

Wieder klickten die Kameras um die Wette. Nur das Foto mit einer riesigen Teekanne schenkten wir uns, stattdessen gingen wir die breite Treppe hoch zum Museum, wo Fiona bereits wartete. Als alle versammelt waren, betraten wir gemeinsam das Haus. Fiona geleitete uns jedoch nicht in den Museumstrakt, wo ich bereits einen Teil des Fundus' von Gerätschaften zur Teeproduktion ausmachen konnte, sondern sie führte uns in einen seitlichen Raum, in dem wir auf bereitgestellten Stühlen Platz nahmen.

Das muss der Teeraum sein, dachte ich, denn der Tisch vor uns war mit Utensilien zur Teezubereitung bestückt. Drei Teller mit Teeblättern standen bereit, an der Seite blubberte Wasser in einem Kessel und auf einem Tablett warteten in kleinerer Ausführung Teekannen, Becher und Schalen auf die Meisterin. Die Trinkschälchen waren nicht größer als Eierbecher. Alles sah aus wie das Geschirr bei den sieben Zwergen, kam mir in den Sinn.

Fiona teilte uns lächelnd mit, dass wir nun die Gong-Fu-Methode der Teezubereitung kennenlernen, die die ältere Technik des Aufschäumens eines pulverisierten grünen, nicht oxidierten, Tees abgelöst hatte.

„Gong-Fu kam in der Ming-Dynastie im 14. Jahrhundert auf, aber der Trend, Teeblätter anstelle des Teepulvers mit kochend heißem Wasser zu übergießen, entwickelte sich nur langsam. Doch bis zum 18. Jahrhundert wurde diese Methode dann vollkommen übernommen und sie wird noch heute angewendet."

Sie zeigte auf die drei Teller mit den Teeblättern. „Diese drei hochwertigen Teesorten habe ich für Sie ausgesucht, damit sie die Unterschiede riechen und auch schmecken können. In Taiwan werden Gäste zum Zeichen der Wertschätzung meist mit Tee bewirtet. Diese Geste ist noch immer up to date, selbst in jungen Familien. Und bei einer Tee-Zeremonie ist unbedingt Geduld gefragt! Tee wird ähnlich wie ein edler Wein genossen. Es ist weniger ‚ein Tee trinken', sondern ‚ein Tee verkosten'!"

Jetzt hatte die Teemeisterin unsere volle Aufmerksamkeit.

„Um die Zeremonie zu beginnen, wird das Geschirr, das aus unglasiertem Ton oder Keramik bestehen sollte, mit heißem Wasser gereinigt und dabei gleichzeitig erwärmt."

Sie befüllte die Teeschalen und die Kanne, wartete einen Moment und goss das Wasser in einen höheren Bambuskasten aus, den sie ‚Teeboot' nannte.

„Jetzt gebe ich drei Spatel Oolong-Teeblätter mit einem Oxidationsgrad von 50% in die Kanne und gebe so viel Wasser dazu, dass die Blätter gerade bedeckt sind. Die Wassertemperatur sollte etwa 80-90°C betragen, bei anderen Teesorten sogar noch weniger!"

Keine halbe Minute ließ sie die Teeblätter in der Kanne ziehen und goss den Sud in eine größere Schale. Nach Begutachtung und einem Schnuppern reichte sie das Gefäß an uns weiter, damit wir das Gleiche tun.

„Bei diesem ersten Aufguss wird der Tee ‚gewaschen'!", erklärte sie die Vorgehensweise, „Das öffnet die Blätter und mildert die Bitterkeit der späteren Aufgüsse. Dieser Aufguss heißt ‚Tee des guten Geruchs'! Er wird nur beschnuppert, aber nicht getrunken!"

Als mir die Schale übergeben wurde, stieg ein warmer Duft in meine Nase, der mich leicht an grüne Äpfel erinnerte. Ich war gespannt auf den Geschmack des Tees.

Nun füllte Fiona die Kanne vollkommen mit heißem Wasser auf und ließ den Tee etwa eineinhalb Minuten ziehen. Damit jeder von uns die gleiche Aufgussqualität erhielt, füllte sie diesen Aufguss immer nur ‚schluckweise' in die Teeschälchen, begann von vorne, bis alle gefüllt waren. Der restliche Teesud landete in einer anderen Kanne, was das ‚Weiterarbeiten' der Teeblätter vermied, teilte sie uns mit.

Jedem von uns wurde ein Teeschälchen mit dem ‚Aufguss des guten Geschmacks' gereicht, wie sie ihn nun betitelte. Vorsichtig nahm ich das Teeschälchen vom Tablett. Gülden schimmerte der Tee in der hellen Keramik und duftete aromatisch. Ich probierte ihn; die grüne Apfelnote war verschwunden, ich schmeckte unterschwellig grünen Tee, aber auch eine blumige Note. Auf jeden Fall war das kein Vergleich zu dem Teebeutel-Oolong, den ich kannte! Peter nickte anerkennend.

Auch die anderen Teilnehmer waren angetan, was Fiona ein wissendes Lächeln entlockte und sie uns daraufhin noch auf die gesundheitlichen Vorteile des Oolong Tees aufmerksam machte.

„Durch spezielle Inhaltsstoffe unterstützt der Oolong Tee sogar das Abnehmen, verhindert Ablagerungen in den Blutgefäßen, beugt Herz-Kreislauferkrankungen vor und ist außerdem entzündungshemmend. Auf den Punkt gebracht, er wirkt wie ein Jungbrunnen!"

Wenn das kein Verkaufsargument war …

Natürlich fragte jemand nach dem Preis, doch elegant umschiffte sie diese Frage.

„Sicher ist ein hochwertiger Oolong Tee nicht so preiswert wie eine Teebeutelpackung! Die unterschiedlichen Verfahrensweisen und die Sorte bestimmen den Preis. Bei einer persönlichen Produktberatung im Verkaufsraum erfahren Sie mehr darüber. Aber bedenken Sie, von einer guten Teequalität können Sie mehr als zwei Aufgüsse machen. Drei, vier, sogar fünf und noch mehr sind möglich, wobei die Blätter in der Kanne jeweils etwas länger ziehen müssen als zuvor. Diese weiteren Aufgüsse haben den schönen Namen ‚Tee der langen Freundschaft'! Probieren Sie es zu Hause mal mit Ihren Freunden aus!"

Mit diesen Worten entleerte sie die Kanne von den Teeblättern Nr. 1, spülte sie mit Wasser aus und wendete sich Tee Nr. 2 zu.

„Das ist der Pouchong, ein Oolong Tee, der nur eine bis zu 20%ige Oxidation bekommt! Er trocknet besonders langsam in der Sonne und besticht durch einen kräftig grünen Farbton. Seine Wirkung stärkt das Herz, wirkt der Müdigkeit entgegen und ist harntreibend. Über den Geschmack werden Sie erstaunt sein, der blumig und süß ist!"

Nach dem Schnuppern, das mich an frisch geschnittenes Gras erinnerte und nach einer kurzen Ziehzeit des Pouchong kredenzte Fiona uns den ‚Aufguss des guten Geschmacks' mit einer Verbeugung.

Als ich das kleine Schälchen in den Händen hielt, kitzelte ein süßlicher Duft meine Nase. Erstaunt war ich über die leuchtend honig-grüne Farbe und der Geschmack traf einwandfrei die Ankündigung der Teemeisterin. Sehr fein schmeckte er, dieser Pouchong! Auch schien er schnell zu wirken, denn einige aus unserer Gruppe suchten plötzlich die Toilette auf.

Als wir wieder vollzählig waren, weckte Fiona unsere Neugierde.

„Die dritte Teesorte ist das absolute Highlight unserer Teezeremonie! Oriental Beauty Oolong, einer der aromatischsten Tees unter den Oolong Tees. Durch die Ernte im Sommer ist er besonders süßlich und erinnert fast schon an Waldhonig. Der Tee besteht ebenfalls aus der weißen Knospe mit den beiden ersten Blättern, doch das Besondere an diesem Tee sind unsere kleinen Helfer! Wissen Sie, wer das sein könnte?"

Allgemeines Kopfschütteln und Gemurmel entstand.

„Diese eifrigen Gehilfen sind die ‚Jacobiasca formosana'! Eine kleine Zikaden-Art, die vornehmlich Teebüsche befällt. Diese grasgrünen Tiere knabbern an den Blättern und durch diese Bissspuren entstehen bereits leichte Oxidationen, die die Inhaltsstoffe im Blatt verändert. Dieser Befall funktioniert allerdings nur bei naturbelassenem Anbau, Pestizide dürfen nicht eingesetzt werden. Nach der Ernte wird im traditionellen Verfahren weiterverarbeitet und der Oriental Beauty erhält einen Oxidationsgrad von 70%. Das bringt Aromen von gerösteten Nüssen oder Kakao hervor."

Nachdem wir wieder gerochen und geschnuppert hatten, wartete ich voller Neugier auf den Geschmack des Tees. Geduftet hatte er süßlich, jedoch ohne eine grünliche Note.

Nach einer halben Minute war der Oriental Beauty Oolong fertig gezogen und Fiona servierte uns den ‚Aufguss des guten Geschmacks', … mit einer tiefen Verbeugung! Die Höflichkeit macht selbst vor einem edlen Tee nicht Halt, schmunzelte ich in mich hinein.

Noch beim Zugreifen der kleinen Teeschale bemerkte ich einen feinen karamellartigen Duft. Etwas Citrus nahm ich auch wahr und … eine Nougatnote! Die Tierchen ‚schob' ich weg und probierte. Samtig lief der tiefgoldene Aufguss durch meine Kehle und hinterließ einen feinherben Honiggeschmack. Ich war begeistert! Dafür würde ich auch mal eine Tasse Kaffee weniger trinken!

Und Peter prophezeite mir nach seinem ersten Schluck, dass wir genau diesen Tee nachher kaufen werden, egal, was er koste.

Was Zikaden, die früher sicherlich als Plagegeister bekämpft worden waren, doch so bewerkstelligen können!

41. Kota Kinabalu

Betriebsausflüge oder ‚Annual Work Outings' waren, wie in Deutschland auch, hier in Taiwan ebenfalls Usus. Dass diese Reisen dem Betriebsklima zuträglich und obendrein immer lustig seien, davon hatte Peters Vorgänger ausgiebig geschwärmt. Unbedingt müsse aber der Lauban, also Peter als Boss, mit dabei sein und ich, die Lauban niang auch! Ansonsten sei die Enttäuschung groß und vom Gesichtsverlust wolle er gar nicht sprechen! Wir beherzigten seinen Rat.

In unserem ersten Jahr hatte Jenny einen Wochenendausflug in den Osten von Taiwan organisiert. Im Landkreis Taitung besuchten wir das Ami Indigenous Culture Center. Mit 200.000 Angehörigen sind die Amis das größte Indigene Volk Taiwans. Sehenswert war auch Sanxiantai, die kleine vorgelagerte Felsinsel, die man vom Festland aus durch eine pittoreske Rundbogenbrücke erreichen konnte.

Andere Male unternahmen wir Tagesausflüge rund um Taipeh, zu den Felsformationen in Yeliu und nach Peitou, wo die heißen Schwefelquellen blubbern. Beeindruckend war die Tour nach Hualien, in den Taroko-Nationalpark, wo sich die gleichnamige Taroko-Schlucht befindet. Beeindruckend sind die steilen Felswände und die tiefen Schluchten aus Marmorgestein, wo sich der schmale türkisfarbene Fluss Liwu hindurchschlängelt. Nicht nur die Überquerungen von Hängebrücken waren spektakulär, sondern auch die Fahrt mit dem Auto auf der schmalen Straße, die sich entlang der Felswand zog. Die Schlucht hatte ich immer im Visier, besonders bei Gegenverkehr!

Für diese Ausflüge gab es ein Budget, und das auszugeben, ließen sich die Angestellten natürlich nicht entgehen. Alle erschienen, Ehepartner und Kinder konnten gegen Aufpreis ebenfalls teilnehmen. Schließlich stand eine umfangreiche Verköstigung auf dem Programm, darauf waren alle scharf.

Doch in einem Jahr gab es eine Überraschung! Im Budget, das Jenny verwaltete, hatte sich mehr Geld angehäuft als erwartet. Jenny schlug Peter vor, doch eine Reise nach Malaysia zu unternehmen. Es sei Nebensaison und solch ein günstiges Angebot könne man kaum ausschlagen! Der Lauban sagte Ja!

„Eva, in zwei Wochen fliegen wir nach Kota Kinabalu!",
eröffnete mir Peter dieses schöne Ereignis.
„Hä? Wohin?" Ich verstand nur Knoten.
„Kota Kinabalu, das gehört zu Malaysia und liegt auf Borneo!"
„Borneo?!", wiederholte ich und fühlte mich in Piratenzeiten
versetzt.
„Ich zeig's dir!" Peter zögerte nicht lange und holte den
Weltatlas. Nach einigem Blättern wurde er fündig.
„Siehst du, hier im südostasiatischen Malaiischen Archipel liegt
die Insel Borneo! Sie unterteilt sich in den indonesischen Teil
Kalimantan, der auf der südlichen Hälfte liegt. Im Norden
befindet sich der kleine Staat Brunei und die beiden
malaysischen Bundesstaaten Sabah und Sarawak, wo sich auch
Kota Kinabalu befindet. Hier ist der höchste Berg der Insel, der
Kinabalu mit 4095 Metern."
Nun hatte ich eine Vorstellung. Südlich von Borneo sah ich die
unzähligen Inseln Indonesiens und den großen Kontinent
Australien, westlich davon Sumatra und die Halbinsel Malaysia,
nord-östlich die Philippinen.
„Schau mal, wie klein Taiwan im Gegensatz zu Borneo ist!" Ich
hatte meinen Finger noch weiter nördlich gezogen.
„Kein Wunder", meinte Peter, „Borneo ist die drittgrößte Insel
der Welt. Es soll sogar Orang-Utans auf dem indonesischen Teil
geben!"
„Das scheint ja Wildnis pur zu sein."
„Davon kannst du ausgehen! Aber keine Angst, wir wohnen in
der Zivilisation!"
Die zwei Wochen bis zum Abflug vergingen schnell und am
frühen Freitagmorgen befanden wir uns alle, manche mit Kind
und Kegel, am Flughafen von Taipeh beim Einchecken am
Counter der Malaysia Airline.
Ich war erleichtert, dass Jenny nicht die Taiwanische
Fluggesellschaft China Airlines ausgewählt hatte, mit der ich
nie fliegen würde! In den 1990ern hatte es vier schwere
Flugzeugabstürze mit insgesamt 470 Toten gegeben; und die
Crashs davor wollte ich gar nicht zählen.
All diese Ereignisse hatten die Taiwanische Fluggesellschaft ins
Gerede gebracht. Natürlich konnte der Feng-Shui-Master allein
nichts mehr ausrichten; Man legte plötzlich mehr Gewicht auf

Sicherheitsfragen und Pilotentraining. Zur Unterstützung wurden Trainer, Piloten und Techniker aus Deutschland eingeflogen, um die Unglücksrate zu minimieren. Es half nur bedingt!

Wir landeten nach einem ruhigen Flug von dreieinhalb Stunden in Kota Kinabalu. Mittlerweile konnte ich diesen Namen aussprechen, meine Eselsbrücke war Kot, Kino und Balu, der Bär aus dem Dschungelbuch.

Ein Bus brachte die fast 40köpfige Bagage ins Hotel, das direkt an einem langgezogenen Strand lag. Palmen und üppige Pflanzen empfingen uns und freundliche Angestellte, die in ihrem malaysischen Outfit Urlaubsflair vermittelten. Wir brauchten nur noch einzuchecken.

Noch zu Hause hatte ich im Prospekt gelesen, dass hinter der Anlage der hoteleigene Golfplatz liegt. Unsere Golfschuhe, Golfkleidung und Kleinkram wie Bälle und Tees lagen im Koffer bereit. Golfschläger hatten wir vorab im Hotel geordert.

Schön, dass Jenny an die Golfer in unserer Gruppe gedacht und sich für dieses Hotel entschieden hatte. Wahrscheinschlich hatte Peter mitgemischt oder auch T.Y., der Vizepräsident, der mich beim ersten Besuch im Büro mit der Erdnussnummer geködert hatte. Kaum im Hotelzimmer, klingelte das Telefon und T. Y. fragte an, ob wir nach dem Mittagssnack mit ihm eine Runde Golf spielen wollten. Wir waren einverstanden. Schwimmen gehen konnten wir später.

Borneo bietet ein tropisches Klima mit durchschnittlichen Temperaturen von 27°C das Jahr über. Wir schützten uns gut mit Sonnencreme, denn eine Luftfeuchtigkeit von über 80% wirkt wie ein Brennglas. Ebenso landete ein Moskitospray auf unserer Haut, was hoffentlich auch den hiesigen Plagegeistern den Appetit verdarb.

Punkt zwei Uhr standen wir drei am Abschlag. Wir waren die einzigen, niemand sonst war zu sehen. Also konnten wir es ruhig angehen lassen und ich schoss erst einmal ein paar Fotos. Obwohl es mollig warm war, wärmten wir uns auf, stretchten unsere Muskeln, die ja im Flieger und im Bus in der Ruhe verharren mussten. Dann schlugen wir ab.

Die ersten Fairways begeisterten mich, sie zogen sich entlang einer riesigen Steinwand, die mit undurchdringlich wildem

Grünzeug bewachsen war. Hier war Vorsicht geboten! Schlangen lieben diese Vegetation.

Gerade wollte ich auf der nächsten Tee-box abschlagen, als ich aus den Augenwinkeln etwas bemerkte. Ein Riesenviech hatte sich aus einem Busch geschält und machte sich auf den Weg, die Spielbahn zu überqueren.

„Was ist das?", rief ich und blieb wie erstarrt stehen. So ein Tier hatte ich noch nie gesehen, auch Peter war überrascht.

Doch T.Y. kannte sich aus. „Das ist ein Pulau Sapi, ein Bindenwaran, der hier heimisch ist. Und den sollten wir passieren lassen. Meist sind sie nicht angriffslustig, aber man weiß nie!"

Vorsichtig holte ich meine Kamera aus dem Golfbag, um diese fast zwei Meter lange Echsenart mit der Linse einzufangen. Zum Glück war der Gang gemächlich und ich konnte mehrere Fotos schießen. Der Waran wirkte wie von einer alten Welt, sah furchterregend und faszinierend zugleich aus. In allen Einzelheiten konnte ich sein dunkles Schuppenkleid erkennen, auf dem sich helle Punkte verteilten, am Bauch war er hell. Getragen wurde sein massiver Körper von vier stabilen Beinen, deren fünf gekrümmte Krallen sich bei jedem Schritt spreizend ins Gras gruben. Den Kopf voraus, züngelte der Waran mit seiner gespaltenen Zunge wie eine Schlange, nahm so seine Umgebung wahr, erfuhren wir von T.Y. Der breite Schwanz, auch Ruderschwanz genannt, warf sich bei jedem Schritt nach links oder rechts. Wir wagten nicht weiterzuspielen, bis das Tier in den Tiefen des Steinwanddschungels verschwunden war.

Bald darauf öffnete sich der Platz und wir konnten das Meer sehen. Die letzten Löcher zogen sich entlang des Strandes zurück zum Hotel und unsere Schläge wurden vom Wellenrauschen begleitet. Nach dieser Runde war ein kurzes Abtauchen im Meer gerade das Richtige und mit einem köstlichen Buffet endete der Abend.

Am nächsten Tag war volles Programm. Nach dem Frühstück ging es mit dem Bus zu einer Kosmetikfirma, die uns mit ihren Produkten zu einer besseren Haut und Jugendlichkeit verhelfen wollte. Zahlreiche Tüten füllten sich. Die Verkäufer der Schmuckfabrik, die sich der Kosmetikabteilung anschloss, hatten weniger Erfolg, machten nur kleinere Geschäfte.

Dadurch endete die Einkaufstour schneller als gedacht und dem Mittagessen stand nichts mehr im Wege.

Die Überraschung war, dass es auf einem Schiff stattfand. Während wir die leckeren Fischgerichte verschmausten, schipperte uns der Kahn zu einer nahegelegenen Insel, die uns zum Schwimmen, Schnorcheln und Sonnen einlud.

Zu schnell verging die Zeit und am Sonntagmittag mussten wir schon wieder auschecken. Während sich unsere Koffer füllten, lief nebenbei der Fernseher. Peter hatte CNN gewählt, den Nachrichtensender, der ihm noch vor dem Abflug die neusten Nachrichten anbot. Ich hörte gar nicht zu, doch beim Wetterbericht wurde ich hellhörig! Es ging ein Schock durch meinen Körper, als der ‚Wetterfrosch‘ darauf aufmerksam machte, dass sich ein Taifun auf Taiwan zubewegt. Mit einem nächtlichen ‚landfall‘ sei zu rechnen.

„Peter, siehst du dieses Riesending? Genau zu unserer Ankunftszeit wird auch der Taifun in Taiwan landen!"

„Ach, Eva, das ist doch noch nicht sicher!"

„Das macht nichts. Ich fliege auf jeden Fall nicht mit zurück!", machte ich ihm klar.

„Natürlich fliegst du mit zurück, Eva! Der Flug ist gebucht und wird pünktlich starten. Wir haben nichts anderweitiges gehört!"

„Aber du hast mir versprochen, mich vor solchen Wetterkapriolen zu schützen! Du weißt doch, wieviel Angst ich habe, wenn es im Flieger schüttelt." Ich war den Tränen nahe.

„Jetzt stell dich bitte nicht so an. Die anderen fliegen doch auch!"

„Das ist mir egal, es ist mein Leben!", antwortete ich trotzig, „Stell dir doch bloß mal das Szenario vor, wenn wir in den Taifun geraten sollten! Weiß du, ob der Flieger nicht abschmiert? Mit über 200 Sachen rast der Taifun auf die Insel zu und wir wären dann …!"

„Eva, es sind noch über sechs Stunden bis zum Abflug und wenn der Pilot fliegt, wird eingestiegen. Keine Widerrede!"

Was sollte ich bloß tun? So langsam ich konnte, schloss ich meinen Koffer und schlappte gefrustet hinter Peter her. Ich war echt sauer und beschränkte meine Unterhaltung mit ihm aufs Nötigste.

„Komm Eva, es wird schon alles gut gehen!", versuchte er mich zu beruhigen, „Der Pilot weiß schon, was er tut! Meinst du, er fliegt bei Gefahr?"

Nein, das glaubte ich auch nicht. Doch wer weiß, was in den Köpfen von Piloten vorgeht, machte ich mir so meine Gedanken.

Nachdem wir die Reststunden am Pool verbracht hatten, war es Zeit für den Aufbruch. Alle trafen sich in der Lobby und ich war erstaunt, dass die anderen aus unserer Gruppe guten Mutes waren. Niemand von ihnen hatte Bedenken wegen des Taifuns. Stellte nur ich mich so an?

Ein Bus brachte uns zum Flughafen. Als das Boarding ausgerufen wurde, ließ ich den anderen Passagieren den Vortritt, in der Hoffnung, dass der Pilot doch noch einen Rückzieher machte. Aber ich lag falsch, der Flug wurde nicht storniert.

So war ich eine der letzten, die in das Flugzeug einstieg und ihren Sitzplatz einnahm. Peter schüttelte grinsend den Kopf. Ich blieb ernst. Er hatte ja keine Ahnung, was für eine große Beklemmung auf meinem Schoß saß.

Der Flieger hob ab und ich betete, dass wir es rechtzeitig zur Landung schafften.

Als der Captain uns begrüßt hatte, erwähnte er die Wetterlage und auch den Taifun, der uns zeitlich nicht in die Quere käme. Die Ankunft sei pünktlich geplant. Beruhigt atmete ich auf und lehnte mich zurück.

„Hab ich's nicht gesagt?" Peter stupste mich freudig an.

Bei der Flugbegleiterin bestellte er für uns beide Sparkling Wine und erleichtert prostete ich ihm zu. Wir ließen uns das Abendessen schmecken und ich war wieder guter Dinge.

Dass der Flug mehr als ruhig war, auch als wir über Taiwan flogen, konnte ich kaum fassen. Möglicherweise hatte sich der riesige Wirbelsturm verlangsamt. Die Flugdaten zeigten noch 10 Minuten bis zur Landung an, als ich spürte, wie der Flieger an Höhe verlor. Taipeh, wir kommen!

Peter sah aus dem Fenster und staunte. „So einen Ausblick habe ich noch nie erlebt, das Lichtermeer von Taipeh ist heute beeindruckend!"

Neugierig reckte ich meinen Hals. Wirklich, die Lichter unter uns funkelten um die Wette. Typische Wetterlage bei einem nahenden Taifun, der längst sämtliche Wolken an sich gezogen hatte. Ich konnte sogar einige Flieger unter uns ausmachen, die sich bereits im Landeanflug befanden.

„Alle Aufregung umsonst, Eva!", beruhigte mich Peter, „Gleich haben wir es geschafft!"

„Ja, ich bin so froh! Tschuldigung, dass ich so grantig war!" Mit einem Gefühl der Rettung kuschelte ich mich an seine Schulter.

Just in diesem Moment startete der Pilot durch! Und die Maschine gewann wieder an Höhe.

„Was ist denn nun los?" Ich klammerte mich an Peter fest.

„Keine Ahnung, vielleicht war kein Slot für die Landung frei und er muss nun eine Schleife fliegen.", mutmaßte er.

Die Maschine zog zwar eine Schleife, flog aber nicht zurück! Sie ließ Taipeh hinter sich!

Unruhe breitete sich in der Kabine aus. Die Mitstreiter unserer Gruppe machten betretene Gesichter. Es wurde getuschelt, gefragt, gerätselt. Nur die Lautsprecher blieben stumm!

Nach einer gefühlten Ewigkeit meldete sich der Captain. Endlich!

„Meine Damen und Herren, leider war eine Landung nicht mehr möglich, der Taifun hat gerade Taiwan erreicht. Wir fliegen wieder zurück nach Kota Kinabalu. Bitte, bleiben Sie angeschnallt, wir erwarten Turbulenzen. Vielen Dank!"

Buff, diese knappe Aussage hallte noch lange in der Kabine nach. Doch was sollten wir machen? Wir saßen hier fest wie Sardinen in der Büchse und mussten unser Schicksal dem Piloten anvertrauen.

Aber ich grübelte. „Peter, der hätte doch bestimmt noch landen können. Unter uns waren doch auch noch Flieger, die …"

„Vielleicht war es zu gefährlich. Wenn eine Bö den Flieger im Landeanflug erfasst, kann die Maschine leicht ins Trudeln geraten. Und dann…? Wir wissen doch nicht, wie stark der Wind dort unten bläst. Die Entscheidung war sicher richtig, glaub mir!"

„Vermutlich hast du Recht! Also wieder ab ins Paradies!"

Ein bisschen freute ich mich sogar, schloss meine Augen, stellte mir gerade den zusätzlich gewonnen Tag am Pool vor und wie wir am Strand …

Da sackte die Maschine mächtig ab! Erhob sich wieder und schüttelte uns kräftig durch. Und zwar so heftig, dass Aufschreie durch die Sitzreihen gingen. Mir brach der Schweiß aus.

Die Turbulenzen begannen! Ich stöhnte in mich hinein und fühlte gleichzeitig, dass diese Wetterlage eine ganz andere Nummer war als die, die ich jemals bei einem Flug erlebt hatte. Nochmals schüttelte es uns gehörig durch. Das Wüten des Taifuns nahm uns voll in den Griff! Die Maschine wurde fast zum Spielball, hätte der Pilot nicht dagegengehalten!

Trotzdem bekam ich es mit der Angst zu tun. In meinem Körper kribbelte es. Mein Herz wummerte wie wild in meinem Brustkorb, als wolle es herausspringen! Mein Blutdruck war bestimmt auf 200! Das Adrenalin schlug Alarm! Flüchten oder kämpfen? Doch für was ich mich auch entschied, … war beides nicht aussichtslos?

Wohl oder übel musste ich, wie die anderen auch, ausharren!

Ich schaute auf die Uhr. Ab dem Durchstarten waren erst zehn Minuten vergangen. Es dauert ungefähr eine halbe Stunde, bis Taiwan in der Länge durchquert ist. Und falls der Taifun die gesamte Insel vereinnahmt hatte, wie es schien, lag noch ein zwanzigminütiger Achterbahnflug vor uns!

Wie sollte ich den bloß überstehen? Als ich jemanden erbrechen hörte, schluckte ich schwer.

Hilfesuchend schaute ich zu Peter! Alle Röte war aus seinem Gesicht gewichen! Blass wie ein Leinentuch hing er im Sitz. Ganz tief in mir drin meldete sich ein schadenfreudiges Stimmchen! Aber was nützte es mir, schließlich saß ich mit im Schlamassel …

„Ich hätte doch nicht mitfliegen sollen!", zischte ich ihn an, „Aber du hast ja keine Ruhe gegeben! Wir werden hier abschmieren, weißt du das?"

Danach hüllte ich mich in Schweigen. Soll er doch selbst mit seiner Angst zurechtkommen. Er wollte ja unbedingt in diese Kiste einsteigen! Ich musste mich so zusammenreißen, sonst hätte ich ihn durchgeschüttelt, aber das erledigte ja schon der Taifun. Ich hatte eine Wut im Bauch, zusätzlich zu meiner Heidenangst! Nein, meiner Todesangst! Ob ich meine Familie, meine Freunde je wiedersehen würde?

Innerlich machte ich schon mein Testament.

Huch, schon wieder ein Absacken, ein Hochliften, ein ...! Draußen tobte der Bär! Auch Seitenhiebe erschütterten die Maschine und ließen sie furcherregend knarren und ächzen. Hoffentlich hält der Rumpf, nicht dass das ganze Ding noch auseinanderbricht.

Ich konnte kaum zu dem Flügel sehen, der sich links von mir in Zeitlupe hob und senkte. Das Positionslicht blinkte freudig, als hätte es Spaß am kindlichen Schaukeln, während sich die Wolkendecke kurz rot erhellte, um sich dann wieder zu verdunkeln. Auf und ab, auf und ab! Es war gespenstig! Und in der Kabine war es mucksmäuschenstill.

Als ich zu den anderen Fluggästen schaute, hatten die meisten von ihnen die Augen geschlossen oder starrten vor sich hin. Verkrampft in den Sitz gekrallt, huschte bei vielen sogar Panik durchs Gesicht. Eigentlich wollte ich das gar nicht sehen, es machte mich nur noch mutloser!

In meiner Verzweiflung drückte ich mich tiefer in den Sitz, schloss die Lider und gab mich der unausweichlichen Situation hin, wie immer sie auch ausgehen möge ...

Und dann geschah das Unglaubliche. Plötzlich zog eine himmlische Ruhe durch meinen Körper, die mich ganz still werden ließ. Mein Herz beruhigte sich, die Geräusche traten in den Hintergrund, mein Körper nahm das Rütteln wie ein Wiegen wahr. Ich wunderte mich darüber! Selbst die starken Turbulenzen konnten mir nichts mehr anhaben, sie fielen zu Boden wie Blätter von einem Baum. Und wie aus heiterem Himmel löste sich auch meine panische Angst auf! Was für eine Befreiung! Ein erhebendes Gefühl! So etwas hätte ich nicht für möglich gehalten!

Trotzdem atmete ich auf, als der Flieger nach einiger Zeit ruhigere Gefilde erreicht hatte. Es war überstanden, der Spuk vorüber! Der Taifun wütete hinter uns weiter.

Als hätte jemand einen Schalter umgelegt, kam Leben in die Fluggäste. Man konnte Erleichterung aus den Stimmen entnehmen, hier und da ertönte sogar ein Lachen. Auch der Captain atmete auf, als er uns gerade über die verbleibende Flugzeit informierte; und dass man im Hotel auf uns vorbereitet sei. Beifall brandete auf! Der Captain bedankte sich.

Weit nach Mitternacht landete die Maschine wieder in Kota Kinabalu und wir strömten zum Gepäckband. Hier sah es leer und verlassen aus. Niemand flog oder landete um diese Zeit. Aber man hatte einige Helfer für uns aktiviert und nach einer Weile konnten die Koffer in Empfang genommen werden. Um drei Uhr in der Nacht lagen wir k.o., aber glücklich und versöhnt im Bett.

Wie neugeboren ließen wir den nächsten Tag am Pool und am Meer ausklingen. Alle waren wir uns einig, dass es nur dem professionellen Handeln des Piloten zu verdanken war, dass er uns wohlbehalten durch diese Hürden geflogen hatte. Wir hatten überlebt! Und dieser Extra-Tag im Paradies war auch ein Geschenk! All das wurde mit erfrischenden Cocktails gefeiert!

Und als Peter die gesamte Gruppe für die kommende Woche zu uns nach Hause einlud, für eine ‚Survival-Party‘, war die Stimmung auf dem Höhepunkt!

42. Ein Besuch in der Chinese Opera School

Seit längerem schon organisierte ich im ACC den monatlichen Deutschen Kaffeemorgen für alle deutschsprachigen Damen. Die Vorgängerin, die mit ihrer Familie weitergezogen war, hatte mich in den Ablauf eingeführt. Viel war nicht zu tun, die Termine standen bereits lange im Voraus fest und es brauchte nur eine Absprache mit der zuständigen Dame des ACC, bei der es um die angemeldete Personenzahl und ums leibliche Wohl ging. Meist folgten dem Treff ein gutes Dutzend, das sich bei Kaffee, Tee und Häppchen über den neusten Klatsch austauschte. Und für Newcomer war es *die* Chance, Bekanntschaften zu schließen, denn dieser Kaffeemorgen erleichterte den Beginn des Einlebens in einem fremden Land enorm. Das konnte ich aus Erfahrung nur bestätigen.

Auch einige Taiwanerinnen gesellten sich manchmal dazu, drei hatten sich beim heutigen Kaffeemorgen angemeldet. Als wir alle mit Getränken und Häppchen versorgt waren, kam eine der jungen Taiwanerinnen namens Fei auf mich zu. Die deutschen Damen hätten doch bestimmt Interesse an einer Führung mit anschließender Vorstellung in der Chinese Opera School, machte sie mir lächelnd diesen wunderbaren Vorschlag. Mit ihren guten Verbindungen könne man auch hinter die Kulissen schauen. Selbstverständlich ohne Mehrkosten auf den vorgegebenen Eintrittspreis.

Solch eine Möglichkeit, noch dazu mit einer deutschsprachigen Führung, tat sich nicht allzu oft auf und ich ließ mir das nicht zweimal durch den Kopf gehen! Spontan sagte ich zu.

Über mein Ja freute sich Fei riesig und nachdem wir einen Termin festgelegt hatten, rührte ich sofort die erste Werbetrommel. Fünf Kurzentschlossene vom Kaffeetreff sagten zu und bei meiner späteren ‚Telefonakquise' konnte ich weitere zwölf Damen begeistern. Die anderen hatten Termine, keine Zeit wegen ihrer Kleinkinder oder kannten bereits diese Aufführung. Im Stillen war ich froh, nicht mit einem noch riesigeren Pulk durch die Schule ziehen zu müssen und fand die achtzehn inklusiv mir eine akzeptable Zahl.

Von der Opera School hatte ich bereits gehört, sie stand immer noch auf meiner To-do Liste. Umso mehr freute mich dieses Angebot. Allerdings war ich erleichtert, dass Fei uns nicht zu einer Aufführung einer Peking Oper mitnehmen wollte. Ein befreundetes Ehepaar war mutig und hatte diese Oper, die sich über drei, vier Stunden hinzieht, über sich ergehen lassen.

Von reichlich Langeweile war die Rede, denn es passiere nicht viel auf der Bühne, die Handlung zöge sich wie Gummi in die Länge und außerdem verstände man kein Wort, meinte das Ehepaar. Keine Frage, die Kostüme seien aufwendig, bunt, edel und schön, doch als Ausländer die Bedeutung der einzelnen Requisiten, die das Geschehen beschreiben, nachzuvollziehen, sei schwierig. Am schlimmsten kam ihnen die Kakophonie vor, die die begleitenden Instrumente und die hohen Stimmen der Darsteller auf die Zuschauer schmetterten. Nie wieder eine Peking Oper, war ihr Fazit, dem sei die kurzweilige Vorführung der Studenten in der Opera School unbedingt vorzuziehen.

Und diese kurzweilige Vorführung fand am heutigen Tag statt. Punkt halb neun trafen wir uns mit Fei an der Opera School, die sich nordöstlich von Taipeh in Neihu befindet. Das U-förmige Gebäude liegt an einem See, der ruhig in der morgendlichen Sonne döste.

Nachdem uns Fei herzlich begrüßt hatte, betraten wir den Campus des ‚National Taiwan College of Performing Arts', wie es offiziell heißt. Eine Tafel mit fünf kunstvoll bemalten Masken machte bereits neugierig. Schnell landeten die bunten Gesichter nicht nur in meiner Kamera.

„Zuerst möchte ich Ihnen einiges über die Entstehung der Peking Oper erzählen!", begann Fei die Führung, „Bereits Anfang des 14. Jahrhunderts gab es in China viele verschiedene Opernformen. Über die Jahrhunderte hinweg wurden unterschiedlichste Musikarten und Aufführungstechniken aus allen Gebieten Chinas kombiniert. Obwohl Vorstellungen sowohl am kaiserlichen Hof als auch vor der Bevölkerung abgehalten wurden, sollte es noch über 350 Jahre dauern, bis sich die sogenannte Peking Oper etablierte.

Im Jahre 1790 zogen vier Operntruppen aus der Provinz Anhui nach Peking, die dem Kaiser von China zu seinem 80. Geburtstag ihre verschiedenen Künste vorführten. Der Kaiser war begeistert und wollte mehr sehen. Danach stieg die Peking Oper zu den begehrtesten chinesischen Opernformen auf. Viele andere Gruppen zogen nach und mit der Zeit entwickelte sich Peking zum Zentrum der Theaterszene! Als fahrendes Volk zogen Theatergruppen ebenfalls durch das riesige Land und traten zur Unterhaltung in Restaurants und Teehäusern auf. Manchmal dauerten die Aufführungen bis zu zwölf Stunden. Dialoge und Monologe in gesprochener Sprache oder als Gesang wechselten sich ab, manchmal auch mit musikalischer Begleitung. Und das ist bis heute so geblieben. Der einzige Unterschied, ... damals gab es nur männliche Darsteller, erst ab 1870 erlaubte man Frauen, teilzunehmen!"

„Gab es denn keine Frauenrollen auf der Bühne?", fragte eine.

„Doch, aber sie wurden von Männern dargestellt. Sie trugen die literarisch hochwertigen Sprech- und Gesangstexte dann in höheren Tonlagen vor. Anstatt die Bruststimme einzusetzen, kam die Kopfstimme, auch Falsett genannt, zum Einsatz. Ein Beispiel vorab, wie sie klingt?", fragte sie uns.

Gespannt warteten wir auf einen chinesischen Textgesang, doch plötzlich ertönte ‚Staying alive, staying alive!' aus ihrem Mund. Mit ihrer Kopfstimme schmetterte sie den Bee Gees-Song über uns hinweg.

Unsere verdutzten Gesichter brachte sie zum Lachen, doch wir waren beeindruckt. Robin Gibb wäre es sicher auch gewesen und hätte Fei in seinen höchsten Tönen gelobt.

Als Fei sich dem Gebäude zuwandte, sprach sie mit Stolz in ihrer Stimme: „Dieses College hier wurde von Wang Chen-chu 1957 gegründet und bietet bis zu zweihundert Schülern und Schülerinnen einen Ausbildungsplatz inklusiv Wohnort! Und alle halten damit die Tradition der Peking Oper aufrecht, die sogar in die gesamte Welt getragen wird!"

Ooohs und Aaahs füllten die morgendliche Luft und Verwunderung über das internationale Interesse. Die Frage, ob ein Ensemble schon in Deutschland gewesen sei, verneinte Fei, aber die USA sei bereits Gastland gewesen.

„Die Amerikaner waren begeistert von der Peking Oper!", schwärmte sie, „Die Erzählungen aus dem Alltag, die manchmal wie Märchen klingen, sind für jeden gut nachvollziehbar. Dazu haben sie einen moralischen und erzieherischen Aspekt, während das Bühnenbild bewusst spartanisch gehalten ist. Meist kämpft Gut gegen Böse, doch am Ende siegt das Gute. Mit all dem vermittelt die Geschichte dem Zuschauer Werte wie Loyalität, Rechtschaffenheit und Sittlichkeit! Kommen Sie, ich zeige Ihnen, wie hart dafür gearbeitet wird!"

Seitlich des Gebäudes schmiegte sich ein Park an. Doch statt schattenspendenden Bäumen bevölkerten junge Menschen dieses Areal. Und es sah nicht nach einem vergnüglichen Beisammensein aus!

Die Schocknachricht von Fei folgte sogleich: „Tagesbeginn ist 5:40 Uhr, mit Weckrufen durch Lautsprecher! Innerhalb von zwanzig Minuten heißt es: waschen, anziehen und sich bei dem Lehrer melden, dem man für die morgendlichen Übungen zugeteilt ist! Ein Verspäten bedeutet zusätzliche Strafeinheiten zu dem ohnehin anstrengenden Training! Unterbrochen wird das morgendliche Programm nur für das Frühstück! Die Mittagspause bringt etwas Erholung, danach beginnt der Schulunterricht bis neun Uhr abends. Schularbeiten werden zwischendurch oder anschließend gemacht. Sonntags ist frei. Der Vorteil dieses College ist, es bietet den Schülern am Ende der Ausbildung einen regulären Schulabschluss! Sie können sich dann entscheiden, welchen beruflichen Weg sie einschlagen wollen!"

Puh, das hörte sich nach knüppelharter Mission an und ich fragte mich, ob hier der Rohrstock noch unterwegs war. Ich schaute genauer hin. Richtig, bei einigen Schüler-Gruppen, die ihre Aktivitäten absolvierten, konnte ich ihn bei den Lehrern ausmachen. Wie ein Taktstock wippte er in deren Hand, sicher bereit für den Einsatz, das Alleräußerste aus den Untergebenen herauszuholen.

Fei übersah diese ‚taktlose Kleinigkeit' und meinte: „Bereits im Kindesalter treten die Jungen und die Mädchen in das College ein und werden acht Jahre in der traditionellen chinesischen Theaterkunst ausgebildet. Das umfasst Kampfkunst, Akrobatik, Schauspiel, Tanz, Gesang, Musik und viele andere Besonderheiten. Nach zwei Jahren wird nach dem jeweiligen Talent gemeinsam entschieden, für welche Rolle ein Schüler besonders arbeiten soll. Diejenigen, die in Akrobatik glänzen und sich dafür entscheiden, können später nur entsprechende Rollen annehmen. Aber von jedem einzelnen, der eine Laufbahn als Darsteller in der Peking-Oper anstrebt, wird erwartet, dass er auch die Grundlagen der Kampfkunst *T'an-tzu-kung* beherrscht! Sie sehen, es ist nicht leicht, professionelle Bühnenreife zu erreichen! Diese Tortur schaffen nicht alle bis zur Endprüfung! Aber das sind die Voraussetzungen für ein Engagement in einer Peking Oper, die damit als eines der kompliziertesten Bühnenspiele gilt! Und Sie werden nachher einiges erleben, … auf jeden Fall … die Rosinen! Sagt man nicht so auf Deutsch?"

Wir schmunzelten, auch wenn es hier keinen Spaß gab, jedenfalls konnte ich keinen erkennen. Ein Schüler muss dem Lehrer folgen, das war ein festgeschriebenes Gesetz! Ähnliches hatte ich ja bereits im Chinesisch-Unterricht erfahren.

Die Ausbildung war mehr als komplex! Ab 6 Uhr morgens dieser Drill, tagein, tagaus! Und dass manch einer das Handtuch vorzeitig auf die Bretter, die die Welt bedeuteten, geworfen hatte, konnte ich mir bei diesem Programm von Leibesübungen gut vorstellen.

Meine Gedanken rissen ab, als plötzlich ein Lehrer einem Wachhund ähnlich losbellte. Für mich klang es wie ein militärisches Kommando! Obwohl ich Unbehagen bei Fei wahrnahm, übersetzte sie den Befehl des Lehrers. Wegen unordentlich ausgeführten Rückwärtssaltos eines Schülers müsse nun jeder aus der Gruppe fünfzig Mal den Salto springen, ansonsten seien tausend Mal die gemeinsame Strafe! Das war eine Ansage! Sofort begaben sich die Jugendlichen in Position: breitbeinig aufgestellt, leicht vorgeneigt und mit Schwung nach hinten erhoben sich die Körper nach oben, rotierten als kleine Pakete und landeten sicher auf den Beinen. Der Lehrer guckte düster!

Bei 15x hatte ich genug, wendete mich ab und schaute den Kindern zu. Früh übt sich, wer ein Meister werden will! Aber es stimmte mich doch ein wenig traurig, wie ernst, fast verbissen sie sich bereits in ihrem jungen Alter anspornten und trainierten. Unter den wachsamen Blicken der Lehrer schlugen sie beflissen Rad, übten hohe Luftsprünge, Spagat und Handstände auf ihrem Trainingsabschnitt. Nicht jede Ausführung gelang auf Anhieb und erneut stellten sie sich an. Von Aufgeben keine Spur! Perfektion war das Ziel! Blaue Flecken obendrein!

Ob auch Spielen zu ihrem Programm gehörte? Ehe ich darüber nachdenken konnte, trieb Fei uns weiter und wir betraten nun das Gebäude. Angenehmes Licht empfing uns und es duftete leicht nach einem Putzmittel. Nachdem wir unsere Tickets für die spätere Aufführung gelöst hatten, schlenderten wir durch einen breiten Gang, dessen Wände sich in Szene gesetzt hatten. Und die versprachen ein turbulentes und buntes Spektakel. Aus Bilderrahmen blickten uns Augenpaare von weiblichen und männlichen Studenten entgegen. Anmutige Damen standen in Pose, die zart lächelten, während die bemalten Gesichter der männlichen Rollen gelegentlich einen grimmigen Ausdruck zeigten oder sich drohend gebärdeten. Andere lächelten mild, zuversichtlich oder verschmitzt. Doch alle sahen sehr würdevoll aus in ihren farbenfrohen und aufwendig gearbeiteten Roben, deren dazugehöriger Kopfschmuck nicht minder Eindruck machte. Dazwischen weckten Fotos mit himmelwärts gesprungenen Saltos und anderen ‚Stunts‘ das Interesse. Ich bekam Höllenrespekt vor diesen Studenten in diesem ‚Erinnerungsgang‘ mit den Besten der Besten, der Elite! Bemerkenswert!

Am Ende des Gangs erreichten wir, wie von Fei versprochen, den Bereich ‚Hinter die Kulissen‘. Beflissen empfing uns in gebrochenem Englisch ein Mr. Peng, der uns zunächst in die Maske der Damen lotste. Als sie uns wahrnahmen, begrüßten sie uns kichernd mit einer Verbeugung. Doch ein Blick auf Mr. Peng und sie widmeten sich schnell wieder ihrem Make-up.

„Die weiblichen Rollen heißen ‚Dan‘“, klärte uns Fei auf, „die einmal tugendhaft, kriegerisch, ledig oder jung sein kann. Eine ältere ‚Dan‘ übernimmt nur eine Nebenrolle! Und hier bereiten sich gerade zwei Dans für den Auftritt ‚Die Legende der weißen Schlange‘ vor. Die Geschichte von der weißen Schlange, die sich in eine wunderschöne Frau verwandelt und sich in einen jungen Mann verliebt, ist sehr alt. Herzschmerz, Liebe und Intrigen spielen in diesem Stück eine Rolle. Und eine blaue Schlange in Menschengestalt, sie sorgt für ein Happy End!“

Erwartungsvolles Flüstern verbreitete sich und mit Bewunderung schauten wir der Gestaltung der ‚Dans‘ zu. Noch konnten wir ihre wahren Gesichter erkennen, doch nach und nach verwandelten sich ihre natürlichen Züge in eine weiße Fläche. Mit Spannung verfolgten wir die Transformation im beleuchteten Spiegel.

Fast synchron verteilten ihre Hände ein pfirsichrotes Rouge zart auf Wangen und Schläfen, während die Augenpartien eine dicke Schicht davon erhielten und fast wie entzündet aussahen. Mit schwarzer ‚Tinte‘ zeichneten schwungvolle Pinselstriche neue Brauen und intensive Augenumrandungen. Die Vorgehensweise erinnerte mich an chinesische Kalligrafie.

Die Gesichter waren fast identisch geworden, auch die abschließende knallrote Farbe für die Lippen brachte keinen Unterschied. Mit einer Puderschicht und einem prüfenden Blick in den Spiegel war damit die Make-up-Session beendet. Für uns auch.

Mit Dank verabschiedeten wir uns von den beiden Schlangen in Menschengestalt und Mr. Peng scheuchte uns freundlich in die Männerabteilung. Dort ging es an den Schminktischen fast tumultartig zu, … und knallbunt. Zehn Studenten beschäftigten sich mit ihren komplizierten Gesichtsbemalungen, tauchten Pinsel und Finger in die Farbtöpfe ein, die auf der Haut dann bestimmte Muster hinterließen.

Sie erinnerten mich an die Masken am Eingangsbereich.

„Alle Schüler und Schülerinnen schminken sich selbst", übernahm Fei wieder das Zepter, „und damit jeder Pinselstrich sitzt, ist jahrelanges Üben notwendig! In der Peking Oper gibt es fünfzig verschiedene Masken, die sich sowohl in der Farbe als auch in der Zeichnung unterscheiden. Achten Sie bitte auf unsymmetrische Linien, die auf einen verräterischen Charakter aufmerksam machen. An ausgeglichenen Linien können Sie eine rechtschaffende Person erkennen, wie bei diesem jungen Mann hier, dem ‚Jing', einer der maskierten männlichen Rollen!"

Die harmonischen klaren Linien waren nicht zu übersehen, die sich der ‚Jing' bereits aufs Gesicht gemalt hatte und nun mit roter und schwarzer Farbe ausfüllte.

Das seien Farben der Loyalität und eines direkten Charakters, erfuhren wir von Fei, während Grün Heldenhaftigkeit, Blau Tapferkeit und Stolz, und Weiß Hinterlist und Gerissenheit ausdrücke. Gold und Silber seien nur den mythischen und göttlichen Figuren vorbehalten.

„Sehen Sie, hier verwandelt sich gerade ein Student in ‚Chou', den Clown, den komischen Spaßmacher mit viel Humor. Man erkennt ihn an dem ‚kleinen bemalten Gesicht', dem ‚Tofu', die nur die Augenpartie und die Nase mit der weißen Farbe bedeckt. Aber aufgepasst, der ‚Chou' kann auch eine listige Person darstellen, doch er bringt das Publikum immer zum Lachen!"

‚Chou' grinste schelmisch, während er seine Wangen mit roter Schminke betupfte. Kurz schweiften seine Augen über unsere Gruppe. Ich war gespannt, was er gleich auf der Bühne präsentiert.

„Ist das nicht genial", klatschte Fei erfreut in ihre Hände, „dass solche Schminkmasken den Zuschauer über den jeweiligen Charakter einer Person informieren können?"

Ja, dachte ich, wenn es doch im Leben auch so leicht wäre, …

Beeindruckt von unserer ‚Lehrstunde' betraten wir voller Interesse den Theatersaal. Etwa hundert Personen bot er Platz, überschlug ich die Bestuhlung. Natürlich war er nicht exklusiv für uns reserviert, andere Zuschauer hatten sich bereits eingefunden, worunter ich auch einige Ausländer entdeckte und

Touristengrüppchen, deren Guides kleine Erkennungsflaggen hin und her wedelten.

Unsere reservierten Plätze befanden sich mittig in der Mitte, was ich begrüßte. Ich mag nicht ganz vorne sitzen, weder im Theater noch bei einem Konzert. Da war doch Froschperspektive mit Nackensteife vorprogrammiert!

Noch war der rote Vorhang geschlossen, aber durch die schweren Falten drangen bereits Geräusche in den Saal. Trippeln, Ruckeln, Schieben und Geflüster.

Als eine Computerstimme uns in Englisch willkommen hieß, kehrte erwartungsvolle Ruhe ein. Die Stimme ohne Körper wies auf einen Bildschirm seitlich der Bühne hin, auf dem Texte des jeweiligen Programms in Englisch und Chinesisch informierten.

Und dann teilte sich der Vorhang und gab sein Bühnenbild frei. In rot-goldenem Tuch eingehüllt präsentierte sich ein Tisch und zwei verschieden hohe Stühle. Im Hintergrund erheiterte eine sommerliche Landschaft die Szene. Als chinesische Musik von der seitlichen Bühne erklang, machte der Bildschirmtext auf ein Drei-Mann-Orchester aufmerksam und erläuterte deren Instrumente.

,Jinghu', ein leicht gebogenes Saiteninstrument, ,Yueqin', die ,Mondgitarre' und das birnenartige Saiteninstrument, die ,Pipa', würden für eine aufgeladene Stimmung sorgen.

Die Musik schwoll an, während die weiße Schlange die Bühne betrat, singend, als wolle sie mit ihrem Falsett eine Nachtigall überflügeln.

Oh je, dachte ich, das sind genau die hohen Töne, die meine Ohren strapazieren; und noch dazu die Streichinstrumente ...

Nichts da, Eva, du genießt jetzt diese Besonderheit! Ich ,schloss' meine Ohren und konzentrierte mich auf die Aufmachung der weißen Schlange. Pompöse Stickereien verschönten das lange Seidenkleid der jungen Frau, die mit ihren Armen die überlangen Trompetenärmel bedeutungsvoll hob und senkte. Sie wandelte mit fast bewegungslosen Trippelschritten umher als schwebe sie. Dabei neigte sie ihr Haupt mit dem aufwendigen Kopfschmuck von einer Seite zur anderen, sehr kontrolliert und graziös. Ob es an dem Gewicht des Schmuckes lag oder an ihrer anmutigen Rolle, konnte ich nicht deuten.

Nach ihrem Gesang gesellte sich die blaue Schlange mit dem gleichen Falsett auf die Bühne, jedoch in einem blauen Dress. Aber als Xu Xian, der bescheidene Gelehrte, der sich in die weiße Schlange verlieben wird, nun in großen Schritten auf die beiden zuging, wirkte er neben den beiden ‚Schlangen' eher unscheinbar. Sein Make-up war zwar identisch, doch sein fliederfarbenes Gewand schlicht in uni gehalten. Nur der obere Teil des Stoffes zierte ein ‚Collier' aus Stickereien. Allein sein enganliegender Quastenhut und sein Papierschirm machten ihn groß und stattlich.

Ein einziger Blick in die Augen der weißen Schlange genügte und es war um ihn geschehen, deuteten seine Gesten an. Nun wurde geworben, umgarnt und mit den Augen keck gerollt. Halb gesprochene, halb gesungene Gedichte wurden währenddessen rezitiert, von denen sich nicht eine Silbe für mich herauskristallisierte. Mit der anschließenden Vermählung war dieser Part beendet und die drei verließen unter Applaus die Bühne.

Nun erzählten und sangen zwei Darsteller mit bunten Maskengesichtern ihre Geschichten. Ein ‚Jing' mit seiner energischen kräftigen Stimme, dessen blaue Gesichtsbemalung von Tapferkeit sprach. Er setzte sich mit oft übertrieben Gesten in den Mittelpunkt. Das grüne Gesicht des anderen ‚Jing' sprach von Heldenhaftigkeit. Diese zwei kriegerischen Charaktere verlangten sich bei den Kampfsituationen alles ab und ihre Schwerter schlugen dramatisch aufeinander. Obwohl es hölzern klang, ging trotzdem ein Aufschrei durch die Reihen, als sich eine Spitze fast in den Leib des Gegenübers bohrte. Falscher Alarm, alles nur gespielt. Als der ‚Laosheng', der ältere Herr, die Bühne betrat, brachte er mit seiner ehrwürdigen Persönlichkeit wieder Ruhe in die Szenen. Mit höflichen Verbeugungen der aufgetretenen Personen fiel unter Beifall der Vorhang.

Plötzlich änderte sich die Musik. Der Vorhang öffnete sich erneut und Trommeln, Gongs und Becken wurden geschlagen. Wie Wirbelwinde aus dem Nichts schossen Salto springende Studenten über die Bühne. Die Gewänder waren immer noch bunt, doch weniger aufwendig. Passten sich an, an die gerade gezeigten Kampfeinlagen und die Akrobatik, die auf dem Tisch und auf den Stühlen veranstaltet wurde. Das Publikum hielt den Atem an, als die Studenten eine Pyramide bildeten, auf die sich weitere Personen hinaufschwangen. In schwindelnder Höhe sendeten sie ihr Grinsen auf uns hinab.

Und dann hatte ‚Chou', der Clown, seinen Auftritt, der mit Flickflacks über die Bühne hechtete und immer wieder seinen Witz in die Gruppe schleuderte oder sie ärgerte. Unglaublich waren die Flexibilität und die Körperbeherrschung der weiteren jungen Leute, die durcheinandersprangen, sich hochhoben oder auf dem Boden herumturnten. Das Publikum jubelte.

Dabei musste sich jeder auf den anderen verlassen können, volles Vertrauen haben, ansonsten wäre so etwas nicht möglich, mutmaßte ich. Das bewies das jahrelange Training, unter höchster Aufopferung, den Schmerz ignorierend, die Tränen unterdrückend, sich immer weiter und weiter den Anforderungen stellen, um besser und besser zu werden.

Der spektakuläre Höhepunkt nahte. Alle Studenten präsentierten nochmals ihre wildesten Akrobatikeinlagen, auch die Gruppe des ‚Ersten Aktes' trat wieder in Erscheinung. Dann war die Show beendet.

Alle Darsteller formierten sich vor dem Publikum, verbeugten sich und Freude und Erleichterung fürs Gelingen schwängerte den Saal. Und wir Zuschauer, die sich für viele schöne Momente in eine andere Zeit hatten träumen können, dankten ihnen es durch Standing Ovation!

43. Fotosession in einem Brautgeschäft

Abschiednehmen fällt nicht leicht, aber das ist einer der Wermutstropfen des Expat-Lebens. Ein Weggang von Freunden oder auch Bekannten machte mich immer traurig, doch wohl oder übel musste ich mich damit abfinden, so schwer es auch fiel. Irgendwann würden auch wir Taiwan den Rücken kehren, aber daran wollte ich jetzt noch nicht denken. Stattdessen dachte ich an unsere guten Freunde, Angi und Wulf mit ihren zwei Kindern, die bereits in zwei Monaten Taiwan ‚Auf Wiedersehen' sagen würden, um in Hongkong ihr nächstes Domizil einzurichten. Ihr Countdown lief und ehe ich mich versah, war ihr Umzug abgeschlossen und bereits auf dem Weg in die große Metropole.

Genau kann ich mich nicht mehr erinnern, ob diese Idee von mir kam, weil ich das Hotelleben in down town, weg vom Schuss, noch zu gut in Erinnerung hatte, jedenfalls gewährten wir unseren Freunden in den letzten Wochen ihrer Übergangszeit ‚Asyl'! Und plötzlich belebten Angi, Wulf und zwei Mädchen im Teenageralter für drei Wochen unser Haus. Einige Bekannte schlugen entsetzt die Hände über den Kopf zusammen, uns vier Personen aufzuhalsen, doch wir hatten den Platz und von Mehrarbeit oder viel Unruhe spürte ich kaum etwas.

Wochentags gähnte morgens das Haus bereits vor Leere. Wulf fuhr genau wie Peter früh ins Büro, die zwei Mädels mussten zur Schule und Angi besuchte ihre diversen Kurse, die sie noch abschließen wollte, solange sie in Taipeh weilte. Manchmal sahen wir uns erst alle zu einem gemeinsamen Abendessen.

Viel zu schnell ging die Zeit vorbei und mit der Abschiedsparty in einem Restaurant war das Ende besiegelt. Mit Tränen in den Augen sagten wir ‚Good luck' und ‚Good bye', umarmten uns und versprachen den Besuch in Hongkong. Für unsere Gastfreundschaft bedankten sie sich tausendmal und überreichten uns einen eleganten Umschlag! Darin befand sich ein Gutschein für Fotoaufnahmen in einem Hochzeitsgeschäft! Was für eine außergewöhnliche Idee! Wir waren mehr als gespannt.

Die Familie war abgereist, nur der Gutschein auf dem Kamin zeugte noch von ihrem Aufenthalt. Bald darauf machten wir im Hochzeitsgeschäft ‚France Taipei' einen Termin aus, der auf einen Samstag fiel. 9:30 Uhr sollten wir dort erscheinen.

An jenem Tag putzten wir uns mächtig heraus. Peter zog seinen besten Anzug an und ich hatte ein elegantes Kleid gewählt. Meine Fingernägel waren lackiert, die Haare gerichtet und auf mein Make-up hatte ich besonderen Wert gelegt. Ich wusste, eine Kamera kann sehr uncharmant sein. Unser abschließender Blick in den Spiegel sagte, … ja, so konnten wir uns sehen lassen.

Ein Taxi brachte uns zu unserem Ziel und nach etwa 25

Minuten standen wir vor dem ‚France Taipei'. Das Schaufenster präsentierte wunderschöne Brautkleider und Anzüge für den Bräutigam, die Heiratswillige anlocken sollten. Peter bezahlte den Taxifahrer, wir stiegen aus und betraten den Brautladen. Das Öffnen der Tür hatte ein zartes Glockengeläut ausgelöst, woraufhin wie aus dem Nichts eine ältere Dame in einem eleganten Kostüm vor uns erschien. Ich hatte sie gar nicht gehört, der weiche Teppichboden verschluckte jegliche Schritte. Sie begrüßte uns in Englisch und bat uns noch um einen Moment Geduld.

Das gab mir Zeit, mich umzuschauen. Mein Interesse galt den Kleiderstangen, auf denen sich nicht nur weiße Modelle für die Braut aneinanderschmiegten, sondern auch farbige Ballkleider. Obwohl die Pracht in Plastikfolie geschützt verpackt war, funkelte und glitzerte es, als wenn Mondlicht auf frischgefallenen Schnee schiene. Vor mir stand eine Schaufensterpuppe, die ein besonders exklusives Hochzeitskleid zur Schau trug. Hunderte von Perlen besetzten das Kleid. Sanft strich ich über den Stoff und berührte auch kurz den zarten Schleier, der wie mit Sternenstaub bestreut glitzerte. Ich konnte mich kaum sattsehen an den wundervollen Roben, die für den schönsten Tag des Lebens hier feilgeboten wurden.

Auf der anderen Seite des Raumes verbreiteten die Anzüge für die Bräutigame zwar einen weniger farbenfreudigen Eindruck, dennoch war die Eleganz auch hier vollends präsent, obwohl die Weiß-, Grau- und Schwarztöne dezent daherkamen und fast wie schmuckloses Beiwerk wirkten. Doch mir war sonnenklar, dass es in diesem Deluxe-Etablissement keine Schnäppchenpreise gab!

„Eva, kommst du?", rief Peter mir zu, „Die Empfangsdame ist zurück."

Lächelnd führte sie uns zu einem verschnörkelten weißen Schreibtisch und wir nahmen Platz auf goldfarbenen Stühlen, die mir sehr zerbrechlich vorkamen.

Mit beiden Händen überreichte Peter der Dame, die sich als Mrs. Wang vorstellte, zuerst unsere Visitenkarte und dann den Gutschein. Auch sie nahm beides mit zwei Händen entgegen, ganz wie es sich gehörte. Aufmerksam las sie die Visitenkarte, schaute in den Umschlag hinein und nickte.

Danach nahm sie uns ins Visier.

„Willkommen im ‚France Taipei', Mr. und Mrs. Bai!", schmolzen ihre Worte mit einem Lächeln zu uns, „Für Ihren Gutschein erhalten Sie ein Fotoshooting bei uns im Studio mit zwei verschiedenen Outfits. Mr. Bai, wenn Sie möchten, eines in Ihrem Anzug oder eines mit einem Smoking aus unserem Sortiment. Und Sie, Mrs. Bai, in Ihrem Kleid, wenn Sie es wünschen, oder Sie wählen sich zwei verschiedene Kleidungsstücke aus unseren Modellen aus. Vielleicht etwas Chinesisches?"

Ich nickte zustimmend, dachte aber auch an meine Einkaufsversuche, die stets erfolglos verlaufen waren. Meine Zweifel, ob überhaupt ein Kleid in meiner Größe vorhanden war, behielt ich für mich. Mrs. Wang wird es schon herausfinden.

„Eine Zubuchung zu Ihrem Gutschein ist jedoch möglich!", versuchte Mrs. Wang zu locken, „Unvergessliche Fotoaufnahmen oder ein Videofilm außer Haus, z.B. am Chiang Kai-shek Memorial oder am Grand Hotel, sind auf jeden Fall realisierbar!"

Aber wir verzichteten auf eine Außer-Haus-Aktion. Peter bedankte sich für den Vorschlag und meinte, dass die Studioaufnahmen vorerst ausreichend seien.

Tatsächlich hatte ich in Taipeh schon Brautpaare entdeckt, die sich in allen möglichen Posen und verschiedenen Kleidungsstücken der Kamera präsentierten. Die Crew eines Fotografen, Halter des Lichtschildes und zwei oder drei weitere Personen, die für das Drapieren der Kleidungen verantwortlich waren, wuselten ständig um das Paar herum. Und sogar ein Regenschirmhalter, der die Braut vor Sonnenstrahlen schützte, bevor das Blitzgewitter auf sie hereinbrach.

So romantisch die Darstellungen auch waren, die Wirklichkeit des Alltags blitzte trotzdem unter manchem weißen Kleid hervor. Die Braut trug Turnschuhe, was mich jedes Mal zum Schmunzeln brachte.

Solch ein Shooting macht ein Brautpaar immer vor der Hochzeit, um der Hochzeitsgesellschaft ein Album oder sogar einen Videofilm zu präsentieren. Nach der Hochzeit prangt die schönste Aufnahme, von Weichzeichnern verzärtelt, über dem

Bett des Brautpaares. Wie das Foto, das ich bei Lan Lan, meiner Putzperle, im Schlafzimmer gesehen hatte.

„Gut, dann folgen Sie mir bitte nach oben in unser Studio!", hörte ich Mrs. Wang sagen, „Dort erhalten Sie von uns die Kleidung und Sie werden auch beide geschminkt und frisiert!"

Noch in Gedanken an mein sorgfältig aufgetragenes Make-up, erhob ich mich vorsichtig von dem grazilen Stuhl, der tatsächlich mein Gewicht getragen hatte. Wir folgten Mrs. Wang über den flauschigen Teppich ins obere Stockwerk, wo uns eine Riege von fünf jungen Damen begrüßte, die laut Mrs. Wang fürs Make-up, Frisurenstyling und für die Garderobe verantwortlich war.

Von der Garderobiere wurden mir einige Kleider zur Auswahl vorgestellt, von denen sie meinte, dass sie mir passen. Ein langes Abendkleid in schimmerndem Dunkelblau mit Ausschnitt wurde meins und ein hochgeschlossener roter Chipao, das traditionelle chinesische Kleidungsstück der Frauen. Schnell verwandelte ich mich in die chinesische Variante, während man Peter in die Herrenabteilung führte und mich in einem Schminkraum. Ich ließ mich in einen der sechs Sessel nieder, die vor den Spiegeltischen standen. Auf Peter wartete ich vergebens, er wurde in der Männerabteilung ‚behandelt', erfuhr ich.

Die Dame für meine Umwandlung war noch nicht da, so betrachtete ich interessiert die Schminkutensilien, die in umfassender Form vor mir ausgebreitet lagen. Schwämmchen, diverse Pinsel, Puder, Make-up-Fläschchen, Abdeckstifte, Lidschatten, Rouge und Lippenstifte. Die volle Palette für den großen Auftritt.

Da ich bereits geschminkt war, benötigte ich sicherlich nur noch ein wenig Puder gegen den Glanz auf meiner Gesichtshaut.

Plötzlich stellte sich mir eine junge Dame als Kosmetikerin vor, legte mir mit Schwung einen Umhang um und begann, meine Haare mit einem Band zu zähmen. Als sie danach mein gesamtes Make-up entfernte, seufzte ich innerlich auf. Das hätte ich vorher wissen müssen, meine ganze Herrichtung war für die Katz'! Trotzdem blieb ich neugierig, was sie aus meinem Gesicht machen würde.

Zuerst verglich sie meine Haut mit der Farbe des Make-ups, die etwas heller ausfiel als die, die ich sonst bevorzugte. Nach der Feuchtigkeitscreme und Grundierung schloss ich meine Augen und übergab mich vollends meinem Los. Ich fühlte Schwämmchen, Puderquasten und Pinsel über meine Haut sausen. Mit Schnelligkeit wurde getupft, gedrückt und Pinsel zuckten über meine Lider und mein Gesicht. Ich fühlte, wie die Dame einen Lidstrich zog, meine Wimpern mit einem Mascara tuschte und die Augenbrauen nachzog. Zwischendurch auf mein Spiegelbild zu linsen, war aussichtslos. Erst als meine Lippen ihre Farbe erhalten hatten, ‚durfte' ich einen Blick in den Spiegel werfen.

Wow, dachte ich im ersten Augenblick. Mein Gesicht war wie modelliert, keine Falte, keine Unebenheiten waren zu sehen und meine Augen strahlten groß und klar. Auf meinen Lippen schmiegte sich ein knallroter Lippenstift, der perfekt zum Chipao passte. Ein gelungenes Ergebnis, wie ich fand und das teilte ich der Dame anerkennend mit. Sie bedankte sich mit einer Verbeugung und überließ den Platz der Friseurin, die mit einem Trolley voller Bürsten, Kämme, Spangen, Klemmen und Haarschmuck hinter mir auftauchte.

Nun war ich mehr als gespannt, was sie aus meiner Frisur machen würde. Mein sonstiger Kurzhaarschnitt war einem etwas längerem Haar gewichen, doch es war immer noch gestuft.

„Ich kann Ihnen damit eine Hochfrisur machen!", empfahl mir die Friseurin und hielt mir ein gelocktes Haarteil in Schwarz vor die Nase, „Mit einem auswaschbaren Spray kann ich Ihr Haar schwarz färben, dann passt der Dutt farblich perfekt!"

Um Gottes Willen, dachte ich entsetzt, und schüttelte vehement den Kopf!

Noch nie hatte ich schwarze Haare gehabt! In meiner Schulzeit waren sie von blond zu einem Dunkelaschton mutiert, in denen sich mittlerweile graue Strähnchen verirrt hatten. Ich wusste, dass diese der Dame nicht gefielen. Graue Haare sind bei Asiaten verpönt und stehen für Altsein. Nur Schwarz hält jung.

Eva, immer höflich bleiben, du bist in Asien, besänftigte ich mich und atmete tief durch. Mit ruhiger Stimme fragte ich, ob es denn keine andere Möglichkeit gäbe als schwarz, wenn schon eine Hochfrisur sein müsse.

„Leider haben wir in Ihrer Haarfarbe keine Haarteile", sagte sie mit misslicher Miene und wirkte ratlos.

Doch nach einem Moment des Überlegens huschte ein Lächeln über ihr Gesicht. Hatte sie eine Lösung gefunden?

„Jetzt weiß ich, was ich machen kann!"

Das Haarteil verschwand in der Versenkung und ich war froh, dass mir der Gotik-Look erspart geblieben war.

Zuerst bürstete die Friseurin meine Haare in die Form ihrer Vorstellung und mein Seitenscheitel landete auf der anderen Seite. Aus ihrem Repertoire holte sie einen Stielkamm hervor und toupierte in jede Haarsträhne Volumen. Anschließend sah ich aus wie ein zerzauster Wischmopp, doch als sie ihr Werk vollendet hatte, war ich höchst zufrieden mit den leicht aufspringenden Locken, in die passend zum Chipao eine rote Blume landete. Noch eine Wolke Haarspray und ihr Werk war beendet. Die Aufnahmen konnten beginnen.

Peter wartete bereits im Studio und als er mich bemerkte, huschte ein kurzes Nichterkennen über sein Gesicht. Kein Wunder, so hatte er mich noch nie gesehen. Aber dann sah ich doch sein honorierendes Lächeln und war froh.

Wie vorher ausgemacht, hatte Peter seinen Anzug anbehalten, der gut zu dem Chipao passte. Aber er sah trotzdem anders aus. Make-up bedeckte seine Gesichtshaut, auf der noch eine gehörige Puderschicht lag, um Glanz oder gar Lichtspiegelungen zu vermeiden. Kurz dachte ich, seine Oberlippe hätte man nicht überschminken sollen, aber fürs Freitupfen blieb keine Zeit mehr, es ging los. Eine Dame postierte uns zuerst vor einem farbigen Hintergrund, der zwischendurch ständig wechselte, was für mich aber unbemerkt blieb.

Volle Konzentration war stattdessen gefordert und Anweisungen wie: „Halten Sie bitte den Kopf schräger, beugen Sie Ihr Kinn leicht hinunter, Nasenlöcher möchte man nicht sehen! Pressen Sie den Arm nicht an den Köper, sonst wird er zu dick, ziehen Sie die Schultern leicht nach hinten, nicht hängen lassen, bitte seitlicher stellen, entspannen Sie sich usw. usw. ….!", gehörten zur nächsten halben Stunde.

Meine Güte, all diese ‚Befehle' für ein paar Fotos! Mir rauschte der Kopf! Mal stehend, mal sitzend in Pose gerückt, hielt der

Fotograf die verschiedenen Szenen mit seiner Kamera fest. Manchmal kam ich mir vor wie ein starres Fragezeichen und fühlte mich ungelenk und steif. Ob das natürlich rüberkam? Ich war mir nicht sicher.

Plötzlich hatte ich einen Blumenstrauß in der Hand und es wurde hier gezupft, dort gezogen und abermals erhellten Blitzlichter die Szene. Mir war heiß, auch bei Peter nahm ich kleine Schweißperlen auf der Stirn wahr. Obwohl die Klimaanlage rauschte, hatte sich das Studio durch die Scheinwerfer aufgeheizt und die fordernde Fotosession tat das Übrige. Aber für diesen Fall brachte die Puderquaste Abhilfe, jedenfalls fürs Gesicht.

Nie hätte ich mir vorgestellt, dass ‚Modeln' so anstrengend ist. Und das war erst der Anfang. Doch wir hielten durch, bis der Fotograf von uns in unserem ersten Outfit genug geschossen hatte.

Auf ging's zum Umziehen und unsere Wege trennten sich. Peter wurde wieder in die Herrenabteilung geführt, ich in die der Damen und mit Hilfe einer der Frauen schlüpfte ich aus dem Chipao.

Kurz darauf verbarg das tiefblaue Abendkleid meinen Körper.

Plötzlich wurde es hinter meinem Rücken hektisch. Aufgeregte chinesische Laute drangen zu mir und ich fragte, was los sei. Man erklärte mir, dass das Kleid sich nicht schließen ließe, oben sei es zu eng. Wusste ich es doch, ich war zu breit für die hiesige Mode!

„No problem, no problem!", hörte ich eine der Damen sagen und grinsend zeigte sie mir Nadel und Faden.

Hier waren sie wohl für alles gewappnet, so schnell wie sie das hervorgezaubert hatte. Scheinbar war ich nicht der einzige Fall mit dieser ‚Baustelle'. Behände wurde die Nadel durch den Stoff geführt, bis sich das Kleid ‚schloss' und die Träger sich nicht mehr von meinen Schultern herabfallen konnten.

Mit einer halben Drehung betrachtete ich mich in dem Klappspiegel, sah die Reihfäden, die kreuzweise meinen Rücken zierten. Eine clevere Lösung! Hoffentlich beachtet der Fotograf diese Schwachstelle und begnügt sich nur mit meiner Frontseite, ging mir durch den Kopf, während ich wieder in den Schminkraum gebracht wurde.

Flugs wurde meine Lockenfrisur zerstört, erneut kräftig toupiert und der Seitenscheitel kam wieder auf ‚meine' Seite. Feine Ponyfransen fielen nun in meine Stirn, ansonsten war mein Haar glatt zur Seite gekämmt, nur am Hinterkopf wurde es zur hochgewuselt. Klämmerchen und Haarnadeln hielten das Konstrukt der Hochfrisur, in der passend zum Kleid ein blättriger Haarschmuck in Dunkelblau und Silber wuchs.

Während die Friseurin meiner Haarpracht noch den letzten Schliff verlieh, hatte sich eine junge Taiwanerin an den Spiegelplatz neben mich gesellt. Sie wollte sich bestimmt einer ähnlichen Prozedur unterziehen, dachte ich, und ihr zukünftiger Mann wurde in der Männerabteilung zurecht gemacht.

Da sie in einem Buch las, konnte ich sie ungestört beobachten …, nein, ich taxierte sie regelrecht, denn plötzlich war mir etwas Gravierendes aufgefallen. Ich blickte wieder zu meinem Spiegelbild, erneut zu ihrem, zu meinem …!

Entsetzt über diesen Vergleich, der direkt vor meiner Nase saß, schloss ich meine Augen. Die Unterschiede unserer beiden Staturen hätten gegensätzlicher nicht sein können! Ihre Figur war so zierlich wie die einer jungen Pflanze und ich kam mir neben ihr wie eine deutsche Eiche vor, obwohl ich nicht dick war.

Während ich so dasaß und mit meiner Figur haderte, fiel mir auf einmal ein passender Satz aus dem Chinesisch-Unterricht ein, der mich innerlich wieder erheiterte. ‚Wo kan shu!', was mit einer bestimmten Betonung heißt: ‚Ich lese ein Buch!', was die Dame neben mir tat. Doch mit einer anderen Betonung bedeutet es: ‚Ich fälle einen Baum!' Nun …, zu welcher Kategorie ich gehörte, lag doch auf der Hand!

Zum Glück brauchte ich mir dieses Dilemma nicht mehr lange ansehen, denn nach ein paar Änderungen an meinem Make-up wurde ich aufgescheucht und wieder ins Studio geführt. Peter wartete bereits auf mich und hatte sich mächtig in Schale werfen lassen. In dem schwarzen Smoking mit graugestreifter Glanzweste sah er richtig schick aus. Mein Kompliment nahm er dankend entgegen und ich bekam eines zurück. Doch als er die Reihfäden auf meinem Rücken wahrnahm, lachte er herzhaft über die raffinierte Lösung für ‚Walküren'.

Nochmal wurden wir in Stellung gebracht, einzeln, gemeinsam, mal stehend, mal sitzend, auch ernster schauend und lächelnd. All das fing die Kamera wieder mit einem Blitzlichtgewitter mehrmals ein. Es ging gut voran, scheinbar waren wir lockerer geworden und hatten verstanden, worauf es ankam. Die abschließende Pose vor einem Sternenhimmel war bereits im Gange, noch einmal verliebte Blicke und die Fotosession war vorbei.

Wir bedankten uns, zogen wieder unsere eigenen Kleidungsstücke an und mit einem Terminkärtchen zur Fotobesichtigung fuhren wir voller Vorfreude heim.

Eine Woche später saßen wir erneut am verschnörkelten Schreibtisch des Brautladens und suchten von allen Fotos, die Mrs. Wang vor uns hingelegt hatte, die ‚besten' aus. Für die nächste halbe Stunde versanken wir in der Bilderflut.

Von der Arbeit des Fotografen waren wir beide begeistert, er hatte uns gut in Szene gesetzt. Es waren wunderbare farbenfrohe Bilder und die Qual der Wahl endete mit zwanzig mehr als unser Gutschein vorgab. Über dieses Zusatzgeschäft freute sich Mrs. Wang bestimmt.

Doch bei einigen Fotos stach mir erneut das kleine Manko ins Auge, das mir bereits beim Shooting aufgefallen war. Mit dem Make-up hatte es die Kosmetikerin bei Peter zu gut gemeint, seine überschminkte Oberlippe war blass und fast verschwunden.

Dass ich vor dem Fotoshooting dieser Sache nicht mehr Beachtung geschenkt hatte, ärgerte mich im Nachhinein! Doch wer war denn hier der Profi? Etwas Lippenstift hätte doch geholfen oder besser noch, ich hätte ihm gleich als Problemlösung mit meinen knallroten Lippen einen dicken Kuss auf seinen Mund gepresst! Nun war es zu spät, das ließe sich weder ändern, noch retuschieren, wie wir erfuhren. Peter nahm seine Oberlippe hin, ich wohl oder übel auch und guten Mutes fuhren wir nach Hause.

Nach einer weiteren Woche konnten wir endlich die Alben mit unseren Fotos abholen. Eines war mit Bildern im Normalformat gespickt und das andere mit den gleichen Ablichtungen, jedoch in Großaufnahme. Beide Alben waren aus Holz und lagen schwer in ihrem Karton. Als wir die Holzseiten durchblätterten, waren wir hin und weg, besonders von den Großaufnahmen, die auf den goldumrahmten Seiten besonders schön zur Geltung kamen.

Manchmal mussten wir auch über die eine oder andere Pose schmunzeln, die wir so romantisch nicht mehr in Erinnerung hatten. Besonders das Foto vor dem Sternenhimmel, das war als Höhepunkt auf der letzten Seite zu sehen. Unsere Köpfe herangezoomt, die Nasen sich fast berührend und der Weichzeichner auf volle Pulle eingestellt, zeigte so viel Kitsch, dass wir noch heute darüber lachen müssen!

Doch alles in allem erfreuten wir uns über das unvergessliche Erlebnis und die großartigen Fotos!

Und nein, keines davon landete bei uns über dem Bett, obwohl die Kitschfotografie mit dem Sternenhimmel sich bestens dazu geeignet hätte …

44. Hochzeit auf taiwanisch!

„Schau mal, was ich hier habe!" Peter schwenkte einen roten Briefumschlag und stachelte meine Neugierde an, als er vom Büro heimkam.

„Lass sehen!" Interessiert nahm ich die Post an mich und zog eine rote Karte aus dem Umschlag. Als ich sie aufklappte, kam ein Portrait eines Brautpaars zum Vorschein, das ich nicht kannte. Fragend schaute ich zu Peter.

„Sie ist die Tochter eines wichtigen taiwanischen Kunden. Und wir sind zu der Hochzeitsfeier eingeladen!", erwiderte er und ich vernahm ein wenig Stolz in seiner Stimme.

Wissbegierig klappte ich die Karte auf und … verstand nur Bahnhof. Der Text war in Chinesisch und das er in Gold geschrieben war, half auch nicht. Nur das Datum und drei Worte in lateinischer Schrift offenbarten sich mir.

„Wow, das findet im Grand Hyatt Hotel statt!"

„Tja, für Mr. Yuans Tochter nur das Beste!"

„Und, in welchem Tempel heiraten sie?" Dabei dachte ich an eine kirchliche Trauung, nur eben im buddhistischen Sinne.

„Hier gibt es nur das Standesamt, eine Tempeltrauung kennt man nicht."

„Ach so, und nach dem Standesamt feiert man mit der Familie?"

Immer noch kramte Peter in seiner Aktentasche herum, suchte etwas und sagte dabei: „Nein, das muss ziemlich trocken ablaufen. Sie feiern anders, aber das erzähle ich dir beim Essen. Ich habe nämlich riesigen Hunger!"

Wenn das sein Problem war, konnte ich Abhilfe schaffen, denn das Abendbrot wartete bereits. Als Peters erster Hunger gestillt war, berichtete er, was er von seiner Sekretärin erfahren hatte.

„Für das Brautpaar und deren Familien sind Hochzeitsvorbereitungen ziemlich stressig und sie beginnen weit vorab der Heirat. Stell dir vor, den Termin für den Hochzeitstag bestimmen die Götter! Die Eltern lassen sich im Tempel von einem Wahrsager den günstigen Hochzeitstermin heraussuchen!" Er schüttelte verständnislos den Kopf.

„Ja, die Götter müssen überall mitmischen! Und dabei spielt der Mondkalender eine große Rolle!", fügte ich hinzu.

„Richtig, und nicht zu vergessen die Geburtsdaten der Brautleute und deren Eltern! Doch komisch ist nur, dass dieser so günstige Tag oftmals auf ein Wochenende fällt. Da lachen doch die Hühner!"

„Heutzutage hat man sich angepasst und es braucht halt ein Wochenende!", meinte ich gelassen, „Viel wichtiger sind doch die ‚Acht Schriftzeichen', die aus den Geburtsdaten errechnet werden. Sie zeigen, ob das Paar und auch das Schicksal beider Familien gut zueinander passen. Wie auch immer der Wahrsager das hinbekommt. Daran glauben sie nun mal!"

Nun verdrehte Peter die Augen. „Da lobe ich mir doch unsere eigene Entscheidung. Hat ja bis jetzt bei uns auch ohne Hokuspokus geklappt!"

Ich grinste in mich hinein. „Ohne Hokuspokus ja, aber die iranischen Mullahs haben es forciert, dass wir heiraten!", gab ich zu bedenken. Ohne Trauschein gibt es kein Zusammenleben im Iran, in dem wir vorher drei Jahre gelebt hatten!

„Das war doch etwas ganz anderes!", wiegelte Peter ab, „Aber willst du jetzt wissen, wie das Prozedere weitergeht?"

Um nichts zu verscherzen, nickte ich und schwieg.

„Vor der Hochzeit einigt man sich auf die Höhe des ‚Pin Chin', ein Geldbetrag, den die Familie des jungen Mannes der Familie des Mädchens zur Hochzeit anbietet. Heutzutage verzichten manche Familien bereits darauf, weil sie ihre Tochter als nicht ‚verkäuflich' ansehen, dennoch wird es oft praktiziert!

Was auf jeden Fall vereinbart wird, ist, wie viele Gegenstände die Mitgift enthalten soll und die Anzahl der Geschenke. Die Menge aller Schenkungen muss durch sechs teilbar sein, weil die sechs in der chinesischen Numerologie auch für Glück steht! Ebenfalls ist die Zahl der ‚Verlobungskuchen' wichtig, die die Braut an Verwandte, Freunde, Nachbarn und auch Geschäftspartner der Familien verschickt, um die Hochzeit zu verkünden!"

„Und, … wo ist der Kuchen für uns?", hakte ich nach.

„Eh, den hatte ich gerade in meiner Tasche gesucht. Ich habe ihn im Büro vergessen. Doch probiert habe ich ihn bereits!"

„Und, schmeckt er lecker?"

„Geht so, er enthält natürlich diese rote Bohnenmasse."

Ich verzog das Gesicht. Dieser roten, leicht süßlich schmeckenden Paste konnte ich nichts abgewinnen. Oft wird sie in Kuchen oder Waffelteigkugeln gefüllt, was mir dann den gesamten Geschmack verkorkste.

„Danke, da verzichte ich gerne, den kannst du verteilen! Erzähl lieber weiter!", forderte ich Peter auf.

„Man heiratet im Standesamt, um alles amtlich zu besiegeln, doch die wirkliche Hochzeit findet im Haus der Braut statt, ohne Priester oder Beamten. Dieser Brauch ist von anno dazumal, wird aber heutzutage noch so gehandhabt. Am frühen Morgen holt der Bräutigam mit seinem Familiengefolge die Braut aus dem Haus der Eltern ab. Dort hat sich die gesamte Familie der Braut bereits in rotgeschmückten Räumen zusammengefunden. Unter roten Tüchern verstecken sich die Geschenke, auch Utensilien für den jungen Hausstand. Und wie die Tradition verlangt, trägt das Brautpaar chinesische Kleidung, natürlich in Rot."

„Wie bei Jenny!", fiel mir ein, „Sie hat mir mal ein Foto gezeigt, wo sie und ihr Mann die Chinesenkleidung trugen. Sie sahen aus, als wären sie einem alten Film entsprungen."

„Ja, und in diesem Aufzug serviert die Braut jedem Anwesenden eine Tasse Tee! Während der Tee ausgetrunken wird, spricht jeder einen Segen für viele Söhne aus, danach steckt in den leeren Tassen ein roter Geldumschlag! Nachdem die Familie die Braut mit Goldketten und -ringen, ihre Mitgift, geschmückt hat, tauscht das Brautpaar die Eheringe aus. Mit einer Verbeugung vor dem Familienaltar und vor beiden Eltern sind die zwei nun ‚richtig‘ verheiratet, so sagt es der alte Brauch! Zum Feiern fährt der gesamte Clan dann ins Haus der Schwiegereltern, zu dem die Braut nun gehört. So war und ist es Tradition. Die moderne Variante ist in unserem Fall das Hyatt Hotel; und diese Feier wird sicher unvergesslich sein!", beendete Peter seine Ausführungen.

Davon war ich überzeugt, aber dennoch machte ich mir über den Werdegang der Tochter Gedanken. Ob der reiche Vater dem jungen Glück ein eigenes Apartment gekauft hatte oder musste die Tochter, wie die Tradition es verlangt, zu den Schwiegereltern ziehen, womöglich aufs Land? Ich hoffte auf ersteres, um im Vorfeld irgendwelchen Spannungen zu entgehen, die doch vorprogrammiert sind. Oftmals hat die Schwiegertochter einen schweren Stand in ihrem neuen Umfeld, besonders anfangs. Und sollte die Schwiegermutter ein strenges Regiment führen, dann Prost Mahlzeit! Gehorchen muss die Schwiegertochter ihrer Pópo, wie die Mutter des Mannes auf Chinesisch heißt.

Auf dem Land ist es nicht selten, dass vier Generationen unter einem Dach wohnen. Bei Problemen kommt der Familienrat zusammen, um eine Lösung zu finden, und dabei haben jüngere Familienmitglieder selten ein Mitspracherecht.

Das wäre *der* Alptraum für mich! Da würde ich mich lieber für den modernen Weg entscheiden und in die Großstadt ziehen, wie es viele frisch verheiratete Pärchen tun, um mehr Geld zu verdienen! Während früher ein Ausbrechen aus der Familie für ein eigenes Leben als Schande galt, wird es heute mehr oder weniger geduldet.

Auch nach dem Honeymoon stehen Jungvermählte enorm unter Druck, die Familie wartet auf Nachwuchs! Erwünscht ist in erster Linie ein Stammhalter, um den Namen der Familie weiterzutragen und um später für die Eltern zu sorgen, so wie es die Tradition vom ältesten Sohn verlangt. Ansonsten muss diese Aufgabe die älteste Tochter übernehmen.

Dieses ganze Familiengefüge stellte ich mir ziemlich

anstrengend vor und dachte an Jenny. Mit der Geburt ihrer zwei Söhne hatte sie der Tradition zum Glück ‚doppelt' entsprochen. Obwohl die junge Familie in Taipeh wohnt und dort auch arbeitet, müssen sie fast jedes Wochenende die Eltern des Mannes auf dem Land besuchen! Nicht zur Entspannung, denn Jenny verrichtet ihren ‚Dienst' bei den Schwiegereltern, putzte hier und bediente dort! Als sie mir davon erzählte, habe ich eher Gelassenheit als Belastung in ihrer Stimme vernommen. Sie nahm es wohl als gegeben hin. Sich gegen so mächtige Traditionen aufzulehnen, hätte viel Energie gekostet und sie wäre letztlich damit gescheitert.

Und wenn ich es recht bedenke, waren diese Gepflogenheiten doch vor über 100 Jahren bei uns ähnlich! Glücklich darüber, nicht in dieser Zeit geboren zu sein, räumte ich, in voller Erwartung auf die Hochzeitsfeier, den Tisch ab.

Ein paar Wochen später begleitete ich Peter mit Spannung zu dem Hochzeits-Event. Auf dem Weg in die Tiefgarage erhob sich vor uns der hellbraune beleuchtete Block des Hyatt Hotels mit seinen 25 Etagen. Nachdem wir das Auto geparkt hatten, brachte uns der Aufzug in die Empfangshalle. Als ich sie betrat, war ich begeistert. Wohin mein Auge blickte, sah ich Marmor, Marmor, Marmor! Ovale Säulen hielten die Decke, an der funkelnde Kristalllüster herabhingen, die ihr Licht wie einen hellen Schleier über uns ausbreiteten. Im Anschluss öffnete sich die Empfangshalle nach oben und gab einen Blick frei auf die ersten drei Etagen, in denen bereits die Zimmer begannen. Hier würde ich auch mal gerne übernach…

„Eva, du Guck-in-die-Luft, wir müssen hier entlang!", machte Peter meine Träumerei zunichte und zeigte auf ein großes Standplakat.

Ah, das Brautpaar der Einladungskarte, … in XXL-Größe! Kurz blieben wir vor dem Poster stehen, auf dem die beiden verliebt vor dem Chiang Kai-shek Memorial posierten. Ich war hingerissen von dem Brautkleid, das fast wie eine Kopie des perlenbesetzten Kleides im ‚France Taipei' aussah, wo Peter und ich das Fotoshooting hatten. Nur der Schleier fehlte der Braut, stattdessen steckten in ihrem Haar unzählige Perlen, Blümchen und weiße Bänder, die ihr auf den Rücken fielen.

Neben dem Poster wies ein blumenbesetztes Infoschild den Hochzeitsgästen den Weg und der Aufzug schwebte fast lautlos in das angegebene Stockwerk. Vor der Tür des Ballsaals, indem die Feier stattfand, hatte sich bereits eine Schlange von Gästen gebildet. Neben der Tür stand ein Tisch, der bei asiatischen Hochzeiten üblich ist. Dort saß ein Empfangskomitee von fünf Damen vor einem aufgeschlagenen Buch.

„Das sind die Geldeintreiberinnen!", raunte mir Peter zu.

Die schaue ich mir später an, nahm ich mir vor, mich interessierte erst einmal das unabdingbare Fotoalbum, das auf einer weiß dekorierten Staffelei präsentiert wurde und außergewöhnlich elegant war. Auch die Fotos waren eine Sensation. Es zeigte das Brautpaar im Studio und vor mehreren berühmten Sightseeing-Spots in Taipeh. Besonders aufwendig kamen mir die Fotos im Yehliu Nationalpark vor. Er lag direkt am Meer und war berühmt für seine bizarren Felsformationen. Wind, Wasser und Erosion hatten die Felsen so geformt, dass ungewöhnliche Gestalten entstanden waren. Ein beliebtes Motiv ist der Kopf der Nofretete, der ihr von einem bestimmten Winkel aus wirklich ähnelt. Davor präsentierte sich die Braut in verschiedenen Kleidern, auch der Bräutigam glänzte in mehreren Outfits. Es war nicht zu übersehen, dass sich hier Reichtum mit Wohlstand vermählt hatte!

Diese Fotoshootings hatten sicher ein Wochenende gedauert oder länger, was keine Seltenheit war! Manche Brautpaare fliegen sogar ins Ausland dafür!

Je vermögender die Eltern, desto üppiger die Präsentation, nicht nur das Album betreffend. Schließlich schwebt der Gesichtsverlust wie ein Damoklesschwert stets über den Köpfen der Gastgeber; und die Vermutung, man hätte nicht mehr genügend Geld für ein Album gehabt, wurde damit ausgemerzt.

Während sich die Gästeschlange zügig vorwärtsbewegte und auch wir weiter vorrücken konnten, sah ich, dass die ‚Geldeintreiberinnen' die geladenen Gäste namentlich in das große Buch eintrugen. Der gereichte Umschlag landete keinesfalls in einer Sammelbox, sondern wurde geöffnet und die Scheine vor aller Augen abgezählt! Diskretion Fehlanzeige! Der Betrag gesellte sich in der Spalte neben dem Namen des Gastes, der mit seiner Unterschrift die Echtheit bezeugte.

Nicht, dass die Familie sich die Feier nicht hätte leisten können, trotzdem waren Geldgeschenke Usus und der rote! Geldumschlag obligatorisch. Aber auch Geschenke wurden dankbar angenommen, wie ich auf einem weiteren Tisch erkennen konnte.

Nach einer Beratung mit Peters Sekretärin war ein materielles Geschenk keine Option gewesen, deshalb hielt Peter einen roten Umschlag bereit. Eine Glückwunschkarte hinzuzufügen, war nicht erwünscht und eher störend, hier zählte nur Cash. Als wir an der Reihe waren, nahm eine Dame Peters Umschlag entgegen und zählte die Scheine ab.

Peter hatte sich für eine ‚passende‘ Anzahl entschieden. Für den äußerst wichtigen Kunden wären 3500 NTD zu wenig gewesen, 4000 nicht möglich, weil die Vier bekanntlich schlechtes Omen ist; und so trug die Dame unseren geschenkten Betrag von 5000 NTD, etwa 250 DM, ein. Ich nutzte die Zeit, spähte auf die anderen Einträge und staunte nicht schlecht. Hier wurde weit mehr geschenkt als unser ‚kleiner‘ Betrag. Ein bisschen peinlich war mir das schon, doch Peter verzog keine Miene, setzte seine Signatur ins Buch und erhielt mit der Tischnummer zwanzig unsere ‚Eintrittskarte‘.

Als wir den Saal betraten, war ich sprachlos. Klassische Musik empfing uns und an der Wand hinter der hochzeitlich geschmückten Bühne liefen Bilder aus dem Leben des Brautpaares ab. Funkelnde Glaslüster verteilten sanfte Romantik im Raum und die üppige Dekoration der runden Tische repräsentierten die festliche Eleganz. Auf Spiegeltellern weilten in hohen Glasvasen weiß-rosa Blumengebinde und aus Glasaccessoires rankten grüne Blattgirlanden, zwischen denen Teelichter flackerten. Der übergroße Brautisch allerdings zeichnete sich mit einem besonders üppigen Blumengesteck aus. Edel war auch das Geschirr mit den kunstvoll gefalteten Servietten, das von glänzendem Besteck und silbernen Stäbchen flankiert und von diversen Wein- und Wassergläsern bewacht wurde. Nur eine ‚normale‘ Flasche mit klarer Flüssigkeit und Fingerhutgläschen störten das schöne Bild auf den Tischen.

Während ich Peter auf dem Weg zu unserer Tischnummer folgte, zählte ich achtundzwanzig weißbetuchte Tische, an denen jeweils zehn Stühle mit weißen Hussen standen.

„Peter, hier sind zweihundertachtzig Gäste geladen! Und das im Hyatt!" Ich war schwer beeindruckt. Das kostete eine Stange Geld.

„Wie gesagt, die Familie ist stinkreich und Mr. Yuan ist bekannt dafür, es richtig krachen zu lassen, wenn er einlädt!"

Unseren Tisch fanden wir weiter hinten, denn die vorderen Sitzplätze waren mit Sicherheit der Verwandtschaft vorbehalten. Erst dann folgten je nach Wichtigkeit und Bedeutung die weiteren Gäste, wie Freunde oder Kunden, vermutete ich.

„Hier sind unsere Namenskärtchen!", meinte Peter und hielt mir am Tisch zwanzig meinen Stuhl hin, worauf ich dankend Platz nahm. Wir waren die ersten an unserer Tafel.

Neugierig warf ich einen Blick in die zweisprachige Menükarte. Zehn Gänge waren aufgelistet, die von Geflügel, Krustentiere, Muscheln, Fleisch, Fisch und Gemüse nebst Dessert reichten. Mir lief das Wasser im Mund zusammen.

„Peter, schau mal", flüsterte ich, „es gibt sogar Haifischflossensuppe!"

„Oh, die ist richtig teuer!", wusste er, „Aber so ist Mr. Yuan nun mal."

Dass man diese Suppe servierte, bedauerte ich. Den Bericht hatte ich nicht vergessen, dass Fischer nur die Flosse des Hais begehren, die in China und Taiwan für sehr viel Geld gehandelt werden. Der Haifisch selbst findet keine Verwendung und wird einfach wieder ins Meer geworfen! Ob die Chinesen oder die Taiwaner darüber grübeln, dass er so nicht überleben kann? Ich bezweifelte es, vor allem, wenn ich an den Ausflug in die Snake Alley dachte. Aus chinesischer Sicht ist die Welt vollkommen in Ordnung, wenn der Gastgeber sich exotische Eskapaden leisten kann! Haileiden hin oder her! Trotz allem war ich höchst gespannt auf das Menü; … und auch ein bisschen auf die Hai!

Plötzlich ging die klassische Musik im Gemurmel der Gäste unter, der Saal hatte sich gefüllt. Auch unsere Tischrunde, die nur aus Männern bestand, wenn man von mir absah, war nun komplett.

Nach Verbeugung, Vorstellung und Namenskarten tauschen, kehrte plötzlich auch hier Ruhe ein, als der Brautvater den Abend eröffnete! Leider war die Ansprache nur in Chinesisch,

… wir waren die einzigen Ausländer. Doch wir lächelten, kopierten die anderen, standen auf, und prosteten uns zu, wenn es erforderlich war.

Kurz darauf betrat das Brautpaar den Saal und wurde mit Beifall empfangen. Von unserem Tisch aus hätten wir das alles nicht genau sehen können, doch eine Kamera projizierte jede Darbietung auf die Leinwand.

Als ich die Braut sah, war ich im ersten Moment geschockt. Begleitet von ihrem Mann in schwarzem Frack, präsentierte sie sich nicht in dem weißen Traum vom Poster, sondern in einem knallroten Ballkleid. Der Rock war ausladend, das Oberteil trägerlos und das Dekolleté gewagt. Ihr Geschmeide am Hals funkelte verführerisch und der rote Haarschmuck in ihrer Frisur passte perfekt. Mit dem roten Kleid sah sie für mich ein bisschen aus, als wäre sie einem Westernsaloon entsprungen. Doch die rote Farbe gilt hier als Glücksbringer!

Nach einer Verbeugung in den Saal und vor ihren Familien, nahmen die beiden am Brautisch Platz. Das war wohl das Zeichen für die Essensparade! Eine Armada von Kellnern und Kellnerinnen schwärmte in den Saal, verteilte zügig den ersten Gang und die Getränke, wie Wein, Bier oder Fruchtsaft. Kaum waren die Teller leer, stand auch schon der zweite Gang vor uns. Ein Gefühl von Hetze kam in mir auf.

Bevor ich mich dem Gericht widmete, sah ich über die Köpfe der Gäste hinweg, dass sich das Brautpaar erhoben hatte. Mit Eleganz schritten sie zu einem der Tische und blieben dort stehen. Zwei Frauen waren gefolgt, eine mit einer Flasche in der Hand, die andere trug ein Tablett mit zwei kleinen Gläsern.

„Peter, was veranstalten sie da?" Mein Blick blieb an der Gruppe hängen, die auf die Leinwand projiziert war.

Peter zuckte mit den Schultern, aber unser Tischnachbar, der sich als Mr. Chung vorgestellt hatte, war aufmerksam. In gebrochenem Englisch erklärte er uns, dass das Brautpaar nun von Tisch zu Tisch gehe, um mit den Gästen auf ihr Glück anzustoßen. Dafür füllte er gleich aus der bereitgestellten Flasche auf unserem Tisch die zehn Minigläser und verteilte sie an jeden von uns.

„Auweia!", raunte mir Peter zu, „das ist der hochprozentige ‚Gao Liang'! Der zieht dir die Schuhe aus!"

Ich war gewarnt.

Als das Brautpaar mit ihren gefüllten Gläschen vor unserem Tisch stand, erhoben wir uns und hielten unsere Gläschen hoch, gratulierten lächelnd mit einer Verbeugung und riefen den chinesischen Trinkspruch ‚Ganbei' aus. Schwupps waren die Gläschen leer und die Köpfe rot.

Brrr! Mich durchlief es heiß und ich schüttelte mich. Was für ein brennender Fusel! Ich war erstaunt, dass das Brautpaar keine Miene verzogen hatte und sich mit einem Lächeln auf den Lippen zum nächsten Tisch begab.

Jetzt wollte ich es wissen und nahm mir die Flasche vor. Mensch Meier, flüsterte ich, als mir die Prozentzahl von achtundfünfzig entgegensprang! Und das Brautpaar hatte bereits zwanzig Mal ‚Ganbei' hinter sich und stand noch wacker auf den Beinen!? Ich war konsterniert. Vielleicht sind Einheimische geeicht auf so ein Zeug, was ich aber nicht so recht glauben konnte. Doch von dem freundlichen Mr. Chung erfuhr ich, dass ein bisschen geschwindelt wurde und nur Wasser in den Gläschen des Brautpaares sei.

Nachdem die Vermählten ihre ‚Schnapstour' beendet hatten und wieder am Brauttisch saßen, knallten Chinaböller vom Band, gefolgt von chinesischen Musikklängen. Zu diesen Tönen traten nun im Saal zwei grüne Löwen auf, in denen jeweils zwei Personen steckten. Nach dem Rhythmus einer zusätzlichen Trommel tanzten sie mit aufgerissenem Maul vor dem Brauttisch umher und bedachten auch alle anderen Tische mit ihrem ‚Gebrüll'.

Mr. Chung flüsterte etwas von bösen Geistern, die diese Löwen vertreiben; doch die grüne Farbe stünde für Fruchtbarkeit. Sein verschmitztes Gesicht sprach Bände.

Als die Löwen ihre Show unter Beifall beendeten, zog sich das Brautpaar zurück, während weitere Gänge mit den feinen chinesischen Speisen folgten.

Ich fragte mich, wohin es die beiden trieb und warum sie auf das wunderbare Essen verzichteten? Vor allem die Shark Fin Soup, die doch so teuer ist, und zum ersten Mal meinen Gaumen kitzeln sollte.

Dann stand sie vor mir, eine gallertartige Brühe, in der Fäden schwammen. Die müssen von der Flosse stammen, glaubte ich, und zögerte das Probieren hinaus. Ich schaute zu Peter, der mir mit einem Kopfnicken zu verstehen gab, dass es ihm mundete und auch ich endlich essen sollte. Noch überlegte ich, ob …

Ein sanfter Tritt unterm Tisch erreichte mich mit den Worten: „Bitte iss! Du weißt schon, wegen Mr. Yuans Gesichtsverlust!" Der war mir zwar gleichgültig, doch als auch noch die Blicke meiner Tischnachbarn auf mir ruhten, sackte ich ein. Ich wusste, sie alle wollten wissen, wie mir das kostbare Gericht schmeckt.

Komm, Eva, du hast bereits die Seegurke überstanden, machte ich mir Mut und wischte den Hai beiseite. Einer Mutprobe gleich schlürfte ich, auch mit ein bisschen Neugier, die Fäden mit etwas Suppe aus meinem Löffel. Ich spürte den Glibber, der nach aromatischer Fischbrühe schmeckte und recht lecker war. Doch der Geschmack der Haiflosse selbst blieb mir verborgen, die Fasern erinnerten mich eher an ungare Glasnudeln ohne Würze. Und das sollte der Kick sein?

Nach meinem Testlauf schaute ich in die Runde und nickte lächelnd. Damit waren alle zufrieden und löffelten weiterhin ihre Suppe. Besonders Mr. Chung war hin und weg, schwärmte regelrecht von dieser klassischen Speise aus Kanton, China: „Gut fürs Qi, verdauungsanregend, stärkend für Nieren und Lungen und … sie ist sogar potenzfördernd!" Danach ließ er mit einem Grinsen auf dem Gesicht die Suppe schnell in seinem Mund verschwinden.

Ohne Schaden überstand ich den ‚Hai' und weitere Speisen folgten, die zum Glück nicht so ausgefallen waren. Nachdem sich der sechste Gang in meinem Bauch wohlfühlte, kam das Ehrenpaar zurück.

Wow, die Braut hatte sich umgezogen und erschien in dem wunderschönen Perlenbrautkleid vom Poster! Sie war eine Augenweide! Mit Beifall standen alle Gäste auf und Ahs und Ohs erfüllten den Saal.

Vom Hochzeitsmarsch ‚Treulich geführt', aus Richard Wagners Oper Lohengrin begleitet, schritten sie langsam auf die Bühne, folgten einem jungen Mädchen, das ein weißes Kissenherz vor sich hertrug. Unter dem Blumenportal blieben sie stehen. Dort kniete sich das Mädchen nieder und erhob das Herz in Richtung des Brautpaares. Wir konnten jede Einzelheit verfolgen, der

Kameramann machte einen guten Job. Plötzlich zoomte er das Herz heran, das nun riesengroß die Liebe im Saal verteilte. Die darauf liegende Rose stach jedem ins Auge und zwischen den Blütenblättern lagen gut sichtbar zwei goldene Ringe. Beide glänzten goldig, aber in dem einem glitzerten Diamanten.

Mit einem Tusch begann der Ringtausch. Der Bräutigam griff behutsam die Hand seiner Holden und steckte den Diamantring an ihren Finger. Danach vollzog sie ihren Part. Als sich die beiden dann zum Saal herumdrehten und ihre Liebesbeweise zeigten, klatschten alle.

Gerade wollte ich mich wieder hinsetzen, als plötzlich jemand rief: „Wen, wen, wen!" Die Gäste stimmten ein.

‚Wen'? Bedeutet dieses Wort nicht küssen? Zumal ein Kuss nach der Ringzeremonie noch fehlte. Nun war ich gespannt. Öffentlich Zärtlichkeiten, wie Küsse und Umarmungen, auszutauschen, sind nicht gern gesehen, wogegen Händchenhalten mittlerweile akzeptiert wird, jedenfalls in Taipeh. Ob sie sich das Küssen trauen?

Tatsächlich! Das Brautpaar drehte sich zueinander. In voller Erwartung verstummte die Menge und …, ein Hauch von einem Kuss erfolgte, der in Großaufnahme für alle festgehalten wurde und auf der Leinwand einfror! Die Gäste waren auf ihre Kosten gekommen, was ihre Begeisterung bewies.

Kaum hatte das Brautpaar die Bühne verlassen, wartete bereits die nächste Aufgabe auf sie. Und auch auf uns! Die Gläschen wurden erneut gefüllt, das Trinkzeremoniell wurde wiederholt, während die Menükarte abgearbeitet wurde.

Bei den letzten beiden Gängen blieb das Brautpaar verschwunden. Von Mr. Chung erfuhren wir, dass erneut Kleiderwechsel angesagt sei. Das sei mittlerweile Tradition, verklickerte er uns; denn jeder Gast soll doch sehen, was speziell für diesen Tag gekauft worden war.

Jeweils eine knappe halbe Stunde, um eine sündhaft teure Robe vorzuführen, dazu noch die Frisur und das Make-up anpassen, sah für mich nach gehörigem Stress aus, den sich das Brautpaar aufbürdete. Oder aufbürden musste? Ich fragte mich, wo diese Prachtstücke anschließend noch Verwendung fanden. Dass sie geliehen waren, glaubte ich nicht, nicht bei Mr. Yuan! Wahrscheinlicher erschien mir, dass mit dem Kleiderwechsel bei einer Hochzeitsfeier ein besonderes und wichtiges Statussymbol für die beteiligten Familien gepflegt wurde, um zu demonstrieren, wie vermögend man ist. Und das will man unbedingt zeigen!

Anders als in unserer Kultur, wo diese Art eher Neider hervorbringen könnte, bewundern und anerkennen die Taiwaner den Erfolg und den Reichtum eines Gastgebers, bzw. den der finanziell gut situierten Personen. Vielleicht hängt das auch mit dem Buddhismus zusammen. Und mit Buddha! Mir war noch keine magere Buddha-Figur oder -Statue begegnet, weder in Souvenirläden noch in Tempeln. Vor allem der Happy-Buddha zeigt sich immer voller Lebensfreude und strotzt vor Fülle mit seinem dicken Bauch, dem Symbol von Reichtum. Und ihm über den Bauch zu streicheln, soll sogar Glück bringen!

Glück bringt sicher auch die Hochzeitstorte, die vor dem Brautpaar nun in den Saal hereingetragen wurde. Ich wusste nicht, was mich mehr beeindruckte, die Torte oder das Brautpaar. Dem weißen Abendmagnet der Braut war ein Hauch aus rosa Chiffon gewichen, lang, schmal geschnitten und hoch geschlossen. Zart und zerbrechlich sah die junge Braut in diesem Dress aus. Der Bräutigam hatte sich in einen feinen hellgrauen Glanzanzug geworfen und mit einer rosa Rose im Revers zeigte er seine Zugehörigkeit.

Ebenso die dreistöckige Hochzeitstorte, die von ‚Just Married' gekrönt wurde, zeigte sich mit einem rosa Überzug und mit rosaroten Blüten auf jeder Tortenebene. Als sie auf einem Tisch platziert war, verfolgten wir auf der Leinwand alle Einzelheiten. Das Brautpaar näherte sich dem Monstrum.

Das Hochzeitsmesser lag bereit, womit beide zusammen die Hochzeitstorte anschneiden werden. Wer ergreift wohl zuerst den Schaft? Denn derjenige, der beim Anschneiden die Hand oben hält, hat später das Sagen in der Ehe. Jedenfalls in unseren Breiten, ob das in Asien auch wirkte, wusste ich natürlich nicht. Ich musste grinsen, als der Bräutigam zuerst den perlenbesetzten Schaft ergriff und sich darüber die zarte Hand der Braut legte. Die Weichen waren gestellt!

Als sich eine weiße Schleife um beide Handgelenke schlang, gab es kein Entrinnen mehr. Das Brautpaar sah sich an und unter Applaus erfolgte der erste Schnitt!

Danach übernahm das Servicepersonal die Aufgabe, die süße Leckerei in Windeseile mit Kaffee und Tee zu verteilen.

Die Torte hatte vom Anblick viel mehr versprochen, leider paarte sich unter der rosa Marzipanhülle ein Biskuitteig mit cremiger Masse, die hier Standard ist und nichts mit selbstgebackenem deutschem Kuchen gemein hatte.

Das Marzipan, die leckere Süßspeise aus Mandeln, Rosenöl und Zucker, erinnerte mich ein bisschen an Weihnachten. Ob man in diesem Teil der Erde wusste, dass die Süße für das Glück in der Liebe steht, die Bitterkeit der Mandeln für schlechte Zeiten und das Rosenöl für die Leidenschaft in der Liebe? Gerne hätte ich dem Brautpaar diese Deutung mit auf den Weg gegeben, doch das war zum dritten Mal verschwunden.

„Peter, zieht sich das Brautpaar etwa nochmals um?"

„Ja, kann sein!", mutmaßte er.

„Meinst du, sie spielen gleich den Wiener Hochzeitswalzer von Johann Strauss, mit dem das Brautpaar den Tanz für uns eröffnet? Ich würde so gerne …!"

„Wo sollen wir denn tanzen? Ich sehe keine Tanzfläche!", schnitt Peter mir meine Wunschvorstellung durch.

Er hatte recht, selbst die Bühne war zu klein. Und statt Walzer prasselte plötzlich der Lärm von Chinaböllern über unsere Köpfe hinweg, dass ich erschrocken zusammenfuhr. Mr. Chung lachte, stand auf und zog sein Jackett an.

„Sie wollen schon gehen?", fragte ich ihn.

„Ja, die Feier ist zu Ende!", schockte er mich.

Ich schaute auf meine Uhr, Punkt 21 Uhr! Erst! Verwirrt blickte ich zu Peter, der mich von meinem Stuhl hochzog und sagte: „Das war's wohl mit dem Tanz!"

Die Knallerei kam einem Rausschmiss gleich, überlegte ich, damit der letzte Gast es auch kapierte, … also ich!

Unbemerkt blieb auch mir nicht, dass an den anderen Tischen ebenfalls Aufbruchstimmung herrschte. Der Saal schnurrte vor Unruhe und der Brauttisch war leergefegt. Als unsere Tischnachbarn einschließlich dem netten Mr. Chung ‚Dzai Jyan' sagten und fast fluchtartig das Geschehen verließen, und obendrein im hinteren Teil des Saales die Armada von Bedienungen aufzuräumen begann, war mir klar, hier gehen gleich alle Lichter aus.

Wohl oder übel schloss ich mich mit Peter dem Massenzwang an und folgte ihm zum Ausgang. Dort tauchte das Brautpaar, flankiert von den Eltern, wieder auf. Und in keinem neuen Outfit, stattdessen hielten sie kleine Geschenke für die Gäste bereit. Auf einem Teller bot die Braut in Klarsichtfolie verpackte Süßigkeiten an und der Bräutigam offerierte auf einer Bambusschale ..., ich musste schmunzeln, ... einzelne schleifenverzierte Zigaretten.

Wir bedankten uns für die wunderbare Feier, verbeugten uns und Peter nahm eine Süßigkeit vom Teller. Ich langte bei beidem zu, obwohl ich Nichtraucherin bin. Doch das wusste der Bräutigam ja nicht.

Als uns die Lobby wieder in Empfang nahm, war das XXL-Poster des Brautpaares, das uns den Weg gewiesen hatte, verschwunden. Obwohl immer noch der edle Marmor im Lichterglanz schimmerte, war der Zauber verflogen und hatte der Nüchternheit Platz gemacht. Für mich war die wundervolle Feier zu abrupt beendet worden. Gerne wäre ich noch sitzengeblieben, hätte mich unterhalten und noch ein Gläschen getrunken. Aber das ist wohl deutscher Brauch und in diesem Ort der Welt nicht üblich.

Peter las in meinen Augen, dass ich vom unerwarteten Ende enttäuscht war.

„Eva, kann ich dich noch auf einen Absacker in die Bar einladen?", schlug er vor.

Das brauchte er mich nicht zweimal fragen! Freudig hakte ich mich ein und mit einem erfrischenden Mojito ließen wir den Abend ausklingen!

45. Auf den Spuren von Feng-Shui

„Kannst du dich noch an den Einbruch im Büro erinnern, als der Safe aufgebrochen wurde?", fragte mich Peter.

Wie könnte ich das vergessen? Obwohl der Vorfall schon einige Monate zurück lag, wurde die Sorge um meinen Schmuck wieder gegenwärtig, der ja zum Glück nicht gestohlen wurde. Doch die Langfinger hatten Firmengeld und Peters Uhr aus dem Safe mitgehen lassen. Und Geld vom Vizepräsidenten!

„Trotz der neu eingebauten Alarmanlage rumort es immer noch unter den Angestellten!", entrüstete sich Peter, „Der Vizepräsident sieht in diesem Einbruch ein schlechtes Omen fürs gesamte Büro und findet es sogar seltsam, dass in letzter Zeit Familienangehörige von einigen Angestellten gestorben seien. Er meint, dass das Feng-Shui und das Chi im Büro durch diese Tat erheblich gestört wurde und eine erneute Feng-Shui-Beratung nötig sei! Damit liegt er mir schon seit längerem in den Ohren."

„Und, hast du dem zugestimmt?"

„Was denkst du denn? Ich will doch nicht in Teufels Küche kommen! Du weißt doch, wie abergläubisch sie sind!", gab Peter zu bedenken, „Als das Büro bezogen wurde, hatte man bereits viel Geld für solch eine Beratung ausgegeben. Damit das Chi gut zirkulieren kann, wurden nach diesen Kriterien die Arbeitsplätze aufgeteilt. Alles für Glück, Reichtum und Erfolg! Und der Feng-Shui Master wird in den nächsten Tagen abermals bei uns wirken! Der Vizepräsident hat schon einen Termin vereinbart!"

„Na, dann leg mal ein paar Kröten beiseite!", neckte ich ihn, was er mit einem schiefen Lächeln quittierte.

Über Feng-Shui, auch Geomantie genannt, das so alt ist wie die chinesische Kultur selbst, hatte ich bereits einiges erfahren. Angewendet wird Feng-Shui beim Hausbau, bei der Straßenplanung, in der Architektur, beim Einrichten von Wohnungen, bei Planungen von Gärten und bei Hochzeiten und Bestattungen. Und dabei schwingt der Feng-Shui-Master immer sein ‚Zepter'! Das Zepter ist in diesem Fall der ‚Lo Pan', der spezielle chinesische Kompass, den ich bereits auf einem Marktstand voller Faszination betrachtet hatte. Mehrere Ringe mit Symbolen und Schriftzeichen schließen sich um den Kompass herum an. Damit errechnet der Master die günstigen bzw. weniger günstigen Himmelsrichtungen, wobei er das Geburtsdatums eines Kunden einbezieht, um das bestmögliche Ergebnis für Familie, Haus und Hof zu bestimmen.

Mittlerweile war ich im Besitz eines solchen Lo Pans, weil ich ihn so schön fand. Doch außer die Himmelsrichtungen zu ermitteln, blieb er für mich mit den chinesischen Schriftzeichen ein Buch mit mehr als sieben Siegeln.

Am Samstag hatte der Feng-Shui Master im Büro gewirkt, wie ich von Peter erfuhr. Neugierig, was verändert worden war, besuchte ich Peter gleich am Montag in der Mittagspause. Bei einer Lunchbox fragte ich ihn, was denn der große Meister so veranstaltet habe!

„Keine Ahnung. Aber das schlechte Omen des Einbruchs sei beseitigt, sagen die Angestellten, Glück und Geister wieder gütig gestimmt und das Chi, die Lebensenergie, fließt wieder in den richtigen Bahnen! Damit hat die Pechsträhne des Büros ein Ende gefunden und alle sind zufrieden!"

Doch an seiner Miene konnte ich ablesen, dass es für ihn nur reine Geldverschwendung war.

„Das war alles?", staunte ich, denn im Büroraum sah es unverändert aus.

„Ach, das Wichtigste habe ich vergessen. Der Bürotisch des Vizepräsidenten wurde umgestellt, er schaut jetzt in eine andere Richtung!"

„Was? Und das soll der Stein des Weisen gewesen sein?"

„Klar, der Glaube versetzt eben Berge!", unkte er.

Noch kopfschüttelnd entsorgte ich unsere Lunchboxen und setzte mich mit einem Kaffee einen Moment zu Jenny, die in der Mittagspause immer ihren Oolong Tee genoss. Doch auch sie konnte nichts anderes zu der letzten Feng-Shui-Beratung beisteuern. Aber sie wollte mir von einer Veränderung erzählen, die man beim Einzug in diese Büroetage getätigt hatte. Mit einem Zwinkern lockte sie mich vor Peters Büro.

„Eva, sehen Sie, dort hinten ist der Haupteingang zu diesem Großraumbüro und der befindet sich direkt gegenüber der Tür und dem Fenster des Chefbüros! Das ist schlechtes Feng-Shui. Stellen Sie sich das so vor: das Chi strömt hinein und geht sofort wieder durch die Tür und dem Fenster des Chefbüros hinaus. Das ist wie ,Geld aus dem Fenster werfen'! Hier sehen Sie, wie man dieses Problem gelöst hat!"

Wir blieben vor dem länglichen Spiegel stehen, der links neben der Chefbürotür an der Wand angebracht worden war. Natürlich wusste ich von diesem Spiegel, der aus Feng-Shui-Gründen dort hing, doch Details darüber waren mir nicht bekannt. So hing ich gespannt an ihren Lippen, die mich beflissen in das Ergebnis des damaligen Feng-Shui Masters einweihten.

„Dieser Spiegel hier hält das Chi in unseren Räumen! Der springende Punkt war, ihn nicht auf der Tür des Chefbüros anzubringen, sondern daneben! Ansonsten wäre das hereinkommende Chi sofort reflektiert worden und …", mit Armbewegungen in beide Richtungen unterstrich sie ihre Worte, „…direkt wieder zum Haupteingang nach draußen entschwunden. Aber das Chi soll bleiben und hier drinnen ausschwärmen!"

„Und das macht der seitlich angebrachte Spiegel?" Vorstellen konnte ich mir das nicht, zumal eine Yuccapalme davorstand.

„Ja, denn das Chi kommt nun herein, verfängt sich im Spiegel und die Yuccapalme sorgt für eine gute Chi-Verteilung in unseren Büroräumen!"

Sachen gibt's, dachte ich, und war völlig von den Socken.

„Wissen Sie, Eva, niemand würde ohne Feng-Shui-Beratung ein Büro oder ein Geschäft eröffnen. Es ist von Vorteil, Feng-Shui in allen Lebensbereichen heranzuziehen. Übersetzt bedeutet Feng-Shui Wind und Wasser, zwei unbändige Elemente. Doch im Grundsatz geht es immer nur um die Ausgewogenheit der Kräfte, den Einklang und das Leben mit der Natur! Niemand ist isoliert, von nichts und niemanden. Alles hängt zusammen und jeder unterliegt den gleichen Gesetzmäßigkeiten! Wichtig ist, wie man sein Leben gestaltet und wie man mit seiner Umgebung umgeht, denn das spiegelt sich im inneren Frieden und im Wohlbefinden wider!"

Ihre Worte beeindruckten mich sehr. Im Westen würde man sagen ‚Wie man sich bettet, so liegt man!' Aber das wäre sicherlich zu einfach ausgedrückt und so blieb ich still. Stattdessen bedankte ich mich bei ihr für diesen ‚Ausflug' und sie ging wieder zu ihrem Schreibtisch. Und für mich war es Zeit für den Nachhauseweg.

Auf dem Weg zum Taxi dachte ich an all die Friedhöfe, die nach Feng-Shui angelegt sind, um den Ahnen gute Sicht zu gewähren und sie damit gnädig zu stimmen. Aber nicht nur dort steht die Harmonie an oberster Stelle, hatte ich gerade erfahren! Mittlerweile verwunderte mich nichts mehr. Ob wirklich ein Körnchen Wahrheit an dieser Sichtweise dran war, wusste ich nicht, aber ich könnte es doch herausfinden …! Plötzlich war meine Entdeckerfreude geweckt!

Anstatt vom Büro direkt nach Hause zu fahren, ließ ich den Taxifahrer einen Schlenker zum Kaufhaus Takashimaya machen, das sich ganz in der Nähe unserer Wohngegend befand. Ich wusste, dass dort auch englische Bücher angeboten wurden; und hoffte auf Beute zu diesem exotischen Thema.

Zuversichtlich stieg ich aus dem Taxi und begab mich gleich in die Buch- und Schreibwarenabteilung. Nach kurzem Suchen wurde ich fündig und hielt ein großes Buch über Feng-Shui in Englisch in meiner Hand. Was mich besonders freute, es war nicht verschweißt und ich konnte darin herumblättern.

Kapitel über das chinesische Horoskop, die Fünf Elemente, das Bagua - die acht Lebensbereiche, Ying und Yang, Farben, Formen, Einrichtungsvorschläge, Gartengestaltung und vieles mehr sprangen mir entgegen. Bunte Illustrationen lockerten den Text auf. Um in diese Thematik einzutauchen, hielt ich das Buch für genau das Richtige. Nicht, dass ich zu einem Feng-Shui Master aufsteigen wollte, nein, aber ich wollte mich einlassen und verstehen, was es auf sich hat mit dieser Art von Philosophie, die in Asien bereits seit Jahrtausenden praktiziert wurde.

Ich fackelte nicht lange herum, schluckte den Preis und das Buch war meins. Voller Vorfreude machte ich mich mit meinem neuen Schatz zu Fuß auf den Heimweg. Nach 20 Minuten kam ich zuhause an, steckte schwungvoll den Schlüssel ins Schloss unserer Eingangstür und schwebte fast ins Haus. Ob das Feng-Shui schon wirkte?

Mit einem Kaffee und dem Buch setzte ich mich auf die Couch und vertiefte mich in die unbekannte Materie. Als erstes sprang mir das Symbol ☯ entgegen, das Zeichen für Yin und Yang. Diese zwei entgegengesetzten Kräfte, wie hell und dunkel, passiv und aktiv, kalt und heiß, usw., benötigen sich gegenseitig und bilden ein Ganzes. Yin kann ohne Yang nicht sein, folglich gibt es auch kein Schatten ohne Licht! Nur ein Mangel oder ein Zuviel eines Pols kann auf Dauer den anderen Pol schwächen. In Balance gelten die beiden Pole als der ultimative Zustand schlechthin, der jedoch nur schwerlich zu halten ist.

Was man hier als Beispiel bei zu viel Yang anführte, erinnerte mich sofort an einen ehemaligen Arbeitskollegen. Wenn dem etwas nicht passte, war er schnell auf 180 und polterte sofort mit seiner zu lauten Stimme los. Dann drohte sein rotes Gesicht fast zu platzen. Eine typische Attitüde von überschüssiger Yang-Energie, wie hier angeführt wurde. Seine Frau war das genaue Gegenteil, die mit ihrer leisen Stimme wie ein scheues Mäuschen wirkte und ständig über kalte Hände klagte. Ein Yin-Überschuss!

Aber es war noch komplexer. Organe spielen eine große Rolle, sogar Nahrungsmittel, die in Yin und Yang aufgeteilt werden können und sogar den Fünf-Elementen unterliegen. Aber mit alldem wollte ich mich später befassen und blätterte weiter für einen Gesamtüberblick.

Der Artikel über Chi war mir geläufig, die Akupunktur war mir noch bestens in Erinnerung. Chi, diese vitale Lebensenergie, die alles durchdringt und die die treibende Kraft des menschlichen Seins ist. Sie soll überall frei fließen, auch im Körper, da Blockaden des Chi-Flusses Krankheiten erzeugen könnten.

Das kannte ich von Mr. Wu, der mit seinen Behandlungen mein Chi wieder von ‚der Leine gelassen‘ hatte, damit es ungehindert meinen Körper durchströmen konnte; und dabei hatte er sicher auch etwas für meinen Yin und Yang-Ausgleich getan.

Dieser Chi-Fluss kann ebenso auf den Lebensraum übertragen werden, drinnen wie draußen. Wo das Chi in einem Haus weich und reibungslos hindurchfließen kann, sollen die Bewohner ein leichteres Leben haben. Und Chi, welches sich träge oder zu schnell bewegt oder gar blockiert ist, kann zu Problemen führen.

Mit dem neuen Wissen schaute ich mich in unserem Wohnraum um und fragte mich, ob das Chi gut fließt. Ja, war mein Fazit, es gab keine Hindernisse im Weg.

Zufrieden widmete ich meine Aufmerksamkeit dem Kapitel ‚Die Fünf-Elemente‘, die aus der Beobachtung und Erfahrung mit der Natur entstanden sein sollen. Sie beschreiben den Kreislauf des Lebens und sind stetig in Wandlung.

In diesem Zusammenhang erinnerte ich mich an unser erstes Chinesisch Neujahr. In jenem Jahr regierte von den zwölf beteiligten Tieren das Schwein mit dem Element Holz. Ein Jahr später trat die Feuer-Ratte auf die Bühne und nun befanden wir uns im Jahr des Feuer-Büffels. Damals hatte ich bereits erfahren, dass eine Person das gleiche Sternzeichen trägt wie das Jahr, in dem sie geboren ist; und damit auch die Fünf-Elemente eine Rolle spielen.

Ich war im Schlangenjahr mit dem Element Wasser zur Welt gekommen. Rätselhaft und geheimnisvoll soll das Schlangentier sein, Leidenschaft und auch eine gute Beobachtungsgabe besitzen. Nun ja. Doch niemand sollte die Geduld einer Schlange unterschätzen, die sehr lange warten kann, bis sie angreift, aber dann …, das stimmte. Peter als Holz-Ziege soll einen feinsinnigen Geist haben, freundlich und hilfsbereit sein. Korrekt. In der Tabelle für übereinstimmende Eigenschaften gab es für uns zwar kein Sternchen für exzellent, aber ein Plus, das Zeichen für gut passend. Das konnte ich bestätigen.

Mit Begeisterung tauchte ich in weitere Detailbeschreibung über die Philosophie der Fünf-Elemente ein, vergaß die Zeit, verlor mich in Farben, Formen, Eigenschaften, dynamische Prozesse und positive und negative Auswirkungen und war so in das Thema versunken, dass ich aufschrie, als Peter gegen Abend die Tür aufschloss.

„Ich bin's nur, kein Einbrecher!", beruhigte er mich und lachte.

„Erschrocken habe ich mich trotzdem!", gab ich zu und drehte mich zur Tür.

Mit Peter sah ich auch das Chi hereinkommen, verfolgte, wie es sich ungestört im Eingangsbereich und im Wohnbereich ausbreitete … und dann die Treppe zum Schlafbereich hinaufkroch. Ich grinste über meine ‚gute Schlangen-Beobachtungsgabe'!

In Windeseile bereitete ich das Abendbrot, um Peter schnellstmöglich von meinem neuen Wissen zu erzählen. Mir schwirrte das Gelesene wie Hummeln im Kopf herum und Peter bekam die volle Ladung auf den Teller.

„Peter, das wird meine neue Beschäftigung!" Überschwänglich hielt ich ihm meine neue Errungenschaft vor die Nase.

„Ein Feng-Shui Buch! Und, hast du schon die Möbel verschoben?", nahm er mich auf die Schippe.

„Noch nicht, ich stecke ja noch in den Anfängen!", hänselte ich zurück, „Aber wusstest du, dass die Chinesen Fünf-Elemente kennen?"

„Ich kenne nur die 4 Elemente der griechischen Philosophen! Erde, Wasser, Feuer und Luft!", meinte er trocken.

„Die gibt es auch im Feng-Shui, jedoch keine Luft, dafür Metall und Holz! Und die stehen u.a. für die fünf Jahreszeiten!"

„Fünf Jahreszeiten? Da kenne ich auch nur vier!", hielt er erneut dagegen.

„Ach, Peter, ich auch, aber die Fünf-Elemente stellen den Zyklus der Jahreszeiten noch detaillierter dar. Der Frühling steht mit dem Wachstum der Natur für das Holzelement. Alles sprießt und grünt, ist voller Energie und ..."

„Im Märzen der Bauer, der ackert, sät und pflanzt!", sang Peter.

„Ja, so ähnlich!", pflichtete ich ihm lachend bei, „Die Menschen wollen nach draußen, sich bewegen. Übrigens, ein guter Zeitpunkt für einen Neuanfang! Nachdem sich alles prachtvoll entwickelt hat, ist der Sommer da mit dem Feuerelement. Es ist heiß, hell und die Natur ist aktiv, so auch die Menschen, die gesellig und voller Lebensfreude sind. Feuer eben!"

Schnell trank ich einen Schluck Wasser und sprudelte wieder los: „Doch jetzt gerade befinden wir uns im Spätsommer, dafür steht das Erdelement. Der Spätsommer ist die zusätzliche Jahreszeit, die auch die Mitte repräsentiert. Sie steht für die Fülle, die Ernte, die reifen Früchte, die nun eingebracht werden können. So nährt uns die Erde und ...!"

Peter legte mir beschwichtigend seine Hand auf meinen Arm und stoppte damit meinen Redefluss.

„Eva, nun greif doch mal zu, sonst verhungerst du noch mitten in deinen Elementen!", meinte er lachend.

Ich wusste, Peter mit solchen Dingen zu begeistern, ist schwer. Obwohl er mich gewähren ließ, sah er das alles bestimmt als Mumpitz an, wie die Rituale des Feng-Shui Masters auch.

Doch die Menschen wenden diese Regeln hier immer noch an! Aus welchem Grund hätte sich die Lehre von Feng-Shui, die sogar noch verfeinert wurde, so lange halten können, wenn nicht auch ein Funke Wahrheit darin zu finden wäre?

Lustlos kaute ich auf meinem Brot herum. Natürlich bemerkte Peter mein Schweigen und fragte: „Und was ist denn nun mit dem Herbst?"

„Was soll sein mit dem Herbst? Die Blätter fallen.", meinte ich flapsig.

„Nun sag schon, Eva! Es scheint ja eine interessante Sache zu sein!", versuchte er mich aufzumuntern.

Seine Holz-Schaf-Freundlichkeit war so präsent, dass ich mit meiner Schlangen-Geduld einlenkte; schließlich wollte ich noch einiges loswerden und ließ meiner neuen Leidenschaft wieder freien Lauf.

„… also, der Herbst gehört zum Metallelement und es ist die Zeit der Reife, aber auch die Zeit der Trennung, des Loslassens, wie das abfallende Laub beweist. In dieser Periode zieht sich das Chi zurück und die Natur bereitet sich auf die Ruhephase vor, auf die kalte Jahreszeit, auf das Wasserelement des Winters. Die Menschen verziehen sich auch nach drinnen ins Warme, während draußen alles erstarrt, verrottet oder sich auflöst. Mit dem Frühling, dem Holzelement, erwacht die Natur erneut aus der Starre. Pflanzen und Bäume nehmen wieder Wasser auf und das Leben beginnt wieder seinen Kreislauf. Das ist doch genial!"

„Nun ja, das ist mit den westlichen vier Jahreszeiten doch nicht anders, oder?" meinte er.

Ich wusste, es langweilte ihn, aber noch kam er mir nicht vom Haken.

„Natürlich nicht, doch man arbeitet mit diesen Fünf-Elementen, sie werden mit ihren Farben, Formen und sogar mit ihren Eigenschaften gezielt eingesetzt! In der Wohnung, im Garten! Zum Guten wie zum Schlechten. Und ich wette, dass sich die Asiaten bestens damit auskennen!"

„Das glaub ich dir sofort, soviel Tamtam sie um dieses Feng-Shui machen!

„Peter, es gibt in dieser Lehre folgende Elemente: *Holz, Feuer, Erde, Metall und Wasser*! Diese Reihenfolge heißt *Nährungs- bzw. Wachstumszyklus*, in der die Elemente unter sich eine große Wirkung ausüben. Jedes Element unterstützt das nachfolgende und nährt es. Mit Holz lässt sich Feuer machen, daraus entwickelt sich Asche, die wiederum Erde entstehen lässt und sie mit Nährstoffen anreichert. Das beweist doch auch das Abflämmen der Felder im Herbst in unseren Breiten!"

„Das habe ich als Jugendlicher mit meinen Freunden auch gemacht!", gestand er ein, „Wir haben rumgezündelt, und ordentlich Schimpfe von den Bauern bekommen. Aber Spaß hat's trotzdem gemacht."

„Mir auch!" Und ich erinnerte mich an die vielen Streichhölzer, die ich mit meinen Freundinnen verbraucht hatten.

„Aber der Zyklus geht noch weiter! In der Erde befinden sich Erze, also Metalle, und diese Metalle in Form von Spurenelementen machen Wasser lebendig, wie jeder weiß. Lebendiges Wasser versorgt Bäume und Pflanzen; ebenso uns. Ohne gutes Wasser gäbe es kein Leben!"

Obwohl ich ein leises Stöhnen bei ihm wahrnahm, konnte ich nicht aufhören.

„Diesen Zyklus, Peter, gibt es auch in entgegengesetzter Reihenfolge, der *Schwächungszyklus*. Jedes Element kann seinen Vorgänger schwächen: Erde kann Feuer in Schach halten, also schwächen, Wasser korrodiert Metall, und es …"

„Ja, Eva, es rostet. Das ist doch ein alter Hut, den du mir da auftischst, und der ist auch ohne Feng-Shui einleuchtend. Bitte sei nicht böse, doch jetzt würde ich gerne …" Mit dem Griff zur Zeitung war mir klar, er wollte den Abend jetzt mit den Weltnachrichten verbringen.

Ich beließ es dabei, räumte den Tisch ab und Peter verzog sich auf die Couch. Nun gut, heute erfuhr er also nicht von mir, dass es noch einen *Kontrollzyklus* gibt, bei dem jedes Element auf seinen Nach-Nachfolger einwirkt. Metall (Axt) hält unkontrolliertes Wachstum (Holz) in Schach, war ein Beispiel!

Auch den ‚*Schädigungszyklus*' verschwieg ich ihm, wo das Element auf den Vor-Vorgänger einwirkt und einen zerstörerischen Effekt ausübt. Dabei dachte ich an große Wassermengen, die Erdrutsche auslösen können und alles wegschwemmen.

Noch klangen diese vier Zyklen verwirrend für mich, aber machten sie nicht auch Sinn? Dass man Elemente miteinander und sogar gegeneinander einsetzen kann, die dann großen Einfluss im Weltgefüge und sogar im Menschen selbst haben sollen, fand ich höchst spannend! So spannend, dass ich mich auch auf die Couch begab und wieder in meinem Feng-Shui Buch versank.

46. Feng-Shui in Hongkong

„Eva, wir fliegen nach Hongkong!", überraschte mich Peter eines Abends.

„Hongkong? Das ist ja super!" Innerlich machte ich einen Luftsprung. Bekannte hatten uns bereits viel von dieser Stadt erzählt. Sie sei ein unbedingtes Muss!

„Es wird allerdings halb Business und halb Urlaub sein", fügte er bedauernd hinzu, „das heißt, du musst auch mal allein los."

„Kein Problem, ich werde schon zurechtkommen. Dort gibt's doch einiges zu entdecken!" Und dabei dachte ich nicht nur an die Sightseeing-Spots, sondern auch an Feng-Shui; denn Hongkong war dafür als Paradebeispiel in meinem Buch angeführt, hatte sogar einige Gebäude abgebildet, die nach dieser Harmonielehre gebaut worden sind! Und die werde ich mir garantiert ansehen!

Zwei Wochen später saßen wir im Flieger, der sich gerade Richtung Hongkong in die Luft erhob und ruhig seine Bahn zog. Den Landeanflug auf den berüchtigten Kai Tak Flughafen, der mir damals bei der Ausreise nach Taipeh Angst eingejagt hatte, steckte ich dieses Mal gut weg.

Kaum hatten wir im Hotel eingecheckt, klingelte das Telefon. Der Leiter der Hongkonger Repräsentanz war am anderen Ende. Obwohl Peter mit ihm erst am Wochenanfang einen Termin ausgemacht hatte, wollte er uns bereits jetzt sehen. Der waschechte Hongkonger hatte vor, uns sein Büro und ‚seine Stadt' zu zeigen, und dabei könne man ja schon einige geschäftliche Dinge besprechen, meinte er zu Peter. Uns war es recht, denn Mr. Lou kannte sich mit Sicherheit bestens in Honkong aus.

Mit dem Taxi fuhren wir zu Mr. Lous Büro. Nach einer herzlichen Begrüßung stellte er uns seine Sekretärin und die Angestellten vor, die, wie in Hongkong üblich, auch samstags einen halben Tag arbeiteten.

Bei dem obligatorischen Tee konnte Peter es sich nicht verkneifen, Mr. Lou über meine Feng-Shui-Begeisterung zu berichten. Als Mr. Lou das hörte, war er aus dem Häuschen.

„Was? Sie interessieren sich für diese Philosophie?"

„Ja, seitdem ich mir ein Buch darüber gekauft habe, lässt mich dieses Thema nicht mehr los!", bestätigte ich.

„Und das als Ausländerin! Das ist ja herausragend!", begeisterte er sich und stand auf, „Kommen Sie, ich muss Ihnen etwas zeigen!"

Ob nur ich gemeint war oder wir beide, war nicht klar, doch Peter folgte uns neugierig. Mr. Lou ging zur Eingangstür des Büros hinaus und mit ausholender Geste zeigte er auf den Türrahmen. Edel sah der breite glänzende Metallstreifen aus, aber ich fragte mich dennoch, was daran so besonders war?

„Diese Einrahmung, die erst kürzlich eingebaut wurde, hat mit Feng-Shui zu tun!", sprach er mit gewichtiger Miene, „Das Element Metall, ‚jin‘, steht für Gold und Reichtum, und der Glanz des Metalls wirkt anziehend! Wissen Sie, die Geschäfte gingen vor einigen Monaten schlechter, doch der Feng-Shui-Master hat mit seiner Beratung wieder Schwung ins Büro gebracht ...", er lachte erheitert auf, „... und in die Kasse auch!"

War solch eine Situation so einfach zu lösen? Ohne dass Mr. Lou es sah, verdrehte Peter die Augen. Und ich strich sanft über das ‚jin‘, vielleicht ‚färbte‘ der Reichtum ja auch auf mich ab!

Kurz darauf verließen wir das Büro und forschen Schrittes holte Mr. Lou den Aufzug, der uns vom achten Stockwerk nach unten beförderte. Die Acht, blitzte es in meiner Erinnerung auf, bedeutete das absolute Glück für diese Etage!

Kaum traten wir aus dem Gebäude, hatte uns das wuselige Treiben Hongkongs voll im Griff. Welch ein Kontrast! Es war laut, es war hektisch und geschäftig, alle hatten es eilig. Selbst die Fußgänger warteten ungeduldig an den roten Ampeln und schossen gleich los, als es grün wurde. Aufsehen erregten die ungewöhnlich vielen heißen Schlitten und Luxuslimousinen. Peter machte große Augen, als zwei Ferraris vorbeirauschten, gefolgt von einem Lamborghini. Das Röhren der Motoren übertönte den Lärm wie eine wohltuende Sinfonie. Mir fielen sofort die außergewöhnlichen Nummernschilder ins Auge. Die richtigen Zahlen waren wichtig, vor allem die Acht, und die gleich mehrmals! Dafür hatten die Eigentümer ein Vermögen gezahlt.

Zwischen den Flitzern machten rote Taxis auf sich aufmerksam, die zügig fahrend nach Kunden Ausschau hielten. Nur die mächtigen Wolkenkratzer standen wie Felsen in der Brandung in diesem hektischen Rummel.

„Mrs. Eva, jetzt lernen Sie Feng-Shui in diesem Teil der Stadt kennen!", legte Mr. Lou mit überzeugter Stimme fest, die keinen Widerspruch duldete. Ich war mehr als erfreut. Peter hüllte sich in Schweigen, ... und war plötzlich abgeschrieben. Nun waren Feng-Shui und auch ich wichtiger für Mr. Lou! Nix mit Geschäftsgesprächen unterwegs, die rückten in weite Ferne.

Mr. Lou zeigte auf einige imposante Bauwerke, die sich wie Wildwuchs in dieser Stadt ausgebreitet hatten. Den Baukränen nach zu urteilen, waren weitere in Planung. Aber das war nur geplänkeltes Beiwerk, auf das er hinwies, denn als wir auf das Gebäude der Hongkong Shanghai Bank Corporation, HSBC, zugingen, war Mr. Lou nicht mehr zu halten.

Voller Stolz zeigte er auf das Bankgebäude. „Obwohl die HSBC nicht so imposant und schön ist wie andere Gebäude, lieben wir Hongkonger es!"

Es stimmte, das Bankhaus mit den dreiundvierzig Stockwerken wirkte nicht sehr ansprechend, eher trist in seinem Grau; da halfen auch nicht die zwei großen Wächterlöwen in Bronze, die jeweils rechts und links den Eingang flankierten.

Wie üblich gibt es den männlichen Löwen, der seine rechte Pranke auf eine Kugel gelegt hat; und die Löwin, die mit ihrer linken Pranke ein Junges festhält. Laut Mr. Lou sind sie Schutz- und Glücksbringer. Für mich nichts Neues, auch nicht für Peter, in Taiwan standen sie ebenfalls vor vielen Gebäuden.

„Bitte, kommen Sie, im Inneren sehen Sie perfektes Feng-Shui!", trieb er uns weiter.

Als wir das Refugium des Geldes betraten, vermisste ich eine pompöse Empfangs-Lobby, die für Geldgeschäfte in asiatischen Banken eigentlich Usus ist. Stattdessen schaute ich auf zwei Rolltreppen, die unaufhörlich ihre Arbeit verrichteten, ansonsten war die gläserne Halle bis auf einige Personen leer. Draußen farblos, innen monoton ..., was das mit Feng-Shui zu tun hatte, darauf war ich sehr gespannt.

„Die Bankgeschäfte finden in den oberen Etagen statt,", besänftigte Mr. Lou meinen enttäuschten Gesichtsausdruck, „die Rolltreppen führen die Kunden hinauf und wieder zurück in den Eingangsbereich! Genau nach empfohlenen Feng-Shui-Prinzipien konzipierte der Architekt diese hohe Halle! Sie lädt den Wind und die positive Energie, das Chi, ein. Wenn Sie genau hinschauen, stehen diese beiden Rolltreppen nicht direkt gegenüber der Eingangstür, sondern sind in einem speziellen Winkel zum Eingang angebracht worden, so wie der Feng-Shui-Master es verlangt hatte. Damit wird verhindert, dass negative Energien, die sich natürlich auch hier verirren, in die oberen Geschäftsetagen gelangen können!"

Ich schaute hinauf und meine Augen verloren sich in diffusen Glaskonstruktionen. Ob sich dort das negative Chi tummelt? Doch zwischen den Rolltreppen erfreute ein großes Blumenrondell den mittigen Anblick und leitete das gute Chi harmonisch in die Halle, vermutete ich, wie die Yuccapalme in Peters Büro.

Für mich war es ungewöhnlich, nicht den direkten Weg vom Eingang aus zu wählen, aber das war mir bereits in Taiwan aufgefallen, auch in Restaurants. Das Chi ist der Boss!

„Lassen Sie uns wieder hinausgehen, dort gibt es noch etwas aus dem Feng-Shui-Repertoire!", schlug Mr. Lou vor.

Unsere Aufmerksamkeit war erneut geweckt. Wir verließen die Eingangshalle und stellten uns etwas weiter entfernt vom ungefähr einhundertachtzig Meter hohen HSBC-Gebäude auf.

„Nun schauen Sie mal ganz nach oben!", empfahl Mr. Lou, „Sehen Sie die zwei länglichen Gebilde, die wie …"

„Sind das etwa Kanonen?", unterbrach Peter ihn entsetzt.

Unaufgeregt bestätigte Mr. Lou seine Aussage.

„Was um Himmels Willen will man denn damit erschießen? Tauben?" Peter war schockiert.

Mr. Lou lachte. „Das ist nicht möglich, das sind nur Attrappen! Bedeutsam ist, in welche Richtung die Kanonen zeigen!"

Unsere Köpfe drehten sich zu dem Gebäude, das die zwei Kanonen ins Visier nahmen. Sie zielten direkt auf den Tower der Bank of China, ein Finanzunternehmen aus der Volksrepublik China!

Dieses Bankgebäude mit seinen großzügigen Dreiecken aus Glas, die bläulich schimmerten, war mir bereits bei der Ankunft aufgefallen. Es reckt sich verjüngend hoch hinauf und überragt die HSBC um einiges. Ein wunderschöner Anblick, wie ein

Turm aus geschliffenen Riesendiamanten sah er für mich aus. Doch ich wurde eines Besseren belehrt!

„Die Struktur des über dreihundert Meter hohen Wolkenkratzers ist dem Bambus nachempfunden, der in der chinesischen Kultur für Wachstum und Erneuerung steht!", informierte uns Mr. Lou, „Das Licht wird von den vielen Glasflächen reflektiert, die gleichzeitig wie Spiegel wirken, die die positiven Energien für Reichtum und Gesundheit anlocken. Verstärkt wird das noch durch die glänzenden Metallumrahmungen der Glasflächen! So weit, so gut, doch das Fatale ist die dreieckige Form der Glasflächen!"

Mein Wissensdurst stieg an und gebannt hörte ich zu, wie Mr. Lou das vermeintliche Manko offenlegte: „Sehen Sie, die scharfen Winkel der Dreiecke stechen wie spitze Dolche auf die Umgebung ein und wirken damit zerstörend! Und das hat sich die HSBC von seinem Rivalen nicht gefallen lassen. Zur Abwehr stellte man die Kanonen auf dem HSBC-Gebäude auf, um die negativen Energien wieder zu ihren Quellen zurückzuschießen. Das ist natürlich energetisch zu verstehen, aber das ist Feng-Shui!"

Ich war sprachlos. Nie hätte ich geglaubt, dass man solche Eskapaden veranstalten würde. Aber laut meines Feng-Shui-Buches wurde mir klar, dass durch die Außenfassade der Bank of China mit ihren Dreiecken der *Schädigungszyklus* angewendet wurde, ob nun bewusst oder nicht. Metallspitzen wirken nun mal zerstörend. Selbst in unserer Tradition überreicht man eine Schere oder ein Messer mit dem Griff.

Aber die HSBC hatte sich schlau zur Wehr gesetzt und schießt mit ‚Feuer' auf die ‚Metalldolche'. ‚Feuer kontrolliert Metall', und mindert somit die zerstörerische Kraft. Damit hat HSBC den *Kontrollzyklus* angewandt, war mein Fazit, natürlich nur als Laie.

„In dieser Stadt ist die Bank of China das einzige Gebäude, das keinen Feng-Shui-Master herangezogen hat!", redete sich Mr. Lou weiter in Rage, „Ein Sakrileg, gerade in Hongkong! Deswegen hassen alle die Bank of China! Bereits während der Bauphase gab es unglückliche Vorfälle! Den finanziellen Kollaps des in der Nähe stehenden Lippo Center führte man auf das schlechte Feng-Shui des Bankgebäudes zurück; auch den

Tod des Gouverneurs von Hong Kong! Wahrsager warnten immer wieder vor den zerstörerischen Energien, die dieser Turm mit seinen Dreiecken ausstrahle. Erst nachdem die Kritik aus der Öffentlichkeit übermächtig wurde, hat man gehandelt. Platzbedingt war es schwierig, doch an einer Seite der Bank of China war es möglich, einen kleinen Wasserfall für Energiegewinn zu errichten. Zusätzlich wurden aus China importierte riesige Felsbrocken für Harmonie und Stabilität hier platziert und einige Bäume und viele Pflanzen reinigen nun das Areal, erhalten somit die guten Energien! Mit diesem idyllischen kleinen Park ist endlich Ruhe eingekehrt!"

Für mich war das eine äußerst interessante Geschichte. Ob die Vorfälle allerdings mit der Bank of China zusammenhingen, wusste mit Sicherheit natürlich niemand. Doch so ernst wie Mr. Lou uns das erläutert hatte, glaubte er jedenfalls fest an diese Dinge und die Hongkonger Bevölkerung ebenfalls. Peters Miene verriet nichts, doch ich nahm an, für ihn war's Kokolores. Aber zu urteilen, das lag ihm fern, gerade er musste mit den Wölfen heulen, hier und auch in Taiwan.

Die Kanonen hielt ich mit der Kamera fest; denn das war sicherlich einmalig in dieser fast sechs Millionen Einwohner-Metropole, die als am dichtesten besiedelten Landstrich der Welt gilt; und sie wächst immer noch weiter. Feng-Shui war ein einträgliches Geschäft in Hongkong, überschlug ich, sollte jedes Gebäude tatsächlich eine Feng-Shui-Beratung bekommen haben! Ich fragte Mr. Lou danach.

„Ja, die Feng-Shui-Master sind gut im Geschäft!", bestätigte er meine Vermutung, „Wissen Sie, im alten China galt Feng-Shui als eine göttliche Lehre, die eigentlich dem Kaiserhof vorbehalten war. Obwohl Strafe drohte, praktizierten es dennoch wohlhabende Bürger und Adlige in ihren Häusern. Doch während der Kulturrevolution unter Mao, 1950 bis 1980, wurde Feng-Shui in ganz China verboten, obwohl ich mir sicher bin, dass Mao diese Regeln für seine Machterhaltung eingesetzt hat. Nun denn, viele Chinesen sind damals nach Hongkong und Taiwan geflüchtet, darunter auch zahlreiche Feng-Shui-Gelehrte, die hier ihr Wissen anbringen konnten. So hat Feng-Shui zum Glück überlebt ... und wirkt, das müssen Sie doch zugeben! Hongkong boomt!"

Mr. Lou schaute auf seine Uhr. „Lassen Sie uns nun zur Repulse Bay fahren, dort möchte ich Ihnen noch etwas zeigen!", schlug er vor.

Kaum hatte Mr. Lou seinen Arm erhoben, stoppte auch schon eines der unzähligen Taxis. Wir stiegen ein, Mr. Lou nannte das Ziel und der Taxifahrer brauste los.

Unterwegs passierten wir viele Hochhäuser, doch bei einem wurde Mr. Lou ganz enthusiastisch.

„Sehen Sie dort, das weiße Gebäude?"

Das konnte man gar nicht übersehen, denn durch seine schlanke zylindrische Form stach es besonders hervor.

„Fast wie eine Zigarette ohne Filter!", wagte ich zu sagen und grinste. Der verjüngte Abschluss von grauen Ringen auf dem Dach erinnerte mich obendrein an Asche.

„Gar nicht so schlecht, Mrs. Eva!", stand Mr. Lou mir bei, „Das Hopewell Centre wirkt laut Feng-Shui-Regeln tatsächlich wie eine brennende Kerze oder eine brennende Zigarette, wie Sie richtig erkannt haben. Und das ist nach Feng-Shui-Prinzipien ein Risikofaktor! Man möchte ja nicht sein erwirtschaftetes Geld wieder verbrennen! Nach einer Beratung baute man zusätzlich auf dem Dach des Gebäudes einen kleinen kreisförmigen Swimmingpool. Die Größe war entscheidend, man wollte das Feuer kontrollieren, nicht vollkommen löschen!"

Ah, der *Kontrollzyklus* ist hier angewendet worden. Ob man auch schwimmen gehen dürfe, fragte ich Mr. Lou. Aber das wusste er nicht genau und verneinte es eher.

Nach etwa zehn Minuten erreichten wir die Repulse Bay. Abgesehen von der Wohngegend am Victoria Peak ist sie eine der teuersten und schicksten Bezirke von Hongkong und wird als beliebtes Ausflugsziel zum Baden und Sonnen genutzt, erfuhren wir von unserem erfahrenen Guide.

Ohne Frage, der Blick auf den längsten Sandstrand Hongkongs war romantisch und einladend, obwohl die Palmen fehlten. Sanfte Wellen rollten auf dem Sand aus, wo sich sogar einige Badenixen vergnügten. Am Wochenende ist hier sicher der Teufel los. Die Bucht war umrahmt von grünbewachsen Bergen, natürlich prägten auch Wohnburgen das Bild des Hongkonger Strandparadieses.

Als wir ausstiegen, wehte eine leichte Brise.

„Ist das schön hier … und so ruhig!" Ich atmete tief durch und war begeistert, dass man in nur zehn Kilometer Entfernung solch ein Urlaubsfeeling vermittelt bekommt. Keineswegs hätte ich einen Strand in Hongkong erwartet, obwohl es vom Meer umgeben ist. Hochhäuser bestimmen doch die Fantasie, wenn man von dieser Metropole spricht.

„Das ist einer der 41 offiziellen Strände", erklärte Mr. Lou auch gleich, „von den kleinen Buchten mal abgesehen, die nur zu Fuß oder mit dem Boot zu erreichen sind. Schließlich verfügt das Territorium von Hongkong über 263 Inseln! Sauberes Wasser finden Sie jedoch nur in den weiter abgelegenen Buchten. In der Repulse Bay sollte man nicht allzu oft baden!"

Fragend schauten wir Mr. Lou an.

„Nun, vor einigen Jahrzehnten wurde aller Bauschutt ins Meer befördert und es ähnelte hier kurz darauf einer Müllhalde. Die Fehler der Vergangenheit hat man zwar beseitigt, aber wer weiß schon, wie gründlich. Das Wasser ist oft trüb, aber vielleicht liegt es auch an dem flachen Strand."

Peter wollte wissen, was das Absperrungsseil einige Meter draußen im Wasser zu sagen habe und ob man nur bis dorthin schwimmen dürfe.

„Ja, dafür sind die Netze gespannt, aber auch, um die Schwimmer vor Haien zu schützen!"

„Es gibt Haie in dieser Gegend?!", rief ich erschrocken und suchte sofort die Wasseroberfläche nach verdächtigen Bewegungen ab.

„Manchmal verirrt sich einer, aber bei Haisichtung stellt man Warnflaggen auf!", beruhigte er mich.

Ganz geheuer war mir nicht, aber ich wollte ja auch nicht schwimmen gehen.

„Doch was ich Ihnen zeigen wollte", weckte Mr. Lou nun wieder unser Interesse, „befindet sich hinter Ihnen!"

Zuerst sah ich nur die Hochhäuser, doch beim näheren Hinsehen wusste ich, was er meinte! In einem der Gebäude klaffte ein großes Loch.

„Ist das eine Aussichtsplattform?" Etwas anderes konnte ich mir im Moment nicht vorstellen.

„Dieses Loch hat eine ganz andere Bedeutung!", schmunzelte

Mr. Lou, zeigte auf den Berg hinter dem Gebäude und legte dann die Verrücktheit offen: „Der Legende nach wohnt in den Bergen ein Drache. Ihm mit einem Gebäude die Sicht aufs Meer zu versperren, obendrein noch den Weg fürs tägliche Bad zu verwehren, wäre grob fahrlässig gewesen!"

„Man hat, … eh, hier auf zehn bis zwölf Wohnungen verzichtet? Und dass trotz der hohen Preise, die man für Wohnraum bekommt?" Peter verstand die Welt nicht mehr.

„Wenn Sie mit offenen Augen durch Hongkong gehen, werden Ihnen noch einige andere Lochhäuser auffallen. Wie Sie wissen, ist Hongkong von Bergen umgeben, in denen nach unserem Verständnis Drachen wohnen. Und Hongkongs Wohlstand ist den Drachen in den Bergen zu verdanken!", vertrat er selbstbewusst seine Meinung, „Doch aus Feng-Shui Sicht hat der Berg hinter diesem Gebäude selbst auch eine Bedeutung. Größe, Form und Richtung sorgen für einen starken Chi-Fluss! Ohne Loch wäre das Chi gestaut worden und hätte das Gebäude durch zu viel Energie erdrückt. Aber durch das Loch kann das Chi nun ohne Blockaden hindurchfließen, hat somit keine negativen Auswirkungen mehr auf das Gebäude und dessen Nachbarschaft!"

Hiermit fand die Beweisführung von Mr. Lou in Sachen Feng-Shui ihr Ende. Außer, dass diese Sichtweise bei uns Wunderlichkeit hervorrief, hatten wir dem nichts hinzuzufügen. Und da es Lunchtime war, machten wir das, was alle Chinesen um diese Zeit am liebsten machen! Wir gingen essen.

Peter verbrachte die nächsten Tage mit geschäftlichen Dingen, doch spätnachmittags hatte er Zeit für ein gemeinsames Sightseeing. Und unser Hongkong Trip entpuppte sich als lohnendes Vergnügen. Ob auf dem Victoria Peak, der mit 552 Meter die höchste Erhebung auf Hongkong Island ist und einen spektakulären Ausblick auf die Skyline bietet, oder auf dem Stanley Market und Temple Street Night Market, Märkte die mit allerlei Kleidung, Haushaltswaren, Accessoires und Nippes die Touristen anlockten. Den Ausflug nach Lantau Island nicht zu vergessen, zu der 34 Meter hohen Bronzestatue des Tian-Tan-Buddhas, die über Hongkong wacht. Lantau, die größte der 263 Inseln Hongkongs, bietet nicht nur den ‚Big Buddha', wie er genannt wird, als Attraktion, sondern auch Wanderwege und sensationelle Restaurants, die feine Meeresfrüchte anboten. Die ließen wir uns auf keinen Fall entgehen.

An Peters freiem Tag machten wir uns auf nach Central Mid-Levels zu den Rolltreppen, die seit Oktober 1993 den Weg zur Arbeit und Nachhause vielen dort lebender Menschen verkürzte und erleichterte. Hier präsentierte sich das längste überdachte außenstehende Rolltreppensystem der Welt! Von 6-10 Uhr morgens fährt sie nur nach unten, danach bis 24 Uhr nur nach oben, kostenfrei! Voller Entdeckerfreude nutzten wir alle zwanzig Teilstücke des 800 Meter langen Rolltreppensystems.

Während wir zwischen all den Touristen auf der ‚Fahrt' nach oben mühelos Hochhäuser, Wohnungen, Restaurants, Geschäfte und Bars passierten, quälte sich unter uns der Verkehr durch die steilen Straßen.

Nach etwa 140 Höhenmeter landeten wir am Ende der letzten Rolltreppe an einer verkehrsreichen Straße. Da es hier nichts weiter zu sehen gab, machten wir kehrt und gingen den Treppenweg neben der Rolltreppe hinunter. Immer im Sinn, die vorab auserwählte Nudelsuppen-Bude nicht zu verpassen, von der aus uns der feine Sesamduft bereits beim Hochfahren Appetit gemacht hatte. Eine Nudelsuppe, gerade das Richtige um die Mittagszeit! Wir fanden die Bude und ergatterten in einer Ecke noch einen Platz.

In Hongkong geht alles flott und ehe wir uns versahen, stand die duftende Mahlzeit vor uns. Mit Genuss leerten wir die Schüssel bis auf den letzten Tropfen.

Um dem hektischen Treiben für einen Moment zu entgehen, besuchten wir danach den ältesten Schrein Hongkongs. Göttern der Literatur und des Krieges ist dieser taoistische Man-Mo-Tempel gewidmet. Unzählige Laternen tauchen den rot-goldgehaltenen Tempelsaal in sanfte Beleuchtung. Bekannt ist er wegen der riesigen Räucherspiralen, die an Bambusverstrebungen von der Decke hängen und Wünsche erfüllen sollen. Sicher nur für diejenigen, die eine Spirale gekauft hatten und deren Kärtchen mit Schriftzeichen herausbaumelte, vermutete ich. Durch das Glimmen dieser Spiralen verbreiteten sich überall die Rauchschwaden, weichzeichneten die göttlichen Statuen und tauchten sie in eine romantische Stimmung. Und wer weiß, ob sich nicht auch die guten Wünsche mit auf den Weg gemacht hatten! Vorsorglich sog ich den Duft tief in meine Nase ein.

Nach dem Tempel brauchten wir frische Luft und da bot sich bestens die Überfahrt durch den Victoria Harbour nach Kowloon an. Und diese Tour ist ein unbedingtes Muss! Zeitsparend brachte uns ein Taxi zur Star Ferry, die Hongkong Island mit Kowloon verbindet; ein Aufpreis-Ticket sicherte uns einen Platz auf dem oberen Deck der Fähre. Als wir ablegten und eine angenehme Brise durch unsere Haare wehte, blieb uns die Spucke weg! Die Fahrt machte sich mehr als bezahlt, denn die Skyline Hongkongs war atemberaubend.

Bewundernd genossen wir das Panorama der vielen Hochhäuser, die im Sonnenschein glitzerten. Wir konnten uns gar nicht satt sehen an der spektakulären Aussicht. Ich fand sogar den China Bank Tower mit seinen Dreiecken, der zwischen den anderen Gebäuden gut sichtbar herausragte.

Doch in Kowloon, dem Stadtteil auf dem Festland gegenüber Hongkong gelegen, holte uns der Alltag wieder ein. In der bekannten Nathan Road, auch ein ‚must see', werden Shopping und Unterhaltungen aller Art großgeschrieben! Die unzähligen bunten Werbetafeln erschlugen mich eher, als dass sie mich in die Geschäfte lockten.

Wir hatten Mühe, an den Verkäufern vorbeizukommen, die die Touristen mit maßgeschneiderten Anzügen in jeder Couleur in ihre Shops ködern wollten und, wie könnte es anders sein, … mit Uhren der weltbekannten Marken. Besonders die goldene Rolex wurde wie sauer Bier angeboten. Vom echten Modell nicht zu unterscheiden, wie der indische Schlepper versprach, außerdem von guter Qualität, für einen Spotpreis! Vielleicht eine Cartier oder eine edle Handtasche für Madame …

Lästige Gesellen; Peter zog mich jedes Mal weg von diesen Typen. Wir wollten am Zoll keinesfalls in Schwierigkeiten geraten, denn jemand, der aus Hongkong kommt, liegt schon mal per se im Auge des Gesetzes. Und außerdem bot Taiwan auch Fake-Waren an, nur ein bisschen versteckter.

Den Höhepunkt unseres Trips sparten wir uns allerdings bis zum letzten Abend auf. Wieder setzte uns die Star Ferry hinüber nach Kowloon, doch nicht in die Nathan Road, sondern unser

Ziel war das ‚The Peninsula Hotel‘. Eine luxuriöse Bettenburg von 1928, die den Reiz der damaligen Zeit bewahren konnte. Doch wir interessierten uns fürs Moderne, für Bar und Restaurant ‚Felix‘, oberhalb der Erde.

Der edle Aufzug surrte und im 30. Stockwerk öffneten sich die Türen für uns. Beim ersten Blick in die Bar war ich geplättet. Ein erhöhter Tisch zog sich ellenlang, wie ein Catwalk, durch die Bar bis hin zur hinteren Theke, wo Getränke auf die Gäste warteten. Hohe Hocker luden zum Verweilen an diesem außergewöhnlichen Tisch ein, der von unten beleuchtet fast im Raum schwebte. Direkt vor Hongkongs Skyline-Bühne schien er mir sogar perfekt für Modeschauen zu sein.

Noch waren wir früh genug, es war nicht allzu viel los und wir fanden einen guten Platz auf den Hockern auf der ‚richtigen‘ Seite, mit Hongkong-Blick. Die Bedienung stand in Hab acht-Stellung, hieß uns willkommen und nachdem wir ein paar italienische Snacks und zwei Gläser ‚Sparkling Wine‘ bestellt hatten, genossen wir das Ambiente.

„Das alles hat Philippe Starck, der französische Architekt und Designer entworfen!“, wusste Peter von einem Kollegen, der uns das ‚Felix‘ empfohlen hatte, „Einfach originell oder was meinst du?“

„Ja, wirklich außergewöhnlich!“, stimmte ich Peter zu, „Und dazu diese Aussicht, einfach einmalig!“

Hinter den hohen Fensterscheiben war es mittlerweile dunkel geworden, doch Hongkong glitzerte und strahlte die Nacht einfach weg und warf ihr buntes Lichtspektakel aufs Wasser des Victoria Harbours. Es war ein unvergesslicher Anblick und ich wusste nicht, was beeindruckender war, die Bar oder die Skyline. Egal, die Mischung war einfach genial.

Aber das war noch nicht alles.

Der Kollege hatte die Toiletten als ein weiteres Highlight dieser Bar beschrieben. Neugierig machte ich mich auf zur Damentoilette und als ich ‚unsere‘ Tür zum Toilettenraum öffnete … ah, war ich erfreut. Ich blickte auf die glitzernde Skyline Hongkongs. Wie clever, und so etwas bei einer Toilette! Das war doch *der* Touristenmagnet! Leider oder zum Glück gab es undurchsichtige WC-Türen …, von denen ich gerade eine hinter mir schloss.

Wieder im Waschraum, bewunderte ich erst einmal den äußerst edlen Steinquader, der sich als riesiges Becken entpuppte. Schwarze Wasserhähne ragten aus dem Stein wie lange Nasen heraus und auf einem Board lagen kleine Frotteetücher, Handlotion- und Seifenspender griffbereit für die Gäste. Ich nahm etwas von der Seifencreme, die zart nach Rosen duftete, doch als ich das Wasser aufdrehen wollte, fand ich weder Drehknopf noch Hebel für den Wasserlauf. Es gab auch keinen Sensor, der mir wie von Geisterhand Wasser servierte! Das ist doch nicht möglich, wetterte ich innerlich, wo hat dieser Philippe Starck denn bloß den Griff für diesen Wasserhahn versteckt? Ich hatte bereits alles abgesucht, doch nichts dergleichen war mir aufgefallen. Ich stand vor einem Rätsel.

Gerade in diesem Moment betrat eine Dame den Raum. Meine Rettung! Sofort fragte ich sie nach diesem Defizit.

„Zum ersten Mal hier?", brachte sie es auf den Punkt. Ich nickte.

„Das ist mir damals auch passiert", gab sie offen zu und zeigte auf die Lösung unten am Boden.

Versteckte Fußpedalen, kaum zu sehen! Da wäre ich nie im Leben draufgekommen. Erleichtert bedankte ich mich bei ihr und endlich konnte ich mir meine Hände waschen.

Zurück an der Bar, warnte ich Peter sofort vor dem Waschbecken, verriet ihm aber nicht die Lösung. Soll er erst einmal selbst …

Peter unternahm die ‚Sightseeingtour' zu ‚seiner' Toilette und als er wieder an meiner Seite saß, grinste er übers ganze Gesicht.

„Bei uns gab's auch so ein Steinwaschbecken, doch die Pedale für den Wasserlauf hab' ich gleich gefunden!"

„Angeber!", warf ich ihm mit einem Lächeln zu.

„Die Toilette ist schon spektakulär, nur schade, dass sie keinen Ausblick auf Hongkong hat wie bei euch. Stattdessen sehen wir auf Kowloon. Stell dir vor, direkt vor den hohen Glasscheiben stehen des Pissoirs! Es kommt einem vor, als wenn man auf die Stadt p…

„Peter!", schnitt ich ihm das Wort ab. Man wusste ja nie, wer diese Peinlichkeit verstehen konnte.

„Pi … machen auf Hongkong wäre sicher ein Frevel", konnte er sich dennoch nicht verkneifen, „mit all dem ganzen Feng-Shui-Getue!"

Dafür hatte ich nur ein Kopfschütteln übrig. Er ist halt unverbesserlich, mein Peter.

Am nächsten Tag sagten wir Hongkong ‚Auf Wiedersehen' und mit einem Koffer voller schöner Erlebnisse empfing uns Taipeh mit Schmuddelwetter.

47. Rückblick im siebten Jahr!

Es war Nachmittag, ich saß mit einem Buch auf der Terrasse. Doch ich konnte mich nicht so recht auf den Text konzentrieren, meine Gedanken schweiften immer wieder zu einer Frau ab, die neu in Taipeh war und die ich gestern zufällig beim Einkaufen getroffen hatte. Wir hielten ein Schwätzchen über dies und das, und dann kam das Thema auf, wie lange wir schon in Taipeh weilten.

„Sieben Jahre?", rief sie erschrocken, „Man hat euch doch wohl nicht vergessen?"

Ich schüttelte den Kopf, rechtfertigen wollte ich mich nicht und schneller als gedacht, verabschiedete ich mich.

Nun saß ich hier draußen und dachte noch einmal darüber nach. Hatte sie einen wunden Punkt bei mir getroffen? Klar, wir waren schon lange hier, fast zu lange. Aber vergessen! Natürlich hatte man uns nicht vergessen! Dass wir nicht nach Deutschland zurückwollten, hatte die Münchner Zentrale bereits vor Jahren akzeptiert. Der Spruch von ganz oben: ‚Der Brander Peter scheut das Stammhaus wie der Teufel das Weihwasser', war allen bekannt! Und auf der Weltkarte war momentan keine Stelle für uns frei. Südamerika hätte eine Option sein können, doch wir sprachen kein Spanisch oder Portugiesisch. Also blieben wir, wo wir waren, doch wir wussten, dass die Uhr nach all den Jahren tickte.

Nur ganz wenige von unseren Bekannten lebten noch länger in Taipeh als wir. Die meisten waren nach drei bis fünf Jahren weitergezogen und wurden von Neuankömmlingen ersetzt. Man hieß sie Willkommen, sie reihten sich in die Gemeinschaft ein und erzählten andere Geschichten.

Natürlich waren diese Wechsel nicht einfach für mich, sie machten mich jedes Mal traurig! Liebgewonnene Menschen kann man eben nur schwer ersetzen!

Doch worüber ich mich wunderte, war, dass sich seit längerer Zeit in mir eine gewisse Kennenlern-Müdigkeit ausgebreitet hatte. Mir fiel es nicht mehr so leicht, mich auf neue Personen einzulassen. Genau das hatte mir eine gute Bekannte prophezeit, die schon ewig in Taipeh lebte. Damals konnte ich es nicht nachvollziehen, aber mittlerweile wusste ich, was sie gemeint hatte. Zudem schwirrten immer mal wieder Gedanken in meinem Kopf herum, dass auch wir bald die Segel streichen werden.

Sieben Jahre in einem Land sind schon eine stolze Zahl in einem Expat-Leben! Ha, das verflixte siebte Jahr, fiel mir ein. In einer Ehe begeht man die Kupferhochzeit. Man sagt ihr nach, dass vieles in den vergangenen Ehejahren eingerostet sei und empfiehlt, das glanzlos gewordene Metall wieder aufzupolieren! Sprich, den Alltagstrott der Ehe aufzupeppen. Wem das nicht gelänge, der trenne sich an diesem Stolperstein!

Längst lag dieses Ehejahr hinter uns und wir hatten uns nicht getrennt. Doch die ‚Ehe‘ mit Taiwan war noch in vollem Gange; und zählte sieben! Unser Leben verlief in geordneten Bahnen, in denen ich mich gut eingerichtet hatte, doch sie funkelten nicht mehr so wie am Anfang, als alles noch neu und aufregend war. Das nennt man Alltag! Dennoch fühlte ich, dass sich in mir eine leichte Monotonie ausgebreitet hatte!

War es möglich, trotzdem etwas aufzupolieren? Dem Metall wieder zu neuem Glanze zu verhelfen? Mir kam es eher so vor, als sei alles von Interesse bereits ‚abgegrast‘. Tapetenwechsel wäre eine gute Variante! Zudem neue Abenteuer! Ja, überlegte ich, von mir aus könnte es wieder losgehen!

Meine Gedanken spazierten plötzlich in die Vergangenheit. Nach den anfänglichen Schwierigkeiten hier in Taipeh hatte sich alles zum Guten gewendet und ich erinnerte mich an die vielen schönen Dinge, die wir hier erleben durften.

Familie und einige unserer Freunde hatten uns besucht und waren begeistert, was es auf dieser Insel alles zu entdecken gibt. Sie schwärmen noch heute von diesem außergewöhnlichen Urlaub, vor allem von den kulinarischen Genüssen!

Genussvoll war sicher auch das jährliche Norddeutsche Grünkohlessen, das im Februar oder März vom ehrenamtlichen Grünkohlkomitee organisiert wird! Und das für über 150 Personen plus dem eingeflogenen Schlagersänger Peter Petrel, der für Stimmung sorgte.

Nicht nur die Norddeutschen trugen das blaue Fischerhemd mit rotem Tuch, das man beim Grünkohlkomitee erwerben konnte, auch viele andere hatten sich angemessen gekleidet, sogar die Taiwaner. Mit dem Peter Petrel-Song: ‚Ich fahr so gerne Rad...' wurde geschunkelt und gesungen, während die winterliche Leibspeise mit Würstchen, Kasseler und Kartoffeln auf die Tische platziert wurde. Ob den Taiwanern Grünkohl wirklich schmeckte? Jedenfalls schlugen sie sich tapfer, auch beim angebotenen Schnaps, der natürlich *nur* aus Verdauungsgründen auf den Tisch gestellt wurde! Peters Kopfschütteln sehe ich noch heute vor mir, als ich mir ein Autogramm von Peter Petrel holte!

Keine Frage, mit diesen Highlights brachte man Heimatgefühle nach Übersee! Ebenso mit dem Oktoberfest, das seit vielen Jahren in Taipeh Einzug gehalten hatte und u. a. auch im ACC stattfindet. Bis auf den letzten Platz war der Saal dann gefüllt und besonders die Amerikaner lieben dieses Fest. Natürlich organisierten einige Deutsche, so auch wir, den Ablauf des Abends, an dem Spiele wie Tauziehen, Nageln und das Bierwetttrinken mit einer Maß die Höhepunkte darstellten. Frauen wie Männer rissen sich ums Mitmachen!

Auch ums Mitmachen riss sich die Damenwelt bei der ACC-Modenschau, die Toby, der ACC-Fitnesstrainer, mitgestaltete. Er suchte die ‚Models' unter den Mitgliedern aus, die groß sein mussten und bereit, ihre Bodys Wochen vorab in Form zu bringen. Auch der Gang über den Catwalk musste perfekt sitzen! An diesen Event-Nachmittagen füllten nur Frauen die Ränge und wir genossen bei Kaffee und Kuchen die aufwendige und farbenfrohe Mode von hiesigen Designern, die uns präsentiert wurde.

Aber nicht nur schöne Dinge gingen mir durch den Kopf. Taiwan hatte auch Unangenehmes geboten!

Vor zwei Jahren im November 1997 flogen plötzlich Helikopter über Tian Mu. Durch Lautsprecher wurde verkündet, auch in

Englisch, unbedingt Türen und Fenster verschlossen zu halten, da sich der schwerbewaffnete Mörder Chen in der Gegend aufhielt. Die Aufregung war groß! Und das Polizeiaufgebot enorm!

Auf der Flucht vor den Polizisten gelang es dem Mörder jedoch, in das Haus eines südafrikanischen Diplomaten einzudringen. Chen nahm den Diplomaten, dessen Ehefrau, die zwei Töchter, sowie ein Baby, als Geiseln.

Als Chen sich eine Schießerei mit der Polizei lieferte, die ins Haus eindringen konnten, trafen offenbar Querschläger den Diplomaten und auch die 22jährige Tochter. Beide ließ Chen nach einigen Stunden frei, sie konnten ärztlich versorgt werden und überlebten.

Eine Bekannte machte uns darauf aufmerksam, dass wir diese Geiselnahme im Fernsehen mitverfolgen können. Denn CNN-Journalisten war es gelungen, ein Live-Interview mit Chen zu führen. Er verlangte die Freilassung seiner Familie, die man verhaftet hatte, weil man eine Mittäterschaft vermutete. Doch Chen beschwor, seine Familie habe mit seinen Verbrechen nichts zu tun. Nach zähen Verhandlungen gewährte man ihm den Wunsch.

Die Geiselnahme zog sich über 21 Stunden hin und erst dann konnte die Frau des Diplomaten mit dem Baby als letzte Geisel das Haus verlassen. Chen stellte sich daraufhin der Polizei und eine aufregende Nacht ging zu Ende. Zwei Jahre später erfuhren wir, dass Chen exekutiert wurde.

Von Naturkatastrophen sind wir zum Glück verschont geblieben, nicht so Zentral-Taiwan, das am 21. September 1999 von einem Erdbeben der Stärke 7,3 auf der Richterskala heftig durchgerüttelt wurde. Die schwersten Schäden verzeichneten die Provinzen Taichung, Nantou, und Yunlin, wo das Erdbeben Bilder der Verwüstung hinterließ.

2.400 Menschen starben, es gab 11.000 Schwerverletzte und 100.000 wurden obdachlos. Unzählige Gebäude sackten ein oder kippten um, Straßen brachen ein und manche Brücken waren unpassierbar. Ein Staudamm des nahe gelegenen Sonne-Mond-Sees, ein Touristen-Hotspot, drohte zu brechen durch einen 150 Meter langen Riss. 20.000 Menschen wurden evakuiert. Doch durch Ablassen des Wassers hielt der Damm.

Selbst in Taipeh war das Erdbeben zu spüren, doch die Hauptstadt kam glimpflich davon. Dass wir zu dieser Zeit gerade in Deutschland weilten, darüber war ich mehr als froh. Die Horrorszenarien aus unserem Bekanntenkreis reichten uns vollends, als man uns erzählte, wie sie nachts vor Panik aus dem Haus geflüchtet waren. Der Schock saß bei manchen tief. Ebenfalls wird mir der erste Taifun in Erinnerung bleiben. Aufgeregt verfolgte ich jede Nachrichtenmeldung über den Wirbelsturm, der sich mit über 200 km/h auf Taipeh zubewegte. Als der ‚landfall‘ bestätigt war, schlossen Peter und ich die Shutter, die von seinem Vorgänger so hochgelobt worden waren. Vor Angst klebte ich im oberen Stockwerk mit durchsichtigem Paketband die Fensterscheiben, die keine Shutter hatten, kreuzweise ab. Besser ist besser. Dem starken Wind wollte ich keine Angriffsfläche für Zerstörung bieten. Der Taifun kam, hatte an Stärke verloren und zog vorbei. Meine Vorsichtsmaßnahmen hätte ich mir sparen können! Als die Shutter wieder verpackt waren, blieb nur noch das Klebeband übrig. Was für eine Sauerei! Ob man mein Fluchen in der Nachbarschaft gehört hatte, wusste ich nicht.

48. 7-Eleven macht mit!

Peter brachte neue Nachrichten mit nach Hause!
„Eva, die Buschtrommeln verkünden, dass sich das Personal-Karussell in Asien wieder dreht! Und wir sitzen mittendrin. Nur das Wohin und Wann steht noch in den Sternen!“
Ich wurde unruhig. Ein weiterer Aufenthalt in Asien …, und ich rätselte, wohin es uns verschlagen könnte. China und Hongkong waren belegt und in Tokio saß jemand unverrückbar im Sattel, das wusste ich. Aber vielleichte könnte Singapur, Malaysia, Vietnam oder gar Thailand in die Wahl kommen? Ich mochte das tropische Klima dieser Länder. Doch wo auch immer es uns hinziehen sollte, ich nehme es an, nur bei Grönland würde ich streiken!
Natürlich wusste ich aus Erfahrung, dass diese Neuigkeit unter dem Deckel gehalten werden musste. Auch für den gesamten Freundeskreis war Verschwiegenheit angesagt, was mir

schwerfiel. Noch nicht spruchreif, hieß es vom Headoffice und auch von Peter, der mir einbläute: „Eva, wir müssen abwarten und uns gedulden! Sag nichts!"

Also wartete ich ab und verhielt mich still. Aber auch Deutschland blieb still. Der Oktober neigte sich bereits dem Ende zu und wir warteten immer noch auf die Bekanntmachung! Langsam wurde ich ungeduldig.

„Peter, wenn dieser Wechsel wirklich ansteht, musst du dann nicht im Januar den neuen Job antreten? Das wird doch alles knapp mit Packen usw.", sorgte ich mich.

„Eva, so schnell schießen die Preußen nicht! Da wir bis jetzt nichts gehört haben, ist das alles bestimmt noch nicht in trockenen Tüchern! Nachfolger müssen gefunden werden und auch eine Einarbeitungszeit ist notwendig. Ob das vor dem Frühjahr überhaupt was wird …?"

Peter war nicht aus der Ruhe zu bringen.

„Und was machen wir mit unserem Weihnachtsurlaub? Wir wollten doch …"

„Schau mal hier, was ich mitgebracht habe!"

Ich staunte nicht schlecht, als er Reiseprospekte über West-Australien auf den Tisch legte. Er schien entschlossen, unsere Pläne umzusetzen.

„Du meinst, wir können die Reise buchen?"

„Natürlich, nichts wie ran!", stellte er klar und ich freute mich riesig.

Wir vertieften uns in die Prospekte. Da wir Sidney und Umgebung bereits kannten, hatten wir ein Auge auf die westlichste und isolierteste Stadt Australiens, Perth, geworfen! Nicht nur die Stadt selbst, die sehenswert sein soll, sondern die Umgebung besticht auch durch traumhafte Strände, hervorragende Golfplätze und zahlreiche Weingüter, so versprach es die Beschreibungen im Katalog. Schnell stand unsere Tour fest und Peter buchte am nächsten Tag unsere Reise.

Der November trat ins Land. Ich mochte den Monat hier, er war mild, die herbstliche Sonne bot noch angenehme Wärme bis 24°C und war nicht zu vergleichen mit dem grauen und regnerischen November in Deutschland. Zum Schwimmen war es zu kühl, jedenfalls für mich, aber ein paar Sonnenstrahlen gönnte ich mir an diesem Nachmittag. Es wird wohl mein letzter November hier sein, dachte ich voller Wehmut, obwohl noch nichts endgültig feststand.

Eines Abends klingelte das Telefon. Als Peter sich den Hörer ans Ohr hielt, wurde er sehr förmlich. Ich hörte den Namen seines Firmenchefs aus Deutschland, den er begrüßte. Gab es endlich Neuigkeiten?

Vor Aufregung tigerte Peter mit dem Telefon im Wohnzimmer umher. Gebannt folgte ich ihm, wollte ein paar Worte erhaschen, doch ich vernahm nur Peters einsilbige Sätze, die gar nichts verrieten. Ich platzte fast vor Neugierde.

Als Peter den Anruf beendete, rüttelte ich an seinem Arm. „Und, was hat er gesagt?" Erwartungsvoll sah ich ihn an.

„Es ist so weit!", meinte er verheißungsvoll.

„Und, wohin geht's?"

„Wir sollen nach Seoul, Süd-Korea versetzt werden! Eh, wenn wir zustimmen!"

„Seoul, Süd-Korea!", wiederholte ich. Dieses Land war für mich ein weißes Blatt Papier. Das musste erst einmal sacken.

„Und, … und wann, … wann soll es losgehen?", stotterte ich.

„Nun, im Februar des neuen Jahres. Das heißt, wenn auch du einverstanden bist, ansonsten müssten wir in Taiwan bleiben. Es gibt momentan für uns keine andere Möglichkeit auf der Weltkarte!"

„Aha! Und was sagst du zu Seoul?"

„Nun, ich würde eine große Landesgesellschaft mit Produktion übernehmen. Ein weiterer Sprung nach oben, das reizt mich schon! Ich würde Nachfolger von Herrn Postel werden! Du weißt, dass er und seine Familie sich sehr wohlfühlen in Seoul!"

„Ach, Peter, dann lass uns nicht mehr lange überlegen. Wir wissen doch beide, dass die Zeit nach sieben Jahren reif ist, auch für mich! Ich gehe mit!"

Peter nahm mich in den Arm. „Gut, dann ist es entschieden! Ich werde morgen sofort in Deutschland anrufen!"

Plötzlich durchzuckte es mich. „Peter, weißt du, was heute für ein Tag ist?"

„Ja, Mittwoch!"

„Ja, auch, aber heute ist 7-Eleven! Ist das nicht lustig?"

„Das ist wirklich ein Ding!" meinte Peter grinsend.

Das wird mir wohl ewig in Erinnerung bleiben, dass sich der Convenience Store am 7. 11. in unser Leben eingeschlichen hat.

Der Tag kam schneller als gedacht, an dem wir die Haustüre zum letzten Male abschlossen. Ein bisschen schwer ums Herz war uns schon, als wir uns von diesem schönen Haus endgültig verabschiedeten. Doch Tränen waren genug geflossen, bei den Abschiedsfeten mit der Bürobelegschaft, auch bei unseren Freunden und bei Lan Lan. Die Versprechen waren groß, wir alle wollten uns irgendwann wiedersehen.

Für Peter und mich stand jetzt schon fest, dass wir dieser schönen Insel auf jeden Fall einen Besuch abstatten werden. Schließlich mussten wir doch den Taipei 101 ,erklimmen', der 2004 eingeweiht und mit 508 Metern das höchste Gebäude der Welt sein wird! Und das in einem Erdbebengebiet ...

Der Umzug Ende Januar war Routine und seit einigen Tagen schipperte unser Gut Richtung Seoul. Dort wartete bereits ein Haus auf uns, dass Peter bei einem seiner Seoul-Trips ausgesucht hatte.

Nun blieb nur noch eine Nacht in einem Hotel. Unsere Koffer waren für Seoul gepackt, mit den wenigen Wintersachen, die wir noch im Fundus hatten. Der Februar in diesem Land ist kalt, sehr kalt und sehr trocken! Seit sieben Jahren kannten wir keinen Winter mehr.

Als wir am nächsten Morgen am Flughafen standen und Axel unsere Koffer auf den Trolley gestellt hatte, wischte er sich verstohlen mit seinem Taschentuch übers Gesicht. Es war nicht nur wegen des Schweißes, erkannte ich, dafür waren die Temperaturen zu kühl.

Und dann machte Axel etwas, was mich sehr berührte. Er verabschiedete uns mit einem Gruß, den ich in alten chinesischen Filmen gesehen hatte. Er drückte die rechte Faust auf seine offene linke Handfläche, hielt sie vor seinem Herzen und neigte leicht den Kopf. Damit zollte er uns, vor allem aber Peter, großen Respekt, gleichzeitig auch Vertrauen und Loyalität! Peter blieb dabei gelassen, ich glaubte nicht, dass er die Bedeutung dieser Geste kannte. Doch für mich war das von solch einer tiefgründigen Aussage, dass mir die Tränen in die Augen schossen.

Ehe wir richtig sentimental wurden, bedankten wir uns schnell, wünschten uns gegenseitig alles Gute und sagten ‚tsai jyan‘! Dann war das Abschiednehmen vorbei.

Und Peter, nahm ich mir vor, wird im Flieger von mir erfahren, welche Botschaft Axels Kampfsport-Gruß ihm mit auf den Weg gegeben hat. Der wird sich wundern!